KB172275

현대문학 교수 350명이 뽑은

2009 올해의 문제소설

한국현대소설학회 엮음

푸른사상

2009 올해의 문제소설

초판 1쇄 2009년 1월 20일
초판 3쇄 2009년 2월 15일
엮은이 한국현대소설학회 **펴낸이** 한봉숙 **펴낸곳** 푸른사상사
기획 심효정 **편집** 김세영 **디자인** 지순이 **마케팅** 강태미
출판등록 1999년 7월 8일 제2－2876호
주소 서울시 중구 을지로3가 296－10 장양B/D 701호
대표전화 02) 2268－8706(7) **팩시밀리** 02) 2268－8708
이메일 prun21c@yahoo.co.kr / prun21c@hanmail.net
홈페이지 //www.prun21c.com

ISBN 978－89－5640－665－7 03810

가격은 표지 뒷면에 있습니다.
21세기 출판문화를 창조하는 푸른사상은 좋은 책을 만들기 위해 노력하고 있습니다.

이 도서의 국립중앙도서관 출판시도서목록(CIP)은 e－CIP 홈페이지(http://www.nl.go.kr/cip.php)에서 이용하실 수 있습니다. (CIP제어번호 : CIP2009000374)

2009 올해의 문제소설

권 리 해파리 권여선 당신은 손에 잡힐 듯 김남일 오생, 아무도 가지 않을 길을 가다—오자외전誤子外傳 김이은 이건 사랑 노래가 아니야 김태용 포주 이야기
남 한 갈라테아의 나라 박민규 별 서성란 파프리카 손홍규 도플갱어 송하춘 자전거 정지아 봄날 오후, 과부 셋 최일남 스노브 스노브

다른 눈으로 본 2008년의 소설

저희 한국현대소설학회에서는 해마다 '올해의 문제소설'이라는 제목 아래 지난 한 해 동안 발표된 중단편 소설 가운데 가장 주목할 만한 것으로 판단된 소설들을 수록하고 그 의미를 조명하는 작업을 해왔습니다.

한국은 아직도 문학이 독자들의 관심의 대상이 되고 있는 나라이고, 이 가운데서도 특히 소설에 대한 사람들의 사랑은 뜨겁다고 할 수 있습니다. 이는 이상문학상이나 동인문학상 수상작이나 수상작가가 높은 명성을 획득하는 것에서도 확인됩니다.

그러나 약 10년이나 된 일입니다만, 이러한 관심과 사랑에도 불구하고 거의 항상 문학이 위기다, 소설이 위기다 하는 말이 유행처럼 인구에 회자되어온 것 또한 사실입니다. 왜 이러한 일이 일어나는 것일까요? 이것은 혹시 삶의 변화, 감각의 변화를 우리 문학이 따라잡지 못하는, 일종의 지체 현상에서 비롯되는 것은 아닐까요? 또, 이것은 혹시 지금 세인의 관심과 사랑을 뜨겁게 받고 있고 비평적 조명의 대상으로 초점화되어 있는 작가들과 독자들 사이에 일종의 괴리 현상이 폭넓게 자리 잡고 있기 때문은 아닐까요?

저희 한국현대소설학회는 우리 현대소설의 학문적 연구를 소명으로 삼고 있는 학술단체입니다. 저희는 매년 네 번씩 개화기 이래 우리 소설 현상을 분석하는 학술지를 정기적으로 간행하고 있고, 한국의 유수한 국문학자들이 참여하고 있습니다. 그러나 오늘의 소설이 과연 어디로 가고 있는가에 대한 비평적 진단 없이 과거의 연구에만 매달린다면 저희 학회의 미래

역시 밝다고만 할 수는 없을 것이라고 생각합니다. 오늘날 한국 소설의 미래는 그렇게 투명하거나 밝게 보이지 않는데 그것은 무엇 때문일까요?

2008년을 결산하는 『오늘의 문제소설』은 이러한 문제를 좀 더 정직하게, 전면에서 다루어보기 위해 마련되었습니다. 이를 위해 저희 학회는 가능한 한 기성의 명성이나 평가에 얽매이지 않고 작품 자체로 보아 문학성이 뛰어난 소설들을 선별하기 위해 노력했습니다. 문학의 장場은 진공지대가 아니고, 또 문학성이란 객관적 물리법칙과도 다른 것이겠지요. 문학장은 문학이란 무엇인가를 둘러싼 실험과 논란의 무대이며 무엇이 훌륭한 작품인가를 둘러싼 공동 참여의 마당입니다. 이것은 작가와 비평가와 독자가 서로 발언하고 느끼고 평가하는 복잡한 국면을 형성합니다. 또 이것은 문학 출판과 언론을 둘러싼 권력관계까지 작용하는, 지극히 현대적인, 냉정한 '사회' 입니다.

저희 한국현대소설학회는 이러한 '사회' 의 현주소를 묻는 방법으로 모두 열두 편의 작품, 열두 명의 작가를 선정하고 그 의미를 밝혀 보기로 하였습니다. 이 열두 편의 작품, 열두 명의 작가가 한국 현대소설의 현주소를 반영하고 있다거나 대표하고 있다고 말하는 것은 위험한 일입니다. 그러나 이것은 주관적인 임의에 따라 선정된 것이 아니라, 기법, 문체, 인물, 주제, 사건, 시점, 심리묘사 등 현대소설을 이루는 여러 요소들에 대한 이론적 분석과 평가에 따른 것입니다. 또 단순히 연구자의 시각에서가 아니라 현재의 문학장을 만들어 나가는 비평가적 시선의 프리즘을 거친 것이기도 합니다.

그런데 이렇게 선정해놓고 보니, 세대별로 보나 창작 경향 면에서 보나 상당히 고른 인상을 주고 있어 천만다행인 것 같습니다. 이 목록 속으로 들어가 보면, 소설계의 원로이고 구어체 문장에 일가견이 있는 최일남 씨의 「스노브 스노브」가 있고, 대학 교단에서 오랫동안 한국 현대소설을 강의하면서 창작 활동에 매진하고 있는 송하춘 씨의 「자전거」가 있습니다. 그런가 하면, 최근 들어 자신의 창작 스타일을 일신해 버린 김남일 씨의 독특한 「오생, 아무도 가지 않을 길을 가다—오자외전」이 있고, 작년에 이상문학상을 '거머쥐며' 일약 스타덤에 오른 권여선 씨의 「당신은 손에 잡힐 듯」이 있습니다. 「봄날 오후, 과부 셋」의 정지아 씨는 널리 알려져 있는 이미지와는 달리 가장 안정된 형태의 소설 구성과 문장을 보여주는 작가이고, 반면에 「별」의 박민규 씨는 지난 몇 년 동안 가장 실험적인 소설적 스타일을 모색해 온 것으로 평가해 볼 수 있습니다.

또한 이 목록은 「파프리카」의 서성란 씨, 「포주 이야기」의 김태용 씨, 「도플갱어」의 손홍규 씨, 「이건 사랑 노래가 아니야」의 김이은 씨, 「갈라테아의 나라」의 남한 씨, 「해파리」의 권리 씨와 같은 이름들을 포함하고 있습니다. 서성란, 김태용, 손홍규, 김이은, 남한, 권리 같은 이름들에 대해서 생소하게 생각하는 독자들도 많으리라고 생각합니다. 그러나 서성란 씨는 잘 보이지 않는 곳에서 줄기차게 자기 세계를 만들어 온 작가입니다. 또 김태용 씨나 손홍규 씨는 최근에 문단 활동의 폭을 열심히 넓혀 가고 있고 이에 따라 평가도 아주 높아진 신진작가들입니다. 김이은 씨는 작년에 단 한 편을 발표했지만, 이 작품이 발산하고 있는 이상한 매력은 단연 문제시하지 않을 수 없을 것 같습니다. 또한 남한 씨나 권리 씨는 오늘의 한국문학에서 가장 독특한 스타일로 무장한 작가들이라는 사실을 의심할 수 없습니다.

나아가 이러한 작품과 작가들에 대한 해설의 글을 써 주신 저희 한국현대소설학회의 연구자, 비평가들의 이름을 소개하고 싶습니다. 최병우, 송현호, 정호웅, 강헌국, 우한용, 정혜경, 김미현, 백지연, 홍기돈, 정주아, 박진, 정은경 씨 등이 앞에서 간략히 소개해 드린 문제작, 문제 작가들에 대해서 자상하면서도 날카로운 분석을 내놓으셨습니다. 이들은 대학현장과 문단에서 한국 현대소설의 어제와 오늘, 내일을 만들어 가는 중요한 연구자들입니다.

저희 한국현대소설학회는 이 『올해의 문제소설』이 2008년 한국의 소설계를 되돌아보는 중요한 시금석 역할을 해주기를 기대합니다. 그러나 과연 그러한가 하는 것은 오늘의 한국문학을 만들어 나가는 주역 가운데 주역인 독자들 여러분의 몫입니다. 다만, 저희 학회가 기존의 평가에 얽매이지 않는 새로운 척도를 제시하고자 했다는 점만을 부기해 넣고 싶습니다.

2009년 1월

한국현대소설학회 『올해의 문제소설』 기획위원회

해파리

권 리

1979년 서울 출생.
2004년 『사이코가 뜬다』로 한겨레문학상 수상하며 등단.
장편 『왼손잡이 미스터 리』.
한국문화예술위원회 문예진흥기금 수혜.

해파리

해파리가 도시를 떠돌기 시작한 것은 2006년 여름이다.

인천 근해에 해파리 몇 마리가 출몰했을 때만 해도 사람들은 별로 대수롭지 않게 생각했다. 그러나 전국 각지의 도시에서 해파리에 물린 사람들이 출몰하자 상황은 달라졌다. 그중에서도 몸길이가 8센티미터도 안 되는 푸른병해파리는 가장 독종이었다. 그것은 물속에서 풍선처럼 투명한 몸을 부풀리고 있다가 생명체가 다가오면 재빨리 푸른 촉수를 뻗어 상처를 입히곤 했다. 해파리에 쏘인 사람들은 쓰라린 나머지 밤잠을 이루지 못했다. 처음엔 상처 부위가 모기 스무 마리에게 동시에 물린 것처럼 가로로 길게 부어올랐다. 하지만 알코올로 응급처치를 하지 못한 사람들은 금세 다리에서 채찍으로 맞은 듯한 검붉은 멍을 발견했다. 해수욕장의 응급실에 누워 있던 사람들은 어린 시절에 회초리 맞았던 일화를 농담 삼아 하며 해파리에 쏘인 고통을 이겨냈다. 한 달이 지나도 해파리 채찍 자국은 피해자들의 다리에 선명하게 남았다. 병원은 이제 거의 포화 상태가 되었다. 유능한 의사들조차도 이 어이없는 상황에 혀를 내둘렀다. 병원의 벽걸이 TV에서는 '도시를 습격한 해파리 떼' 라는 제목의 속보가 연일 흘러나왔다. 국립수산과학원의 연구원은 아열대 지방에 서식하는 해파리 떼가 대거 출현한 것은 지구 온난화와 해수면 온도의 상승으로 인한 생태계 파괴 현상으로 보인다고 설명했다. 해양생태학자들은 한류가 우세한 동해나 남해라면 모를까 서해안에서 갑자기 이런 해파리 떼가 등장하는 일은 유례가 드물다며 고개를 저었다. 급기야 경찰과 군에서 해파리 소탕 작전에 나섰다. 해파리들이 기이한 악취를 풍겼기 때문에 대규모의 방역 작업이 시작되었다. 아이들은 방역차를 따라다니며 전쟁놀이를 했다.

해파리는 사람들을 놀리기라도 하듯 정신없이 도시를 돌아다녔다. 고양이의 먹이가 되기도 하고 어른 쉰세 명을 쏘아 죽이기도 했다. 피해자 중 반 이상은 역 주변의 노숙자들이었다. 그들은 이름 없이 죽었다. 도시 곳곳에서는 해파리로 인한 비린내가 진동했다. 마치 도시 전체가 바다에 잠겼다 나온 것처럼 사람들의 피부는 늘 미끈둥미끈둥했다. 어른들은 해파리를 발견하기만 하면 잡아다 끓는 물에 데쳤다. 해파리 퇴치용 식초나 사이다도 큰 인기를 끌었다. 피부 건조 제품은 없어서 못 팔 지경이었고 해파리를 본뜬 캐릭터 인형도 불티나게 팔렸다. 몇몇 음식점에서는 부패 직전의 해파리를 데쳐 해파리매운탕을 내놓았다가 식품위생국의 검열에 걸려 사람들 사이에서는 '해파리만도 못한 양심' 이라는 비난을 들으며 5백만 원의 벌금을 냈다. 해파리에 대한 뚜렷한 대책을 내놓지 못한 인천 시장은 해파리 피해자 모임의 거센 항의에 의해 직책에서 물러나야 했다. 몇 개월 후 시장 선거가 열렸고, 이에 입후보한 한 후보는 '해파리 생태 공원' 을 조성하겠다는 공약과 함께 '해파리 없는 세상, 부패 없는 세상' 이라는 로고로 거리 선전을 하러 다니기도 했다. 그야말로 해파리 전쟁과도 같은 나날이었다. 새로 시장에 등극한 시장은 강력한 리더십을 발휘해 해파리 소탕 작전에 나섰다. 그는 해파리를 상업적으로 이용하는 모든 사람들을 처벌했다. 해파리냉채나 해파리매운탕을 취급하는 식당은 철저한 위생 검열을 받았기 때문에 자연히 해파리 전용 식당은 폐쇄되었다. 거리에서 해파리를 보았다는 사람도 점점 사라져갔다. 그해 말, 인천시는 무의도 앞에 해파리의 천적인 길이 6센티미터짜리 말쥐치 5만 마리를 풀어놓았다. 얼마 후, 길이 1미터, 무게 2백 킬로그램짜리 해파리를 인천의 한 어부가 끌어올리면서 해파리 사건은 종결되었다. 그리고 해파리는 도시에서 완전히 종적을 감춘 듯이 보였다.

김부겸은 인천의 서구 검단 사거리의 화물 운송 회사에서 근무하는 53세의 남자였다. 푹푹 찌는 8월에 그는 쓰레기통을 뒤지고 있기 바빴다. 멀쩡한 회의 자료를 잘못해서 쓰레기통에 넣어버린 것이다. 그는 쓰레기통을 뒤지다가 인사부에서 버린 이력서를 우연히 발견했다. 6개월 전에 회사에 들어온 토니의 이력서였다. 그는 1년간 다니던 자동차 부품 공장이 검단산업단지로 이전하는 데 실패하자, 한 달 전에 부겸의 회사로 들어온 24세의 필리핀 청년이었다. 그는 마닐라 대학에서 경영학을 전공했지만, 이 회사에서는 컨테이너 박스를 옮기거나 청소하는 일을 했다. 이력서에서 토니는 자신의 전공을 살려 영업부에서 정식으로 일하고 싶다는 내용의 자기 소개서를 소박한 문체로 쓰고 있었다. 회화할 때보다 문법이 좀 바른 것을 보면 요새 다닌다는 야학 교사가 고쳐준 듯했다. 하지만 부겸의 눈에 그것은 엉망진창, 요절복통의 낙서일 뿐이었다.

"뭐, 영업부? 이 자식이, 한글도 제대로 쓸 줄 모르면서. 하하하!"

검단에는 중국, 베트남, 필리핀에서 온 공장 근로자들이 많았다. 부겸은 그들이 몹시 못마땅했다. 피부색도 맘에 들지 않고, 한국말을 잘 못하는 것도 싫어했다. 게다가 한국의 노동력을 그들이 다 빼앗아간다고 여기고 있었다. 부겸의 회사에도 외국인 노동자가 열다섯이나 되었다. 하지만 부겸이 보기에 그들은 매일 회사 뒤에 있는 쓰레기장 앞에서 담배나 피우고 잡담이나 떨다가 어떻게 하면 쉽게 돈을 벌까 궁리하는 것처럼 보였다.

부겸이 한참 웃고 있는데 쓰레기통 근처에서 이상한 냄새가 풍겨왔다. 하수구가 터진 냄새 같기도 하고 비린내 같기도 했다. 그는 작년 여름, 부산에 놀러갔다가 우산 모양의 해파리에 쏘인 이후 비린내에 꽤 민감해져 있었다. 하지만 쓰레기통을 다 뒤져도 해파리는커녕, 우산 손잡이도 눈에 띄지 않았다. 그의 옆 자리에서 컴퓨터로 지난달 실적을 확인하고 있던 박대리는 부겸의 이상 행동을 빤히 지켜보고 있었다.

"김과장님 뭐 하세요?"

"아니, 그냥 근처에 해파리가 있는 것 같아서 말야."

부겸은 건물 외부에 있는 자판기로 달려가 6백 원짜리 사이다 캔을 여섯 개나 샀다. 그는 화장실을 지나다 토니가 걸레를 빨고 있는 것을 보았다.

"걸리적거리지 말고 꺼져, 자식아!"

그는 토니가 쓰고 있던 대야를 빼앗아 사무실로 돌아왔다. 사이다 캔이 든 대야를 보고 좋아하는 박대리를 쳐다보며 부겸은 사이다를 몽땅 대야에 들이부었다. 그는 휘파람을 불며 말했다.

"어젯밤 TV에서 봤는데 말야, 해파리 퇴치엔 사이다가 그만이라더군."

박대리는 눈을 휘둥그렇게 떴다.

"여기에 해파리를 담가놓으시게요?"

부겸은 해파리 찾는 데 열중해서 박대리의 말을 제대로 듣지 못했다. 박대리는 '해파리가 무섭긴 무서운 모양이군' 하고 짧게 생각하고는 다시 컴퓨터로 눈을 돌렸다. 부겸은 일을 하는 내내 책상 밑에 다리를 넣고 자주 떨었다. 하지만 다리에 와서 착 걸치는 물체는 느껴지지 않았다. 부겸이 자꾸 투실투실한 다리를 떠는 통에 박대리는 자꾸 계산이 틀려서 애를 먹었다. 하지만 점심시간이 다가올 때까지 해파리는 끝내 나타나지 않았다.

"해파리가 고혈압에 좋다죠?"

하지만 부겸은 박대리의 말이 귀에 잘 들어오진 않는 모양이었다.

"냄새가 나긴 나지?"

"그런 것 같긴 한데, 잘 모르겠어요. 멀쩡한 사무실에 해파리가 나타날 리 없잖아요?"

박대리는 발딱 일어나서 두 손을 탈탈 털고는 먼저 식당으로 가버렸다. 이제 부겸만이 홀로 사무실에 남았다. 하지만 그는 미련을 버리지 못하고 계속 이렇게 중얼거릴 뿐이었다. 이상하다, 이상해. 내가 잘못 맡은 걸까? 그는 벗고 있던 구두 한 짝에 오른발을 넣었다. 검지를 발 뒤축에 끼운 순간 그는 뭔가 잘못되었다는 것을 깨달았다. 미끈둥한 것이 손을 스쳤던 것이다.

"해파리다!"

그가 본 물체는 금세 종적을 감추었다. 그것은 푸른병해파리의 촉수처럼 가늘고 연한 파란 줄처럼 생겼다. 하지만 길이와 굵기로 미루어보건대 방금 지나간 해파리의 크기는 엄청나게 컸다. 작년에 잡힌 1미터짜리와는 비교도 안 되게 컸다. 부겸의 상상력은 점점 거침이 없어졌다. 자신이 목격한 해파리가 고래, 아니 웬만한 대형 화물선보다도 더 크리라는 확신이 든 것이다. 그는 양말 바로 위의 다리 위에서 기타 줄처럼 선명하고 긴 상처를 발견하자 당장 조퇴를 했다.

의사는 부겸의 말을 믿지 않았다. 어떻게 바다에 사는 해파리가 육지에 기어오를 수 있느냐는 얘기였다. 하지만 부겸이 다리를 보여주자 그는 눈을 뒤집었다. 의사는 일단 환자의 쇼크를 막기 위해 에피네프린을 투여해준 뒤, 호흡을 편히 하라는 당부를 하고 갔다. 그가 다녀간 뒤, 박대리와 토니가 병문안을 왔다. 토니가 뒤에 감춰둔 물건을 꺼내면서 서툰 한국말로 말했다.

"김과장, 알로에 왔어. 해파리, 베리 굿!"

김부겸은 토니의 머리를 세게 쳤다.

"이 자식아! 반말하지 말랬지?"

토니는 무안한 표정과 더불어 약간 멸시감을 느낀 표정을 지었다.

"눈 깔아, 자식아! 꼬우면 마닐라 가!"

"김과장, 반말, 최고, 반말, 베리 굿!"

토니는 도망치듯 자리를 떴다. 고혈압이 있는 부겸은 약간 신경질적인 신음소리를 내면서 침대에서 일어났다.

"과장님, 그래도 쟤가 대학물 먹은 애예요."

박대리가 부겸을 눕히려 하자, 부겸은 저항하며 억지로 일어났다.

"이 새끼야, 내가 고졸이라고 무시하는 거냐?"

"그런 게 아니구요, 근데 왜 욕을 하세요?"

"아니긴 뭐가 아냐, 새끼야! 넌 삼류 지방대 나온 주제에 깝치는 거냐?"

"깝치긴 누가 깝친다고 그러세요?"

"지금 이게 깝치는 거지, 뭐가 깝치는 거야? 내가 이 나이 먹도록 과장질 해먹는다고 깝치는 거지?"

"과장님이라서 깝치는 게 아니고요……."

"뭐? 그럼 깝치긴 깝친다는 거네, 이 새끼?"

"사장님이 걱정하세요. 이번에도 오래 쉬실까 봐."

박대리는 억울함을 억누르며 자리를 떴다. 부겸이 하도 소리를 지르는 통에 옆에 있던 아이가 소리를 내며 울기 시작했다. 부겸은 모로 누웠다. 하지만 아무리 생각해도 약이 오르는 것을 참을 수 없었다. 어떻게 감히 필리핀에서 온 지 1년도 안 되는 새파란 놈이랑 30년간 이 직장에 몸담아온 나를 비교할 수가 있담? 게다가 그 자식은 청소나 하는 놈 아냐? 부겸은 속이 부글부글 끓어올랐다.

그는 벌써 다섯 번이나 직장을 떠났다가 돌아왔다. 마지막으로 떠난 건 8개월 전이었다. 학교 다니는 자식이 둘이나 되는데 도무지 집에서 놀 수가 없었던 것이다. 게다가 큰아들놈은 대학을 졸업한 지 1년이 넘어가도록 직장을 잡지 못해서 매일 피시방이나 당구장 따위를 전전하다 다시 대학원에 들어갔다. 아내도 화장품 가게를 꾸리고 있지만 경제 사정이 나빠 세를 내기도 빠듯한 상태였다. 이런 상황에서 그와 30년 직장 동료이자 처남인 고사장이 전화를 걸어왔던 것이다. 부겸의 직장은 대기업 '화성'의 화물을 운반, 수송하는 일종의 하청업체였다. 그런데 고사장 말로는 이번에 화성 쪽에서 하청업체를 바꾼다는 소문이 들려온다는 것이다. 고사장은 소주 석 잔에 과메기를 시켜놓고 집요하게 그를 설득했다.

"그놈들이 바꾼다는 회사가 '부영'인데, 외국인 노동자 비율이 80퍼센트래요. 듣자 하니 계약금이 우리보다 30퍼센트나 싸대. 그러니 김과장 같으면 안 바꿔?"

"튀기 놈들이 또."

부겸은 금세 입이 비뚤어졌다.

"김과장 아니면 누가 화성의 마음을 돌리겠나? 나도 좀 살아야지. 이러다 중소기업 다 망해요. 화성이 잘났다 하는데, 우리 같은 하청업체 없이 어떻게 움직여? 안 그래? 김과장, 그러니까……."

"고사장님, 나 이제 은퇴할랍니다."

"오십이면 아직 젊잖아. 운동도 하고, 등산도 다녀. 이제 노후도 생각해야지."

"노후 생각해서 그만두겠단 겁니다."

"이 자식아! 우리 은희 생각은 안 해? 젊을 때 통통하던 얼굴이 지금은 과메기 마냥 바싹 마른 것 좀 봐. 이게 다 네 놈이……."

"이 새끼야, 내가 일 년에 삼백칠십 일을 일해. 일 년이 삼백육십오 일인데 삼백칠십, 팔십 일을 일한다고! 알아? 그리고 어디서 '놈, 놈' 이야? 내가 네놈보다 두 살 많은 거 몰라? 그런데도 평생 네놈 눈치 보느라고 네 앞에선 골프 한번 못 쳤어! 알아?"

"왜 이래, 김과장. 자네 무시해서 그러는 게 아니고."

고사장이 부겸의 팔을 살짝 끼면서 태도를 낮추자 부겸은 금세 태도가 누그러졌다.

"압니다, 고사장님. 하겠습니다, 해요. 은희 때문에 합니다. 대신 이번이 마지막이에요. 딱 일 년만 더 할 테니까 더 붙잡으심 안 됩니다!"

그렇게 하고 다시 들어간 직장이었다.

부겸은 우는 애한테 몇 번이나 조용히 하라고 다그치다가 애 엄마랑 싸우고 잠이 들었다. 그는 잠이 깨면 밥 먹고 주사 맞고 약 먹고 창가에 놓인 알로에를 한번 쳐다보다 또 잠들었다. 그렇게 한 3일 누워 있으니까 병원에선 퇴원해도 좋다고 말했다. 하지만 그는 이미 일주일간 휴가를 낸 상태였기 때문에 직장에 돌아가지 않았다. 대신 그가 찾은 곳은 도서관이었다.

그는 『오늘의 낚시』니 『세계 어류 백과』니 하는 책들을 뒤졌다. 세계 최대의 '사자갈기해파리' 를 발견했지만 그것의 촉수는 부겸이 본 것과 달리 연갈색 빛이었다. 그는 고민에 빠졌다. 다행히 세 시간 만에 한 가지 단서를 알아냈다. 작년에 방류한 말쥐치 5만 마리의 성과가 하나도 없다는 사실이었다. 그리고 해파리 퇴치 및 어류 자원 조성 사업에 투입된 예산 2천만 원의 행방 또한 묘연한 것이 수상했다. 그는 작년에 해파리를 잡았다는 어부를 찾아보기로 했다. 그는 무의도에 사는 노인 이재민 씨였다. 그곳은 부겸이 사는 운서 지구에서 불과 20킬로미터 거리였다.

부겸이 무의도 바닷가 마을에 도착했을 때는 낮인데도 하늘이 캄캄했다. 금방이라도 태풍이 들이닥칠 것 같은 날씨였다. 노인은 막내아들과 함께 해안에 늘어놓은 그물을 걷으러 밖에 나가고 없었다. 부겸은 슈퍼에서 산 막대 아이스크림을 핥으며 집 안을 살펴보았다. 이재민 할아버지의 초상화 밑에는 커다란 신문 기사가 코팅까지 되어 붙어 있었다. 하지만 사진 속에는 노인이 잡았다는 대형 해파리 사진은 찍혀 있지 않았다. 부겸은 다시 슈퍼로 가서 소주와 구운 오징어 두 마리를 샀다.

노인은 멀리서도 쉽게 눈에 띄었다. 그는 칠십이 다 된 나이에도 아직 정정했다. 가냘프지만 팔에 힘을 주면 근육이라도 나올 법한 몸매였다. 부겸은 자기 소개를 하면서 그에게 말을 붙여보았다.

"깜짝 놀랐지 뭐예요. 그렇게 큰 해파리를, 대체 어떻게 잡으셨대요? 에이, 설마. 아드님이 잡으셨겠지."

부겸이 슬슬 약을 올리자, 노인은 실핏줄이 터지도록 눈을 뒤집었다.

"이 사람, 진짜야! 10년간 써온 그물이 다 찢어졌다니까. 내가 이 일만 60년이야. 요만한 애기 때부터 팽이 돌리기 안 하고 배 꽁무니를 쫓아다녔다고. 해파리에 관해 나만큼 아는 사람도 없지."

노인은 호탕하고 시원시원한 성격이었다.

"갓처럼 생긴 게 붕 떠 있는데, 그놈들이 잘 뜨려고 몸에 가스가 차 있잖아. 몸 안에는 관이 있는데 그걸로 먹고 싸고 숨 쉬고 다 하는 거지. 또 그 밑으로 촉수 있잖아. 발 같이 생긴 거. 적이 나타나면 사냥 촉수가 몸보다 더 길게 늘어나버린다고. 특히 지난번 해파리 놈한테는 당할 수가 없었다니까. 촉수가 20미터쯤 늘어났어. 여기서부터 저까지 말이야.”

그는 방파제의 끝에서 끝을 가리켰다.

“에이 참, 영감님두.”

“정말이라니까. 그 사냥 촉수에 한번 맞으면 말이야. 온몸이 마비되고, 결국엔 호흡 곤란을 일으키다가 죽는다니까. 그래서…….”

노인은 갑자기 말을 멈추었다. 그는 구름이 잔뜩 몰려오고 있는 바다를 불안하게 바라보았다. 그러고 보니 그와 함께 나갔다던 막내아들이 보이지 않았다. 노인 말로는 아들이 스쿠버 다이빙을 너무 좋아해서 바다에 나간 지 벌써 한 시간이 되었다는 것이다.

“태풍 올 때는 하지 말라고 했더니. 그물 핑계 대고 또 나갔지 뭐야.”

노인은 걷다 만 그물을 팽개치고 해안 쪽으로 가까이 다가갔다. 비가 내리더니 점점 빗발이 굵어지기 시작했다. 그때 먼 바다 위에 뭔가 두둥실 떠올랐다. 다이빙용 산소통이었다. 잠시 후 그것이 엎어지면서 까만 잠수복을 입은 남자가 보였다. 노인은 덜컹하는 가슴을 붙잡고 바다에 뛰어들 태세였다. 그는 그물을 걷어왔다. 그걸 던져서 아들을 끌어낼 심산이었지만, 거리가 턱없이 부족했다.

“영감님, 배는 어딨어요?”

“없어.”

영감님의 말에 부겸은 더욱 다급해졌다.

“어부한테 배가 없다뇨?”

“팔았지! 해파리 때문에 살 수가 있어야지. 물고기도 안 잡히는데 기름 값을 무슨 수로 감당하나? 연안부두 나가 봐. 배 팔려 줄을 섰어.”

노인과 부겸이 발을 동동 구르고 있는 사이, 남자는 어떻게든 해변 쪽으로 헤엄을 치려고 안간힘을 쓰고 있었다. 부겸은 재빨리 해안경비대

초소로 달려갔다. 그는 구명 튜브의 한쪽을 철근으로 된 다리에 묶고 다시 해변으로 달렸다. 그는 그것을 남자의 손에 닿을 수 있을 거리까지 던졌다. 태풍 때문에 바다가 심하게 출렁거렸다. 튜브에 남자의 손이 닿을 듯 말 듯 했다. 하지만 빗물과 파도에 가려서 그는 튜브를 몇 번이나 놓쳤다. 그가 겨우 튜브를 잡으려던 찰나에 남자의 몸이 파도에 붕 떠올랐다. 그는 필사적으로 튜브를 잡았다. 그런데 남자의 몸 아래에서 하얀 물체가 흐물거리고 있는 것이 보였다. 그것은 점점 물 밖으로 몸을 들이밀고 있었다. 하얀 물체가 몸을 위아래로 들썩이자, 노인의 아들은 마을 쪽으로 떠밀려왔다. 하얀 물체도 뒤에서 그를 따라왔다. 부겸이 보기에 그것은 틀림없는 해파리였다. 해파리는 그대로 딱딱하게 서 있더니 갑자기 몸체 바깥을 향해 촉수를 내밀기 시작했다. 노인은 아들이 잡은 튜브를 재빨리 당겼다. 부겸도 그들을 도왔다. 마침내 노인의 아들은 모래사장까지 끌려왔다. 그는 오른 다리에서 피를 흘리며, 새파란 입술로 거친 숨을 쉬고 있었다. 그의 잠수복에서는 여전히 물이 뚝뚝 떨어지고 있었다. 손을 잡으니 화로 위에 있는 것처럼 뜨겁고 몹시 미끌미끌했다. 잠시 숨을 돌리는 사이, 바다가 다시 꿈틀거리기 시작했다. 파도가 심하게 요동을 치더니, 납작한 팽이 모양의 하얀 물체가 점점 뭍으로 올라왔다. 그것은 활짝 핀 국화꽃처럼 생겼으며 몸의 하체에는 하얀 원형의 날개가 꽃받침처럼 달려 있었다. 그 밑으로는 밝은 빛이 새어나오고 있었다.

"영감님이 잡으신 해파리도 날개가 있었습니까?"

"아냐, 연갈색 촉수만 잔뜩 달렸었어."

"그럼 저건 뭘까요?"

"글쎄. 아무래도 남태평양에서 난다는 외국산 해파리 같구먼."

해파리는 우리의 의문에 응답이라도 하듯 몸 아랫부분에 달린 원형의 날개를 펄럭거렸다. 해파리는 몇 번의 날갯짓 후에 갑자기 눈부신 빛을 내며 사라졌다. 그 순간, 부겸은 이상한 느낌을 받았다. 눈앞에 지난 50년의 인생이 황홀하게 지나간 것이다. 그는 문제아였다. 담배 피우고 성인 영화관 가는 일은 예사였다. 호기가 지나쳐 달리는 자동차를 향해 몸을 날린 적도 있었다. 고등학교 때도 여러 번 중퇴할 위기가 있었다. 젊은 날에 누구나 하는 반항의 일종이었다. 하지만 이제 그는 오십 줄이었다. 그는 점점 자신을 닮아가려는 아들을 바로잡아, 어떻게든 사회인으로 적응시키는 것이 하나 남은 의무라고 생각하고 있었다. 하지만 그는 자신에게 의무가 하나 더 생길지도 모른다는 예감이 들었다. 부겸은 노인과 그 아들이 귀가한 뒤에도 오랫동안 아무도 없는 해안가에 말없이 앉아 있었다.

그날 저녁, 부겸은 아들 둘과 아내가 모인 저녁 밥상에서 콩나물을 씹으며 이렇게 이야기했다.

"새로운 일을 시작해야겠다."

"또 그만둬? 오빠한테 일 년은 버틴다고 했다면서?"

아내가 따지자 부겸은 나직이 말했다.

"병원에 있으면서 조용히 생각해봤어. 과연 오늘날 아버지가 무엇인가, 가장의 임무란 무엇인가? 결론이 나지 않더군. 그런데 오늘 저녁에 엄청난 걸 봤단다."

"저거 말씀하시는 거예요?"

큰아들이 TV 화면을 가리켰다. '인천 상공에 출현한 UFO' 란 자막과 동시에 피부가 거뭇한 외국인 청년이 나타났다. 그는 친구를 배웅하러 인천국제공항에 갔다가 하늘에서 미확인비행물체를 목격했다고 말했다. 그와 동시에 휴대폰에 찍힌 동영상이 나왔다. 외국인은 납작한 하얀 물체가 무의도 해안 근처에서 떠올라 북서쪽 하늘을 향해 날아갔다고 덧붙였다. 뉴스를 보던 작은아들은 말도 안 된다는 듯 웃었다.

"아직도 UFO 따위를 믿는 구석기 시대인이 있나?"

부겸은 TV 앞으로 바짝 다가갔다. 그 외국인은 틀림없이 토니였다. 오후에 본 하얀 물체가 당연히 대형 해파리라고 믿고 있던 부겸으로선 당황할 수밖에 없었다.

"밑에서 불이 번쩍번쩍 나오긴 했지."

부겸이 중얼거리는 소리를 듣고 작은아들이 말했다.

"에이, 그건 UFO 믿는 광신도들이 매일 써먹는 얘기죠. 유리 겔러가 밥숟갈 구부리는 게 진짜 초능력이라고 생각하세요?"

작은아들의 말에 부겸은 눈을 부라렸다.

"20년 전, 내 눈으로 똑똑히 봤다. 유리 겔러가 숟갈 구부리는 거."

"에이, 그건 다 마술이라고 판명 났잖아요."

"맞아, 사기야, 사기."

큰아들의 말에 작은아들이 맞장구를 치며 자리에서 일어났다.

"아직 반도 안 먹었잖아?"

"내일 시험이라 공부해야 돼요."

"시험은 무슨 시험? 대학생 주제에 매일 술 퍼마시고 놀러 다니는 주제에, 이놈아, 넌 아버지가 일 년에 며칠을 일하는 줄 아냐? 자그마치 삼백칠십오 일을 일한다, 알겠냐?"

"일 년이 무슨 삼백칠십오 일이나 돼요?"

작은아들은 말끝을 흐렸다.

"보니까 이것들이 우리 회사 필리핀 놈보다 말버릇이 없네. 그래, 니들은 대학 물 먹어서 겸손하지 못한 거지?"

보다 못한 아내가 나섰다.

"이 양반이 왜 이래. 또 술 먹었어?"

"넌 좀 가만있어. 저기 뭐냐, 이토 히로부미랑 싸운 양반이 누구지? 이

순신?"

"도쿠가와 이에야스죠."

큰아들이 약간 주눅 든 어투로 말했다. 그러자 대학생 주제에 매일 술 퍼마시고 놀러 다니다가 시험을 앞두고 벼락치기를 준비하던 작은아들이 끼어들었다.

"도요토미 히데요시지."

부겸은 큰아들을 무서운 눈으로 보면서 말했다.

"네가 매번 필기에서 떨어지는 덴 다 이유가 있어. 어려서부터 암기 과목을 못했잖냐?"

"암기 못하는 건 작은놈이었지."

아내가 끼어들었다.

"이래서 우리나라는 문제야. 달달 외울 줄만 알았지, 응용할 줄을 몰라."

작은아들은 자리에 일어선 채 이 하찮은 싸움을 질려 하는 표정을 짓고 있었다.

"이거 재수강 과목이라서 무조건 A 받아야 한단 말이에요."

부겸은 아들을 노려보면서 무릎을 쳤다.

"그래, 대학생님. 어여 들어가 공부하셔요. 이순신 장군님도 겸손하게 살지 말란 말을 했답니다."

"이순신 장군이 언제 그런 얘길 해?"

아내는 황당한 표정으로 되물었다. 동탯국은 이미 다 식어가고 있었고, 부겸의 젓가락 끝에 걸려 있던 콩나물들은 식탁 위에 어수선하게 흩어졌다.

"영웅도 그런 이야기를 할 수 있단 말이야!"

"요즘 세상에 영웅이 어딨어요?"

작은아들의 말에 부겸은 가슴을 치며 벌떡 일어났다.

"왜 없냐? 내가 영웅이다!"

그러고는 마치 선전포고라도 하듯이 외쳤다.

"내일 당장 해파리를 잡으러 가겠다!"

잠시 정적이 흘렀다. 그리고 모두들 약속이나 한 듯 깔깔대고 웃었다. 부겸은 잠시 비틀거렸다. 가족들의 반대가 이토록 심할 줄은 예상하지 못했던 것이다. 그들은 반대하다 못해 자신의 계획 자체를 비웃고 있었다. 부겸은 이들 모두에게 본때를 보여줘야겠다고 생각했다.

다음날 그는 숟가락을 바라보며 한 가지 생각만을 하고 있었다. 점심시간이 되자 그는 화장실 바닥 청소를 하고 있던 토니를 불렀다. 부겸의 손에는 구겨진 데다 커피 자국이 나 있는 이력서가 한 장 들려 있었다. 그는 토니의 손에서 휴대폰을 빼앗았다. 동영상에는 분명 비행접시 같은 것이 하늘을 휘휘 날아다니고 있었다. 하지만 토니의 동영상을 보고도 부겸은 자신의 생각을 굽히지 않았다.

"이거 네가 냈냐?"

토니는 자신의 이력서를 보고 쑥스러운 듯이 고개를 끄덕였다. 부겸은 토니를 노려보다가 자기 소개서를 읽기 시작했다.

"'가족들 힘들어. 엄마도 아푸고 동생도 아푸세요' 이게 뭐냐? 이게. 한국에선 이렇게 쓰면 아무도 안 뽑아줘."

"네, 김과장님."

토니가 너무도 또박또박하고 예의바르게 대답했기 때문에 부겸은 조금 기분이 좋아졌다. 그는 구겨진 이력서를 정성껏 펴면서 부드러운 어투로 물었다.

"요새, 한국어 공부 좀 한다며?"

"네. 한국어 잘해. 야학에서 히스토리 공부해. 태정태세문단세예성연

중……."

"그럼 이순신 장군이랑 싸운 일본인이 누구냐?"

"도요토미 히데요시."

"대학생 놈들보다 낫구나. 이제 존댓말만 배우면 되겠어."

부겸은 종일 들고 다니던 은수저를 토니에게 건네며 물었다.

"이 숟가락 구부릴 수 있냐? 초능력으로 말야."

그러자 토니는 잠시 미간을 찌푸리더니, 눈에 힘을 주어 숟가락을 바라보았다. 그러자 멀쩡하던 숟가락이 앞으로 고개를 푹 숙였다. 부겸은 흠칫 놀랐다. 그는 토니를 뒤에서 다정하게 안으며 말했다.

"내가 보니까 넌 아주 똑똑한 것 같아. 그동안 너한테 조금 실수한 건 사과할게. 하지만 어제 일은 실수한 거다. 네가 본 건 UFO가 아니라 해파리였어. 너, 위증죄가 얼마나 무서운 줄 아냐?"

토니는 약간 겁먹은 표정을 짓더니 다시 생글생글 웃었다. 부겸은 괜히 화가 났다. 왜 나는 늘 웅크리고 화를 내고 있는데 이 자식은 행복한 표정인 거야? 혹시 나보다 돈을 많이 받는 건 아냐? 부겸은 자기보다 월급의 절반도 받지 못하는 토니를 질투하고 있을 만큼 어리석고 무모했다.

"너, 수영 잘하냐?"

"수염 잘해. 나, 수염, 최고, 베리 굿!"

"오늘 약속 없지? 나 좀 도와줘야겠어. 아르바이트야. 토요일이니까 일 끝나면 이것들 챙겨서 바로 와."

부겸은 토니에게 준비한 돈과 함께 쪽지를 건네주었다. 수영복, 100미터짜리 말린 밧줄 한 개, 3미터 높이의 쇠꼬챙이 두 개, 꽃게 50마리, 말쥐치 20마리, 투망, 밀가루 1킬로그램, 식초 5리터, 사이다 한 박스, 튜브형으로 된 미니 수영장, 10자짜리 투명 비닐, 디지털 카메라, 그리고 해파리를 마지막으로 목격한 무의도의 바다 약도였다.

"이번 일만 잘 되면 인사부랑 상의 좀 해볼게."

부겸이 이력서를 접어 안주머니에 넣자, 토니는 엄지를 앞으로 내밀며 웃었다.

그날 오후, 부겸은 머릿속으로 뭔가를 골똘히 생각하면서 백사장으로 걸어가고 있었다. 그런데 자기 앞에 조금 더 큰 발자국이 점점이 나 있는 것이 보였다. 그는 발자국을 따라갔다. 발자국은 해안선을 따라 걷고 있었다. 그리고 마치 어지러운 고민에 빠진 듯이 일자로 걷지 못하고 이리저리 흩어진 것이 눈에 띄었다. 마침내 발자국의 행렬이 끝났다. 그 앞에는 토니가 앉아 있었다. 토니가 흥분하며 일어나는 통에 부겸은 뒷걸음질을 쳤다.

"무슨 일이야?"

토니는 붉게 물든 해안선을 휴대폰 끝으로 가리켰다. 부겸은 토니의 손가락 끝을 쳐다보았다. 바다 저쪽으로 뭔가가 좌우로 몸을 흔들며 물 밖으로 나오고 있었다. 밑에서 하얀 물체가 희미하게 움직이는 모습을 보고 부겸은 마음이 급해졌다. 그와 토니는 재빨리 옷을 벗어 수영복 차림이 되었다. 그들은 다급하게 공기 주입 페달을 밟아, 튜브형 미니 수영장에 바람을 넣기 시작했다. 그리고 꽃게와 말쥐치 40마리를 투망 안에 넣고 흔들어댔다. 그 사이, 하얀 물체는 유연하게 몸을 움직이며 일정한 속도로 다가왔다. 부겸은 토니와 힘을 합쳐 튜브형 미니 수영장을 바다 앞에 바리케이드처럼 세웠다. 둘은 각자 기다란 쇠꼬챙이를 들고 튜브 방패 뒤에 숨어 공격할 기회만 노렸다. 그러나 하얀 물체는 더 숨을 곳이 없을 만큼 바짝 다가왔다. 두 사람은 가만히 고개를 숙였다. 머리 위로 거대한 둥근 그림자가 먹구름처럼 드리워졌다. 잠시 후, 먹구름이 걷히면서 거센 파도의 소용돌이가 일었다. 그 바람에 미니 수영장이 힘없이 쓰러졌다. 부겸은 작전을 바꾸기로 했다. 그는 사이다 캔을 일제히 따서 수영장에 콸콸 쏟았다. 그리고 꽃게와 말쥐치를 그 안에 풀었다. 그는 빈 투망 안에 비닐을 넣은 뒤 식초와 밀가루를 풀었다. 그리고 그것들이 잘 응고되게 섞은 뒤 온몸에 발랐다. 두 사람은 총으로 무장한 서양 군대에 맞서 돌멩이를 꽉 쥐고 있는 원주민 부족과도 같았다. 힘없고 우스꽝스럽지만 스스로는 비장했다. 부겸은 눈꺼풀 위로 흘러 들어오는 밀가루 때문에 눈이 따가워 죽을 것만 같은 것을 억지로 참으며 쇠꼬챙이를 위로 치켜세웠다. 하지만 해파리는 아직 별 움직임이 없었다. 파도도 점차 멎기 시작했다. 해파리가 미니 수영장을 뒤집어버리지 않을까 하는 상상에 빠져 있던 부겸은 조용히 고개를 들었다. 그는 이 알 수 없는 정적이 갑자기 두려워졌다. 그래서 완강히 거부하는 토니를 끌고 미니 수영장 안으로 들어갔다. 그들은 거대한 투명 비닐을 머리 위에 덮은 채 꼭 붙잡았다. 사방에서 꽃게와 말쥐치들이 그들 몸을 공격했다. 그 순간 거대한 바람이 정수리를 가격했다. 비닐이 날아가는 동시에 머리 위에서 검은 그림자가 느껴졌다. 그것이 자신들을 향해 내려오고 있음을 직감적으로 알아챈 두 사람은 수영장 밖으로 몸을 날렸다. 마침내 거대한 해파리가 그들 앞에 모습을 완벽히 드러냈다. 지난번에 본 것과 마찬가지로 그것은 납작한 꽃 모양이었다. 그것은 천천히 두 사람 앞으로 다가왔다. 해파리의 밑을 받치고 있던 원형의 날개가 하늘을 향해 얼굴을 완전히 들었다. 토니는 그것을 찍으려고 휴대폰을 꺼내 들었다. 부겸은 주머니에 있던 숟가락을 만지작거리고 있었다. 아내에게 오늘 잡은 해파리에 대해 어떻게 설명해야 할지 몰랐다. 그가 망설이는 사이, 대형 해파리는 위강과 입에서 액체들을 토해냈다. 2백 마리쯤 되는 동물성 플랑크톤들의 시체가 대포알처럼 쏟아져 나왔다. 몸이 가벼워진 해파리는 앞으로 기우뚱하더니 토니를 향해 쓰러졌다. 부겸이 당황하여 뒤로 물러서는데, 바다에서 몸집이 작은 생물들이 하나 둘씩 떠올랐다. 300여 마리나 되는 푸른병해파리 떼였다. 하나같이 기름을 뒤집어써서 원래의 색보다 더 검푸른 빛을 띠었다. 위에서 보았을 때 그들은 마치 푸르스름한 한 덩어리의 푸딩처럼 보였다. 갑자기 그 푸딩이 위로 번쩍 들렸다. 푸른병해파리 시체들을 뚫고 솟아나온 것은 쓰러져 죽은 줄만 알았던 대형 해파리였다. 부겸은 놀라서 주머니에 있던 숟가락을 꽉 잡았다. 그는 옆에 쓰러진 토니를 내려다보며 거친 숨소리를 냈다. '내가 네놈을 오늘 해파리냉채로 만들어주지!' 그는 놀라운 집중력으로 숟가락 끝을 노려보았다. 하지만 순식간에 해파리는 그의 머리 위로 10미터가량 붕 떠올랐다가 마치 엉덩방아를 찧듯 부겸을 향해 내려앉았다. 그러더니 크게 날개를 펄럭이며 하늘을 향해 날아올랐다.

그날 밤, 토니는 순찰을 돌던 해안경비대원에게 구조되었다. 그의 휴대폰에는 해파리의 원형 날개에 흡착된 채 하늘로 올라가는 부겸의 처참한 모습이 희미하게 찍혀 있었다. 하지만 경비대원은 물방울이 카메라 렌즈에 튀어 반사된 것이라고 하며 토니의 말을 믿지 않았다. 그로부터 3일 뒤에 경남 통영 앞바다에서 한 구의 해파리 시신이 발견되었다. 몸무게가 1톤이나 되는 대형 해파리 안에서는 중년 남자가 죽은 새우 2백여 마리와 함께 잠들어 있었다. 그의 온몸은 굵은 채찍에 맞은 듯 피멍으로 얼룩져 있었다. 신기하게도 그의 갈비뼈 사이에 은수저 하나가 끼어 있었다. 사람들이 아무리 몸을 흔들어도 그는 잠에서 깨지 않았다. 덕분에 이 불쌍한 영웅의 몸에 왜 수저가 들어있었는지 아무도 몰랐다. 다만 모든 것을 체념한 듯 앞으로 고개를 푹 숙인 은수저만이 아름답고 슬프게 빛나고 있을 뿐이었다.

 작품해설

아웃사이더의 환상

백지연 | 경희대 국어국문학과 강사

도시를 떠도는 기이한 해파리에 대한 이야기로 시작되는 권리의 「해파리」는 환상적인 형식의 활용을 통해 사회 풍자적인 소재들을 다양하게 다루고 있는 작품이다. 인천 근해라는 공간을 무대로 한 이 소설에서 해파리 소탕 작전과 UFO 소동은 극중 인물들이 처한 시대적 현실을 비유적으로 상징한다고 할 수 있다. 우리가 숨 쉬고 살아가는 일상적인 도시공간이 정체를 알 수 없는 해파리나 외계인에게 공격당하는 무시무시한 곳일 수도 있다는 음울한 전언은 소설의 도입부에서 잘 드러난다. 해파리에 의해 죽음을 당하는 노숙자들의 이야기나 해파리를 소탕한다는 시의회가 엉뚱한 대책으로 예산을 낭비하는 모습은 이 소설이 겨냥하는 시대풍자적인 의미를 잘 나타낸다. 더불어 작품을 형상화하는 주요한 기법으로 환상의 형식을 자주 활용한다는 점은 권리 소설 특유의 발랄한 상상력을 잘 드러내는 부분이다.

소설의 주인공인 김부겸은 53세의 중년 남성 가장이다. 인천 서구 검단 사거리 화물 운송 회사를 관리하는 그는 다섯 번이나 직장을 떠났다가 빠듯한 집안 형편 때문에 다시 일터에 나오게 된다. 생계의 압박 속에서 뚜렷한 삶의 기쁨을 찾지 못하던 그는 도시를 떠도는 해파리의 정체에 의문을 품고 해파리 소탕 작전에 나서게 된다. 회사에서 알게 된 필리핀 이주노동자 토니까지 동원한 김부겸의 해파리 소탕 작전은 결국 비극적인 활극으로 마감하게 된다. 유리겔라의 숟가락을 몸에 품고 해파리 속에 잠들어 있는 김부겸의 초라한 시신은 거대한 사회체제의 시스템 속에서 압사당한 전형적인 소시민 가장의 모습을 보여준다.

일상에서 마모되고 지쳐버린 소시민이 은밀히 품은 영웅 심리를 사회비판적인 소재와 결합시킨 이 소설은 기존의 권리 소설이 중요하게 형상화해온 문제의식들을 바탕에 깔고 있다. 그것은 개개 인물들을 하나의 부속품처럼 장악하고 있는 도시 문명 사회와 자본주의 일상의 체제에 대한 비판적 시선이라고 요약할 수 있다.

더불어 이 소설이 중요하게 다루고 있는 것은 이주노동자에 대한 차별, 주변인의 삶에 대한 성찰이라고 할 수 있다. 도시 주변을 유령처럼 배회하는 해파리를 볼 수 있는 사람은 사회시스템의 관리자나 지도층이 아니다. 이들은 무기력한 소시민이거나 일상 공간으로부터 이탈해 있는 어부, 혹은 사회로부터 차별받는 하층 노동자이다. 정체불명의 해파리가 사실은 부패한 사회가 만들어낸 배설물 같은 존재라는 점을 상기해 볼 때 해파리와 대결하는 이러한 소외계층 인물들의 패배 과정은 처음부터 예정되어 있는 것이라고 할 수 있다.

주인공인 김부겸과 더불어 소설에서 주요한 인물로 분석할 수 있는 사람은 이주노동자인 토니이다. 토니의 캐릭터는 이전의 권리 소설에서 다루었던 어느 곳에도 소속하지 못하고 떠도는 경계인의 삶을 사실적으로 드러낸다. 필리핀에서 대학까지 졸업한 지식인이지만, 한국사회로 이주해 와서 하층 노동자로 인격적 모욕을 받는 토니의 모습은 주인공인 김부겸의 차별적인 시선을 통해 선명하게 부각된다. "검단에는 중국, 베트남, 필리핀에서 온 공장 근로자들이 많았다. 부겸은 그들이 몹시 못마땅했다. 피부색도 맘에 들지 않고, 한국말을 잘 못하는 것도 싫어했다. 게다가 한국의 노동력을 그들이 다 빼앗아간다고 여기고 있었다. 부겸의 회사에도 외국인 노동자가 열다섯이나 되었다. 하지만 부겸이 보기에 그들은 매일 회사 뒤에 있는 쓰레기장 앞에서 담배나 피우고 잡담이나 떨다가 어떻게 하면 쉽게 돈을 벌까 궁리하는 것처럼 보였다."라는 대목에서 드러나듯이 토니는 김부겸과는 다른 본질적인 의미에서 사회로부터 소외되고 차별받는 인물이다. 하늘을 나는 거대한 해파리가 토니의 눈에는 지구를 습격하는 비행물체처럼 보이는 것은 그런 점에서 의미심장하다.

「해파리」에서 단적으로 드러나듯이 기성 사회체제의 시스템에 대한 강렬한 비판을 담은 마이너리티의 감수성은 권리 소설의 강렬한 개성이라 할 만하다. 전작인 『싸이코가 뜬다』와 『왼손잡이 미스터 리』에서도 두드러지게 나타난 것은 각종 배제의 시스템을 통해서 끊임없이 차별과 경계를 생산해내는 사회체제에 대한 비판적 자각이라 할 수 있다. 권리 소설의 주인공들은 이렇듯 부정한 사회체제에 대응하여 자폭하거나 경계선을 탈주하는 극단적인 방식을 감행하곤 한다. "감각의 바다에서 헤엄치는 게릴라 피시가 되고 싶었다. 재부팅해서라도 무無의 상태로 다시 돌아가고 싶었다."(『싸이코가 뜬다』)라고 고백하는 권리 소설의 인물들은 체제의 간섭과 구속을 못견디는 본질적인 의미에서의 자유인이다.

두 번째 장편소설인 『왼손잡이 미스터 리』에서도 인물이 선택하는 비극적 행로는 탈북자인 미스터 리의 행방을 통해 묘사되고 있다. 작가는 체제의 경계를 떠도는 아웃사이더들을 '익명의 카오스모폴리탄'으로 명명한다. 이들은 "현실에서는 질서를 깨는 인물임과 동시에 꿈에서는 질서를 지지하는 영원한 방랑자"이다. 다분히 낭만적이며 비극적인 혁명가의 모습을 보여주는 권리 소설의 인물들이 지닌 에너지와 개성은 충분히 가공되지 않은 자료들이나 서사적인 골격의 취약한 지점을 뛰어넘곤 한다.

소외된 마이너리티의 감수성을 내세우는 권리 소설은 앞서 언급했듯이 사실과 환상을 교직시키는 방법을 통해 인물들이 갖는 탈경계성, 탈공간성을 강화하는 서술방식을 보여준다. 위의 두 장편들에서 보여준 환상과 현실의 교직관계 역시 인물들이 갖는 방랑자의 면모를 강화해주는 의도적인 서사장치라고 할 수 있다. 주목한 점은 소설에서 드러난 환상과 현실의 관계가 전통적인 서사방식처럼 분명한 경계를 갖고 있는 것은 아니라는 점이다. 이는 권리의 소설뿐만 아니라 최근의 젊은 작가들의 소설에서도 자주 나타나는 성향이기도 하다. 환상은 딱히 현실과 분리된 것이 아니며 현실의 일부로서 포착되며 때로는 현실을 대체하는 더 리얼한 모습으로 드러난다. 권리 소설의 경우에는 이러한 환상의 설정이 시대비판적인 상징성을 강하게 나타낸다는 점에서 이채롭다.

「해파리」에서 사회의 아웃사이더들이 목격하는 해파리와 비행물체의 환상은 생태계를 파괴하는 거대한 자본주의 문명사회에 대한 비판적인 비유이며 상징이라 할 수 있다. 이러한 환상은 유리겔라의 숟가락이라는 상징을 통해 극대화된다. 유리겔라의 숟가락은 현실을 초월하는 기대가 가능했던 시대의 단순하고 아름다운 환상이다. 그러나 거대한 자본주의 일상 속에서 유리 겔러의 숟가락은 사기꾼의 초라한 마술에 불과한 것이다. 해파리와의 대결을 통해서 자기정체성을 입증받고자 하는 김부겸의 엉뚱한 모험이 유리겔라의 숟가락과 만나는 설정이 희극적이면서도 안타깝게 여겨지는 것은 이 때문이다.

권리의 전작 소설들이 성장 소설의 모티프를 통해 기성 사회에 흡수되지 않는 청년적 열정의 세계를 드러냈다면 단편인 「해파리」는 기성화된 삶의 관습에 묻힌 일상인을 다루고 있다는 변화를 보여준다. 이 소설이 다루는 한국사회의 세태에 대한 풍자의식은 탈북자의 눈을 통해 바라보는 남한사회의 풍자를 담은 『왼손잡이 미스터 리』의 세계와 만나기도 한다. 물론 세태비판의 문제의식이 소설적 디테일의 강화를 통해 좀 더 견고한 서사적 형태를 갖추어야 하는 점은 앞으로의 과제라고 할 수 있다. 소설에서도 김부겸과 이주노동자 토니의 관계가 상식적인 묘사를 벗어나고 있지 못한 점이나, 공간과 인물에 대한 정치한 디테일의 보완 문제는 주의 깊게 살펴보아야 할 부분이다.

젊은 작가들이 공유하고 있는 자기정체성의 회의와 불안에서 출발한 권리의 소설이 「해파리」에서 일상소재를 다루기 시작한 것은 여러 가지 측면에서 긍정적으로 여겨진다. 어쩌면 주인공 김부겸이 유리젤라의 숟가락을 회상하는 것은 학교를 '고등수용소'라고 명명하며 "유효기간 지난 우유 같은 청춘기"(『싸이코가 뜬다』)를 보냈던 젊은이로서의 자기를 돌이켜보는 것일지도 모른다. 이제는 일상 속에서 흡수되어 더 이상 흔적조차 찾을 수 없는 자신의 꿈과 열정을 되살리려는 주인공의 욕망이 보여주는 활극은 쓸쓸한 여운을 남긴다. 그런 점에서 이 소설이 보여주는 환상은 현실의 혹독한 국면을 환기시키는 또 다른 현실이라고 할 수 있다.

당신은 손에 잡힐 듯

권여선

1965년 경북 안동 출생. 서울대 국문과와 동대학원 졸업.
1996년 『푸르른 틈새』로 상상문학상 수상하며 등단.
창작집 『처녀치마』 『분홍 리본의 시절』 등.
오영수문학상, 이상문학상 수상.

당신은 손에 잡힐 듯

날이 더워지고 해가 길어지면서 그는 저녁 산책을 그만두었다. 대신 그는 느지막이 저녁을 먹고 전철을 타고 남서쪽 종착역까지 갔다. 한 시간 정도 걸리는 거리였다. 그곳에 특별한 볼일이 있는 건 아니었다. 북동쪽보다 남서쪽 종점이 10분가량 더 걸렸다.

역 구내에 있는 자동판매기의 커피는 미지근하고 달았다. 역내에서는 담배를 피울 수 없었다. 출구로 올라가는 계단이 비스듬한 처마를 이루는 곳에 앉아 그는 대략 한 시간에 한 잔씩, 세 잔의 커피를 마셨다. 전철이 달려오고 멈추고 떠나는 쇳소리가 신경을 자극할 때면 그는 바지주머니에서 고무로 된 주홍빛 귀마개를 꺼냈다. 귀마개 끝은 조그만 페니스의 귀두처럼 부드럽고 유선형이었다. 그는 양손을 들어, 반짝이는 자작나무 숲 사이의 오목한 빈터 같은, 잿빛 머리에 살짝 가린 양쪽 귀를 더듬어 조심스레 귀마개를 하나씩 밀어 넣었다.

그는 남서쪽 종착역이 있는 동네에 대해 아무것도 알지 못했다. 거의 한달째 밤마다 그곳에서 시간을 보내고 있었지만 한 번도 역 바깥으로 나간 적은 없었다. 어디를 가 보았다고 말할 때 그것은 얼마나 적은 경험과 이미지만을 의미하는가, 하고 그는 생각했다. 남서쪽 종착역은 그에게 달고 미적지근한 커피의 맛으로 각인되었다. 세 잔의 커피를 다 마시고 나면 통학버스를 기다리는 학생처럼 막차가 오기를 기다렸다. 마지막 전철은 시원하고 한산했다. 전철에 앉아 흔들리다 보면 그는 종이처럼 얇게 밀려오는 졸음의 겹을 느꼈다. 하지만 그가 졸다가 집 근처 역을 놓쳐 내리지 못한 적은 없었다. 그의 머릿속 가느다란 신경의 선 하나가 언제나 예민하게 살아 있는 느낌이었다.

전철역을 나오면서 그는 담배에 불을 붙였다. 그는 하루에 세 개비 정도의 담배를 피웠다. 아파트까지 걸어오는 동안 마지막 담배를 피우고 놀이터 옆 작은 쓰레기통에 꽁초를 버렸다. 밤이면 가로등 불빛에 물들어 주홍빛으로 보였지만 원래 쓰레기통은 모형 우체통처럼 빨간색이었다. 자신의 꽁초가 우편물처럼 어딘가로 배달될 것이라고 생각하면 그는 왠지 모르게 기분이 좋았다. 그래서 우표의 뒷면에 바를 정도의 침만 묻도록, 마지막 담배는 되도록 깨끗하게 피웠다.

집에 돌아오면 이를 닦고 귀마개를 빼고 잠자리에 들었다. 때로는 이를 닦지 않고 귀마개를 한 채 소파에서 잠이 들기도 했다. 바야흐로 깊은 잠이 들 만하면 알람벨 소리가 울렸다. 어김없이 아침 7시였다. 귀마개를 하고 잔 날도 7시의 알람벨 소리는 역시 느닷없고 날카로웠다. 머릿속 가느다란 신경 한 가닥은 말랑한 주홍빛 귀마개의 보호조차 거부하는 것 같았다. 선병질적인 소녀처럼 그것은 자기만큼 날카롭고 거슬리는 것들과만 연대하려는 듯했다.

예전에 그는 출근 준비를 마치고 아파트 현관을 나서면서 죽집에 전화를 걸었다. 그렇게 하면 죽집에 도착하는 즉시 포장된 죽을 받을 수 있었다. 처음에는 여러 종류의 죽을 사서 맛보았지만 얼마 후부터는 버섯야채죽만 샀다. 철이 바뀌거나 재료값이 널을 뛰어도 맛에 가장 변화가 적은 죽이었다. 해물죽은 날이 더워지면 비린내가 났고 고기죽은 때로 노린내나 핏내가 났다. 출근길 전철에서 그는 항상 죽 봉투를 안전하게 짐칸에 얹어두었다. 언젠가 한 번 혼잡한 틈바구니에서 죽이 포장된 플라스틱 용기가 눌려 터진 적이 있었다. 그가 전철의 짐칸에 얹어놓은 죽 봉투를 놓고 내린 적은 없었다. 그는 출근하자마자 죽을 먹고 조례에 들어갔다.

이제 그는 출근을 하지 않았지만 아침에 아파트 현관을 나서면서 휴대전화로 죽집에 전화를 거는 습관은 여전했다. 그렇게 하면 죽집에 도착하는 즉시 죽을 먹을 수 있었다. 그는 첫 번째 경비실 앞에서 담배에 불을 붙였고 죽집까지 가면서 첫 담배를 피웠다. 꽁초는 삼거리 편의점 앞에 놓인 쓰레기봉투에 버렸다. 죽집 문을 열고 들어서면 문에 매달린 종이 상큼하게 울렸다.

"어서 오세요."

카운터의 여자가 말했다. 그 말은 마치 출석을 부르는 소리처럼 들렸고 그는 착실하게 네, 라고 대답했다. 구석 쪽 탁자에는 이미 죽과 반찬이 담긴 식쟁반이 놓여 있었다. 역시 버섯야채죽이었다. 그는 자리에 앉아 숟가락으로 죽을 천천히 저었다.

퇴직한 지도 어느덧 1년이 지나고 있었다. 그의 명예퇴직은 강요가 아닌, 순수히 자발적인 선택이었다. 별로 계산할 것이 없는 그의 인생에서 그가 유일하게 꼼꼼히 계산을 해본 후 내린 결정이었다. 쉰 살이 넘으면서부터 그는 가장 많은 퇴직금과 연금을 확보할 수 있는 나이를 늘 염두에 두고 살았다. 대대적으로 연금이 하향 조정되는 추세 때문에 그 시기가 예정보다 3, 4년 앞당겨진 것뿐이었다. 퇴직 후에야 비로소 그는 자신이 의외로 경제적 여유가 있다는 사실을 알았다. 그렇다고 해서 그가 이제껏 살림에 쪼들리며 살아온 것은 아니었다. 식사는 늘 사 먹었고 계절마다 새 양복과 구두를 샀고 컴퓨터와 노트북과 휴대전화도 몇 년에 한 번씩 최신형으로 바꾸었다. 그는 저축을 늘리려고 노력하지 않았고 그럴 필요를 느끼지도 않았다. 소비가 한정되면 월급이 아무리 적게 오르더라도 저축 역시 그만큼 늘어나는 게 순리였다.

그는 불규칙한 증감곡선을 싫어했다. 식료품이나 의류는 그렇지 않았지만 유가는 때로 주가처럼 변덕스런 등락을 거듭했다. 그는 면허증도 없었고 차도 없었다. 그에게 중요한 것은 소득을 늘리는 것보다 소비를 일정한 규모로 한정하고 가외 지출을 줄이는 것이었다. 그러자면 불가해한 등락을 반복하는 소비재를 쓰지 않는 습관이 필요했다. 퇴직 후에 찬찬히 계산해 보니 투자해 놓은 신탁금이 꽤 많이 불어나 있었고, 20년 전에 융자를 끼고 사서 지금까지 살고 있는 서민용 저층 아파트의 가격이 재개발 붐을 타고 부쩍 올라 있었다. 그는 조만간 현재의 아파트를 팔고 땅값이 싼 변두리 지역으로 이사할 생각이었다. 그러면 집값의 절반 이상을 신탁에 예치할 수 있었다. 보유한 현금의 이자만으로도 그는 연금이 나올 때까지 충분히 생활할 수 있었다. 연금이 나온다면 저축까지 할 수 있을 것이다. 결국 그가 옳았다. 중요한 건 어디까지나 소비를 한정하는 것이었다.

그는 죽을 한 숟갈 뜨려다 문득 자신이 죽 그릇 속에 담긴 죽 같은 시간을 살아왔으며 앞으로도 그러리라는 것을 확신했다. 그의 삶이 죽 그릇 같은 원형 테두리에 한정되어 있는 한 그의 소비 또한 그 틀 속에 한정되지 않을 까닭이 없었다. 그런 확신은 그에게 안도감을 주었다. 출근을 하거나 하지 않거나 적어도 오전 8시까지의 그의 생활은 퇴직 전과 비슷했다. 이를테면 죽을 먹는 장소가 바뀌었고 죽의 온도가 조금 높아 죽을 휘젓는 시간이 조금 더 걸리는 정도였다. 그는 밑반찬을 추가하거나 남기지 않았다. 약의 정량을 복용하듯 주어진 음식을 깨끗이 비우고 일어섰다.

"맛있게 드셨어요?"

계산을 할 때면 언제나 카운터의 여자가 이렇게 물었다. 그는 맛있게 먹는다는 게 무슨 뜻인지 몰랐지만 여자의 이마를 향해 네, 라고 대답했다. 그것은 마치 자신이 어떤 인생을 흠모해 왔는지 모르지만 누군가 사후에, 잘 사셨어요, 라고 물어오면 그 이마를 향해 어김없이 네, 라고 대답할 이치와 같았다. 네, 라는 말은 그에게 긍정이 아니라 상대가 말을 건네면 수동적으로 작동되는 온순한 응답이었다. 어깨를 부딪치면 얕은 신음을 내뱉듯 그는 자극이 오면 합당한 반응을 했다. 한 번도 그 반응을 회의하거나 제어한 적은 없었다. 그에게 삶의 시간과 갈피는 그토록 규칙적이고 의례적인 무내용의 교환으로 가득했다. 내용이 없으니 변화도 없었다.

그도 한때는 퇴직 후의 삶에 조그만 변화를 도입하고자 시도한 적이 있었다. 직장에 다닐 때는 시간이 없어서 매식을 했지만 퇴직 후에는 직접 요리를 해볼까 생각했다. 그때까지 그의 요리다운 요리를 만들어 본 적이 없었다. 즉석식품을 렌지에 데운다든가 밥솥에 밥을 할 줄 아는 정도였다.

그는 아주 쉬운 음식부터 만들어 보기로 했다. 마침 날이 더워지기 시작했으므로 그는 냉국을 만들기로 했다. 끓이는 국보다는 한결 간단할 것으로 생각되었다. 인터넷에서 요리법을 찾아보는 것으로 준비는 시작되었다. 초반부터 그는 약간의 난관에 봉착했다. 의외로 냉국의 종류가 매우 많았다. 우무냉국이니 톳냉국이니 하는 생전 들어보지 못한 냉국도 있었다. 그는 요리 블로거들이 가장 간단하다고 추천한 오이미역냉국을 선택했다. 오이와 미역만 있으면 만사 오케이라고 했다. 재료에 냉국만 부으면 된다고 했다. 그럴 법했다. 오이, 미역, 냉국. 이름 속에 모든 재료와 과정이 축약되어 있으니 암기도 쉽고 공정에 대한 감도 빨리 왔다.

그런데 오이부터가 문제였다. 생으로 먹는 것이니 가급적 유기농이어야 하며 오이지를 담글 때 쓰는 통통하고 연녹색이 나는 다다기 오이를 써야한다는데 그는 다다기 오이가 무엇인지 몰랐다. 오이의 종류를 찾아보니 네 종류인가 다섯 종류가 되었다. 다다기 또는 다대기 오이는 일명 백오이라고도 한다고 했다. 누군가는 백오이가 조선 오이라고 했고 누군가는 조선 오이에 다다기 오이와 취청 오이가 있다고도 했다. 그는 메모지에 유기농 다다기 오이라고 쓴 뒤 괄호를 열어 백오이라고 쓰고 괄호를 닫았다. 다음은 미역이었는데 이것 역시 수월치 않았다. 미역에는 마른 미역과 생미역이 있었고, 포장미역과 재래미역도 있었고, 일반미역과 산모용미역도 있었다. 기왕이면 자연산미역이 좋다는 둥 그냥 마트에서 파는 포장미역이 간편하다는 둥 각기 다른 내용의 정보를 훑어본 후 그는 잠시 생각에 잠겼다. 결국 그는 메모지에 좋은 미역이라고 썼다. 마지막 관문은 냉국이었다. 그는 냉국 국물 레시피를 찾아 읽다 여러 번 한숨을 쉬었고 메모지에 뭔가를 열심히 썼다. 얼마 후에 그는 자신이 덮어놓고 필기해 놓은 내용을 확인하고 기겁했다. 유기농 현미식초, 사과식초, 유기농 설탕, 올리고당, 국간장, 맛간장, 액상스프, 유기농 참기름, 구죽염, 멸치액, 참치액, 육쪽 통마늘, 유기농 청양고추, 유기농 고춧가루. 냉국 만들기는 결코 쉽지도 간단하지도 않았다. 구입해야 할 재료를 정리하는 데만도 몇 시간이나 걸렸다. 마침내 그는 메모지에 적힌 '유기농'이란 말을 모두 지우고 '다다기' 니 '좋은' 이니 '액젓' 이니 하는 말도 차례차례 지웠다. 그로써 메모지는 '오이', '미역', '식초', '간장', '설탕'이라는 단출한 내용만 남았다.

동네 마트에서 장을 봐 온 그는 얼추 레시피에 따라 국물부터 만들었다. 만든 국물은 미리 냉동실에 한 시간쯤 넣어 두어야 한다고 했다. 그동안 오이를 씻고 미역을 불려 적당한 크기로 잘랐다. 한 시간 뒤에 냉동실에서 국물을 꺼냈다. 국물은 얼음 응어리가 져 있었다. 그는 건더기에 국물을 부어 섞은 다음 냉국 한 그릇과 수저 한 벌을 식탁에 놓고 앉았다. 검푸른 미역과 연둣빛 오이채가 뭉글뭉글 응어리진 얼음 사이를 맴돌며 북구의 저녁 바다를 떠올리게 했다. 이 한 그릇의 냉국을 만들기 위해 자신이 얼마만큼의 시간과 비용을 들였던가를 생각하자 뿌듯한 보람이 밀려왔다. 오이는 한 개씩 팔지 않아 한 무더기를 샀고 미역도 한 봉지나 샀다. 유기농 간장과 식초는 예상 외로 비쌌다. 설탕은 가장 작은 봉지를 샀지만 전체 양의 백 분의 일도 사용하지 못했다. 그가 만든 냉국 한 그릇의 가격은 얼추 한우 등심 1인분의 가격에 육박했다.

그는 국물과 건더기를 한 숟갈 떠서 입에 넣었다. 냉국을 맛본 순간 그는 최근 들어 경험하지 못한 기묘한 감정을 맛보았다. 처음에는 그 감정의 정체가 무엇인지 알지 못했다. 해일처럼 격하다고까지는 말할 수 없었지만 그의 영혼을 잠시 휘청거리게 만들 만큼은 당혹스런 감정의 습격이었다. 다감한 악수를 기대하고 내민 손목을 찰싹 한대 얻어맞은 느낌이랄까. 그것의 정체는 완전한 실망, 바로 그것이었다. 처음엔 상한 듯 시큼한 맛이 났고 그 다음엔 설탕의 단맛이 겉돌았고 마지막엔 비릿한 찝찔함이 남았다.

그는 끈기 있는 실험실의 과학자처럼 남의 재료로 5리터에 달하는 냉국을 만들어보았지만 결코 기대한 맛을 얻지는 못했다. 그는 의기소침해졌다. 과연 자신이 어떤 맛을 기대하고 냉국을 만들었는지조차 알 수 없었다. 어쩌면 오랫동안 그의 혀가 삼겹살 집 같은 곳에서 내주는 기름이 둥둥 뜬 밍밍한 냉국의 맛에 길들여진 탓일 수도 있었다. 그는 자신이 맛치일지 모른다는 생각마저 들었다. 그에겐 맛이라는 것도 결국 규칙적이고 의례적인 무내용의 교환에 불과했다. 그가 만든 냉국은 결코 삼겹살 집 냉국을 대신할 수 없었다. 그는 주어진 음식을 얌전히 수용하는 항수일 뿐 직접 칼을 휘두르거나 혀를 놀리는 변수가 아니었다. 오래 전부터 그에게 맛이란 말은 빈칸 같은 단어였고 생각을 중단시키는 블랙홀이었다는 것을 그는 그때에야 비로소 깨달았다. 마치 죽음을 모르듯 그는 맛을 몰랐다.

그는 죽집을 나와 마을버스 정류장으로 향했다. 학교와 도서관. 퇴직 전과 퇴직 후의 차이는 이것이었다. 학교행 전철이 아니라 도서관행 마을버스를 기다리면서 그는 어젯밤까지 생각해 두었던 내용의 끝부분을 더듬었다.

퇴직한 지 얼마 지나지 않아 그의 머릿속에는 교통사고를 당할지도 모른다는 엉뚱한 생각이 떠올랐다. 그는 그 생각을 쉽게 떨쳐 버릴 수 없었다. 교통사고가 아니더라도 뜻밖의 사고를 당해 죽을 가능성은 누구에게나 항존했다. 그럴 경우에 대비해야 했다. 그 후부터 그는 일일 연속극을 써나가는 작가처럼 매일매일 불의의 사고에 대비한 세세한 생각들을 이어나가기 시작했다. 어제까지 즉사에 대비한 생각들은 어느 정도 정리가 끝나 있었다.

그는 지난 일주일에 걸쳐 유언장에 들어갈 내용들을 다듬었다. 며칠을 고민한 끝에 시신은 기증하기로 결정했다. 유산의 문제는 오래 숙고할 여지가 있었다. 그에게 가장 가까운 친척이라고는 사촌형의 자식들뿐이었다. 그는 일찍 아버지를 여의고 홀어머니 손에 자란 외아들이었다.

그의 어머니는 24년 전에 죽었다. 정확히는 몰라도 아마 죽집 카운터를 보는 여자의 나이쯤 되었을 무렵이었다. 어머니는 고질적인 소화불량 증세로 오랫동안 식사량을 줄여 나가다 급기야는 아예 음식을 삼키지 못하게 되어 기진해 죽었다. 섭취량 X가 무한히 제로에 수렴할 때 필연적으로 일어나는 현상이었다. 따라서 급기야라는 호들갑스런 표현은 군에서 막 제대한 그를 비롯해 뒤늦게 그 사실을 알게 된 이웃들에게만 해당되는 느낌이었다. 당사자인 어머니는 아주 천천히 죽어 갔으리라. 천천히 삶을 지워 갔다고도 할 수 있었다. 어머니가 죽은 후 그는 거의 어머니 생각을 하지 않고 지냈다. 그러다 얼마전 유언장을 작성하기 위해 고심하던 저녁, 그는 문득 어렸을 때 어머니 손에 이끌려 오랜 시간 버스를 타고 낯선 동네에 갔던 일을 기억해 냈다. 그때 만난 사람이 큰아버지였다. 큰아버지의 외아들인 사촌형은 이미 고환암으로 세상을 떴지만, 자손이 귀한 집안에서 예외적으로 딸 하나와 아들 둘을 남겨 두는 업적을 이루었다.

고민 끝에 어젯밤 그는 재산의 반을 삼등분해 세 조카에게 분배하기로 결정했다. 각자의 재산 정도에 따라 차등을 둘까도 생각했지만 그렇게 하면 그들의 관계가 달라질지도 몰랐다. 기존의 재산에 똑같이 알파를 더한다면 셋의 관계는 달라질 게 없을 것이다. 그들이 달라져선 안 될 정도로 가치 있는 우애관계를 유지하고 있는지 어떤지는 문제가 아니었다. 중요한 것은 그가 물려준 유산으로 인해 그들 관계에 어떤 변화도 생기지 않는 것이었다. 나머지 반은 어떻게 할지 아직도 고민 중이었다. 오래 교직에 몸담아 왔던 만큼 뭔가 교육 발전에 보탬이 될 만한 일에 기부하고 싶었지만 뜻있는 일을 한다고 주장하는 각종 단체에 대한 신뢰나 정보가 부족했다.

초록빛 마을버스가 왔다. 그는 마을버스를 타고 가면서 이번에는 제2

의 가능성, 즉 즉사하지 않을 경우에 대해 찬찬히 생각하기 시작했다. 하루 이틀 안에 죽는다면 모르지만 그렇지 않다면 누군가 그를 간호하여야 할 것이다. 장애나 후유증이 심하다면 그를 오랜 기간 지속적으로 돌볼 사람이 필요했다. 이 대목에서 그는 세 조카에게 공평하게 재산을 분배하려던 결정을 회의했다. 셋 중 누군가에게 유산을 더 얹어 주는 조건으로 그 조카에게 자신의 간호를 위임하는 게 좋지 않을까 하는 생각이 들었다. 동등한 유산을 받는다면 동등한 책임을 지는 게 순리겠지만 인간이란 원래 그렇게 책임감이 드높은 존재가 아니었다. 가능한 한 책임을 회피하여 동등한 무책임으로 흐를 가능성이 훨씬 높았다. 그는 세 조카의 면면을 따져보려 했지만 나이들고 시들어 가는 그들의 얼굴만이 흐릿하게 떠오를 뿐이었다. 더 마음이 가는 조카도 없었고 덜 마음이 가는 조카도 없었다. 사실 그는 조카들을 자주 만나지도 못했고 짤막하고 형식적인 인사 외에는 대화다운 대화를 나눠본 적도 없었다. 설사 그들에 대해 좀 더 안다 한들 1년에 한 번 볼까말까 한 조카들 중 하나를 믿고 중환자나 불구자가 될 수는 없었다. 그는 이 문제를 일단 보류해 두기로 했다. 그가 즉사한다면 그의 유언장에 따라 세 조카가 재산의 반을 동등하게 나눠 가질 것이다. 그리고 그가 즉사하지 않는다면 병세의 위중함과 조카들의 반응을 따져 그때 유언장을 고쳐 써도 늦지 않을 터였다. 아니면 믿을 만한 간병인을 구하거나 좋은 시설이 있는 유료 양로원을 미리 알아보는 방법도 있었다.

밖은 후덥지근했지만 마을버스 안은 냉방이 되어 시원했다. 그의 옆자리에 늙은 남자가 와 앉았다. 그보다 대여섯 살은 더 들어 보였는데 자리에 앉는 모습에서 노인의 풍모가 완연했다. 버스는 주택가를 지나고 있었다. 그도 대여섯 살 더 먹으면 완연한 노인의 풍모를 띨 것이며 언젠가는 사고로 죽거나 자연사할 것이다. 그의 재산은 조카들과 그밖의 다른 곳으로 분배될 것이다. 삶은 의외로 간명했다. 그가 죽음을 향해 한발한발 다가서면서 느낄 고통이나 공포만 제외한다면.

그는 하루하루 늙어 가는 것은 아무렇지도 않았지만 한발한발 죽음이 다가오는 것은 두려웠다. 그는 두려움 속에서도 죽음의 고통은 어떤 것일까 생각해 보곤 했다. 어머니는 죽을 때 어떤 고통을 겪었을까. 어쩌면 고통의 강도는 그리 가공할 만한 것이 아닐 수도 있다. 삶에서 겪는 고통, 이를테면 폭행이나 고문, 수술에 의한 고통이 더 끔찍할 수도 있다. 그러나 그런 고통들은 아무리 심각하다 할지라도, 모름지기 견뎌 내기만 하면 삶으로 되돌아올 수 있는 막간의 고통인 것이다. 하지만 죽음에 이르는 고통, 소멸을 향해가는 고통, 그 끝에 오로지 공허만이 입 벌리고 있는 고통은 그 강도나 크기와 무관하게 매우 특별한 종류의 고통임에 틀림없으리라고 그는 생각했다. 그것은 사위어 가는 재의 고통일까, 번쩍하는 폭죽의 고통일까. 어머니의 죽음은 아마도 전자였으리라. 그렇다면 죽음은 다만 사라짐인가, 다른 차원으로의 건너감인가.

그는 나이가 들수록 세상에 대해 애정이 적어졌고 그만큼 관대해졌다. 너그러워진다는 것은 품위와는 관계없는, 둔감한 무관심에 가까웠다. 결혼을 한 적이 없는 그는 사소한 일로 누군가와 다투고 안달하고 토라지고 속을 썩는 식의 경쾌한 열정을 가져 본 적이 없었다. 어쨌든 죽음으로써 그의 눈앞에서 이 조잡한 세상은 사라지겠지만, 중요한 건 그가 사라지는지 아닌지 하는 것이었다. 차가 흔들릴 때마다 옆자리의 늙은 남자에게서 은은한 머릿기름 냄새가 났다. 그는 고개를 돌려 늙은 남자의 센 머리칼과 듬성한 머릿속을 잠시 쳐다보았다.

오래 전 그날 어머니는 금방이라도 자결할 듯 결연한 표정으로 어린 그의 손을 이끌고 버스 종점으로 갔다. 버스에서는 머리를 어지럽히는 석유 냄새와 양철 냄새가 났다. 닭이 병아리를 품듯 어머니는 그를 배 앞쪽에 품어 세우고 뒤에서 약간 구부정한 자세로 양쪽 좌석 손잡이를 붙잡고 섰다. 그의 앞에는 노인이 앉아 있었고 그 옆 창가에는 중년 여인이 앉아 있었다. 버스는 갈수록 붐볐고 어머니의 아랫배는 그를 점점 노인 가까이로 몰아갔다. 노인의 머리가 그의 코앞에 바짝 다가섰다. 노인의 하얗게 센 머리칼과 머릿속이 환하게 들여다보았다. 그는 몸을 비틀면서 어머니를 돌아보았다. 왜 그러니, 아가? 어머니가 물었다. 그는 조그맣고 두려운 목소리로 중얼거렸다. 할아버지요. 어머니가 고개를 조금 숙였다. 뭐라고? 어머니가 귀를 그의 입 가까이에 댔다. 그는 석유 냄새 때문에 코가 아팠고 오랜만에 외출로 흥분해 있었다. 할아버지가요! 그는 얼른 어머니에게 사태를 알리고 싶은 조급함에 집게손가락을 치켜들어 노인을 가리키고 이를 닦을 때처럼 입을 길게 벌려 외쳤다. 이—가 있어요! 그때 커지던 어머니의 눈과 덩달아 커지던 창가 쪽 여인의 눈, 그리고 그의 코앞에서 한없는 경악과 당혹으로 굳어 가던 노인의 탁한 눈. 그는 어머니가 죽은 지 사반세기쯤 지나 자신의 유언장을 작성하던 저녁에야 그 세 쌍의 눈들을 기억해 냈다.

그때 그 노인은 어쩌면 지금 옆자리에 앉은 늙은 남자보다 젊었을지도 모른다. 지금 그의 나이쯤밖에 안 되었을지도 몰랐다. 그 시대 사람들은 의외로 많지 않은 나이에 죽음에 익숙한 외양을 가졌으니까. 노인은 그와 그의 어머니를 향해 필사적으로 손을 저었다. 내레 무슨 이가 이서? 늙어서리 살비듬이 난 기야. 노인의 말은 어눌했고 목소리는 갈라졌다. 애기레 잘 보라. 애기 엄마레 날래 보라. 나 이 업서. 그때 노인의 머리에 이가 있었는지 어떤지는 알 수 없었다. 다만 그의 손가락질과 또렷한 누설의 말 한 마디로 창가 쪽에 앉았던 중년 여인이 자리를 비집고 나왔고 어머니는 그를 노인에게서 멀어지도록 안쪽으로 밀었다. 모든 승객들이 슬금슬금 움직였다. 이라면 치가 떨린다는 속삭임도 들려왔다. 보이지 않는 둥근 원 속에 유폐된 채 노인은 쓰라린 체험을 많이 했을 것이 분명한 입술을 실룩거리며 몇 정거장을 더 간 후 버스에게 내렸다.

옆자리의 늙은 남자는 그와 함께 도서관 앞 정류장에서 내렸다. 맑았던 하늘이 흐려지고 있었다. 늙은 남자는 제법 빠르고 활기찬 걸음으로 도서관 입구를 향해 올라갔다. 어쩐 일인지 요즘 도서관에는 학생보다 노인이 더 많았다. 도서관에서 하루를 보내고 나면 그는 두 번째 담배를 피우고 근처 식당에서 늦은 저녁을 먹을 것이다. 남서쪽 종착역으로 가서 세 잔의 커피를 마시고 막차를 타고 집으로 돌아올 것이다. 그리고 세월이 아주 조금만 더 흐르면 그도 수학이나 철학 책을 접고, 낚시 잡지나 역사소설을 뒤적이는 노인들의 무리에 자연스레 속할 것이다. 도서관과 노인, 그 조합은 좀 기이하고 음울하지만 무척 어울리는 데가 있다고 그는 생각했다.

그는 요즘 그 길을 자주 꿈꾸었다. 널찍하게 쭉 뻗은 양복점 길이었다. 진열장마다 잘 다림질된 양복 상의를 입은 상체 마네킹들이 서 있었다. 어머니는 한손으로는 그의 손을 잡고 한손으로는 약도가 적힌 쪽지를 들고 조그맣게 중얼거렸다. 허드슨 테일러, 허드슨 테일러. 그때의 어머니의 초조한 목소리를 생생하게 떠올리던 저녁, 그는 돈을 꾸러 가는 여자와 사랑을 속삭이러 가는 여자는 많은 공통점을 지녔으리라고 생각했다. 상대를 시급히 만나길 원하면서도 치달려가는 발길을 늦추고 싶은 불안, 용건을 제대로 말할 수 있을까 하는 근심, 단호한 거절에 대한 두려움, 그러나 어쩌면 종국에는 자신의 손에 행복의 보물이 쥐어질지도 모른다는 실날같은 기대. 다만 차이점이 있다면, 돈을 꾸러 갈 때는 자못 긴요해도 사랑을 고백하러 갈 때는 절대로 동반해선 안 될 어린 아들인 그의 존재였다. 어느 가게나 할 것 없이 진열장 유리는 광이 나도록 닦여 있었고 머리도 없는 외다리 마네킹들이 두툼한 고기를 꿴 꼬챙이처럼 즐비하게 늘어서 있었다. 꿈속에서 그들 모자는 허드슨 테일러를 찾지 못해 헤매 다녔다. 큰아버지를 만나는 시간을 무한히 늦추고 싶었던 어머니의 오래전 마음이 그의 꿈길에 길게 그늘을 드리운 탓인지도 몰랐다.

사방은 어둡고 안개로 가득했다. 그날 밤 꿈에서도 그들 모자는 역시 길을 잃었다. 캄캄한 어둠 속을 끝없이 헤매던 그의 귀에 갑자기 큰 새가 울부짖는 듯한 비명소리가 들려왔다. 그것은 마치 목이 잘린 남자 마네킹이 내지르는 비명처럼 처참했다. 섬뜩한 그 소리는 그의 머릿속 가느다란 신경줄을 타고 정수리 끝까지 올라왔다. 머리끝이 쭈뼛 곤두선 그가 어머니! 하고 소리쳐 부르려 할 때 그의 손에서 모래처럼 어머니의 손이 스르르 빠져나갔다. 그리고 곧 이어 두꺼운 진열장 유리가 산산조각 나는 무시무시한 파열음이 들려왔다.

그가 최종적으로 잠에서 깬 것은 새벽 2시 경이었다. 귓가에 낮은 웅성거림이 들려왔다. 그는 귀마개부터 확인했다. 귀마개는 귓속에 들어 있지 않았다. 집에 돌아와 언제 뺐는지 기억나지 않았다. 웅성거림이 그치고 사방이 조용해졌다. 잠시 후 굵고 낮은 남자의 목소리가 들려왔다. 문이 활짝 열린 베란다 쪽이었다. 어둠 때문에 그 목소리는 매우 가깝게 들렸다.

경찰들이 둥그렇게 모여 선 곳은 그가 살고 있는 동과 앞동의 중간 지점에 있는 놀이터였다. 철봉대 앞에 어떤 물체가 웅크린 채 누워 있었다. 엄밀히 따지자면 앞동 쪽에 조금 더 가까운 위치였다. 그가 살고 있는 단지의 아파는 전부 5층이었고 지어진 지 오래되어 동 사이 간격이 멀었다. 5층에서 범상하게 뛰어내린다면 결코 도달할 수 없는 자리에 시체는 놓여 있었다. 옥상 한편 끝에서 다른 편 끝까지 도움받기로 질주해 날듯이 도약하였다면 혹시 가능할지도 모를 위치였다. 경찰들 또한 그 긴 거리에 대한 의심에 사로잡혀 있는 듯했다. 몇 개의 플래시가 오르락내리락 하며 앞동 외벽을 집요하게 비추고 있었다.

"어디 부딪쳐 튕겼을까?"

이렇게 묻는 남자의 목소리를 그는 들었다. 그 물음에 대한 대답은 들려오지 않았다. 앞동 외벽에는 낙하하는 물체를 멀리로 튕겨 낼 만한 돌출부가 존재하지 않았다. 대답은 유보되고 있었지만 그는 플래시를 든 경찰들이 무슨 생각을 하는지 알 것 같았다. 튕기지 않았다면 뻔한 것이다. 누군가 집어던진 것이거나, 지금 쓰러진 그 위치에서 당한 것이다.

그가 꿈결에 들은 소리에 따르면 남자의 비명이 먼저였다. 뭔가 파열되는 소리는 비명이 들려온 지 2, 3초 뒤였다. 그렇다면 남자가 비명을 지른 후 도움닫기로 뛰어내렸거나, 힘센 누군가에게 집어던져지며 비명을 질렀거나, 그도 아니면 쓰러진 그 자리에서 비명을 지르고 심하게 가격당했을 가능성이 있었다.

무엇인가 운반되어 왔고 경찰들의 움직임이 분주해졌다. 어느 순간 조도가 높은 조명기구에 불이 번쩍 들어왔다. 놀이터 주변은 흰 박하 입자를 뿌린 듯 눈부시게 빛났다. 시체의 윤곽이 분명해졌다. 그는 바짝 긴장했다. 그는 눈을 가늘게 떴다가 다시 크게 떴다. 환한 빛은 쓰러진 사람이 여자라는 것을 알려 주었다. 커 보이던 자태는 전신에서 흘러나온 피 때문이었다. 짙은 핏빛 배경 위로 도드라진 여자의 몸집은 작은 편이었다. 옆으로 웅크려 팔을 뻗은 자세는 원소와 집합의 관계를 나타내는 기호(∈)처럼 보였는데 몇 번을 보아도 여자의 신체임이 분명했다. 그의 예상은 완전히 빗나갔다. 어떤 가능성도 그가 들은 소리나 순서와 맞지 않았다. 단 한 가지가 있다면 누군가 힘센 남자가 그녀를 집어던지며 비명을 질렀을 가능성 정도였다. 그런데 던져지는 여자는 전혀 소리를 지르지 않고 던지는 남자가 소리를 지른다는 게 가능할 것 같지는 않았다.

마지막 추측, 가장 강력한 가설은 그가 잘못 들었다는 것이었다. 그가 들은 것은 사실 남자의 비명이라고 확언하기 어려운 소리였다. 아니, 인간의 성대가 공명하여 내는 소리라고 믿기 어려운 소리였다. 그런 끔찍한 소리를 낸 존재가 철봉대 아래 웅크리고 누운 작은 몸집의 여자라는 게 그는 도저히 믿어지지 않았다. 그러나 그가 믿건 말건 분명한 것은, 그 순간만큼은, 비명을 지르던 순간만큼은 여자가 지구상의 어떤 생명보다 열렬하게 살아 있었을 것이라는 점이었다. 그는 베란다 방충망 가까이 다가섰다. 자신의 암컷의 죽음을 지켜본 우리 속 수컷처럼 그는 온몸을 부르르 떨었다.

새벽녘 폭우가 쏟아진 뒤의 놀이터는 축축한 모래로 덮여 있었다. 누군가 관심 있게 살핀다면 철봉대 아래에 긴 타원형의 짙은 얼룩이 있다는 것을 알 수 있겠지만 놀이터는 텅 비어 있었다. 그는 놀이터 옆 빨간 쓰레기통 앞에 서서 첫 담배를 피웠다. 꽁초를 쓰레기통에 넣으면서 그는 첫 담배의 꽁초인데도 왠지 마지막 편지를 띄우는 듯한 서글픈 느낌이 들었다.

경비실은 서너 동 마다 하나씩 세워져 있었는데 경비가 자리를 지키고 있는 일은 드물었다. 요행히 첫 번째 경비실에 경비 하나가 앉아 있었다. 그는 아직도 빗방울이 맺혀 있는 경비실 창문을 톡톡 쳤다. 경비가 작은 유리창을 열었다. 경비는 무척 늙어 보였다.

"오늘 새벽에 무슨 사고가 났습니까?"

경비는 무슨 말인지 알아듣지 못하겠다는 멍한 표정을 지었다.

"새벽에 사고가 나지 않았냐고요?"

"아니오, 선생님."

주름진 살갗들이 만들어 내는 경비의 표정에는 무언가를 애써 감추려는 기색이 역력했다. 마치 누군가 문을 두드리자 당황하여 아무도 없는 척하려고 불을 탁 꺼 버린, 불현듯 캄캄해진 창문의 표정이 그럴 것이었다.

"누군가 투신하지 않았습니까?"

그의 노골적인 질문에 경비는 조심스럽게 고개를 저었다.

"경찰차도 오고 그런 것 같던데?"

"아, 그거요?"

경비는 고개를 옆으로 돌리고 미간을 찌푸렸다. 오래 전 큰아버지도 그들 모자를 보자 이렇게 난감한 표정을 지었던 기억이 났다. 철없는 동생이 일찍 죽은 덕에 가난한 피붙이가 줄기는커녕 둘로 불어난 것이다. 예상은 했지만 막상 코앞에 닥친 사태에 제대로 대처할 준비가 안 된 자의 어려움이 묻어나는 침묵이 흘렀다. 어떻게든 여기서 끝막음을 해야 한다는, 말을 길게 섞을수록 손해라는 위기감을 느낀 경비가 어색하게 점잔을 빼며 말했다.

"부부싸움을 심하게 했대나 봐요."

그래서 남자가 여자를 던졌습니까, 라는 말이 그의 목에서 튀어나올 뻔했다. 아니면 여자가 그냥 뛰어내렸습니까. 차마 그렇게 물을 수는 없었다. 어머니 또한 차마 액수를 말할 수는 없었을 것이다. 멀미로 얼굴이 노란 조카와 수줍음 많은 제수를 보면서 큰아버지는 얼마나 주어 보내야 할지 본능적으로 계산을 끝냈다. 왕복차비보다 조금 낫지만 자꾸 와 봐야 별 소득이 없다는 것을 뼈저리게 깨닫게 하는 정도. 10년 뒤에 자신의 외아들이 양복점을 팔아먹고 빚더미에 올라앉아 마침내는 고환암으로 죽을 것도 모른 채 큰아버지는 갖가지 가위와 재봉도구들로 가득한 재단대 끄트머리에 말없이 봉투를 올려놓았다. 그 부피만큼 가볍게, 깃털을 털듯 손끝을 뿌리며 경비가 말했다.

“별 일 아니에요. 부부싸움 좀 했대요.”

늙은 경비는 이것으로 모든 대화가 끝났다는 듯 상체를 어정쩡하게 들어 올려 유리창을 닫으려는 자세를 취했다. 어쩌면 경비의 말이 맞을지도 모른다고 그는 생각했다. 모든 게 그가 꾼 꿈일 수도 있다. 그는 아프게 주먹을 쥐었다 폈다. 늘 그래왔듯이 네, 하고 대답한 후 젖은 유리창 앞을 떠나야 한다고 생각했다. 경비가 그를 쳐다보았다.

“왜 그러세요, 선생님?”

새벽녘에 추락사한 여자의 시선을 본 주민이 그만은 아니었을 것이다. 어차피 부수고 새로 지을 재건축 아파트였다. 놀이터 따위는 흔적 없이 사라질 터였다. 도대체 인간들은 10년 뒤, 20년 뒤를 생각하고도 지금과 똑같이 말하고 행동할 수 있을까, 하고 그는 생각했다. 그의 머릿속 신경 한 가닥이 파들거리며 부풀어 올랐다. 그는 다시 주먹을 쥐었다 폈다. 주먹을 쥐었다 펼 때마다 강물 속에 가라앉는 묵직한 칼처럼, 날이 선 침착함이 가슴에 내려앉는 게 느껴졌다. 경비가 두렵고 걱정스러운 얼굴로 물었다.

“어디 아프세요, 선생님?”

죽집에는 그의 죽이 준비되어 있지 않았다.

“오늘은 전화를 안 하셔서요. 지금 바로 준비해 드릴게요.”

카운터의 여자가 말했다. 그는 냅킨과 수저통만 놓인 빈 탁자에 앉았다. 늙은 경비는 별일 아니라고 했다. 사실 여자가 죽었든 아니든 별일은 아니었다. 경비의 말과 새벽의 정황을 종합해 보면 여자는 남편과 다툰 후 홧김에 옥상에서 뛰어내렸을 가능성이 높았다. 내놓고 떠들 일은 아니라고 판단한 부녀회나 자치회에서 경비들에게 함구령을 내렸을 것이다.

죽 쟁반이 왔다. 죽에는 얕은 김이 올랐다. 숟가락을 들자 바야흐로 모든 것이 어제와 똑같아지기 시작했다는 안도감이 찾아왔다. 그는 숟가락으로 죽을 천천히 저었다. 죽을 젓다 말고 그는 양손을 바지주머니에 넣어 귀마개를 꺼내 양쪽 귀를 막았다. 귀가 먹먹해졌다. 눈앞에 여자의 시체의 윤곽이 떠올랐다. 눈부신 조명은 여자 몸에 선명한 명암을 그려 놓았다. 그때까지만 해도 여자의 육체는 굳지 않아 말랑했을 것이다. 그는 다시 죽을 젓기 시작했다. 김과 깨가 퍼져 나가면서 죽 표면에 잿빛 동심원이 생겼다. 몸집도 작은 여자가 그토록 섬뜩한 비명을 지를 수 있을까, 하는 생각이 들었다. 고작 5층에서 모래 위로 떨어졌을 뿐인데 여자의 뇌가 그렇게 지독한 파열음을 낼 수 있을까, 하는 생각도 들었다. 그녀의 자궁도 함께 깨졌을까, 하는 생각도. 그는 고개를 저었다. 연민이라든가 안타까움은 아니었다. 굳이 지칭하자면 텅 빈 불탄 자국 같은 감정이라 할 수 있었다.

그는 갑자기 죽을 젓는 일을 멈추었다. 불현듯 둥근 죽 그릇과 죽이 저어지면서 생기는 원의 형태가 그에게 불가사의한 공포감을 불러일으켰다. 잘린 목의 단면이라든가 요강처럼 박살나기 쉬운 반구형 뇌의 이미지가 떠올랐다. 속이 울렁거렸다. 머리 둘레에 전기충격장치를 장착한 듯 양 관자놀이가 조였고 팽팽해진 신경줄에 누군가 활을 대고 격하게 켜대는 느낌이었다. 그는 숟가락을 놓고 자리에서 일어났다. 카운터의 여자가 재빠르게 그의 식쟁반을 살피는 기색이었다. 여자는 그가 꺼내 놓은 지폐를 집으며 언제나처럼 이렇게 물었다.

"맛있게 드셨어요?"

귀마개 때문에 여자의 목소리는 멀게 들렸다. 그는 양 손을 들어 귀마개를 빼냈다. 여자의 이마 언저리는 땀이 살짝 배어 반들거렸다. 여자는 그가 죽을 한 숟갈도 먹지 않았다는 걸 알고 있었다. 하지만 그런 사실과 관계없이 그는 여자의 이마를 향해 네, 라고 대답해야 한다고 생각했다.

그리고 상큼한 종소리를 남긴 채 문을 열고 죽집을 나가야 한다고 생각했다.

"맛있게 드셨냐구요?"

그가 못 들은 줄 알고 여자가 다시 물었다. 고개를 옆으로 돌리고 있었으므로 여자의 말은 그의 왼쪽 귀 가까이에서 울렸다. 왼쪽 귓불에 여자의 목구멍과 혀와 입술을 통과해 올라온 비음 섞인 목소리와 습기 찬 입김이 닿았다. 이 여자는 살아 있구나, 라고 그는 생각했다.

"맛없으셨나 보다."

여자가 투정을 부리듯 말하고 돈을 계산대 밑으로 집어넣었다. 그는 고개를 돌렸다. 여자와 눈이 마주쳤다. 오랫동안 이 집을 드나들면서도 여자와 이렇게 정면으로 눈을 마주친 적은 없었다. 여자가 눈을 깜빡였다. 그는 여자가 이토록 펄펄 살아 있다는 게 못 견디게 서운했다.

"왜 그러세요, 손님?"

여자가 어색하게 웃었다. 여자의 콧구멍과 화장이 뜬 콧날이 움찔거렸다. 그는 늘어뜨린 주먹을 천천히 쥐었다 펴면서 이 느낌은 무엇일까, 하고 생각했다. 여자의 위선적인 친절에 대한 염증일까. 그럴 수도 있다. 집요하게 대답을 재촉하는 데 대한 짜증일 수도 있다. 나이에 어울리지 않는 어리광 섞인 말투에 대한 경멸일 수도 있다. 그러나 지금 그가 느끼는 감정은 이 모든 것을 합한 것보다 훨씬 강렬했다. 여자가 발산하는 생명력이 못 견디게 서운한 이 마음의 정체는, 바로 증오였다. 그는 아무 이유 없이 여자가 죽기를, 여자의 목숨이 끊어지기를 바랐다. 갑자기 양 주먹에 힘이 불끈 들어갔다. 그는 자신의 감정상태가 정상적이지 않다는 것을 알았다. 한시바삐 이 자리를 벗어나야 한다는 것도 알고 있었다. 그러나 그는 다만 꽉 쥔 두 주먹에서 급류처럼 솟구쳐 올라오는 충동적인 괴력을 자제하느라 내림굿을 받는 사람처럼 어깨를 덜덜 떨고 서 있을 뿐이었다. 여자의 눈이 점점 커져 한 쌍의 원형에 가까워졌다. 오, 어머니! 그날 양복점 거리에 아들을 버리고 떠나려 했던 어머니! 그 후 18년 동안 눈에 보이지 않게 천천히 아들 곁을 떠나가 버린 어머니! 사는 것도 먹는 것도 치욕이라 했던 어머니! 아들에게서 삶도 맛도 빼앗아가 버린 어머니! 여자의 얼굴이 노파처럼 흉하게 일그러졌다.

"어디……아프니……아가?"

무서운 세계

정호웅 | 홍익대 국어교육과 교수

1.

권여선의 「당신은 손에 잡힐 듯」은 작품 마지막에 이르러 비로소 핵심을 드러내는 소설이다. 독자의 궁금증을 계속해서 부풀리며 모호하게, 밋밋하게 나아가다가 마지막 부분에서 그 핵심을 드러내 보임으로써 모호함의 안개를 일소하고, 끝나지 않을 것처럼 밋밋하게 전개되던 서사를 매조지는 구성법이다.

> 오, 어머니! 그날 양복점 거리에 아들을 버리고 떠나려 했던 어머니! 그 후 18년 동안 눈에 보이지 않게 천천히 아들 곁을 떠나가 버린 어머니! 사는 것도 먹는 것도 치욕이라 했던 어머니! 아들에게서 삶도 맛도 빼앗아가 버린 어머니!

주인공으로부터 "삶도 맛도 빼앗아가 버린" 사람은 어머니였다. 그 어머니는 무엇보다도 "그날 양복점 거리에 아들을 버리고 떠나려 했던 어머니!"이다. 그 기억이 그를 결정하였다. 무서운 기억에 의해 이루어진 무서운 일이다.

다른 독법도 가능하다. 구성법이 아니라 심리의 측면에서 읽는 방법이다. 주인공은 그 일 그 기억을 의식 아래 캄캄한 어둠 속에 묻어버리려 애썼지만 실패하고 말았다. 안간힘을 다해 억압해왔지만 끝내 의식의 수면 위로 떠오르는 것을 막지 못한 것인데, 그 일 그 기억이 얼마나 무서운 것인가를 섬뜩하게 증언한다.

2.

어린 영혼 깊숙이 자리 잡은 무서운 기억은 그를 '무내용'의 존재로 결정지었다. 그는 그로서 그의 삶을 살았다. 그러나 자신의 욕망을 갖지 않은 존재인 그를 그라고 할 수는 없으니 그는 그가 아니었다. 앞서 이끌고 뒤에서 미는 욕망이 없으므로 그의 삶은 같은 것을 반복하는, 변화하지 않는 텅 빈 형식만의 삶이었다. 이런 삶을 삶이라 할 수는 없으니 그는 그의 삶을 살지 않았다고 하는 게 옳다.

> 어깨를 부딪치면 얕은 신음을 내뱉듯 그는 자극이 오면 합당한 반응을 했다. 한 번도 그 반응을 회의하거나 제어한 적은 없었다. 그에게 삶의 시간과 갈피는 그토록 규칙적이고 의례적인 무내용의 교환으로 가득했다. 내용이 없으니 변화도 없었다.

어린 시절의 기억 때문에 이처럼 텅 빈 무내용의 존재가 실제로 만들어질 수 있는지는 모른다. 내가 주목하는 것은 이런 인물형을 다른 한국소설에서는 만날 수 없다는 점이다. 이 낯선, 섬뜩한 인물형을 좀 더 깊이 추구한다면 새로운 세계가 열릴 수 있으리라는 게 내 생각이다. 이 작품 뒤에 어떤 작품들이 나올지 궁금하다.

3.

「당신은 손에 잡힐 듯」은 제목처럼 그 내용이 잘 잡히지 않는 소설이다. 설명이 충분하지 않아 그 속에 담긴 뜻을 알기 어려운 문장이 많다는 게 가장 큰 이유이다. 몇 개만 들어보겠다.

> 1) 그에게 중요한 것은 소득을 늘리는 것보다 소비를 일정한 규모로 한정하고 가외 지출을 줄이는 것이었다.
> 2) 어쨌든 죽음으로써 그의 눈앞에서 이 조잡한 세상은 사라지겠지만, 중요한 건 그가 사라지는지 아닌지 하는 것이었다.
> 3) 그는 여자가 이토록 펄펄 살아 있다는 게 못 견디게 서운했다.

돈을 많이 모으겠다는 생각도 없는데 그는 왜 "소비를 일정한 규모로 한정"했을까? '한정' 이라는 단어는, 이 문장 첫머리의 "중요한 건"이란 구절과 함께 그가 분명한 어떤 이유 때문에 '의지적' 으로 소비를 통제하려고 했음을 말해준다. 그 이유는 무엇일까? 작품은 아무것도 알려주지 않는다.

그가 유일하게 두려워하는 것은 죽음이다. 죽음에 대한 두려움은 어디서 오는 것일까? 그것은 인용문 2)에 의하면 죽음으로써 그라는 존재가 "사라지는지 아닌지"와 관련된 것으로 보인다. 그렇다면 그는 죽어 사라지기를, 다시 말해 완전히 소멸하기를 바라는 것인가, 아니면 '다른 차원으로 건너' 가 다른 세계에서 이어 존재하기를 바라는 것인가? 작품에서 우리는 이 물음의 답에 다가갈 수 있는 어떤 실마리도 찾을 수 없다.

그는 죽집 여주인한테 엄청난 증오, 살의를 갖게 되었다. 인용문 3)은 그녀가 "펄펄 살아 있다는 게 못 견디게 서운했"기 때문이라고 말하고 있다. 그 '살아 있음' 이란 무엇을 뜻하는 것인가? 왜 그에게 그것은 '못 견디게 서운' 한 것인가? 앞의 인용문 1)과 2)의 경우와는 달리 이 물음들에 대해서는 궁색하나마 짐작은 해볼 수 있다. 그는 영혼 깊숙이 상처를 안고 죽음의 시간을 견뎌온 죽음의 존재이기 때문에, '펄펄 살아 있는 존재' 에 대해 그 같은 감정과 생각을 품게 된 것은 아닐까?

모든 것을 설명하려는 의욕 과잉으로 수다스러운 우리 소설 일반의 현실을 생각하면 권여선 소설의 이 같은 특성은 평가할 만하다. 그렇긴 하지만 불친절의 정도가 조금 지나치지 않은가?

4.

「당신은 손에 잡힐 듯」의 마지막 문장은 참으로 강렬하다. 죽음의 시간을 견뎌온 불행한 영혼의 저 깊은 어둠 속에서 느닷없이 솟아오른 엄마의 말.

> "어디……아프니……아가?"

그 말은 그의 기억 속 실제의 엄마가 하는 말일 수도, 아니면 그가 간절히 듣고 싶었던 그러나 한 번도 들을 수 없었던 엄마의 말일 수도 있다. 나는 뒤의 경우라고 생각한다. 어느 경우든 불행한 영혼의 존재성을 증언하는 것이지만, 이 경우가 훨씬 더 주인공의 존재성에 어울리기 때문이다. 환청으로만 엄마로부터 그런 염려의 말을 들을 수 있는 불행한 영혼도 있을 수 있는 것, 「당신은 손에 잡힐 듯」은 그런 영혼이 거주하는 무서운 세계에 다가간 작품이다.

오생, 아무도 가지 않을 길을 가다
– 오자외전誤子外傳

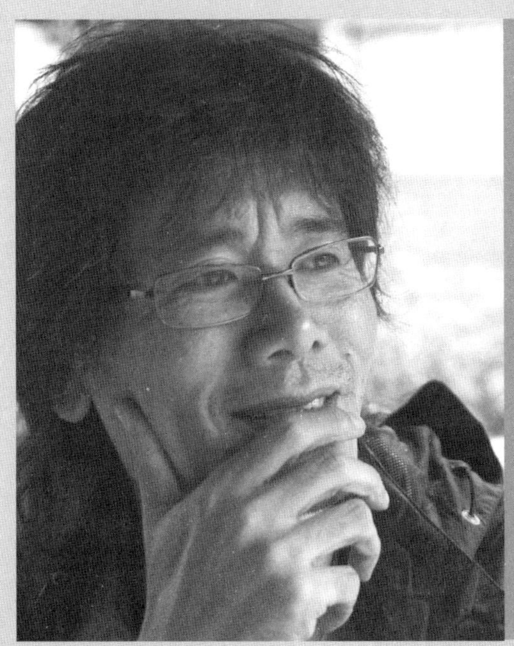

김남일

1957년 경기도 수원 출생. 한국외국어대 졸업.
1983년 ≪우리세대의 문학≫에 「배리」 발표하며 등단.
창작집 『일과 밥과 자유』, 『천하무적』, 『세상의 어떤 아침』, 『산을 내려가는 법』,
장편 『청년일기』, 『국경』, 산문집 『책』 등.

오생, 아무도 가지 않을 길을 가다

— 오자외전誤子外傳

당을 배반하다

예로부터 시절을 근심하고 풍속을 병통으로 여기는 자에 굴원 같은 이가 없다 하였으되, 근자에는 낙청, 영복, 종철, 세화, 노자, 중권 같은 이들이 그에 필적하리라. 헛된 이름과 거짓 학문이 판치는 강호를 스스로 꺼려 그렇지, 조금이라도 아는 이들은 한결같이 오생의 분세질속憤世疾俗하는 마음이 그들 못지않았노라 입을 모은다. 민국 59년 12월 대선 이후에는 정도가 우심해졌으니, 오생은 앉아 있어도 가시방석이요 서 있어도 태안갯벌이었다. 오생은 출구조사 결과가 발표되던 그 순간에 생을 딱 접고만 싶었다. 허나 육신은 구질구질하고 식구는 끈적끈적하니, 사사로이 생을 접는 것이 자 대고 딱지 접듯 쉬운 일은 아니었다. 말이 나왔으니 말이지, 한솥밥을 먹는 식구라고 다 오생 같지는 않았다. 평생 사립의숙에서 평교유로 있다가 정년퇴임한 오생의 부친은 재단의 이사도 아니거늘 진작 개방형 이사제를 골자로 하는 사립의숙법 개정안을 악착같이 반대한 보수야당 편이었고, 평소 오생을 마뜩하게 여긴 적이 거의 없는 누이는 시집간 지 스물여섯 해째 김장 김치를 얻으러 들렀다가 그런 부친과 죽이 척척 맞아, 위장전입과 BBK와 창昌 등 온갖 구설과 허물과 훼방에도 끄덕하지 않는 지지후보의 고공 행진에 희희낙락하며,

"박 서방이 여주 섬강 변에 땅 좀 사 놓은 거 아시죠?"

"후회막급이다. 나도 박 서방 말 들을 걸 그랬다."

"괜찮아요, 아버지. 강은 길고 땅은 많은 걸요, 뭐."

하면서 자신이 스물여섯 해 전 혼인을 통해 진입한 계급에 대한 애정을 변함없이 드러내었으되, 식구 중에 다만 한 사람 모친이 있어 오생이 일찍이 만물의 배후에 와습[1]이 있다고 주장하다가 민제(民帝: 민국과 제국) 동맹법 위반 등 혐의로 배소配所를 다녀온 이래 늘 그래 왔듯이 이번에도 남편 대신 장래의 맏상제에게 당신의 권리를 일절 위임할 작정으로,

"얘, 이번에는 또 누굴 찍는다냐? 누굴 찍어야 니가 따순 밥 먹고 장가도 가고 하겠니? 그래, 와습은 나왔어?"

하고 안쓰러운 시선으로 물었으니, 오생은 부친과 누이의 귀를 피해 당연히 당산동에 당사를 둔 당의 후보를 모친에게 추천하였는바, 귀 어두운 모친이 그만,

"몇 번? 3번?"

하고 되묻는 바람에 귀 밝은 부친과 누이로부터 모자가 시달림깨나 당하였다.

"흥, 아나, 좌파? 이녁두 얘 따라서 이제부턴 우동 안 먹구 좌장면만 먹을라우?"

---

1) 와습에 관해서는 졸고 「오생의 최후」, 「오생의 부활」을 참고하시라.

"아버지, 취직해서 땀 흘려 일할 생각도 없구, 사회주의 베트남 처녀한테 가라는 장가도 안 가구, 이런 좌파가 어딨어요? 얘가 좌파면 조지 부시 대통령은 이슬람 근본주의자게요?"

이쯤이면 세인은 당에 대한 오생의 충성도를 결코 의심치 아니하리라. 하지만 열 길 물속은 알아도 한 길 사람 속은 알 수 없는 법이어니, 정작 당자는 당의 권 후보도 아니요 집권 첫날부터 '무능한 좌파정권' 으로 낙인찍혀 온(무능한 건 몰라도, 세상 어느 좌파 정권이 비정규직을 그토록 양산하리오!) 여당의 정 후보도 아니라 놀랍게도 기호 8번 허 후보를 찍었는데, 이 사실은 오직 오생과 그의 그림자만이 아는 비밀 중의 비밀이었다. 오생은 일전에 지하철 노조원과 파업 문제를 놓고 말다툼을 벌이기는 하였어도 여전히 당원이었다. 그러나 당은 선거에서 무참히 패배하였다. 당은 의원을 열 명씩이나 두고서도 그 전보다 훨씬 적은 표(96만 표 3.9프로 → 71만 표 3.0프로)를 얻었다(심지어 노동자의 도시, 민국의 그다니스크 울산에서조차 고작 8.4프로 득표로 4위에 그치고 말았다). 물론 오생이 남다른 신통력으로 그런 결과를 예상한 것은 아니었다. 오생은 그저 음식물 쓰레기를 버리려 나갔다가 관리사무실 옆 선거벽보에서 필시 아이들이 장난으로 콧수염을 그려 넣었을 기호 8번 허 후보의 포스터를 보고 처음으로 공약을 자세히 읽게 되었는바, 그 순간 온몸이 감전된 듯 전율을 느꼈던 것이다. (이런 후보가 여태 초야에 묻혀 있었다니!) 공약 하나하나가 오생의 전두엽을 탕탕 때렸으니, ①유엔본부를 판문점으로 이전하고, ②몽고(요즘은 몽골로 쓰지만!)와 1차 통일 후 아시아 연방 통일을 추진하고, ③중소기업에 취직하는 자에게 다달이 백만 원 쿠폰을 발행하여 청년실업을 해소하고, ④노동3권 중 단체행동권 대신 경영참여권을 보장하고(단, 경영 참여 후 파업은 국가내란죄로 엄벌! 오해의 소지가 있으나, 이는 경영자들이 파업한다는 것과 같은 뜻으로,

그동안 놀고먹은 경영자들에게 대한 경고로 받아들여야 한다), ⑤첫 결혼시 국가가 1억 원 무상 지원하여 중산주의를 실현하고, ⑥군계일학 교육제도를 폐지하고 군학일봉群鶴一鳳 제도를 도입하는 등 어떤 후보도 내놓지 못한 가히 혁명적인 공약을 차떼기로 쏟아 낸 것이다. 오생이 망網을 뒤져보니 이미 난리가 아니었는데, 민국의 미래를 짊어질 IT세대는 영혼이라도 기꺼이 저당 잡힐 태세로 환호에 환호를 거듭하고 있었다. 컴퓨터 앞에 밤이고 낮이고 달라붙어 있다 보면 부지불식간 '지름신'[2]이 강림한다더니, 오생에게도 허 후보의 공약이 꼭 그렇게 강림하였다. 일각에서는 그의 공약이 심히 허황되어 개구연회(開口宴會: 개그콘서트)용이라고 웃어넘기기도 하였으되, 무릇 혁명은 여염과 누항의 상식을 뛰어넘고서야 성사되는 법, 오생은 오늘의 좀스러운 잣대로 내일의 창대한 구상을 재는 것은 처음부터 언어도단이라 여겼다. 호사가들은 또 그의 선거공보에 오탈자가 많고, 뜻이 모호한 낱말(예: 중산주의=中産主義? 重産主義?)도 적지 않고, 한 문장에서도 주어와 술어가 일치하지 않으며, 때로 앞뒤 문맥이 도통 이어지지 않음을 들어 하나를 보면 열을 알겠다는 듯 비웃기도 하였으되, 그런 지적이야말로 사소한 실수를 들어 진정성을 의심하는 단견이 아닐 수 없다, 고 오생은 생각하였다. 무엇보다 오생이 허 후보에게 미친 듯 빠져든 것은 그의 혁명적 진보성 때문이었으니, 가령 '농약생산 금지 및 미생물농사 실시'라는 농업 공약에 이르러서는 저도 모르게 가슴이 벌렁벌렁 뛰고 말랐던 눈물마저 뭉클 샘솟아 차마 영화배우처럼 잘 생긴 허 후보의 얼굴을 똑바로 바라볼 수조차 없었다. 그리하여 투표 당일, 오생은 파라치온, 그라목손, 포리옥신, 부라

2) 예쁜 물건이나 기능이나 질적 퀄리티 면에서 상당히 우수한 제품을 볼 때 멀쩡하던 사람의 정신 상태에 무작위로 강림하여 일시적이고 강력한 뽐뿌 현상을 일으킨다. 잠시 정신이 멍한 사이에 "아차! 사버렸다! ㅠㅅㅠ" 등의 충동구매를 부추기는 위험지수가 높은 신.(네이버 오픈사전)

마이신, 싱그론, 코니도 수화제, 매머드 액상 수화제, 석회유황합제 등 온갖 농약으로 찌들대로 찌든 민국의 논과 밭, 들과 산이 푸릇푸릇 생명력이 꿈틀거리는 땅으로 바뀌는 파천황破天荒을 눈에 그리며, 기표소 안에서 기어이 당을 배반하였던 것이다.

초야에서 기다리다

강호의 의리가 아무리 땅에 떨어졌어도 오생마저 그래서는 아니 되었던가. 오생은 허 후보가 고작 0.4프로(9만 6,756표)를 득표하였다는 사실에 처음에는 당혹하였고 나중에는 절망하였다. 어리석은 인민이 문제였다. 정녕 아침버섯은 저녁을 알지 못하고 매미는 봄가을을 알지 못하는가, 옛 성현에 기대어 마음을 추스를 엄두조차 나지 않는 무참한 패배였다. 허 후보 당자도 그런 패배가 믿기지 않는 모양으로 김구라가 진행하는 텔레비전 연예 프로그램에 나가서는,

"그러게요. 진짜 이상하죠? 내가 주변에 물어보면 다들 팔자 고치려고 8번을 찍었는데 어떻게 대통령은 애먼 사람이 됐는지 모르겠다고들 합디다."

하고 아이큐가 무려 430인 머리로도 도통 이해가 가지 않는다는 표정으로 말하였다.

그래도 단기필마 격인 허 후보야 차기(아니면 차차기)가 있다 하겠지만, 문제는 당이었다. 당은 이미 누란의 위기로 치닫고 있었으니, 참혹한 패배에 대하여 당당히 책임지기는커녕 분파끼리 책임 떠넘기기에만 골몰하였다. 자주파, 평등파, 해소파, 청산파, 분당파, 대충참자파(A, B, C, D그룹), 가끔협상파(A, B그룹), 트로츠키동맹(A, B, C그룹), 게찾사(체게바라를 찾는 사람들) 등. 당에는 이렇듯 사공이 너무 많아 배가 산으로

올라갈 터였고, 헌신과 배려, 존중과 솔선의 미덕은 소비에트 블럭이 무너질 때처럼 아무도 쳐다보지 않는 낡은 가치가 되었다.

하더라도 오생은 달라 자신의 선택에 대하여 스스로 책임을 지기로 하였으니, 그것이야말로 당원으로서 마지막 아름다운 결단이 아닐 수 없었다. 세밑 어느 날, 오생은 뜨거운 눈물을 삼키며 아파트 단지 곳곳에 걸린 〈살자니 종부세 폭탄 떠나자니 양도세 폭탄〉 현수막들을 뒤로 한 채 남행열차에 곤고한 몸을 실었고, 후학이 쓰다 버렸다는 별서別墅에 쥐처럼 기어들어가 유배를 자청하였던 것이다. 중니仲尼 왈, "예를 잃게 되면 초야에서 찾는다"(禮失而求諸野) 하였음은 대저 이를 두고 하는 말이 아니겠는가.

배소에서도 날이 가고 달이 갔다. 그러기를 수십 삭朔, 오생이 하루는 철마 화통을 삶아 먹은 듯한 고함에 놀라 눈을 떴다.

"이거이 뭐여? 요거이 사람 사넌 집구석이여, 시방?"

한 노인장이 마당 한복판에서 동서남북으로 마구 발길질을 해대는데, 초면으로 어쩌면 마실 왔다가 돌아가는 이웃 동네 분일지도 몰랐다. 간밤에 떨어진 감잎들이 이리저리 몸을 피하였고, 부러진 삭정이들도 데굴데굴 굴러다녔다. 오생은 막걸리 쉰내를 풀풀 풍기는 노인장에게 학인의 예를 다하고자 허리부터 꺾었다.

"소생이 불미하여 미처 치우지 못하였어요. 부디……."

"어매, 부디? 부디, 뭐? 노무현이맨쿠로 말은 잘혀. 말 잘 하는 거 이젠 아조 신물이 나니께 입은 닫구서리 눈만 뜨구 요걸 보랑께. 그려, 거그 눈에넌 요거이 사람새끼가 든 집구석이당가? 사람새끼라믄 당최……. 대차네. 간첩인가, 허구헌 날 방꾸석에 백혀서 뭣을 허는지, 쩟."

노인장이 담장 밑 화단을 우북하게 점령한 방앗닢(방아잎)과 그 옆 못생긴 젠피나무(초피나무)를 흘겨보면서 기가 차다는 듯 떨어뜨려 놓고 간 말이 오생의 마음을 흔들었다.

내가 하는 일이라…….

오생은 간밤의 술이 덜 깬 머리로 자기가 하는 일이 무엇인지 새삼 생각해 보았으나, 재배, 양축, 육묘, 원예, 도축, 선별, 건조, 벌목, 채취, 양식, 채굴, 가공, 저장, 도정, 제분, 방적, 직조, 건설, 중개, 판매, 운송, 사정(射精이 아니라 査定), 임대, 의료, 가사 따위 통계법에 의하여 통계청장이 고시한 〈민국표준산업분류표〉에 기재된 딱히 어느 것도 두드러지게 하고 있는 것 같지는 않았다.

오생이 하는 일은…… (편의상?) 기다리는 것이었다. 그저 줄창, 하루종일, 일년 365일(혹은 366일). 그런데 기다림은 직업도 아니었고, 1, 2, 3차 산업 어디에도 속하지 않아 국부國富의 측면에서는 전혀 무익하다고 지탄받을 만한 행위였다. (어찌하여 세인은 GDP에 보탬이 되지 않으면 곧 무익하다 여기는지! 오물과 쓰레기와 공해, 그리고 헛된 욕망을 생산하느니 차라리 아무것도 하지 않는 게 인류와 지구를 위하여 낫지 않겠는가.) 오생이 무엇을 기다리는지는 아무도 몰랐으니, 면내 우체국 소속 집배원도 흔한 고지서 한 장 날라다 주지 않았고, 하루에 한 번은 앞길을 오가는 택배 트럭도 오생의 우거 앞에는 서는 적이 없었다. 그러다보니 오생은 자신이 무엇을 기다리는지, 스스로 가물가물하기 일쑤였다.

가령 마당 한가운데 선 으름나무 잎사귀를 바람이 훑고 지나갈 때라든지, 구릿빛 어깨 사내들이 노을이 타는 강 복판에 서서 그물을 던질 때, 그 저녁 윤슬처럼 등지느러미를 파닥이는 은어가 은어를 불러 모을 때, 감나무 잎 점점 푸르고 빳빳해져 골을 타고 내려온 바람도 쉬 흔들기 어려워졌을 때, 매화 피어 흩날리고 매화 지자 벚꽃 흩날릴 때, 나비처럼 눈송이처럼 꽃 이파리들이 펄펄 날려 분별의 눈을 가릴 때, 해저물녘 고샅에서 만난 뒷집 할머니로부터 "해토머리엔 지둘렸다는 드끼

맹이들 가셔" 하는 말로 이웃마을 누군가의 부음을 들었을 때, 큰다리 난간마다 '식량주권 사수' '민제 FTA 결사반대' 구호가 적힌 언제적 노란 깃발들 여전히 목숨 걸고 나부끼는 것을 보았을 때, 색은 바래고 구호는 잠들고 그리하여 대낮 무덤 같은 방에서 "이대로 살면 죽느니만 못하다" 새삼 재생의 의지를 써서 붙일 때, 시간이 숫자도 바늘도 없는 빈 시계판 위에서 무시무종 달려갈 때, 함석 처마 아래 나무걸상에 누워 문득 떠오른 노래를 흥얼거릴 때, 그 노래가 고작 까마득한 세월 저편에서 부르던 "사랑한다 현대중공업 노동조합 형제들이여 우리들의 결사투쟁은 이다지도 끝이 없구나" 어쩌구였을 때, 그런 노래가 서쪽 하늘을 까맣게 덮는 먹구름을 불러올 때, 후드득 콩밭에 비 듣고 깨밭에 비 설 때, 재빨리 달려 나가 잘 닦인 아스팔트 위를 계엄군처럼 치고 나가는 소나기 뒤태를 볼 때, 보리 베고 난 밭에 보라색 자운영이 지천일 때, 자운영도 갈아엎고 그 쟁기밥 구수한 흙내음 속에 봄날이 유행가처럼 흘러갈 때, 텅 빈 길 텅 빈 시간 텅 빈 가슴 위로 언제고 승리하리라던 믿음이 삼풍백화점처럼 무너져 내릴 때, 그런 때, 모든 시간의 모든 때, 오생은 기다리고 또 기다렸지만, 문득문득 자기가 무엇을 기다리는지 아득하기만 하였다.

읍내에는 오생을 아는 유일한 두 지인이 있었으니, 서울 있을 때 길에 쓰러진 우즈베키스탄 노동자를 구해 주었다가 병원비 덤터기를 쓰고 쫓기듯 내려와 포장마차를 하는 부부였다. 그들 부부도 오생이 무엇을 기다리는지 몰랐으되, 들를 때마다 꽤 살갑게 받아들이곤 하였다. 밤이 이슥해서 어쩌다 오생이 포장마차 안으로 들어서기라도 하면,

"오메, 어쩐댜, 우리 오빠, 외롭와서 어쩐댜?"

하고 남도 사람 다 된 서울내기 아내는 시래기 헹구다 말고 물기 흠뻑한 목소리로, 그러나 얼굴엔 생글생글 예쁜 미소를 띠며 말하였고, 그러면

자기가 손수 손본 장작 난로에 불땀이 너무 좋아 오히려 미쳐버리겠다고 종종 푸념을 늘어놓곤 하는 남편은,

"지랄! 자꼬 그렁께 헹님이 더 외롭와지제."

하고 밉지 않을 만큼 말추렴을 하였다. 간혹 있는 손님들이 들으면 마치 오생이 외로움을 기다리기라도 하는 것처럼 오해할 수도 있었다. 그러거나 말거나 포장마차 안에만 들어가면 오생은 외로울 틈이 없었다.

"헹님, 이번 주말에 이거, 이거 하는데 항꾸네 가보실라요?"

남편은 두 주먹으로 허공을 할퀴듯 해보이면서 진지하게 물었다.

"이거?"

"아, 거시기 있잖어유, 왈왈."

"아, 왈왈."

남편은 개라면 사족을 못 썼으니, 보신탕? 천만에! 그는 육(소, 돼지, 다족류, 곤충), 해(민물고기, 바닷고기, 쏙, 게, 개불), 공(새, 닭), 해병대(양서류, 남생이, 자라)까지 두루 섭생하였으되, 개는 탕이든 수육이든 일절 입에 대지 않았다. 전우들의 시체를 먹은 개새끼들을 용서할 수 없다며 보는 개마다 발길질을 해대다가도 개고기를 먹자면 자다가도 달려왔던 오생의 배소 동기 박 선생(그는 국보법 위반으로 정확히 41년을 배소에 있다 풀려났다)하고는 경우가 완전히 달랐다. 남편이 즐기는 건 투견이었다.

"아이고, 이젠 형님꺼정 엮어서 겹으루다 쇠고랑 찰 일 있수?"

아내가 고리눈을 뜬 채 인근 어딘가에서 벌어진 투견시합장이 급습당해 개 주인 몇 사람이 달려갔다는 소식을 전해주었다. 남편은 한편으로는 내부 고발자를 욕하고 다른 한편으로는 그래도 개싸움만큼 재미난 건 세상에 없다, 우리는 다 되게 되어 있으니까 걱정은 집의 문설주에 붙들어 매고 나오시라 흰수작을 하였다.

"나는 개싸움 싫어."

"거 봐랑께. 우리 오빠가 당신처럼 왈왈구찌로 사시는 분이대? 아이구, 짠혀라. 이런 동상 두고 사는 우리 오빠 불쌍혀서 어쩔거나."

"지랄! 입 축일 거 좀 주고 나서 그래."

듣다 못한 오생이 말을 자르면, 그제서야 부부는 까르르 웃음보를 터뜨리곤 하였다.

하루는 오생이 또 술에 절을 대로 절어 허청허청 읍내로 나갔다. 휘영하니 보름달은 떠서 차들이 전조등을 켜지 않아도 될 만하였는데, 포장마차 앞에서 오생은 밑도 끝도 없이 눈물이 핑 도는 것이었다. 그 모습을 마침 숯불 피우러 나온 남편이 목격하였다.

"에구 헹님, 어째 또 이런다요? 오늘은 또 뭣이 슬플까이."

"어쩌면 저리 고울까?"

"엥?"

남편은 오생의 시선을 따라 하늘로 낯을 세웠다.

"니미. 난 또…… 달이야 때 되믄 당연지사 저 엠병을 하고 나오는 것이제. 근디 헹님, 헹님이 쎄빠지게 지둘리는 거이 뭣이다요?"

세인은 언제 어디서나 그게 궁금한 모양이었다. 기다리면 반드시 기다림의 대상이 있어야 하는 조례나 법조항이 있기라도 하다는 듯이. 벌써 까마득한 세월 저편, '그곳' 사람들도 애성이 나서 오생에게 다그쳐 묻고는 하였다.

"와습? 와습이 무슨 개뼈다귀야? 인마, 니가 진짜루 기다리는 게 뭐야? 장군님이야? 아니면 서울시청 꼭대기에 빨간 깃발 꽂을 날이야?"

오생은 그때 침대가 그런 용도로 더없이 적합하다는 사실을 처음 알았으니, '그곳' 사람들은 특허를 내도 될 만큼 정교했다. 옳지, 손은 그렇게, 아니 아니, 쭉 뻗어. 맘 푹 놓고. 몇 번 해봤잖아? 그래, 다리도. 옳지, 그래야 안 부러지지. 시작하면 그때부터 세는 거다. 하나 둘 이렇게. 물론 우리는 피차 지식인이니까 영어로 해도 돼. 원 투 쓰리 이렇게. 오생은 야전 침대 위에 얌전히 누워서 '각구목'으로 안 부러질 때까지 맞았다. 알고 보니 그 사람들은 결코 부러지게는 때리지 않는다고 하였다. 오생은 한 층 더 밑 지하실에 내려가서 전기로 지짐을 당한 선배한테서 나중에 그 이야기를 들었는데, 어쨌거나 오생은 자기만 살자고 내뺀 동지를 원망하지 않을 수 없었다. 오생은 진작 동지가 머문 곳을 불었는데, 동지는 비겁하게 흔적도 없이 사라진 뒤였다. 그때부터는 침대 위에서 동지가 갈 만한 곳을 정신없이 불었으나, 아아, 발이 달린 이상 어딘들 가지 못하랴. 동지는 달아나고, 그 사람들은 때리고, 오생은 사지육신과 전두엽이 차마 감당하지 못할 만큼 맞았다.

훗날 오생이 생각한 것이지만, 어쨌든 그때는 분명히 기다리는 것이 무엇인지 알았다. 하루 한시도 잊지 않았다. 깜빡깜빡 잊는 순간도 없었다. 오생은 그때 행복하였다. 기다리는 것이 있고, 분명하고, 또 그것을 잊으려고 해야 결코 잊을 수 없었을 때.

타는 목마름으로 타는 목마름으로 네 이름을 남몰래 쓴다…….

그런 세월이 있었지.

오생이 지금은 대저 무엇을 기다리는 것인가.

오생이 처음 짐을 싸들고 나타났을 때, 남편과 아내는 단번에 알아차렸다고 하였다.

"외, 롬. 이렇게 딱 써 있었다니께요."

"무식허게 외롬이 뭣이여. 외, 로, 붐. 이거제. 안 그요, 오빠?"

외로움을 기다린다?

그랬는지도 몰랐다. 그러나 사실 그렇게 무자비한 말이 어디 또 있으랴. 한 달쯤 지났을 때 오생은 너무너무 외로워져서 견디기 힘들었다. 그리하여 술을 마시기 시작하였고, 술을 마시고 나면 더욱 외로워져서 다시 술을 마셨다. 술병은 하루에 정확히 두 개씩 늘어갔다. 눈을 뜨면 땡 열두 시였다. 그러면 베갯맡에 나뒹구는 술병이 눈에 자꾸 밟혔고, 오생은 그게 꼴 보기 싫어 툇마루에 놓인 냉장고로 달려갔다. 거기에는 가지런히 잎새주들이 놓여 있었다. 툇마루 햇볕은 더없이 따사로웠다. 짠지 하나 싱건지 하나 없이 병술을 마시면서도, 오생은 쪼그려 앉은 제 작은 몸뚱어리 위로 살금살금 혹은 찌릿찌릿 내려앉는 햇살을 정인情人처럼 받아들였는데, 그때부터는 시간의 목덜미가 맥없이 툭툭 꺾여 나갔다.

하루는 오생이 낮잠을 자다 홀연 자기가 무엇을 기다리는지 깨닫게 되었으니, 이는 장주莊周가 호접몽을 꾸고 만상의 이치를 깨달은 것과 크게 다르지 않으리라. 오생이 깨달은바 기다림의 대상은 와습이 아니었고, '장군님'도, 서울시청 꼭대기에 낫과 망치를 그린 '붉은 깃발'을 내거는 것도 아니었으며, 그렇다고 수십 삭 전 대선에서 낙마하였다가 절치부심 근자에 필시 재기를 노리고 있을 허 후보도 아니었다.

오생이 기다린 것, 기다렸다고 깨닫게 된 것, 그건 여자였다. 뭇여자가 아니라 한 여자, 바로 그 여자! 눈 파란 이들의 철학에 기대자면, 영원부동의 일자一者, 특히 헤겔이 '논리학'에서 '바로 그 한 사람' 했을 때의 바로 그 한 여자!

바로 그 한 여자

오생은 일찍이 지하철 입구(이자 출구)에서 '우연히' 두 차례나 만난 바 있는 젊은 처자를 왜 이제야 떠올렸는지 자신이 참으로 한심하다는 생각이 들었다. (젊은 처자가 나누어 준 유인물을 기억하시리라. 선진 영국에서 백주대낮 공공장소에 설치된 무수한 CCTV를 통하여 버젓이 자행되는 비인간적 감시 체제와 탄자니아, 소말리아, 페루, 네팔 등 세계 도처에서 불공정무역의 희생양이 되는 어린 노동자들!) 어쨌거나 그 젊은 처자가 민국 59년 12월 18일 이래 그 지난한 기다림의 대상이라는 깨달음은 오생의 생에 아연 활력을 불어넣었다. 성장과 도배, 확산, 발전, 속도(가속도), 필요, 소용, 물질만능의 비루한 매몬이즘이 활개를 치는 시대였다. 당마저 계급적 평등의 기치 아래 다만 가진 자들로부터 더 많은 것을 빼앗아 그 재화를 없는 자들에게 더 많이 나누어주는 것을 지고의 사명처럼 생각하는 형국이 아니었던가. 그런 평등 또한 '더 많은 생산'에 뿌리를 두기는 매일반이었다. (생산은 에너지요, 에너지는 지구환경 파괴!) 하지만 그 젊은 처자는 근본적으로 달랐으니, 아무런 보상도 바라지 않고, 일국적 시야를 뛰어넘어, 오직 인류에 대한 뜨거운 애정만으로, 자신의 모든 것을 희생해 가며, 저 살벌한 '전선'에 홀로 나서지 않았던가. 오생은 한때 그 젊은 처자라면 호모 사피엔스사피엔스만의 미래를 넘어서는, 지구별에 사는 뭇존재(인간 영장류에 의해 유전자가 인위로 조작 변경된 가련한 생물체와 가능하다면 무생물까지 포함하여!)의 미래를 더불어 근심하고 대책을 논의할 수 있겠노라 생각한 적이 있음도 기억해 냈다. 그때 오생은 마지막 순간에 섹스를 생각하고 섹스는 곧 에너지(의 분출)이니 결국 유한한 지구 에너지를 고려하여 결합(에 대한 욕구)을 포기하고 말았는데, 오생은 새삼 남녀 간의 결합이 꼭 섹스만을 의미하지는 않을지니(가령 담소, 대화, 의논, 공동연구 등도 얼마든지 가능하지 않겠는가) 젊은 처자를 기다린다고 하여 학인의 품위나 혹은 지구에너지 보전에 관한 자신의 신념이 크게 손상을 입는다든지 하는 것은 아니라고 고쳐 생각하게 되었다.

마침내 오생은 술도 끊고 한층 더 붉은 신심을 갖고 젊은 처자를 기다리기 시작하였으니, 3D 위성항법장치가 없더라도 있는 길은 찾게 마련이고 만나야 할 운명이라면 첩첩산중이든 구절양장이든 다시 만나게 될 터였다. 하여 오생은 자나 깨나 바깥 동정에 귀를 모았는데, 단 한 여자도, 하물며 근처 암자에 불공을 드리러 가다가 물을 얻어 마시기 위해서라도, 찾아오는 적이 없었다. 오생은 초조해졌고, 그 초조함을 털어내기 위하여 다시 술병에 손을 대기 시작하였으니, 술은 술을 불러 어느덧 툇마루에는 무수한 술병이 중구난방으로 굴러다녔다.

오생이 하루는 술에 취해 꼭두새벽에 벌떡 일어나 미친 듯 걷기 시작하였다. 처음에는 강변 자갈밭 위를 마구 걸었고, 어느 때부터는 키를 덮는 갈대숲을 헤치며 걸었고, 물웅덩이를 몇 개나 텀벙거리며 걸었고, 신발 한 짝을 잃어버린 채 걸었고, 걷다가 나머지 한 짝도 에이 씨팔 하면서 짙은 강 어둠에다 내던지고 걸었고, 놀란 고라니가 빨간 눈빛을 반짝하고는 정신없이 달아나는 포장도로를 걸었고, 깜깜하다 못해 어둠이 염하는 종이처럼 온몸을 휘감아드는 길을 걸었고, 그리하여 몇 시나 되었을까, 이웃 면으로 빠지는, 평소에도 차 드문 판에 그 시각에는 차란 눈을 씻고 찾아보려고 해야 볼 수 없는 신작로를 걸어, 마침내 큰 다리에 이르렀다. 어디선가 비루먹은 개들이 맹렬하게 짖어댔는데, 그 때 오생은 자신 또한 아직 비루한 영혼으로 존재한다는 사실을 실감할 수 있었다.

"가이새끼들!"

오생은 눈물을 펑펑 쏟아내며 다리 난간을 붙잡고 섰으니, 달도 별도 없었다. 있다면 오직 다리를 붙잡고 있는, (몇 차례 실패를 딛고서서) 이제 다시 생애 최대의 결단을 내려야 하는 기구한 운명의 한 학인만이 있었다.

아아, 옛말에 이르기를 "백 세대 이전 인물에게나 흉금을 터놓고, 만리 밖 먼 땅에나 가서 활개치고 다닌다"[3]더니, 나야말로 꼭 그런 운명이었구나!

어둠 속에 강물이 흘러가고 있었다. 강, 저 강, 비루한 한 생을 삼켜 줄 저 깊고 검은 강…… 오생은 술이 깨기 전에 단행하기로 마음을 다잡았다. 한 여자, 바로 그 젊은 처자가 보름달처럼 환하게 떠올랐다. 에이 씨팔! 오생은 학인답지 않게 육두문자를 거듭 입에 담고, 또한 엉엉 울면서 다리 난간 위로 올라섰다. 그때 홀연 누군가가 다가와 그의 귀에 바짝 대고 말하였다.

―헹님, 안골 막갑이라고 원래는 진갑인데, 지하고 갑장(동갑)인디요, 한때 막 나가불었다고 혀서 막갑이라고 하거든요? 말짱할 때는 산악구조대에도 나가고, 산수유도 따고, 따서는 술도 만들어 폴고 하믄서 그럭저럭 넘 신세 안 지고 산다믄 사는 놈인디, 그 자식이 뒈졌다는구먼유.

―왜?

―약 처먹고. 파라치온 한 병을 고스란히 털어 마셨다나? 쐬주 댓병하나 나발 분 뒤.

―그럼 죽나?

―그람 제초젠디? 독새풀도 꼬실러 죽에불어라. 아, 그 막갑이가 접때는 필리핀 마누라 집 나갔다구 다리 우게서, 왜 쩌그 큰다리 있잖유? 거그서 뛰들겄다는 걸 간신히 즈그 삼춘이 보구 살레 놨더니 요번엔 돌아왔던 마누라 또 나갔다구 기어이 집 앉은자리서 그 염병을 해불었다오.

―큰다리에서 뛰어내리면 죽나? 하긴 물이 그렇게 깊진 않으니까 바

3) 與百世而唯諾 越萬里而翺翔. 박제가, 小傳. 안대회 옮김, 『궁핍한 날의 벗』(태학사)에서.

닥에 부딪쳐 죽을지 모르지.

—앗따, 헹님은 그러코롬 말하기도 수월찮을 틴디, 모르는 소리만 무장 골라 허시요잉. 한강 다리에서 뛰내리믄 물이 많아 살 것 같쥬? 그럴 것 같쥬? 천만이 만만이어라. 은젠가 큰다리서 뛰내린 놈을 봤는디, 창시가 터져 나와설랑…….

오생은 정신이 번쩍 들었으니, 죽어도 꼭 애써 그렇게까지 험악하게 죽을 것은 없다고 생각하였다. 오생은 눈물을 거두었고, 쉽게 발길을 돌렸다.

대저 천지간에 인은 왜 부득부득 생을 이어가는지!

그나마 오생에게 위안인 것은 읍내 포장마차 부부가 가끔 찾아왔다는 것이다. 또 가끔은 의료원에서 간호사로 있는 미영이와 읍내 아파트 앞 컨테이너 가건물 이층에서 에어로빅 학원을 차려놓고 원장 겸 강사로 있는 유진이가 그들 부부를 따라 불쌍한 삼촌을 위문 공연하러 찾아왔는데, 그때마다 대개 양념통닭과 그냥 기름에 튀긴 통닭을 반반 섞어 사오곤 하였다. 오생은 모처럼 활짝 웃으며 그들을 반겨주었다.

"미영아, 너 그때 그 애랑 잘해?"

"오빠, 과년한 처녀애한테 그게 무슨 말이대? 잘하다니?"

"아따, 이 사람, 오자마자 독수공방하는 헹님 복장은 긁고 그려?"

"큰삼촌, 어떤 애요?"

"왜 그 읍내 철물점 집 덩치 좋은 총각 있었잖아. 남원 어디 피씨방에서 스타하다 만났다던?"

"오빠, 언제고렷적 얘기래유 시방?"

"하하, 큰삼촌. 미영이 이 년, 딱지 맞았데요. 그래서 그때부터 퇴근하면 방문 걸어 잠근 채 혼자 운대유. 그지 미영아?"

"유진이 이 년, 나쁜 년! 니는 머시매를 냉게 돌리믄서 불쌍한 니 친구

하나 안 챙겨준댜?"

밤은 이슥해지고, 벌레 소리는 슬금슬금 들려오고, 변소에 쥐는 자고, 보름달은 휘영청 산 마루에 걸리고, 강 건너 산업도로에는 거대한 화물차들이 굉음을 날리며 북쪽으로 북쪽으로 달리고, 북쪽은 그 젊은 처자가 파렴치하고 몰염치한 세상, "속도가 속도를 반성하지 않는"(김수영) 세상과 맞서 홀로 싸우던 곳/ 북쪽 북쪽 아우라비 북쪽/ 소쩍 소쩍 아우라비 소쩍/ 징그럽게 새 울고, 미영이는 앗싸아~ 〈낭만고양이〉를 부르고, 유진이는 두부 같은 허리살을 흔들며 춤추고, 부부는 손뼉 치며 깔깔 웃어대고…….

무어 대단한 비의가 있으랴. 그 정도가 어쩌면 생의 본질, 생의 핵심일지 몰랐다.

그렇게 다시 날이 지났을 때, 간밤 밤새도록 좁은 마당을 휩쓸며 귀신처럼 울어대던 바람마저 잔잔해지고, 어느덧 가을, 똘배나무 가지 위로 습자지 같은 하늘에 습자지 같은 낮달이 묻어나는데, 냉장고 문을 열고 잎새주를 꺼내려던 오생은 문득 낯선 인기척을 느꼈다.

응, 누구지?

갑자기 오생의 가슴이 벌렁벌렁 뛰기 시작하였다. 혹시? 오생은 눈을 질끈 감은 채 길게 숨을 고른 다음 바람처럼 달려 나가 젊은 처자를 찾기 시작하였다. 하지만 어디에도 보이지 않았다. 다시 가만히 귀를 기울이자, 그제서야 소리의 진원이 바로 집 뒤 언덕이라는 걸 깨달았다. 가까이 다가가자 덤불숲 사이로 얼핏 검은 그림자가 보였다.

"누, 누구셔요?"

오생이 조심스럽게 물었으나 그림자는 아무런 대꾸도 없이 사라졌다. 그 뒤태로 보건대 젊은 처자는 결코 아니었다. 오생은 크게 낙담하였으나, 잠시 후 정신을 차려 그림자가 있던 곳으로 걸음을 옮겼다. 무어 특별한 흔적은 없었다. 그러나 언덕을 내려오려고 할 때 오생은 깜짝 놀라 저도 모르게 발길이 얼어붙고 말았다.

커다란 미루나무 밑동에 수도 없이 하얀 게 박혀 있었는데, 알고 보니 낱낱이 다 솜이었다. 한 번도 올라와 보지 않았지만 전에 없던 솜들인 것만은 분명하였다. 그렇다면 그 그림자가 해놓은 것? 찬찬히 살펴보던 오생은 코를 찌르는 독한 냄새에 질겁하여 훌쩍 뒤로 물러서지 않을 수 없었는데, 그러다가 마침내 나무 밑동에 아무렇게나 버려진, 위장관에 심한 자극을 주고 신장 기능을 억제하고 호흡기를 파괴하고 폐섬유화를 진행시켜 마침내는 호흡부전 상태를 일으키는, 찻숟가락 하나 용량으로도 치명적인 천하제일의 제초제 그라목손 한 병을 발견해내었다.

때마침 옆집 할머니가 방에서 나오다가 오생과 눈이 마주쳤다. 오생이 자초지종을 설명하자, 할머니는 미스 마플처럼 금세 논리적인 설명으로 사태의 전말을 밝혀주었다.

"요 언덕빼기 밭 주인 홍씨여 홍씨. 왜 거시기 가끔 여그 밭에 와서 거시기하던 양반."

"그 분이 왜요?"

"몰라 물어? 이 큰 낭구 그늘 땜에 즈그 밭에 거시기 안 든다 여름내 성화 아녔어? 그러더니 긔어이 거시기헌 것이제. 이 좋은 낭구를 아조 절딴내 버렸고마이. 한여름 이 낭구 땜에 을매나 시원혔는디, 이자 그것두 거시기 돼버렸구먼."

오생은 죽비로 세게 얻어맞은 듯 정신이 얼얼하였고, 허 후보의 득표율을 확인하였을 때보다 곱절은 더 큰 충격을 받았다. 그리고 그 다음 순간, 오생은 도사처럼 무엇인가를 홀연 깨달았으니, 슬프긴 하여도 스스로 찾아온 배소에서 보낸 지난 수십 삭 세월이 정녕 헛된 것만은 아니었다.

내가 옳았어!

인간은 스스로 희망을 제거함으로써만 레종데뜨르(raison d'etre), 즉 제 존재의 의의를 확인하는 치유불가의 운명인 것을!

배소 밖의 세상

북풍이 맵짠 어느 날, 오생은 마침내 배소를 떠났다.

이웃 할머니들에게는 언제고 다시 오마 인사를 건넸으되, 그것이 여행지에서 주고받는 약속처럼 얼마나 부질없는지(사진 꼭 보내 줘. 그림엽서 잊지 말구.) 오생 스스로 잘 알았다. 제 밭의 작물을 풍성하게 가꾸려고(그리하여 '이기적'으로 제 식솔을 먹여 살리고, 배불리 먹은 식솔들은 유한한 지구 자원을 낭비하며 오존층을 파괴할 이산화탄소와 쓰레기를 대량으로 방출할 것인데!) 생때같은 거목을 말 한 마디 없이 고사시킨 농부 홍씨와는 끝내 인사를 나누지 않았다. 농자천하지대본이라 하였으되, 그런 욕망이 대본이라면 천하 어디에 공생의 희망이 남아 있을진저! 하여도 발길을 떼는 오생의 마음이 마냥 씁쓸한 것만은 아니었으니, 어렵고 막막하기만 하던 기다림의 시절을 더불어 난 포장마차 부부와 미영이, 유진이, 그들과 두루 나눈 정만큼은 천금을 준대도 바꾸지 않을 소중한 기억이었다.

> 역사는 아무리 더러운 역사라도 좋다/ 진창은 아무리 더러운 진창이라도 좋다/ 나에게 놋주발보다도 더 쨍쨍 울리는 추억이/ 있는 한 인간은 영원하고 사랑도 그렇다(김수영, 「거대한 뿌리」)

역에서 기차를 기다리는 동안, 때마침 북쪽 하늘부터 끄무레해지더니 눈이 올까, 눈이 왔다. 오생은 가슴 저리게 기뻤다. 눈은 참으로 아름답게 내렸다. 눈을 감자, 눈은 마당 가운데 열매가 바나나처럼 벌어져 이미 다 떨어진 으름나무 빈 가지 위에 내렸고, 이웃집 할머니네 파란 함석지붕 위에 내렸고, 좁고 짧은 골목을 늘 환하게 비춰주던 보안등 꼭대기에도 내렸고, 봄이면 매화, 개나리, 진달래, 벚꽃, 산수유, 철쭉, 배꽃들을 무시로 피워내는 뒷산 언덕에 내렸고, 언제고 오리라 기다리던 젊은 처자가 끝내 오지 않은 강변 포장도로 위로 내렸고, 앞산 그리메 위로 내렸고, 석양빛 붉게 타던 몇 달 전 시간 위로 내렸고, 어제라는 시간 위로 내렸고, 그리하여 마침내 모든 게 사라졌다고 믿었는데 여전히 남은 게 있다는 사실을 새삼 깨닫게 된 오늘 위로 내렸다.

하지만 군 경계선을 넘자마자 언제 왔냐는 듯 눈은 그쳤고, 오생 또한 현실을 직시하지 않을 수 없었다. 그 현실은 수십 삭 전의 그것과 질적으로는 크게 다르지 않았으되, 외형적으로 훨씬 풍부해지고 다채로워져서, 언뜻 봐서는 전혀 다른 풍광인 듯싶었다. 촌로들만 태운 무궁화호 열차는 강을 건너고, 다리를 건너고, 다리 위로 또 다리, 길 위로 또 길을 지나고, '베트남 꽃처녀 무한 공급/ 처녀 보증/ 후불제/ 환불 가'를 지나고, '환상의 아가씨 100명 전원 교체/ 여왕 룸나이트'를 지나고, '땅 땅 땅/ 돈 돈 돈/ 복 복 복 0111－2345－6789'를 지나고, '각 대학 동창/ 의사/ 장교 명부 다량 입하/ 상담 환영'을 지나고, '로스쿨 정원 확대 결사 촉구 시민대회'를 지나고, '문화재청은 선량한 강변 주민의 생존권을 위협하는 문화재 조사를 즉각 중단하라'를 지나고, '금강 운하 건설 결사 촉구 도민 궐기대회'를 지나고, '수도권 역차별 결사반대 경기도가 봉이냐'를 지나고, 특목고 대비 기숙학원을 지나고, 자사고(자율형 사립고) 대비 기숙학원을 지나고, 민족사관고 대비 기숙학원을 지나고, 아이비리그 대비 기숙학원을 지나고, 로스쿨 대비 기숙학원을 지나고, 기숙학원 입학 대비 기숙학원을 지나고, 모텔 옆에 모텔, 교회 옆에 교회, 가든 옆에 가든, 남성휴게텔 옆에 남성휴게텔, 골프장 옆에 골프장을 (신축 공사장들을 빼고도) 항하사恒河沙만큼 지났으니, 오생은 어느새 소중히 간직하려던 배소의 아름다운 기억들마저 깡그리 잊어버릴까 깊은 두려움에 휩싸이고 말았다.

대저 저 창밖의 세상 어디에 기억이란 게 비집고 들어갈 틈이 있으랴.

오생은 장차 노스탤지어마저 박탈당할 것 같은 절망감에 저도 몰래 눈을 감고 말았다.[4] 한 사내의 목소리가 들려왔다.

—행님, 나가 그때 저 사람을 봤을 때 말이요잉. 아조 쥑에불고 자펐어라. 저 사람은 물론 저 사람 젙에 걸어가던 그 놈팽이 놈까정. 근디 저 사람이 싹싹 빕디다. 비넌 추적추적 내리시넌디, 질바닥에 무르팍 꿇고 말이여. 제발 이 남자넌 기냥저냥 보내 주라고. 그 인간, 눈에도 안 들어옵디다. 쥐새끼 같아서. 그래서 기냥저냥 가라고 혔어요. 비루먹은 개 꼴맨쿠로 뒤도 안 돌아보고 가대요. 그 뒤, 저 사람 머리끄댕이를 끌고 가차운 여관으로 들어갔지라.

오생도 이미 여러 번 들어서 알고 있는 내용이었다. 아직 아내 겸 포장마차 안주인이 되기 전의 여자는 욕조에 가득 받아 놓은 물속에 몇 차례고 머리를 처박힌 채 여관 냄새나는 그 물을 마셔야 했다. 이제 죽느냐 사느냐 하는 마지막 결단만 남은 순간이었다. 여자는 물 위로 손가락을 까딱까딱했다. 그것으로 '껨 셋'이었다. 그렇게 말할 때, 한때 주먹깨나 썼다던 남편은 세상에서 가장 행복한 표정을 지었다.

—어이구 그때 어찌나 물을 많이 마셨는지, 그후 도망갈래도 도무지 발이 안 떨어져라.

—한 인생 나가 잘 구해준 거제, 뭐.

---

4) 팔레스타인 난민 영화감독 클레이피는 "노스탤지어는 우리에게 하나의 무기"라고 말하였다. 출처: 서경식, 『사라지지 않는 사람들』(돌베개).

—지랄, 그때 내 눈깔이 삐어도 삐었지. 하지만 가만 봉께, 그래도 뭐 넘한테 아주 떨어지지는 않는다 싶기도 허구, 나도 그때쯤에는 엔간히 지치기도 혔구.

오생의 입가에 가녀린 미소가 번져나갔다. 오생은 세상이 아무리 부박하게 널뛰어도 포장마차 부부가 보여 준 그 곱디고운 풍경 하나만큼은 가슴에 담아야 한다고 새삼 속으로 되뇌었다. 그렇게 사는 것이다. 적당히 체념하고, 적당히 적응하고, 적당히 욕망하고…….

뒷이야기+

자, 이제 이야기를 마무리해야 할 때가 온 것 같다.

소설은 생각보다 꽤 괜찮은 장르다. 능력만 닿는다면, 못할 게 없으니까. 그런 점에서 오생을 발견한 것은 내게도 큰 보람이었다. 오생을 통하여 나는 현실이라면 도무지 엄두도 못 냈을 욕심도 감히 낼 수 있었으니까. 하지만 현실을 만만히 봤다간 큰 낭패를 당할 수 있다. 오생도 차마 감당하지 못하는 현실이 엄연히 우리 곁에 다가왔으므로. 그게 무엇인지 오생도 더는 말해주지 못한다. 그걸 잡아내고 못하고는 온전히 여러분의 몫이다. 한 가지, 어느새 여러분 곁에 화려하게 그 모습을 드러낸 운하와 관련해서만큼은 오생의 말을 꼭 전해야겠다.

소략하나마 자초지종을 밝히자면—.

남도에서 올라온 즉시 오생은 1호선부터 10호선까지 서울의 모든 지하철 입구(이자 출구)를 다 뒤졌는데, 끝내 그 젊은 처자를 찾지 못하였다. 기대가 상당하였던 만큼(사실 오생은 지구 에너지 문제에도 불구하고 그 젊은 처자와 결혼 혹은 섹스까지 하려고 마음먹었다) 실망도 여간 아니었다. 그러다가 오생은 누이가 여주 섬강 변에 사 놓은 땅이 열 곱으로 올라 그걸 팔 때 부친의 엄명으로 함께 갈 수밖에 없었는데, 따라서 오생도 이미 웅자를 드러낸 운하를 제 두 눈으로 똑똑히 목격하게 되었던 것이다. 여기서 나는 어리석을 정도로 순진무구한 한 인간의 전두엽이 어떻게 박살났는지 자세히 묘사할 능력도 마음도 없다. 하지만 횡액은 그날 현장에 운명처럼 다가온 한 젊은 처자 때문이었음을 분명히 짚고자 한다. 어떻게? 오생은 부산에서 서울까지 오가는 호화유람선 '판타스틱 리버 코리아' 호가 마침 여주에 기착하는 장면을 목격하였는바, 트랩이 닿자마자 제일 먼저 배에서 내려 승객들에게 허리 굽혀 깍듯이 인사를 하는, 허벅지가 다 드러나는 짧은 미니스커트 차림의 한 젊은 여승무원이 있었으니…….

자, 구구하게 무엇을 더 밝히겠는가. 여기 다만 오생이 제 머리를 쥐어뜯으며 울부짖다가 혼절하듯 쓰러지며 마지막 남긴 말을 옮기는 것으로 소설가로서 내 임무를 마치려 한다.

"아냐, 이럴 순 없어. 이건 숫제 소설이야, 소설!"

엊그제, 오생학파는 장가도 못 간 채 생을 등진 기전 사람 오생을 제자백가의 반열에 추서하리라 뜻을 모았는데, 다만 춘추전국 시대의 오자吳子기起와 구별할 필요가 있어 학인답게 말씀 언言 변을 보탠다고 전갈을 보내왔다. 이름이야 무어 중요하랴. 어쨌든 그는 아무도 가지 않을 길을 간 인류였음이 분명하다. 미비하나마 이로써 오가誤家의 태두 '오자誤子'의 외전外傳을 마친다. 자료 관계로, 또한 민국의 달라진 정세 관계로, 정전正傳은 먼 훗날의 작업으로 미룰 수밖에 없음을 혜량하시라.

다음에는 인간 영장류에 지쳤을 강호 제현을 위하여, 가령 운하 때문에 서식처가 교란되자 순혈성을 잃고 아예 부레 비늘 지느러미 다 떼어버린 채 뭍으로 올라온 토종 물고기 이야기를 쓸 의향도 있다. 아니다. 오생을 통하여 이미 질리도록 어둡고 슬픈 이야기를 들어왔으니, 이제 좀 밝고 건강한 이야기를 하자. 하면, 이미 수십 삭 전 경상대와 순천대 연구팀에서 복제에 성공했다는 적색 형광 유전자를 지닌 고양이를 주인공으로 내세운 소설이 좋겠다. 칠흑 같은 밤중에 눈만 빨간 게 아니라 불꽃놀이 하듯 온몸이 빨갛게 빛나는 고양이! 그 고양이가 한류도 식고 반도체, PDP, 핸드폰 약발도 떨어진 민국의 가장 유망한 차세대 성장 동력이라면? 앗싸, 자못 기대되지 않는가. 이러매 진보는 끝이 없고, 문학 또한 영원하리라.

언어도단言語道斷의 거리에서

정은경 | 원광대 문예창작학과 교수

「오생, 아무도 가지 않을 길을 가다-오자외전誤子外傳」(이하 「오자외전」으로 줄임)은 앞서 발표한 「오생의 최후」와 「오생의 부활」이라는 두 편의 연작과 연속선상에 있다. '오자외전' 이라는 부제에서 알 수 있듯, '오생' 의 검증되지 않은 생의 편력을 담은 '외전' 이라고 할 수 있다. 그렇다면 정전격에 해당하는 앞의 두 편에서 밝혀진 '오생' 은 어떤 인물인가. 「오자외전」의 오생의 범상치 않은 인류애와 정의감에 의한 좌충우돌은 이미 앞서 화려한 전력을 갖고 있는 바, 첫 연작에 의하면 그의 출생의 비밀은 이러하다.

"오생은 기전 사람으로, 자와 호는 불명이다. 민국 33년 만물의 배후에 와습이 있다고 주장하여 평지풍파를 일으켰다. 그 후 자신의 주장을 실천에 옮겨 남 다하고 난지 오래인 점거, 투석, 잠입, 살포를 돌연 시도하는 등 형극의 길을 자청, 남도의 배소에서 꽉 채운 오 년 세월을 보냈다. 오생이 세상에 복귀했을 때는 신자유주의의 전일적 지배가 착착 진행되던 무렵이었으되, 오생은 굴하지 않고 재가수도在家修道하며……” (「오생의 최후」, 『산을 내려오는 법』, 실천문학, 2007, p.41)

위에서 보듯, 오생 연작은 일종의 고전 서사 양식인 '전傳'에 의해 오생의 생을 보여주고 있다. 일종의 영웅일대기라고 할 수 있는데, 과연 오생은 일찍이 민주화와 계급 모순 타파에 헌신하다 '배소'(감옥)에도 다녀오는 등 영웅과 투사의 면모를 갖춘 인물이다. 그러나 현재의 '오생'은 그러한 과거 전력까지 의심케 하는 반영웅적인, 엉뚱한 모습을 보여준다. 가령, 「오생의 최후」에서 오생은 쓰레기를 버리다가 '재활용 쓰레기'를 둘러싼 일련의 악무한의 사슬들-재활용을 위해 드는 물과 전기, 노동, 그에 따라 오는 석탄과 석유 등등-을 놓고 지구의 미래를 염려하기도 하고, 채식주의자 문제를 거론하며 '생명'이란 과연 무엇인지에 대해 근본적인 질문을 던진다. 또한 지하철 파업을 하고 있는 노조원과 말다툼을 벌이다 전동차에 치이고, 다시 부활하여 '스프 없는 라면'을 먹으며 신자유주의와 FTA를 성토하고 자살을 결심하는 등 화려한 편력을 보여준다. 이쯤되면 이 희화화된 영웅 '오생'이란 자가 누구와 닮았는가를 눈치챌 수 있을 것이다. 세계 문학사상 정의감과 실천력에서 으뜸인 세르반테스의 돈키호테, 혹은 좀 멀긴 하지만, 극단적인 음화를 통해 '미친 현실'을 폭로하는 노신의 '광인'.

21세기 한국에 새롭게 등장한 신토불이 '오생'은 「오자외전」에서 외래종인 '돈키호테' 못지 않은 정의감을 지니고 전지구와 인류를 사유하면서 좌충우돌 희비극적 편력을 펼친다. 우선 이 작품에서 오생의 현실 개탄과 절망은 2007년 12월 대선(작품에 의하면 민국 59년 12월)에서부터 출발한다. 그는 오랫동안 "당산동에 당사를 둔" 진보 정당의 당원으로서 헌신하며 우국충절을 실행해왔고 또 여전히 민중의 편에 선 정권이 탄생하기를 염원한다. 그러나 이런 염원은 여지없이 배반당하고 마는데, 그것은 보수 정당의 후보가 당선된 사실 때문이 아니라 어이없게도 그가 자신의 당적을 배반하고 찍은 기호 8번이 낙선했기 때문이다. 2007년 12월 실제 인물을 모델로 한 기호 8번 허 후보를 '남몰래' 찍은 데에는 다음과 같은 이유가 있다. 즉, '유엔본부를 판문점으로 이전하고, 몽고와 1차 통일 후 아시아 연방 통일을 추진하고, 중소기업에 취직하는 자에게 다달이 백만 원 쿠폰을 발행하여 청년 실업을 해소하고' 등등의 선거 공약이 "어떤 후보도 내놓지 못한 가히 혁명적인 공약"이라고 믿었기 때문이다. 8번 후보의 낙선, 그리고 오생의 당혹과 절망은 당연한 수순이라 하겠다. 이러한 절망 끝에 오생은 서울을 떠나 초야에 묻힌다. "예를 잃게 되면 초야에서 찾는다"라는 선학의 충고에 따라 자발적 유배의 길에 오른 것이었으나 오생이 그곳에 가서 하는 일이란 무엇인가?

오생이 기거하는 곳을 방문한 한 노인장이 "거그 눈에넌 요거이 사람새끼가 든 집구석이당가? 사람새끼라믄 당최…… 대차네. 간첩인가, 허구헌 날 방꾸석에 백혀서 뭣을 허는지, 쩟."이라고 혀를 찼듯, '생산'과는 거리가 먼 '무위'와 '음주'의 나날들을 보내고 있었던 것이다. 와신상담하여 다음 일을 도모하는 것도 아니요, 연구를 하는 것도 아닌 이러한 '무위도식'의 시간에 대해 오생과 그의 주변인들은 다음과 같이 분식扮飾한다. "오생이 하는 일은 ……(편의상?) 기다리는 것이다. 그저 줄창, 하루 종일, 일 년 365일(혹은 366일)." 그렇다면 무엇을 기다린다는 것일까? 또 한번 그의 애절한 답변에 의하면 그것은 '외로움'이었다가 '젊은 처자'로 바뀐다. "뭇여자가 아니라 한 여자", "영원부동의 일자一者"라는 그 젊은 처자에 대해서는 앞선 연작의 과거 이력이 필요하다. 일찍이 지하철 입구에서 우연히 두 번이나 만난 바 있는 아리따운 '젊은 처자' 는 오생에게 두 번의 서명을 요구한다. 첫 번째는 '전체 인구의 6%에 가까운 성인 370만 명의 DNA를 데이터 베이스화 해놓고, 감시카메라로 국민의 일상을 관리 감시하는' 군산복합체의 판옵티콘, 영국이라는 전체주의에 대한 항의 서명이다. 두 번째는 '공정무역이라는 미명 아래 야만적 노동 착취와 비윤리적 상품을 양산하는 신자유주의 경제체제' 에 대한 항의 서명이다. 오생은 이 젊은 처자에게서 '당과 조합' 에서 외면당한 새로운 희망과 인류애를 발견한다. 따라서 그가 시골 오지에 묻혀 '젊은 처자' 를 기다린다 함은 실제의 그 여자가 아니라 그가 다시 현실의 싸움에 투신할 수 있는 '진정한 비전' 과 '이념' 을 의미한다.

그러나 「오생의 최후」에서 오생이 '길이 없다면 만들어서라도 가야 한다. 그게 내게 주어진 운명이므로!' 라는 비장한 결심으로 나아간 곳에서 맞닥뜨린 것이 '상여금 오십프로' 를 위해 투쟁하는 지하철 노조원들의 이기심이듯, 그리고 '꿈마저 깨진' 바닥에 대한 감각이듯, 「오자외전」에서의 오생도 '새로운 비전' 을 발견하지 못한다. 오생은 기호 8번에게 가장 열광하게 했던 '농약생산 금지 및 미생물 농사 실시' 라는 공약이 실제 농촌의 실상과 얼마나 먼 것인지를 '초야' 에서 목도한다. 그는 필리핀 아내의 도망으로 인해 자살한 농부의 이야기를 듣게 되고, 자신의 집 앞 아름드리 미루나무 밑에서 이웃 농부가 자신의 밭에 볕이 들지 않는다는 이유로 뿌려놓은 제초제 그라목손을 발견한다. 경악한 오생은 단말마 같은 비명을 지른다. "인간은 스스로 희망을 제거함으로써만 레종데뜨르(raison d' etre), 즉 제 존재의 의의를 확인하는 치유불가의 운명인 것을!"

유배지를 떠나며 스치는 농촌의 새로운 풍경-"베트남 꽃처녀 무한 공급/처녀 보증/후불제/환불 가", "땅 땅 땅/돈 돈 돈/복 복 복 0111-2345-6789" 등의 현수막 등-에서 이미 물질 만능주의, 신자유주의 물결이 논밭까지를 장악한 현실을 인식하고 참담해한다. 따라서 「오자외전」은 생태주의와 지구 환경보존의 관점에서 내놓은 농촌의 현실에 대한 슬픈 보고서라고 할 수도 있다. 그러나, 사실 이 작품은 여러 가지 현실 비판의식을 겹겹이 깔고 있다. 현실 정치의 환멸에서 비롯된 하향, 그리고 농촌 현실에 대한 또 한번의 환멸이라는 서사적 플롯 안팎에는 작가 자신의 절절한 절망감이 투영되어 있는 것이다. 오생은 초야에서 '외로움' 을, 혹은 '젊은 처자' 를 기다린다고 했다. 그러나 사실, 그는 무엇을 기다리는지 모른다. 오생 자신이 과거 한 때에 "기다리는 것이 무엇인지 알았다"는 말에 비춰 현재를 반추했을 때, 이 비극성은 더욱 가열해진다.

연작 세 편에서 오생이 겪는 모험의 화두처럼 등장하는 "만물의 배후에 와습이 있다"에서 와습이라는 말이 지닌 모호성(「오생의 부활」에 의하면 와습은 "항간에 와습訛鰼이, 즉 '물 흐리는 미꾸라지' 라거니, 혹은 WASP, 즉 앵글로색슨(AS)계 백인(W) 프로테스탄트(P)를 가리킨다거니 하는 설들이 있으나, 오생학파에 따르면, 와습은 늘 와습 이상이다")은 더 나은 미래를 열어가기 위해 생을 걸고 투쟁해야 할 '분명한 무엇' 이 부재한 현재를 의미한다. 그러나 작가는 완전한 절망으로 끝내지 않는다. 그것은 「조금은 특별한 풍경」에서 "완전한 풍경을 기대하지 마세요. 인생이란 게 그저 조금은 특별한 풍경만으로도 만족하며 살아가는 거 아니겠어요?"라는 경선의 말처럼 「오자외전」에서도 작가는 포장마차 부부의 정겨운 풍경에서 그것을 본다. 작은, 그러나 부박한 세상과 동떨어진 순정의 기억을 통해, 작가는 "노스텔지어는 우리에게 하나의 무기"라고 했던 팔레스타인 난민 영화감독의 말과 "놋주발보다도 더 쨍쨍 울리는 추억이/있는 한 인간은 영원하고 사랑도 그렇다"라는 김수영의 시구절을 되새긴다. 작가에게 순정의 기억과 노스탤지어는 미래에 대한 희망을 영원히 마르지 않게 하는 귀중한 샘인 것이다. 이러한 결론은 오생으로 하여금 “아무도 가지 않을 길을” 가게끔 하려는 작가의 의지에서 나온 것이리라. 이러한 비전보다 더 중요한 것 한 가지만 덧붙이자. 오생 연작에서 오생의 현실 인식과 모험은 황당무계하기 그지없을 뿐만 아니라 이러한 허무맹랑한 이야기가 시종일관 폭소를 터뜨리게 하지만, 문제는 오생의 눈에 비친 현실과 그의 투쟁이 말짱한 허구가 아니라 우리가 살고 있는 바로 그 진짜 현실이라는 것이다. 말도 안 되는 ‘언어도단’ 은 오생이 선택한 ‘아무도 가지 않는 길’ 이 아니라 ‘모두가 가고 있는 거리’ 에서 벌어지고 있다.

이건 사랑 노래가 아니야

김이은

1973년 서울 출생. 성균관대 한국학과 졸업.
2002년 ≪현대문학≫으로 등단.
창작집 『마다가스카르 자살예방센터』 등.

이건 사랑 노래가 아니야

"황소에게는 뿔을, 사자에게는 크게 벌린 입을 준 자연.
그 자연이 나에게 발을 준 이유는 뭘까?
신성한 아나크레온이여!
그것은 결코 도망치기 위한 것이 아니라 밟기 위한 것이다!"
— 니체

*

나는 지금 몹시 아프다. 조기 폐경에 골다공증을 앓고 있다. 그 때문에 일 년여 만에 방에서 나왔고, 급히 병원에 가는 길이다. 처음엔 그냥 한 곳에 너무 오랫동안 머물렀기 때문에 생기는 증상이라 생각했다. 가끔 배송 업체 직원이나 음식 배달부와 문 앞에서 대면했을 때, 얼굴이 화끈거리고 가슴이 두근거리는 건 오랜만에 타인에게 내 모습을 보였기 때문이라 여겼다. 그리고 불면증은…… 그건 당연하지 않은가. 방에 오랫동안 틀어박혀 본 경험이 있는 사람은 무슨 얘긴지 알겠지. 신경과민도 마찬가지. 너무나 조용한 곳에 혼자 오래 있게 되면 누구나 그렇게 되니까. 뼈가 시큰거리고 무릎이 시린 것도 운동부족에서 오는 근육 위축 증세와 비슷했다. 손목 통증이야 종일 마우스를 클릭하다보면 인대가 늘어나는 거고. 온라인으로 생필품 주문할 때 파스도 같이 주문해서 붙였었다. 두 달쯤 지나 파스 정도로 될 일이 아니란 걸 알았다. 어젯밤에야 온라인 건강 상담코너를 클릭했다.

*

"어디가 불편하시죠?"

"별 이유 없이 얼굴이 화끈거려요. 특히 다른 사람을 대면할 땐 얼굴에서 불이 나는 것 같거든요."

"또 다른 증상은요?"

"음…… 가슴이 두근거리고, 불면증에 신경과민…… 집에 나방이 한 마리 날아다녀 그걸 잡느라 삼일 밤을 못 잔 적도 있구. 무릎도 시리고 손목도 아프고…… 계속해요?"

"언제부터 그랬죠?"

"육 개월 전쯤부터……인가? 그래요."

"여자분이신가요? 나이는요?"

"네. 서른다섯."

"스트레스가 많은가요?"

"만땅이죠."

"지금 의심되는 건 조기 폐경입니다. 최근 들어 극심한 스트레스와 다이어트 때문에 많은 이,삼십 대 여성들이 조기 폐경 되고 있어요."

"그럼, 뼈가 시리고 관절이 아픈 건요?"

"폐경이 오면 호르몬이 불균형해지면서 뼈로 가야 하는 칼슘 성분이 제대로 공급되지 못합니다. 골밀도가 떨어져 골다공증이 생기죠. 폐경과 골다공증은 붙어 다니는 병이라 생각하시면 됩니다."

"어떡해야죠?"

"일단 확실한 진단을 위해 병원에 오셔야죠. 폐경이라면 질이 위축되고 건조해지니까 한 번 확인해 보세요. 폐경기엔 여성 호르몬이 많은 포도가 좋고 골다공증엔 골량의 증가를 돕는 이소플라본 성분이 잔뜩 들어 있는 청국장이 아주 좋습니다."

*

암 환자한테 암 예방에 좋으니 영지버섯 달여 먹으라는 꼴이군, 젠장할…… 이라고 생각하면서 '응급처방이 있나요?' 라고 타이핑하려는데 그만, 접속이 끊어졌다.

*

급한 숨을 몰아쉬었다. 조기 폐경이라니. 하필이면 이런 때 접속이 끊기다니 말이다. 삼십 분쯤? 컴퓨터 전원을 껐다 켜 보고 컴퓨터 제어판을 뒤져보고 프로그램을 재정비했다. 여전히 접속이 되지 않았다. 접속이 끊기고 나니 갑자기 아무 할 일이 없어졌다. 포도나 청국장을 주문할 수도 없고 적당한 병원을 찾아 예약을 할 수도 없었다. 나는 벌떡 일어나 방안을 경보로 둥글게 완주했다. 아무리 천천히 걸어도 너무 빨리 돌았다. 방은, 좁았다. 골똘히 생각에 잠긴 사람처럼 걷다가 책상 모서리에 골반을 부딪쳤다. 진짜 아팠다. 갑자기 뭔가가 잘못되고 있다는 생각이 들면서 불안해졌다. 누군가에게 전화라도 걸고 싶은 심정이었지만, 할 수 없었고, 새벽에 가까운 깊은 밤에 전화를 걸만한 사람이 떠오르지 않았다. 모니터엔 마치 어떤 종류의 주문처럼 알 수 없는 글자들이 가득 찼다. 방이 점점 더 좁아졌다. 금세 세상의 모든 지식, 네이버가 그리워졌다. 시간이 초 단위로 흘렀다. 아니, 흐르지 않았다. 몸속의 내부 압력이 점점 높아졌다. 핸드폰을 찾아 들고 숫자판을 누르는데 자꾸, 마킹이 잘 되지 않았다.

"사랑합니다, 고객님. H통신 고객센터입니다. 뭘 도와드릴까요?"

"인터넷이 끊겼어요. 방문 수리 요청하려구요."

"불편을 드려 죄송합니다. 그런데 증상이 어떤지 설명해주시겠습니까?"

"연결이 안 되고 모니터에 이상한 문자들이 뜨구요."

"지금으로선 메모리 부족으로 CPU에 충돌이 생겨 메인보드가 착란을 일으킨 것 같은데요, 내일 낮에 방문하겠습니다."

"아니요, 지금 와달라구요."

"죄송합니다, 고객님. 지금은 기사님들 근무시간이 아니라서."

"내가 지금 얼마나 급한지 알아요? 방금 실직을 비관해 자살하겠다는 사람과 얘기 중이었다구요. 그 사람과 빨리 다시 연결되어야 한다구요."

"정말 죄송합니다. 방문은 내일 낮에 가능합니다. 그러시면 저희가 112에 신고해드리겠습니다. 사이트 이름을 알려주시겠습니까?"

*

아무 할 일이 없어져서 밥을 먹었다. 배고프지 않았는데 허기가 느껴졌다. 냉장고에 들어 있던 걸 다 끄집어냈다. 버섯된장국에 사천식 면요리, 토마토소스 스파게티, 낚지볶음밥……. 이 모든 걸 준비하는데 소요된 시간은 채 삼십 분이 되지 않았다. 이젠 누구나 다 아는 것처럼 요즘 레토르트 식품은 정말이지 훌륭하다고 생각했다. 원래 낮잠을 자고 일어나 양치하고, 밥을 먹고, 똥을 싸고, 웹서핑을 하는 게 순서였는데, 인터넷이 끊겨 다시 밥부터 시작한 것이다.

가끔 사람 손을 탄 요리가 먹고 싶어질 때도 있었다. 그럼 온라인으로 쌀이나 반찬거리를 주문해서 요리해 먹든지, 아님 식사를 주문하면 될 일이었다. 하지만 그건 말처럼 쉬운 일은 아니었다. 알겠지만, 직접 보지 않고 손에 받아든 물건들은 종종 부실하기 짝이 없으니까……. 쌀에서는 간혹 군내가 나기도 했고, 배달된 시금치는 누런 잎이 잔뜩 매달려 있거나 시들어서 끓는 물에 데쳐 놓으면 뭉글뭉글 뭉개지기도 했다. 비 오는 날이나 눈 오는 날, 일인분의 식사를 주문하면 배달부가 내 방문 앞에 식사를 갖다 놓고 돌아서면서 불평을 했다. '혼자 먹을 거면 와서 먹든가 하지. 에이씨, 오다가 오토바이가 미끄러져 옷 다 버렸는데……' 하면서 궁시렁거렸다. 외롭다기보다는 그럴 때, 어깨가 움츠러들었었다.

낙지볶음밥을 씹으면서 낙지가 너무 질기다고 생각하는데 낮잠을 자다 꾼 꿈이 떠올랐다. 커다란 수족관이 나왔는데 수많은 작은 물고기들이 떠다녔다. 그 중에 가장 큰 물고기는 꼬리짓만 봐도 무척 힘이 센 물고기란 걸 알 수 있었다. 작은 물고기들 중에 유난히 눈에 띄는 놈이 하나 있었는데 노란 몸체에 빨간 빛깔의 무늬가 어찌나 고운지 꿈속에서도 꼭 한 번 만져보고 싶다는 생각이 들 정도였다. 그 물고기가 길게 하품을 하고는, 정말이다, 정말 물고기가 하품을 하고는 천천히 지느러미를 움직이면서 헤엄치기 시작했다. 그런데 가장 큰 물고기가 갑자기 입을 크게 벌리더니 빠른 속도로 헤엄쳐서는 빛깔이 고운 물고기를 한 입에 잡아먹었다. 왠지 내가 먹혀버린 물고기가 된 듯한 기분이었다. 젠장할. 그런 꿈을 꾸더니 인터넷이 끊기고 내가 조기 폐경에 골다공증 환자란 걸 알게 된 거다. 삼십오 년 동안 맨몸으로 살면서, 사는 게 온몸에 상처 자국을 내는 일이란 사실을 깨달았다. 그래서 마치 껍질 속의 달팽이처럼 이 방으로 들어왔다. 그리고 방 안에서 시간을 소비했다. 내 생각엔 모든 소비 중에 시간을 소비하는 일이 가장 신나는 일이었다. 여기가 가장 안전한 곳이라 여겼는데 일 년여 동안 방 안에 틀어박혀 있었던 결과가 고작 조기 폐경과 골다공증이라니.

*

황량한 사막의 모래바람이 생각났다. 생각 속에서 모래알들은 방향 없이 휩쓸렸다. 팬티를 내린 뒤, 손바닥으로 음부를 쓸어보았다. 버석, 모래알들이 쏟아져 내릴 것 같았다. 모래더미가 산을 이루고 그 바닥에 물기 없이 누워 있는 내 음부. 나는 모래산에 묻혀 힘없이 퍼덕거렸다. 그러고 보니 성욕도 감퇴했다. 일 년이나 굶었는데 그동안 남자나 섹스 생각이 안 났다. 울어야 할 일인지 판단이 안 되는데 울고 싶어졌다. 눈물이 나오지 않았다. 그 대신 오줌이 마려워졌다. 오줌은 방울, 방울, 떨어졌다. 가운데 손가락을 천천히 질 안으로 집어넣었다. 거기도 바싹, 말라 있다. 세 달이나 생리가 없었던 게 그제야 떠올랐다. 생산을 못하는 여자가 될지 모른다는 생각에 가슴속에서 모래산이 하르르, 허물어졌다. 모래산이 허물어지고 난 자리엔 먼지만 폴폴 날렸다. 눈물처럼 떨어지는 오줌 방울을 빼면 내 모든 구멍은 모조리 말라 있었다. 피 흐르는 구멍의 소중함은 미처 몰랐던 일이다. 병원에 가야할 일이란 걸 깨달았다. 많이 아프니 당연히 치료를 해야 하지 않겠는가. 오랫동안 성욕이 생기지 않았다는 사실이 슬펐다. 외출해서 병원에 들른 다음, 내 질에 두텁게 쳐져 있던 거미줄을 말끔히 걷어내야겠다고 마음먹었다. 누구든 걸리기만 해봐. 죽여줘야지…… 라고 생각했다.

*

오랜만의 외출 준비는 생각했던 것보다 긴 시간이 필요했다. 밖으로 나가기 위한 모든 과정이 마치 처음인 듯 낯설고 복잡했다. 생각해보면, 일 년이란 시간은 삶에 곰팡이가 끼기에 충분할 만큼 긴 시간이니까.

*

예전엔 어떻게 이런 복잡하고도 지나치게 많은 단계를 거쳐야 하는 과정을 매일 하고 살았을까 싶게, 정말 긴 시간이 흘러갔다. 복숭아 향이 나는 바디클렌져로 샤워한 후, 감고 나면 모발에 진주빛 광택이 흐른다는 샴푸로 머리를 감았다. 모두 다 온라인으로 주문했던 것들인데, 주문 후 처음 사용한 바디클렌져는 끈끈하게 엉겨 있어 뜨거운 물을 넣고 한참이나 녹여야 했다. 외출에서 돌아온 다음 배송업체에 전화를 걸어 유통기한이 지난 제품을 배송한 거 아니냐고 따져 물을 생각이다. 그 다음엔 사용 후에도 피부에 수분을 그대로 남겨준다는 폼 클렌져로 꼼꼼하게 세수했다. 그동안 쌓였던 시간의 이끼를 벗겨내기라도 하듯 구석구석 정성을 들여 씻었다.

세수하고 나서도 수분을 꽉 잠궈준다는 광고와 달리, 세안을 막 마친 얼굴이 너무 당겨 화장실에서 나오자마자 얼른 수분 라인의 토너를 발랐다. 알몸인 채였고, 몸에서는 물방울이 뚝뚝 떨어졌다. 토너는 젤타입이라 피부에 빨리 흡수되지 않아 손가락으로 피아노 치듯 한참이나 얼굴을 톡톡 퉁겨댔다. 이어 아이크림과 수분 세럼, 수분 크림을 바르고 오 분쯤? 피부에 완전히 흡수되기를 기다려 자외선 차단제를 발랐다. 그러고 나니 수분이 증발한 몸이 버석거리는 게 느껴져 얼른 코코넛 오일이 들어간 바디 로션을 온몸에 듬뿍 발랐다. 나는 이 모든 과정을 마치 제의祭儀 직전의 제주祭主처럼 정성을 다해 하나하나 해 나갔다.

그리고 드라이어로 머리칼을 말린 다음, 막 피부 화장을 시작하려는데 겨드랑이와 다리털을 밀지 않은 게 생각나 도로 화장실로 들어갔다. 좁은 화장실에 어울리지 않게 커다랗게 붙어 있는 전신 거울 앞에 섰다. 예전, 적당히 말랐으면서도 탄력 있게 퉁겨지던 몸매를 가졌던 때, 그것만으로도 세상을 다 가질 수 있으리라고 믿었던 그때, 달아놓았던 거울이다. 비춰보니, 살이 많이 내리고 윤기도 사라졌다. 도드라진 등뼈에서 채 마르지 않은 물방울이 도르르, 굴러 떨어졌다.

내 몸은 이제 어느 곳도 풍만하지 않고 어느 구석도 도발적이지 않으며 어딘지 모르게 중성적이다. 모든 가능성과 욕망이 사라져버리고 난 뒤의 피곤한 몸. 무관심하게 늘어져 있는 음모. 찌르듯 단단하게 서 있던 젖꼭지는 늙은이의 그것처럼 쭈글쭈글하게 축 처져 있다. 물기 없이 메마른 피부에 허옇게 일어난 각질들. 가슴속에서 치받쳐 오르는 뭔가가 뜯겨나갔다. 출렁이듯 길고 풍성했던 머리칼에서는 썩어가는 낙엽의 냄새가 났다. 폐경이 되고 나면 잘록한 옆구리가 살로 휘감기고 피부 밑에는 짱짱한 근육 대신 울룩불룩한 돼지비계 같은 지방질이 켜켜이 쌓이겠지. 비천하고 싸구려가 될 내 몸. 생명이 빠져나간 소멸의 몸. 내 몸의 뼈를 모조리 뽑아내 오독오독 씹고 싶다. 흐늘거리는 껍질만 남을 내 몸을 함부로 구겨 방구석에 처박아버리고 싶다. 증오와 환멸과 연민의 내, 몸.

*

문을 열고 문밖으로 한 발짝 내딛는데, 당연하게도 모든 것이 낯설었다. 일 년여 만의 일이지 않은가. 급한 걸음으로 골목을 빠져나와 턱, 대로 앞에 나섰는데.

느닷없이 봄의 햇살이 온몸을 휘감았다.

화악, 내 몸이 개업집 앞에 서 있는 막대 풍선처럼 부푸는 것 같기도 하고, 전자렌지 안에 들어 있다 꽃처럼 톡, 터지면서 부푸는 팝콘이 이럴까 싶어서. 모든 게 다 잘될 거야, 병원에 가서 그냥 생리불순 처방약만 받아오면 될 일인지도 모르지, 하는 생각이 갑자기 햇살처럼 정수리에 내리꽂혀 빨리 병원에 가고 싶은 마음에, 어찌됐든 큰길로 발을 옮기는데, 아뿔사.

길 앞에 공무원인지 경찰인지 애매한 복장을 하고 있는 사람들 여럿이 폴리스 라인 비슷한 걸 일자로 죽 그어 펼치고 있었다. 그리고 공무원인지 경찰인지 애매한 복장을 하고 있는 사람들 몇몇이서 그 아래 바닥에 금을 긋고 있었다.

*

"아저씨, 지금 뭐하시는 거죠?"

"보면 몰라요? 금 긋고 있잖소."

"왜요?"

"왜라니, 그걸 몰라서 물어요?"

"모르니까 묻는 거지, 아저씨는 아는 것도 물어보나요?"

"아니, 이 아가씨가 바빠 죽겠는데……."

"난데없이 왜 금을 긋고 있냐구요? 난 얼른 가야 한다구요."

"이 아가씨가 어디 바빌론 탑에라도 갇혀 있다 나왔나……."

"선량한 시민이 물어보면 대답해야 하는 거 아닌가요?"

"허, 참. 이 아가씨가."

"왜 밀고 그래요? 넘어질 뻔 했잖아요. 난 지금 많이 아프단 말예요."

"그건 아가씨 사정이지. 빨리 금 밖으로 비켜서라니까."

"밀지 말라구요. 지금 아저씨가 내 발을 밟고 있잖아요."

*

그건 붉고 굵은 금지의 선이었다. 간지럼증이 발바닥을 타고 올라와 등허리가 쭈뼜했다. 다시, 얼굴이 붉어졌다. 화끈거리고 열이 올라 눈알이 빠질 지경이었다. 사람들 말로는 숭례문 사건 때문이라 했다. 불탄 숭례문을 두고 정부가 새로 내놓은 정책이 전국의 모든 문화재 주위에 사람들의 접근을 막는 것이라나. 보호가 필요한 문화재의 반경 이 킬로미터 안쪽으로는 들어갈 수 없다는 것. 나는 보호와 차단의 모호한 경계 앞에서 망설였다. 도로 방으로 돌아갈까, 망설이다 물기 없이 메말라 결국 먼지처럼 공중에서 흩어져갈 내 몸이 머릿속에 그려졌다. 무엇도 삼키지 못하고, 피도 뱉어내지 못하며 거미줄이 쳐지고 있는 내 구멍. 불쌍하고 가여운 내 구멍. 조로한 늙은이가 천박하게 달뜬 것처럼 빨간 내 얼굴에 애원과 멸시의 표정이 동시에 떠올랐다.

*

"왜 금을 넘어가면 안 되는 거죠?"

"몰라서 물어요? 금이니까. 금이란 넘어가지 말라고 있는 거라구. 우린 지금 공공의 안전을 위해 애쓰고 있는 거란 말이야. 아가씨 혼자 넘어가게 둘 순 없다구."

"금이 아니라 무슨 벽처럼 말하는 군요. 하지만 난 넘어가야겠어요. 병원에 가야한다구요. 오늘은 토요일이라 빨리 가지 않으면 병원이 문을 닫는다구요."

"안 된다면 안 되는 줄 알아. 아가씨가 넘어가면 사람들이 다 따라 넘어가잖아."

"어따 대고 소리를 지르는 거예요? 아얏! 아프잖아요. 비켜요. 그 손 좀 놓지 못해요?"

"안 되겠어. 어이. 상부에 보고해. 아가씨, 그 금 넘지 말라니까. 그 계단으로 내려서지 말라구. 어. 조심햇!"

"앗!"

*

금 밖으론 계단. 한 계단 내려서기. 아얏! 버그에 걸린 영화 장면처럼 모든 게 뚝뚝 끊겨 느껴졌다. 마치 열 계단, 스무 계단을 한번에 뛰어내린 것처럼 바닥에 고꾸라져 꺾인 내 다리. 넘어져 모로 누워 있는 내 뒤통수와, 일자로 죽 그어진 금과 공무원인지 경찰인지 애매한 복장을 하고 있는 사람들과, 길바닥에, 내리쬐는 한낮의 햇빛. 따사로운. 비틀려 기역자로 홱 꺾어진 왼쪽 다리. 복사뼈 위쪽으로 쭉 비어져 나온 하얀 뼈. 하얀 뼈를 타고 흐르는 핏방울. 방울 방울. 방울져 흐르다 이내 이루는 가는 골. 피의 골. 웅성웅성. 안 됩니다. 금을 넘어가면 안 돼요. 물러나란 말예요. 절룩절룩. 푹, 고꾸라짐. 다시, 땅바닥에 짚은 손. 두 손. 손가락 새로 물드는 가는 골의, 피. 네 발로 걷기. 짐승처럼. 가축처럼. 콧속으로 스며드는 피 냄새. 갓 새겨진 상처에서 흐르는, 신선한. 걷기에 따라 흔들리는 내, 엉덩이. 킥킥. 쿡쿡. 도와주세요. 말이 되어 나오지 않는 말. 가르릉, 가르릉. 목구멍에서 고양이 울음소리가 들끓고. 한사코 금을 사수하고 있는 공무원인지 경찰인지 애매한 복장을 하고 있는 사람들. 따스하게 비추는 햇살. 갑자기 너무 넓고 높아진 길. 허리를 굽혀 네 발로 걸으니까. 아니, 기니까.

*

기어서 병원에 갔다. 흐른 피가 선이 되어 긴 꼬리처럼 내 뒤를 따랐다. 햇빛이 곧바로 내리꽂히는 한낮. 봄의 햇살을 받은 내 피는, 빛깔이 아름다웠다. 소녀의 수줍은 초경처럼 선연한. 그렇게 예쁠 수가 없었다. 서대문을 지나고, 헉. 광화문을 지나고…… 헉. 헉. 사람들 사이를 지나고……. 숨이 찼다. 나는 사람들 사이를 지났다. 애완견인 듯, 질질 내 상처를 끌고서. 통증이 일었고, 그리고 기분이 좋았다. 따뜻한 햇살은 언제나 기분 좋게 만든다. 사람들이 북적대서 더 좋았다. 말소리, 자동차 경적 소리, 어디선가 흘러나오는 노랫소리. This is not a love song~ Happy to have, not to have not…… This is not a love song~ This is not a love song……. 그리고 내 피가 흐르는 소리. 혼잡한…….

일 년 만에 겪는 무질서가 맘에 들었다. 바닥에 구르던 먼지가 내 손에, 다리에, 온몸에 엉겨들었다. 종로3가를 지나면서 그 옛날 숱한 처녀들이 흘렸을 눈물과 피를 잠깐 떠올렸다. 바닥엔 어학원과 김치 삼겹살과 텐프로 노래방에서 주는 찌라시가 서로 어울리지 못하고 흩어져 있다. 싸요, 싸. 삼천 원짜리 싸구려 안주가 즐비한 술집들과 대실 이만 원, 숙박 삼만 원짜리 모텔이 늘어서 있다. 부대찌개 찌라시 위에 내 손과 누군가의 발이 동시에 얹혔다. 잘 닦인 발리 구두가 반짝였다. 그 발이 지나면서 내 손을 밟았다.

*

"진료시간 끝났는데요."

"끝났다구요? 왜죠?"

"토요일이니까요. 월요일에 다시 오세요."

"나는 지금, 아주 아파요. 월요일까지 기다릴 수 없어요. 난 아주 먼 길을 돌아 여기까지 왔다구요."

"아니, 무조건 이렇게 들어오면 어떡해요? 의사가 없다니까요."

"내 상처를 보란 말예요. 피 흐르는 거 안 보여요? 여기 하얗게 튀어나와 있는 뼈가 안 보이냐구요?"

"대체 무슨 소릴 하는 건지. 난 의사가 아니예요."

"여긴 병원이잖아. 아픈 사람을 치료하는 곳이 병원이잖냐구요."

"필요하다면 여기 약솜과 거즈, 연고가 있어요."

"여기, 뼈가 튀어나와 있잖아요. 병원에 환자가 왔는데 어느 뼈가 부러졌는지, 어디서 피가 흐르는지 먼저 상처를 정확히 봐야 하잖아."

"아니, 이 여자가……. 여기서 지금 행패를 부리겠다는 건가요? 경찰을 부를 수도 있어요."

"난 환자라구. 여길 봐요. 내 정강이뼈가 부러져 하얗게 살을 뚫고 나왔잖아. 거기서 계속 피가 흐르고 있잖아요. 피는, 여기서 흐르면 안 돼. 안 된다구. 피는, 내, 다른 구멍에서 나야잖아. 그렇잖아……."

*

다시, 여전히 환한 거리. 경쾌한 발놀림들. 주욱 흘러가는 청계천. 졸졸졸. 사람들 사이를 스치듯 비껴가는 오토바이들. 그리고, 또 사람들. 좁디좁은 길. 헬멧을 손에 든 사내와 옷감 무더기를 어깨에 멘 사내가 내 앞을 가로막는다. 나 따위는 아랑곳 않고 말이다. 얼른 병원에 가야 하는데……. '왜 옷감 한 롤이 모자라는 거야?' '그걸 왜 나한테 따져? 난 공장에서 주는 대로 받아 온 죄밖에 없어.' 허름한 비닐 잠바 차림에 먼지 냄새 풍기는 두 사내가 목에 핏대를 세운다. '다섯 롤 발주했는데 네 롤이잖아. 공장에선 다섯 롤 보냈다는데?' '난 몰라. 그러니까 얼른 오토바이 요금이나 줘.'

'아저씨, 좀 비켜주세요…….' 두 사내 사이에서 쪼그라든 내 목소리. 장면들은 스타카토처럼 끊긴다. '요금? 요금 같은 소리 하고 있네. 당신, 옷감 한 롤이 얼만 줄이나 알어?' '그걸 내가 어떻게 알아? 빨리 요금 이만오천 원이나 달라니까.' '아저씨……. 좀…… 비켜 달라구요…….' 고양이 울음이 섞인 내 신음소리. '뭐? 이만오천 원? 뭐 이런 새끼가 다 있어?' '뭐? 새끼? 너 말 다했어? 이 개새끼가.' '너 지금 뭐라 그랬어? 개새끼?' '그래, 이 씹새야. 니가 개새끼고 니 애빈 개고. 헐헐.'

'아저씨…… 난…… 지금…… 아파요…….' 난 지금 몹시 아프다. 방울방울, 튀어나온 뼈를 타고 핏방울이 바닥으로 떨어진다. '이런 미친 새끼가? 니 진짜 죄가 뭔 줄 알아? 오늘이 니 제삿날인데 그걸 모르고 있단 거다, 이 씹탱아.' 옷감을 길바닥에 부려놓는 사내. 날아드는 주먹에 고개가 돌아가는, 헬멧을 손에 든 사내. 꺾인 자세 그대로 사내는 헬멧을 들어 올려 마구 휘두른다. 서로에게 멱살 잡혀 바닥에 뒹구는 두 사내. 한꺼번에 몰려들어 둥글게 원을 그리는 관람자들. 둥글게, 둥글게. '그래. 그거야.' '한 방 날려.' '저 새끼 물건 꿍치는 버릇 단단히 고쳐놔야지.' 데시벨 높아지는 목소리들. 장면들이 툭툭, 나를 치고 흘러간다. 이리저리 튀는 핏방울. 바닥에서 점점이 날아드는 핏방울을 삼키는 옷감들. 노랑, 파랑, 보라색 스트라이프, 검정색 땡땡이 무늬. 그 위에 번져가는 붉은 살기. 두 사내와 수없이 모여든 관람자들, 그리고 내 정수리를 비추는 따스한 햇살. 원형 극장에 쏟아지는 아프도록 따가운, 햇살. 빨갛게 타는 태양. '아저씨…… 난…… 가야 된다구요…….'

*

동묘 앞 뒷골목. 경찰의 단속을 피해 몰려든 벼룩시장 상인들이 구제 옷가지, 신발, 골동품, 고물들을 팔려고 내지르는 고함. 곳곳에서 풍겨 나오는 낡고 오래된 먼지. 피하고 피해도 몰려드는 사람들. 멸시받고 상처입고 세련되지 못한. 길가에 삐죽 나와 있는 고물 전화기에 발이 걸렸다. 얼굴은 붉어지고 무릎이 꺾였다. 바닥으로 떨어진 내 몸. 흐늘거리며, 풀어지며, 지쳐 쓰러진 내 몸. 땅바닥을 짚은 내 손등 위로 포스터가 한 장 와 얹혔다. '놀라운 안수 기도. 병자가 치유되는 놀라운 기적을 체험하시라.' 나는 문을 연 병원을 찾지 못했다. 그리고, 어디로 가야할지 몰랐다.

"예수 믿고 구원 받으세요."

고개를 홱 뒤로 꺾어 올려다봤다. 굵게 쳐진 줄무늬가 꼭 죄수복 같은, 짙은 잿빛의 유행이 지난 양복을 입은 남자. 저 멀리 내가 알 수 없는 곳에 가 있는 듯한 눈을 하고 입가에 기묘한 미소를 짓고 있는, 가슴팍을 있는 대로 앞으로 내밀고 엉덩이를 뒤로 빼 기세를 세우고 있지만 어딘지 허약해 보이는. 남자가 내 손을 잡아 일으켰다. 남자의 목소리는 쉰 듯, 혹은 지친 듯 무겁고, 찌르듯 날카롭다.

"자매님, 부활절 대 부흥성회가 열리고 있습니다. 어디서도 치유 받지 못한 죄, 예수께서 대신 짊어지십니다."

찌르르 등허리를 타고 흐르는 냉기. 다리의 상처는 내게 보내는 일종의 메시지처럼 일정한 주기를 두고 통증을 유발했다.

"예수 믿고 평안을 찾으세요. 그분의 놀라운 치유 능력을 믿으십시오."

나는 이끌리듯 남자를 바라봤다. 치유……. 내려다보니 삐져나온 복사뼈가 시리게 하얬다.

"따끈한 쌍화차 한 잔 하세요."

머리에 촌스럽고 커다란 큐빅 핀을 꽂은 노파가 밀차를 밀고 지나가며 종이컵을 내밀었다. 꼭 한 양동이 분량의 비듬을 뒤집어쓴 것 같은 허연 머리칼이 봄바람을 맞고 지저분하게 흩날렸다. 버짐이 인 얼굴에, 입술에는 촌스럽고 빨간 싸구려 립스틱이 자국만 남아 있다. 굴곡 없이 뚱뚱한 몸매가 위협하듯 내게 다가들었다. 무엇도 잉태하지 못하는 몸. '저리 가세요.' 나는 질 나쁜 병원균이 들러붙기라도 한 것처럼 부르르 떨며 비명 질렀다. 남자의 팔을 붙잡고 왼쪽 다리를 절뚝이며 뒷걸음질 쳤다.

*

엄청나게 큰 원형 강당. 그 한가운데 우뚝 들어선 단상 위에서 목사 유니폼을 입은 사내가 거칠고 쉰 목소리로 끊김 없이 설교를 하고 있었다. 곳곳에서 터져 나오는 곡소리. 할렐루야, 아멘. 주시옵소서, 오시옵소서.

상처 입은 자들의 절규. 주여! 주여! 두 팔을 벌려 하늘 높이 쳐들고, 머리는 조아리고.

강당 안에 가득 들어찬 열기로 머리가 어지러웠다. 왼쪽 다리, 상처에서부터 시작된 열기가 허벅지를 타고 음부로 치받쳐 오른다. 할렐루야, 아멘. 달팽이관을 부술 것 같은 고성과 흐느낌. 내 가슴을 치고 둥, 둥, 울린다. 북소리처럼. 방망이질처럼. 내 죄를 씻어주소서. 내 상처를 보듬어주소서. 나는 음부를 활짝, 열어 방망이질을 맞는다. 통렬한 한줄기 외침이 내 전신을 타고 죽, 흐른다. 아흑, 목구멍을 뚫고 올라와 입 밖으로 터진 내 가여운 절규. 원형 극장을 둘러싸고 맴도는 빛과 어둠. 눈을 뜬다. 감는다. 감아도 눈은 떠진다. 부시다.

문득 죄수복 같은 정장을 말쑥하게 차려입은 남자가 단상 앞으로 나갔다. '죄인이여, 그대는 어디가 아픈가.' 남자가 설교자 앞에 무릎을 꿇었다. '허리가 아픕니다.' 무릎 꿇고 엎드린 그 남자의 허리에 가 얹힌 설교자의 손. '마귀야 물러가라.' 하얍! 남자의 허리에 대고 장풍을 쏜다. 이어지는 설교자의 알 수 없는 말. 미친 듯 이어지는 기도의 말, 말, 말. 랴랴랴……나나나……드드드……크크크……나하브압……하브립……. 새로운 혀. 마치…… 메모리 부족으로 컴퓨터 하이퍼링크 연결이 CPU와 충돌해 모니터에 나타나는 알 수 없는 글자들처럼, 메인보드의 착란 현상처럼. '형제여, 무엇이 보이는가.' 힘겹게 고개를 든 남자, '빛이 보입니다. 하얗고 밝은 빛이 내 허리를 관통하고 있어요.' 아멘. 주여! 주여! 깊은 곳에서 터져 나오는 울음들. '주님께서 함께 하리니. 믿습니까?' '할렐루야, 믿습니다.' '성령이 임하야 마귀가 떨어졌습니다.' 아멘. '자, 여러분. 성령의 은사로, 주님의 힘으로 여기 또 한 형제의 병이 치유되었습니다. 성령이 친히 우리 영으로 더불어 우리가 하나님의 자녀인 것을 증거하시나니.' 할렐루야, 아멘. 광란의 콘서트. 토하듯 이어지는 찬양의 노래와 통성 기도. 바닥에 툭, 툭 떨어지기 시작하는 눈물. 흑. 흑. 흑. '나도 아파요.' 내 눈물을 밟고 무릎걸음으로 나아간다. 휘장처럼 펼쳐진 설교자의 가운 앞, 바닥에 엎드려 들어올린 두 팔. '아파요.' '자매여, 믿습니까?' '믿습니다. 아파요.' 통곡 같은 울음 섞인 내 목소리. '아픈 곳을 보이세요. 주님이 함께 하십니다.' 나를 일으켜 세운 보이지 않는 손. 힘차고 억센. '여기예요.' 벌떡 일어나 바지 지퍼를 열고 팬티를 내리고. 빛과 어둠 앞에 드러난 내 음부. 메마르고 무엇도 낳지 못하는. 악! 원형극장에 터져 나오는 비명소리. '저 여자 끌어내. 여긴, 주님의 전당이야.' '난…… 아프다구요.' '감히 주님의 성전을 더럽히다니. 불결한 계집을 끌어내.' 곳곳에서 달려드는 사람들. 벌겋게 달궈진 눈동자들. 날카로운 창처럼 내 온몸에 쑤셔 박히는 시선들. 내 정강이에서 삐져나온 허연 뼈가 원형 극장의 허공을 향해 우뚝, 찌른다.

*

길을 따라 천천히, 흘러간다. 마치 오래된 산책자처럼. 지친 걸음을 바닥에 질질 끌면서. 저들의 안에만 머무는 저들만의 예수. 저들이 정한 곳에만 임하시는. 가장 먼저 지옥에 들어가실……. 흥인문을 지났다. 지나는데 사람들이 숭례문 얘기를 한다. 며칠 후, 조계종의 승려들이 사십구재를 지낸단다. 여기저기서 또, 공무원인지 경찰인지 애매한 복장을 하고 있는 사람들 여럿이 금을 긋고 있다. 금을 두고 멀리 둘러 가고 있는 사람들. 뜬금없이 공무원인지 경찰인지 애매한 복장을 하고 있는 사람들이 긋고 있는 금 때문에 여지껏 밖에 나오지 못했다는 생각을 했다. 정말 뜬금없게도, 나와 보니 세상은 온통 금 투성이다. 문득 용마루를 넘실거리는 붉은 불길이 보고 싶어졌다. 불 생각을 하니까 오줌이 마려웠다.

쇼핑몰 일 층의 화장실로 달려갔다. 오줌은 여전히 방울방울 떨어졌다. 쇼핑몰을 나오는데, 나올 틈이 없었다. 꾸역꾸역, 문은 좁고 사람들은 너무 많았다. 어깨를 세우고 몸을 옆으로 돌려 게걸음을 걸었다. 그러다 어떤 녀석과 어깨를 부딪쳤다. '미안합니다.' 녀석이 나를 아래위로 훑어보곤 씨발, 하더니 몸을 돌려 들어갔다. 들어가는 녀석의 뒤통수를 멍하니 보는데 뒤통수에서 피가 흐르고 있었다. 저기요, 급하고 빠르게 불렀지만 녀석, 대꾸도 없이 사라졌다. 재잘거리며 내 발을 밟고 지나가는 두 계집애. 지나가는데, 계집애들, 다리가 한 짝씩이다. 이번에는 뒤에서 누군가 내 뒤통수를 탁, 치고 나를 앞서간다. 커다란 봉투를 세 개나 머리에 인 남자. 봉투가 누군가를 치고 다닌다는 사실 따위는 상관없는 걸음새로 숨을 몰아쉬었다. 그는 양 팔이 없다. 이상하다. 돌아보니 모두가 이상하다. 팔 없는 놈, 다리 저는 년, 겨드랑이에서 피 흐르는 여자, 갈비뼈가 툭 튀어나온 남자, 앉은뱅이 노인……. 누군가는 눈에서 피가 흐르고 또 누군가는 가슴에 커다란 구멍이 뻥, 하니 나 있다. 거대한 병동 같은 세상. 여기저기서 피가 줄줄 흐르고. 고개를 갸웃거리며 겨우 걸음을 떼놓는데 앞쪽에서 누군가 양팔을 벌리고 나를 향해 다가든다. 나는 주춤, 하며 뒷걸음질 쳤다. 그 누군가는 눈이 빨갛고 표정 없이 텅 비어 있었으며, 마치 나를 물어뜯기라도 할 것처럼 날카로운 이빨을 드러내고 있다. 좀비처럼. 죽었으나 죽지 못하고 살았으되 사는 것이 아닌. 턱으로 침과 함께 주륵, 흐르고 있는 검붉은 피. 흡, 숨이 멈췄다. 뛰기 시작했다. 절뚝거리며 최대한 빨리 달렸다. 결코 돌아보지 않았다.

*

사위어가는 햇빛. 뚝, 뚝, 흐르던 피는 붉게 멍들어 복사뼈에 커다란 선홍빛 씨앗을 만들어냈다. 영원히 싹트지 않고 시들어버릴 씨앗을 끌고, 또 걸었다. 걷다 신당동을 지나고, 그래서 신당동神堂洞인가 싶게 점집이 즐비해서, 점집 간판이 보이는 좁은 시장 골목으로 들어섰다. 〈새로 내린 천상 선녀, 24시 영업.〉 철거 직전의 재개발 동네처럼 바닥에 쓸리는 거라곤 토사물 같은 쓰레기들과 낮은 곳에 머무는 차가운 바람밖에 없는 어둑하고 좁을 길을 걸어, 갑자기 나타난 이 층짜리 가정집 앞에 서서는 철제 난간처럼 건물 외벽에 붙어 있는 계단을 밟아 올랐다.

굳게 닫혀 있는 철문이 하나 덩, 하니 버티고 있어 조심스레 노크했는데, 다시 두드릴까, 아니면 그냥 내려갈까 고민할 만큼 충분한 시간이 흐른 다음에야 벌컥 문이 열렸다. '들어오세요.' 라고 말하는 중년의 사내가 툭, 튀어나와서 어정쩡하게 어깨를 구부리고 사내를 뒤따라 들어갔다. 좁은 현관에 간신히 신을 벗어놓고 고개를 쳐드는데, 언제 염색했는지 물이 빠지고 있는 노랑머리의 중년 여자가 화들짝 반가운 표정으로 나를 맞았다. 발을 들이기 전에 먼저 눈으로 안을 살펴보니 옹색하고 초라한 살림집이라 중년의 남녀가 어떻든 커플인가 보구나, 싶게 오래된 살림집의 궁궁한 냄새가 먼저 콧속을 차지했다. 여자가 이끄는 대로 안으로 쑥 들어가는데 어느새 중년의 사내가 인스턴트 커피를 종이컵에 타 내와서는 내게 내밀었다. 나는 카페인 민감증이 있어서 원래 커피를 안 마시는데, 생각하면서 엉거주춤 종이컵을 받아들고, 안쪽에 붙은 문을 하나 더 지나 안쪽 방으로 들어가 중년 여자의 안내에 따라 방석 위에 앉았다. 내게 등을 돌리고 제단 위의 촛대에 불을 당기면서 중년 여자 하는 말,

"아직 때가 아니야."

가늘게 흔들리는 촛불. 방안의 모든 것들이 불꽃을 따라 불안하게 일렁였다.

"길이 보이지 않아. 원하는 걸 얻으려면 꽤나 힘이 들거야" 하길래,

내가 뭘 원하는데…… 원하는 걸 아는 건지, 하는데, 여자가 작은 새가 우는 것 같은 휘파람 소리를 내면서 지그시 눈을 감았다.

"기다려."

"더 기다려야 하나요……. 난 너무 오래 기다렸고, 많이 지쳤어요." 하니, 중년 여자가 계속해서 작은 새의 울음소리 같은 휘파람을 불다가 젓가락 통도 한 번 흔들어 보다가 내려떴던 눈을 갑자기 들어 나를 똑바로 쳐다봤다.

"누구도 큰 흐름을 바꾸진 못해. 하지만, 난 그 시간을 줄여줄 수 있지. 부적을 쓰는 것도 좋은 방법이지만, 굿을 하면 효과는 더 빨리 나타나."

나는 다 식어버린 인스턴트 커피를 한참이나 홀짝거렸다. 깊은 한숨이 흘러나왔다. 중년 여자가 쌀알 몇 개를 집어 밥상 위에 탁, 던졌다.

"아가씨는 물고기야."

한숨. 내 앞에 가로 놓인 깊고 어두운 동굴.

"결국 가장 큰 물고기에게 잡혀 먹나요?"

"그것도 물이 있을 때 얘기지, 아가씬 지금 물이 바싹 말랐구만. 먼저 숨을 쉬고 살아 있어야 잡아먹히든 어쩌든 할 거 아냐."

여자가 눈을 부릅뜨고는, 정말 나를 잡아먹을 것처럼 무서운 눈을 하고 아주 낮게, 내가 그 목소리에 깔려 납작해지는 건 아닐까 싶게 무거운 음역의 목소리로 말을 뱉었다.

"아가씨한테 아가씨 할머니가 씌웠어."

나는 너무나 깜짝 놀라 들고 있던 종이컵을 바닥에 떨어뜨렸다. 내 허벅지에 커피가 쏟아지는 것도 몰랐다.

"할머니라뇨?"

갑자기 삼 년 전에 치매를 앓다 죽은 할머니 모습이 머리 위를 다녔다. 수분이 다 빠져나가 갈라터진 표고버섯처럼 깊디깊은 주름에, 검버섯 잔뜩 앉은 거친 피부로 뒤덮여 있던 얼굴이 생각났다. 뭔지 잘 알 수 없는 광기로 번들거리던 눈빛이 생생해지고, 대소변 처리를 할 때마다 드러나던 할머니의 쭈글쭈글한 음부가 떠올랐다. 바짝 마른 불모의 음부……. 무엇도 낳지 못하는……. 물기도 핏기도 없던…….

"할머니를 떼내야 해. 부적을 써야 한다구."

쿡쿡. 그랬었나. 할머니…… 안녕하셨어요? 나는 내 몸 어딘가에 붙어 있을 할머니에게 인사했다. 촛불 밝혀진 방안에 할머니가 떠다녔다. 가늘고 힘없는 지느러미를 파닥거리며 물고기가 된 할머니가 공중을 헤엄쳤다. 물기 없이 바짝 마른 할머니 물고기. 물고기가 중년 여자의 정수리에 가 앉았다. 여자의 목소리에 할머니의 탁한 목소리가 섞여 나왔다.

"네년 때문에 우리 집안 대가 끊겼어. 네 이년, 낳을 수 있는 거라곤 비천한 고통밖에 없는 년."

나 때문에 진노한 할머니. 핏발 선 무서운 눈으로 나를 노려보는 중년 여자.

"잘못했어요. 할머니 똥을 들여다보다 밖으로 뛰쳐나가 토했던 것도, 쭈글쭈글한 사타구니를 보며 속으로 우쭐했던 것도 모두 다 내 잘못예요. 용서해주세요. 제발 내게서 떠나주세요. 아파 죽겠다구요. 할머니……."

어느새 내 뒤로 와 어깨를 짓누르고 있는 할머니. 호통이 터져 나왔다.

"배고프다, 이년. 네년이 제삿밥이나 한 번 제 때 챙겼더냐."

머리에 노랑물 들인 할머니. 망치 같은 주먹으로 제 가슴을 친다. 나를 노려보는 눈.

"제를 올릴까요? 아님, 굿을 할까요?"

죽음 어린 입술로 말하는 할머니. 내 눈에 흐르는 눈물에 힘이 더 세진 할머니……. 나는 죽은 할머니를 위해, 내 물기와 피를 빼앗아간 할머니에게 내가 가진 전부를 내주었다. 머리에 노랑물 들인 할머니가 꼼꼼하게 지폐를 세고 있다.

그랬는데……. 통증은 멈추지 않고 핏빛 복사뼈 멍울에서 시작된 아픔은 내 음부를 파고든다. 오늘은 토요일이고 서두르지 않으면 치료받을 곳을 찾지 못할 지도 모를 일이다. 공무원인지 경찰인지 애매한 복장을 하고 있는 사람들이 긋고 있던 금이 떠올랐다. 그 붉고 굵은 금을 돌아가야 하는지, 밟고 가야 할는지 나는 잘 모르겠다. 어깨에 할머니를 얹고 일어나는데 툭, 튀어나온 왼쪽 정강이의 허연뼈가 오른쪽 다리를 찔렀다. 순간 나는 비틀, 했다.

환각의 퍼레이드,
또는 은둔형 외톨이의 사회심리학

박 진 | 숭실대 교양특성화대학 교수

'은둔형 외톨이'(히키코모리)라는 말이 유행처럼 떠돌고 있다. 은둔형 외톨이는 무한 경쟁 이데올로기에 상처받고, 장기화된 청년 실업과 신빈곤 계층의 고착화로 좌절감에 사로잡힌 젊은이들을 지칭하는 여러 이름들 중 하나이다. '88만원 세대'나 '니트족'(NEET ; Not in education or employment or training) 등이 사회경제적 측면을 부각시킨 이름이라면, 은둔형 외톨이는 사회활동과 대인관계를 기피하며 자신만의 골방에 틀어박힌 우리 시대 젊은이들의 사회문화적 · 심리적 측면을 강조한다.

젊은 세대를 외부에서 규정하는 시선의 폭력성이 비단 지금만의 문제는 아니겠지만, 오렌지족, X세대, N세대 같은 예전의 이름들에 비해 은둔형 외톨이란 얼마나 볼품없고 초라한 이름인가. 게다가 은둔형 외톨이를 정신병자-살인마-원귀寃鬼로 묘사하는 공포영화(〈외톨이〉)가 등장할 정도로, 우리 사회는 이들을 해로운 타자로 간주하고 사회병리적 현상으로 희생양화하는 경향이 있다. 하지만 지금 필요한 것은 바로 이들에게서 우리 사회와 우리 자신의 모습을 발견하고, 그 증상들을 통해 '정상적인' 사회 현실의 모순과 허구성을 통찰하는 일일 것이다.

최근 젊은 작가들의 소설에 빈번하게 등장하는 은둔형 외톨이들의 모습은 그런 맥락에서 각별히 눈길을 끈다. 김주희의 『피터팬 죽이기』(민음사, 2004)와 『파란나비 효과 하루』(민음사, 2008), 김미월의 『서울 동굴 가이드』(문학과지성사, 2007), 장은진의 『키친 실험실』(랜덤하우스, 2008), 황정은의 『일곱시 삼십이분 코끼리열차』(문학동네, 2008) 등에서 2000년대적인 외톨이 주인공들은 90년대의 고독한 개인들과는 확연히 성격을 달리한다. 90년대 소설의 주인공들에게 세속적인 외부 현실로부터의 퇴각이 내면적 진실이나 진정한 자아를 향한 추구와 맞물려 있었다면, 이들은 애초부터 사회로 진입하는 데 실패한 존재들이자 그런 스스로를 지탱해줄 또 다른 가치를 지니고 있지도 못한 이들이기 때문이다. 이들에게 대인관계의 실패나 소통의 부재는 실존적 고독의 문제이기 이전에 생존 그 자체의 문제로 나타난다.

이들을 주인공으로 내세우는 최근 소설들은 90년대 소설과는 또 다른 의미에서 서사적 가능성의 위기에 직면한다. 공동체적 연대를 통해 다른 세계를 모색하지도 못하고, 좁지만 깊은 내면의 세계로 침잠하지도 못하는 외톨이들에게서, 끝없는 넋두리와 무력한 냉소 외에 그 어떤 이야기가 흘러나올 수 있을까. 2000년대 후반의 젊은 작가들이 보여주는 환각과 환상의 세계는 이 같은 서사적 빈곤을 넘어서기 위한 일종의 탈출구로도 이해된다. 그 환상적 세계는 나약하고 무기력한 외톨이들의 심리를 묘파하는 '다른 언어' 로 나타나기도 하고, 재현적인 리얼리티의 한계를 넘어서는 '다른 리얼리티' 로 출현하기도 한다.

김이은의 소설 「이건 사랑 노래가 아니야」 역시 이런 맥락에서 조명되어야 한다. "껍질 속의 달팽이처럼" 일 년여 동안 방 안에 틀어박혀 인터넷과 통신판매용 레토르트 식품에 의지하여 살아가는 '나'는 우리 시대의 전형적인 은둔형 외톨이라 할 만하다. 그런 주인공이 집 밖으로 나서게 되는 것은 온라인 건강 상담 코너를 통해 조기 폐경과 골다공증이 의심된다는 소견을 듣고 나서이다. '조기 폐경'이라니, 사회적 존재로 성장하기도 전에 젊음을 거세당한 이들의 상황을 은유적으로 말해주는 질병이 아닐 수 없다. 그나마 인터넷이 끊기고 방문 수리에 차질이 생기지 않았다면, 그녀가 병원을 찾아 집 밖으로 나갈 생각은 하지 않았을 것이다.

"마치 처음인 듯 낯설고 복잡"하기만 한 외출 준비 과정부터가 꿈(수족관의 작은 물고기)이나 환각(모래산에 파묻혀 퍼덕거리는 음부-물고기)과 뒤섞여 있지만, 그녀가 집밖으로 한 발짝을 내딛은 순간, 세상은 기묘하게 일그러지고 현실/환상의 경계도 모호해진다. 이런 양상은 단지 그녀 자신의 심리적 불안과 과잉된 방어심리에서 비롯되는 것만은 아니다. 납득되지 않는 사건들, 설명할 수 없는 현실의 상황들 자체를 '이상한 나라'처럼 묘사함으로써, 소설은 폐쇄된 골방의 환각보다 더 무섭고 그로테스크한 것이 바깥 세상의 현실이 아닐까 생각해보게 한다.

실제로 대로변에서 그녀가 처음 마주친 것은 "폴리스 라인 비슷한 걸 일자로 죽 그어 펼치"고 "그 아래 바닥에 금을 긋고 있"는 사람들이다. "공무원인지 경찰인지 애매한 복장"을 한 그들은 "숭례문 사건 때문"에 "보호가 필요한 문화재의 반경 이 킬로미터 안쪽으로는 들어갈 수 없다"고 말하며 그녀를 막아선다. 그들이 긋고 있는 금지의 선, 절대로 넘어가면 안 된다는 차단의 벽은 그녀가 스스로 방안에 틀어박히길 선택한 것이 아니라 사회로부터 배제되고 몰려난 것임을 암시한다. 논리에 맞지 않는 그들(공권력)의 주장과 터무니없는 완강함은 그들과의 실랑이를 현실감 없는 희극으로 만들어버린다. 하지만 이런 말도 안 되는 장면들은 사실상 우리 사회 곳곳에서 벌어지는 실제 상황이 아니겠는가.

이 장면은 소설 안에 환각의 퍼레이드를 본격적으로 끌어들이는 계기가 된다. 억지로 넘어선 금 밖으로는 갑자기 계단이 펼쳐지고, 계단에서 굴러 떨어진 그녀는 하얀 뼈가 뚫고 나온 다리에서 피를 흘리며 네 발로 기어간다. 이 대목을 더욱 기괴하게 만드는 것은 토막토막 잘린 문장들과 그 사이로 비어져 나오는 그녀의 음산한 웃음소리이다.

> 피의 골. 웅성웅성. 안 됩니다. 금을 넘어가면 안 돼요. 물러나란 말예요. 절룩절룩. 푹, 고꾸라짐. 다시, 땅바닥에 짚은 손. 두 손. 손가락 새로 물드는 가는 골의, 피. 네 발로 걷기. 짐승처럼. 가축처럼. 콧속으로 스며드는 피 냄새. 갓 새겨진 상처에서 흐르는, 신선한. 걷기에 따라 흔들거리는 내, 엉덩이. 킥킥. 쿡쿡. 도와주세요. 말이 되어 나오지 않는 말. 가르릉, 가르릉.

"갓 새겨진 상처에서 흐르는, 신선한" 피는 "초경"의 이미지와 연결되고, 조기 폐경으로 상징된 그녀의 암울한 상황을 대조적으로 부각시킨다. 이제 그녀가 네 발로 기어 이동하는 모든 공간(거리, 병원, 안수기도원, 쇼핑몰, 점집 등)은 환각으로 얼룩져서, '정상적'인 사회의 비정상성을 드러내는 '다른 리얼리티'의 층위를 연다. 어디서나 그녀는 '없는 존재'로 취급당하며, 사회적 시스템 안으로 받아들여지지 않는다. 저마다 살기 위해 악다구니 치는 사람들의 눈에 그녀의 모습은 보이지 않고, 진료시간이 끝난 병원에서는 피 흘리는 그녀의 다리를 아랑곳하지 않는다. "어디서도 치유 받지 못한 죄"를 전부 "대신 짊어"진다고 주장하는 안수 기도회의 강당에서조차 환부(메마른 음부)를 드러낸 그녀는 "불결한 계집"으로 간주당해 끌려 나간다. "정말 뜬금없게도, 나와 보니 세상은 온통 금 투성이"였던 것이다.

그런 세상에서 정상적인 사회생활을 하는 듯한 많은 사람들도 실은 여기저기서 피를 흘리고 팔다리가 잘려나간 사람들이란 사실, 그러면서도 다들 서로를 "물어뜯기라도 할 것처럼 날카로운 이빨을 드러내고 있"다는 사실은 환각에 사로잡힌 '환자'의 눈에 포착된 섬뜩한 현실일 것이다. 그녀의 시선을 통해 우리 사회는 "거대한 병동 같은 세상", "죽었으나 죽지 못하고 살았으되 사는 것이 아닌" "좀비"들의 세상으로 그려진다.

그럼에도 우리 시대의 외톨이들, 그 많은 패배자-부적응자들은 모든 원인을 자신에게 돌리고 무력한 자책감에 사로잡혀 있는 경우가 많다. 세상을 바꿀 수 있다거나 출구를 찾을 수 있다는 희망을 가지지 못하기 때문에, 사회적 현실을 '운명'이나 존재론적 굴레처럼 받아들이기도 한다. 그녀가 도착한 마지막 장소가 '신당동 점집'이라는 사실은 그래서, 절묘하면서도 씁쓸하다. 점집에서 '죽은 할머니'가 씌웠다는 말을 듣고 "모두 다 내 잘못예요. 용서해주세요. (……) 아파 죽겠다구요. 할머니……"라고 하소연하는 그녀의 모습, 할머니 귀신의 노여움을 풀기 위해 가진 돈을 다 내주고도 "어깨에 할머니를 얹고" 비틀거리며 일어서는 마지막 장면 또한, 안타깝고도 착잡한 감정을 블러 일으킨다. 이 체념적인 결말은 이 시대의 외톨이-낙오자들이 처한 암담한 상황을 인상적으로 묘파하는 동시에, 우리 시대 젊은 소설이 당면한 어려움을 고스란히 대변하는 것처럼 보이기 때문이다. 사회적 문제를 개인의 불행으로 체화한 채 허공에 대고 고통을 호소하는 지친 목소리. 재현적인 리얼리티를 위반하는 '다른 리얼리티'의 불온함이 '다른 인식'의 가능성으로 연결되기 위해, 우리 소설에는 지금 더 힘찬 모색들이 필요할지 모른다.

포주 이야기

김태용

1974년 서울 출생. 숭실대 문예창작학과와 동대학원 졸업.
2005년 ≪세계의 문학≫ 봄호에 「오른쪽에서 세 번째 집」 발표하며 등단
창작집 『풀밭 위의 돼지』.
한국일보문학상 수상

포주 이야기

나는 포주였다. 이것이 첫 문장이다. 여전히 마음에 들지 않는다. 처음이자 마지막으로 글을 써본다. 이 글은 누가 읽게 될 것인가. 이것은 오로지 나를 위한 글이 될 것이다. 나로부터 시작되어 나로 끝나는 이야기. 나는 포주였다. 다음 문장은 떠오르지 않는다. 벌써 몇 달째 이러고 있다. 매일 같은 시간 같은 자리에 앉아서. 책상에는 백지와 볼펜 한 자루. 그리고 한 시간 느린 분홍색 손목시계. 언제부터 시계가 느려지기 시작했나. 태엽을 앞으로 감아도 시계는 잠시 후 다시금 느려진다. 한 시간에서 더 이상 느려지지 않는다. 시곗바늘이 언제 정확히 한 시간 느려지는지 알 수 없다. 손목시계를 뚫어져라 쳐다보면서 시간이 느려지는 지점을 찾아내려고 한 적도 있다. 소용없었다. 인간은 스물네 시간 동안 시계를 쳐다볼 수 없다는 것을 스물 네 시간 동안 시계를 쳐다보려는 시도를 하고 나서 깨달았다. 채 두 시간도 버티지 못하고 나가 떨어졌다. 눈이 벌겋게 충혈되어 있었다. 소금물로 눈을 씻고 시계를 쳐다보자 한 시간 느려져 있었다. 116으로 전화를 걸어 표준시간을 확인했다. 정확히 58분 24초가 느렸다.

나는 포주였다. 시간은 곧 돈이다, 라는 직업윤리를 강조하며 시계가 절실히 필요한 삶을 살아왔다. 이제 더 이상 시계가 필요하지 않다. 솔직하게 말하면 지금에 와서야 비로소 시계가 필요한 삶을 살게 된 것이다. 나는 죽음을 앞두고 있다. 태어나자마자 죽음을 향해 가는 것이 인간의 삶이라는 단순한 진리를 요즘 뼈저리게 느끼고 있다. 결국 죽음 말고는 생각할 것이 없다. 도서관에서 우연히 발견한 책의 문장에 눈으로 밑줄을 긋곤 놀람을 감출 수 없어 자결하듯 나를 향해 중얼거렸다. 나란 인간은 죽음 말고는 생각해서는 안 돼. 브래지어가 불필요한 창녀들처럼 시계는 나에게 어울리지 않는다. 체념인가. 한 시간 느린 시계를 애써 버리지 못하는 것은. 그동안 저지른 죄에 대한 신의 축복이자 저주다. 한 시간 느린 시계를 찰 수밖에 없는 운명. 내 인생의 마지막 기회라고 생각해도 좋다. 남들보다 한 시간을 더 살아보라는. 예정된 죽음을 한 시간 연장시켜주겠다는 신의 야비한 장난. 나는 선고된 죽음보다 한 시간 늦게 죽을 것이다.

나는 포주였다. 오늘도 여기서 끝내고 말 것인가. 어제와 마찬가지로 첫 문장이 마지막 문장이 될 것이라는 불길한 예감이 든다. 사실 그렇다. 나는 포주였다, 말고 더 이상 무슨 말을 할 수 있을까. 나는 포주였다,로 시작해서 나는 포주였다,로 끝나는 글을 쓰기 위해 쇠약한 육체를 딱딱한 의자에 앉혀놓고 있다. 누가 글을 쓰라고 했던가. 아무도 나에게 쓰라고 하지 않았다. 어쩌면 나는 포주였다, 라고 고백하지 못했던 지나온 삶에 대한 앙갚음을 이렇게 대신하려는지 모른다. 글을 모르고 살았던 세월에 대한 한풀이를 죽기 전에 하고 싶은지도. 불과 일 년 전까지만 해도 나는 포주였다, 라고 쓸 수 없었다. 나이 일흔이 넘어서야 글을 배웠다.

지금에 와서 후회해봤자 소용없지만 글을 배운 것은 아무리 생각해도 잘못한 일이다. 평생 글을 멀리하고 더러운 몸뚱이를 굴리며 육체의 삶을 살았던 나는 한순간 글이라는 달콤한 유혹에 넘어가버렸다. 이브가 따먹은 선악과. 내게 있어 글이란 그런 것이다. 그렇다면 나에게 글을 가르쳐준, 내 인생의 종반부를 완전히 파국으로 만들어버릴 작정으로 언어의 독에 빠져들게 한 아이에게 따져야 마땅할 것이다. 아이가 어디에 있는지 모른다. 자신이 다니는 학교를 언젠가 말해준 것 같은데 기억이 가물거린다. 구청을 통하면 알아볼 수 있을 것이다. 그럴 수 없다. 용기가 부족하다. 한창 때는 혼자서 네댓 명을 가볍게 쓰러뜨리고, 입만 열면 욕설이 쏟아져 모두들 쥐구멍이라도 찾으려는 심정으로 나를 두려워했는데, 이제 작은 일에도 감정 기복이 심하고 매사에 무기력하고 자신이 없다. 어쩌면 글 때문인지 모른다. 글을 배울수록 육체가 쇠약해지고 정신은 황폐해져만 갔다. 언어란 인간을 한없이 나약하게 만드는 요물 같은 것이라고 깨달았을 때는 이미 언어의 늪에 빠져 허우적거리고 있었다. 물론 나이 탓도 있을 것이다. 이제 나는 죽음만 생각해야 하는 인간이니까.

나는 포주였다. 젊었을 땐 무슨 일을 하셨어요, 라고 아이가 언젠가 물은 적이 있다. 내가 아무 말 없이 가만히 있자 재차 물었다. 아이에게는 솔직하게 고백해도 좋을 것 같은 마음이 들어 들릴 듯 말 듯 말했다. 나는 포주였다. 아이는 네, 포도주요, 하고 반문한 뒤 말을 이었다. 아, 포도주를 만드셨군요. 그럼 와인 제조공장에서. 언제나처럼 과장된 감탄사를 연발하며 제멋대로 상상하는 아이를 내버려 둘 수밖에 없었다. 저는 술은 잘 못하지만 포도주는 조금 마셔요. 언제 제가 포도주 사올게요. 마침 프랑스에 사는 이모가 보내온 치즈도 집에 있으니까. 포도주에는 치즈가 최고예요. 아이는 소풍 계획을 세운 것처럼 들떠 치열이 드러날 정도로 활짝 웃었다. 아이의 미소가 빈속에 소주 한 잔을 부운 것만 같아

시간이 다 됐으니 어서 가라고 다그쳤다. 문을 열고 나서면서도 아이는 포도주 만드는 것, 아, 정말 멋진 일 같아요, 라고 거듭 말했다. 문이 닫히자 틀니를 딱딱 부딪혀가며 흐릿한 거울을 향해 말했다. 나는 포주였다. 나는 포도주였다. 아이에게 다시금 나는 포주였다, 라고 말했다면 어떻게 되었을까. 이제 죽는 일만 남은 늙은이니까 포주였건 남창男娼이었건 별로 중요하지 않았을 것이다. 아이는 요즘 아이들답게 그게 뭐 어때서요, 라고 대꾸했을지 모른다. 그래, 그게 뭐 어떻단 말인가.

나는 포주였다. 지금은 구청에 등록된 독거노인이다. 아이는 대학교의 사회봉사 학점을 이수하기 위해 구청을 통해 나를 소개받았다. 독거노인 보살피기, 라는 명목으로 석 달 동안 일주일에 한 번씩 찾아와 두 시간 정도 있다가 가곤 했다. 아이는 말동무 상대가 되려고 시도하고, 빨래나 청소를 하려고 했지만 나는 그 어느 것도 허락하지 않았다. 아이는 내 말을 듣지 않았다. 사회봉사기록부에 도장을 찍어 줄 테니 그냥 가라고 다그쳐도 막무가내였다. 하얀 쌀밥 위에 까만 콩 몇 개를 짓눌러 놓은 것만 같은 특징 없는 얼굴을 가진 것과 달리 아이의 선량한 고집은 투정과 불만으로 점철된 나의 인상으로도 당해내기 힘들었다. 할 수 없이 될 대로 되라는 식으로 내버려두었다. 아이는 두 달 동안 한 번도 거르지 않고 나를 찾아왔다. 세상의 더러운 것을 모두 쓸어버리려는 각오를 했는지 집 안을 뒤져 밀린 빨래를 하고 세간들을 정리했다. 아이가 계집애라 그나마 다행이었다. 사내라면 나의 옷을 발가벗겨 밀린 때를 씻겨주었을지 모른다. 아이는 자신이 정리해놓고 간 집안이 다음에 와서 엉망이 되어 있는 것을 볼 때면 잔소리를 퍼붓곤, 할아버지는 조금도 내 마음을 생각해주지 않는군요. 평생 돼지우리 같은 집에서 사세요, 라는 뜻이 담긴 차가운 눈빛을 보냈다. 아이가 그럴 때 마다 너는 어쩌려고 나를 이렇게 괴롭히냐, 라고 내 마음속에서는 정체를 알 수 없는 분노와 아쉬움이 동시에 부글부글 끓어올랐다. 아이에게 나는 포주였고, 너를 창녀로 만들어버릴 수도 있으니 썩 꺼져버려라, 라고 저주와 욕설을 퍼부었어야 했는지 모른다. 애초에 아이의 등짝을 후려치고 엉덩이를 걷어차 쫓아냈다면 지금의 처지가 되지 않았을 것이다. 축축하고 허름한 방에서 비릿한 추억의 냄새를 맡아가며 천천히 죽어가는 게 마지막 남은 나의 희망이었던 시절이 있었다. 처음부터 지상에 존재하지 않았던 것처럼, 존재라는 단어조차 내 삶에 존재하지 않은 채, 언어의 백치 상태 그대로 침묵 속에서 딱딱한 주검이 될 때까지 기다렸어야 했다. 글을 배우지 않았다면 나는 포주였다, 라고 시작하는 이따위 글을 쓸 생각도 하지 않았을 것이다.

나는 포주였다. 까막눈이 포주였다. 아이에게 내가 문맹이라는 것을 들킨 것은 아주 우연한 일이었다. 굳이 숨기려고 한 것도 아니지만 문맹자라고 고백하는 것도 자랑할 것은 못 되었다. 어느 날 아이와 나는 텔레비전을 보고 있었다. 텔레비전은 몇 년 전 어느 연말, 자선단체에서 보내준 것이다. 평소 텔레비전을 즐겨 보지 않았지만 아이가 찾아오는 날에는 좁은 공간에 함께 있는 것이 어색해 부러 소리를 크게 틀어놓곤 했다. 아이는 대개의 노인들이 그러하듯 나의 청력이 약하다고 생각했는지 제법 큰 소리에도 뭐라 하지 않았다. 그날은 아이와 함께 자막처리가 된 외화外畵를 보고 있었다. 아이는 오래전 극장에서 보고 싶었던 영화라며 호들갑을 떨었다. 남녀가 주둥아리를 사정없이 맞추고 있는 장면에 집중하고 있는 아이의 뒤통수를 쳐다보면서 갓난아이 시절 아이의 어머니가 아이를 너무나 반듯하게만 눕혀놔서 뒤통수가 납작해졌구나, 라는 엉뚱한 생각을 하고 있었다. 영화의 대사는 알아들을 수 없지만 내용은 남녀가 만나서 사소한 오해로 헤어지고 우여곡절 끝에 다시 만나게 되는 과정을 그린 것 같았다. 약속한 시간이 지나 아이와 헤어져도 다시 만날 수 있을까. 머리를 긁적이며 마음에도 없는 생각에 빠졌다. 손톱에 허옇게 비듬이 묻어났다. 어디서 전화가 왔는지 아이는 핸드폰을 들고 밖으로 나갔다. 아이가 나갔다 돌아온 사이 영화 속 남자가 여자의 귓속에 뭐라고 중얼거리자 여자가 눈물을 흘리기 시작했다. 아이는 아, 저 장면이 중요한데, 라고 말하며 남자가 여자의 귀에 속삭인 말이 무엇인지 물었다. 영화를 보고 있지 않았다고 말해도 아이는 거짓말하지 말라며 다그쳤다. 마치 그것을 알지 못하면 자신의 인생이 송두리째 엉망이 될 것처럼 집요하게 추궁했다. 나는 글을 읽을 줄도 쓸 줄도 모른다. 나의 고백에 아이는 설마요, 하는 표정을 지어 보였다. 다음에 찾아왔을 때 아이의 손에는 유아용 언어학습 교재가 들려 있었다.

나는 포주였다. 포주에게 이름은 필요 없다. 내 이름은 잊은 지 오래다. 나는 몇 가지 우스꽝스러우면서도 섬뜩한 별명들을 갖고 있었다. 내 별명을 가지고 장난을 치던 창녀들의 머리채를 잡고 흔들며 발로 걷어찬 적도 있다. 지금에 와서는 별명으로 불리던 시절이 가끔 그립기까지 하다. 누구도 내 이름을 불러 준 적이 없다. 구청에 등록된 이름은 이병춘이다. 나는 여전히 이병춘이라는 이름이 낯설다. 내가 이병춘임을 증명할 수 있는 것은 호적에 기록된 이름 석 자뿐이다. 이병춘이라니. 나는 이병춘이다. 나는 이병춘이 아니다. 이병춘이라는 이름으로 살아왔다면 내 인생이 지금과 달라졌을까. 이병춘의 삶은 상상도 가지 않는다. 이병춘도 이병춘을 모른다. 이병춘이라는 이름을 되찾기 위해 이렇게 죽지 않고 살아 있던 것일까. 여전히 내게는 이름 따위가 필요 없다. 설마 내가 이병춘이었을 리 만무하다. 앞으로도 나는 이병춘이 아닌 삶을 살아가고 싶을 뿐이다. 새삼스럽게 지금에 와서야 이름이 무슨 소용이 있단 말인가. 아이는 손에 볼펜을 쥐어주며 이름을 써보라고 했다. 머뭇거리자 내 손을 잡고 이병춘이라고 크게 쓰려고 시도했다. 이병춘이란 이름 참 착하게 들려요. 아이의 어처구니없는 말에 질려버렸다. 착하게 들리는 이름이라니. 더구나 이병춘이란 이름이. 이름 공부가 끝나자 아이는 사물들의 이름을 종이에 써 붙이기 시작했다. 텔레비전, 창문, 밥상, 옷장, 구두 등의 단어를 써 각각의 사물에 붙였다. 다음에 와서 시험 볼 거예요. 방 안에 덕지덕지 붙어 있는 이름표들을 보면서 내 삶이 점점 이상한 빛깔로 물들어가고 있는 것만 같은 생각에 빠졌다. 그것은 종국에 암흑보다 더 어둡고 축축한 빛깔로 남으리라. 아이는 그렇다 치고 아이의 행동을 만류하지 못하고 질질 끌려가기만 했던 나의 태도는 무엇인지 지금에 와서도 잘 모르겠다. 심히 무료하기에 될 대로 되라는 식으로 아이를 따른 것일까. 아니면 오래전부터 글을 깨치고 싶었던 바람이 충족되어가는 것에 희열을 느끼고 있던 것일까. 나는 문맹에 대한 열등감을 극복할 수 없어 오래전 창녀들이 골방에서 책을 읽고 있는 것에 불만을 터뜨린 것이 아닐까. 너희 같은 더러운 인간들이 책은 읽어서 뭐해. 흉포한 말과 폭력으로 모든 것을 해결하려고 했던 지나온 삶에 대한 보상으로 글에 매달리고 있는가. 우습게도 아이 앞에서는 시큰둥했지만 아이가 돌아가고 나면 틈틈이 글공부를 했다. 장롱 깊숙이 숨겨둔 사탕을 몰래 꺼내 먹는 어린아이처럼 언어들을 조금씩 핥고 깨물어 삼켰다. 채 소화되지 못한 언어들이 뱃속에서 제멋대로 결합하거나 형태를 뒤틀었다. 몇 가지 언어법칙으로 무수한 문장들이 탄생한다는 것에 일종의 황홀경에 빠지기까지 했다. 나는 언어의 포주가 되어가고 있었다. 지금에 와서 그것이 언어의 포로가 될 줄은 몰랐다. 아이에게는 아주 더디게 학습효과를 보이는 것처럼 행동했지만 얼마 지나지 않아 한글을 뗄 수 있게 되었다. 어째서 아이에게 그 사실을 고백하지 못했을까. 부끄러움일까. 함께 뭔가를 이루고 즐거워할 수 있었을 텐데. 지나온 삶이 실패와 후회의 연속이었던 것처럼 아이와 보낸 시간들도 마땅히 그러해야 한다는 생각에 빠져 있었는지 모른다. 지금에 와서야 역시 후회한다. 아이에게 아이의 이름표를 붙여주지 못한 것이. 나는 한 번도 아이의 이름을 불러 준 적이 없다.

나는 포주였다. 당연한 말이지만 처음부터 포주가 될 생각은 없었다. 포주라는 직업이 있다는 것도 포주가 되고 나서야 알았다. 포주가 되기 전에도 무엇이 되어야겠다는 생각을 한 번도 해본 적이 없었다. 무엇이 되어야겠다는 생각을 할 만큼 여유로운 삶을 산 적이 없다. 넌 커서 뭐가 될래, 하고 어릴 적 누군가 물어왔다면 학교에 가고 싶다고 말했을 것이다. 소학교에 들어갈 나이가 지났는데도 나는 산골에 처박혀 어딘가 조금 모자란 구석이 있는 어머니에게 이 썩을 놈아, 로 시작하는 욕설을 먹어가며 집안일을 해야만 했다. 일 년만 더 지나면 학교에 보내준다는 말을 삼 년째 듣고 있었다. 모서리마다 거미줄이 잔뜩 쳐 있는 방안에 누워 주기적으로 피를 토하며 시름시름 앓고 있는 아버지는 하루 종일 멍하니 천장을 바라보다가 가끔 알아들을 수 없는 발음으로 뭐라고 중얼거리곤 했다. 후에 중얼거림의 정체를 나름대로 추측한 것은 이러했다. 결국 죽음 말고는 생각할 것이 없다. 아버지와 생활을 시작한 것은 이제 겨우 두 달 째였다. 그동안 어디서 무엇을 하고 다녔는지 아버지는 죽음 직전에 집에 돌아온 것이다. 아버지는 한 번도 내 이름을 불러주지 않았고 나 역시 아버지라고 부르는 것이 어색해 내일은 꼭 아버지라고 불러봐야지, 하고 계속 미뤄두고 있었다. 아버지의 머리맡에는 낡은 책이 놓여 있었다. 아버지가 중얼거리는 말이 책과 관련이 있을 것만 같았지만 아버지가 책을 읽는 것을 한 번도 본 적이 없다. 어머니가 가끔 책을 냄비받침으로 쓸 때면 아버지는 잠시 미간을 찌푸리며 인상을 쓸 뿐 아무 말도 하지 못했다. 글을 가르쳐주세요. 어느 날 용기를 내 아버지에게 말했다. 아버지는 끙, 이라고 짧은 신음 소리를 낸 뒤 아무 말도 하지 않았다. 다음 날 아버지는 사마귀를 잡아 다리를 하나씩 떼어내고 있던 나에게 기어오다시피 다가와 거칠게 숨을 토해내며 말했다. 나는 너의 아버지가 아니다. 너의 아버지를 찾아 이 집을 떠나라. 내가 아버지라고 부르기도 전에 아버지는 이미 아버지임을 거부하고 있었다. 입 밖으로 아버지라는 말이 빠져나올 것 같아 어금니에 힘을 주어 입을 꾹 다물었다. 손에서 달아난 사마귀가 몸뚱이를 질질 끌며 숲으로 달아났다. 며칠 뒤 거짓말처럼 아버지는 한 바가지의 피를 쏟고 눈을 감았다. 무슨 생각에서였는지 나는 아버지가 보던 책을 어머니 몰래 땅을 파 숨겨놓았다. 가끔 아버지를 찾아 집을 떠나라는 아버지의 유언 같은 말이 생각날 때마다 책을 들고 해독불능의 문자들을 제멋대로 읽다가 덮어두곤 했다. 전쟁이 일어났다는 흉흉한 소문이 먼 곳으로부터 들려왔다. 어느 날 밤 서둘러 짐을 싸 어머니의 손에 이끌려 산에서 내려오고 있을 때 나는 잊은 것이 있다며 다시 집으로 향했다. 이 썩을 놈아, 돌아와 어서, 라고 외치는 어머니의 숨넘어갈 듯한 목소리를 뒤로 하고 아버지의 책을 찾기 위해 집으로 달려갔던 것이다. 손톱이 빠질 정도로 빠르게 흙을 파내 책을 꺼내 들고 산길을 뛰어 내려오는 나의 눈에서는 어느새 눈물이 흘러내리고 있었다. 어머니가 있어야 할 곳에는 어머니가 없었다. 어쩌면 어머니가 있어야 할 곳을 찾지 못한 것인지도 몰랐다.

나는 포주였다. 그도 역시 포주였다. 그가 포주가 아니었다면 나 역시 포주가 되지 않았을 것이다. 가업을 이어받듯 나도 그처럼 포주가 되고 결국엔 거리에서 비참하게 죽게 될 운명이었다. 그는 나의 아버지였다. 그는 자신을 아버지라 부르라고 하지 않았다. 나 역시 그를 아버지라고 불러본 적은 없지만 마음속에서는 나의 아버지라고 굳게 믿고 있었다. 졸지에 고아가 된 나는 전쟁의 포화 속에서 피난행렬에 떠밀려 어디론가 흘러가고 있었다. 신체가 절단된 시체 더미를 밟고 아이들이 해골을 가지고 축구를 하는 공터를 지나 구더기가 섞여 있는 가루우유를 물에 타

마시고 애를 업은 채 몸을 파는 여자들의 밤을 엿본 뒤 결국 욕설과 폭력과 환각으로 뒤덮인 폐허의 뒷골목 세계로 진입하게 되었다. 그는 밥을 먹여준다는 대가로 허기와 추위에 지쳐 어둠 속에 웅크리는 나를 깨워 데리고 갔다. 창고 같은 곳에 나를 떠민 다음 옷을 전부 벗으라고 했다. 옷 속에 있던 이들이 여기저기로 튀어 올랐다. 그는 내가 품에 안고 있던 아버지의 책을 뺏어 들고 페이지를 넘겨 보았다. 이런 개 같은 것은 이제 너에게 어울리지 않는다. 그는 책을 갈기갈기 찢어버렸다. 그의 광포한 손놀림을 지켜보면서 나는 이전과 다른 세계 속에서 살아야 함을 예감했다. 처음에 느꼈던 두려움과 공포가 알 수 없는 기대와 희열로 점점 뒤바뀌었다. 어쩌면 애초에 내가 찾아야 할 아버지가 그인지도 몰랐다. 아버지의 말대로 집을 떠나서 아버지를 찾게 된 것이다. 그는 할 수 있겠냐고 물었다. 나는 해보겠다고 말했다. 만약 잘해낸다면 자신의 아들이 될 수 있다고 했다. 그에게는 아들이 많았다. 아들들과 함께 여러 일을 하고 있었다. 주요업무는 깡패, 매매춘, 아편밀매였다. 그가 시키는 대로 정해진 장소에서 아무렇지도 않게 누군가에게 아편 한 봉지를 건네주고 나서 나는 그의 가장 어린 아들이자 마지막 아들이 되었다. 생각보다 민첩하고 대담한 놈인걸, 하면서 그는 나의 사타구니를 한 번 움켜줬다 놓았다. 오늘 한 번 이놈을 제대로 써봐라. 그의 지시로 아들들이 나를 골방에 밀어 넣었다. 참기 힘든 역한 냄새가 풍겼지만 이상하게도 그 냄새를 더 맡아 보고 싶었다. 피골이 상접하고 하얀 쌀밥 위에 까만 콩 몇 개를 짓눌러놓은 것만 같은 얼굴을 한 여자가 배시시 웃으며 가랑이를 벌린 채 나에게 손가락질을 하고 있었다. 긴장한 나머지 내가 오줌을 싸도 여자는 배시시 웃기만 했다. 얼마 뒤 여자가 아편중독자라는 것을 알았다. 그는 나를 아편제비라고 불렀다. 소풍을 가는 소년처럼 나는 륙색에 아편을 넣고 공원에서 약속된 사람들에게 건네주고 휘파람을 불며 돌아오곤 했다. 아편밀매를 하면서도 그는 내가 몰래 아편을 피우는 것을 발견하자 사정없이 발로 짓밟아버리곤 한 번만 더 손을 대면 손모가지를 잘라놓겠다고 소리쳤다. 나를 인간적으로 아껴서였는지, 아편이 아까워서였는지, 내가 아편에 중독되면 자신의 일에 지장을 초래할까봐 그래서였는지는 알 수 없었다. 정작 아편중독자가 된 것은 그였다. 그는 정치깡패로 몰려 몇 년 동안 감옥에 있다 나왔다. 그 사이 그의 아들들이 그가 맡았던 일을 각자 나눠 갖고 나는 몇 명의 여자와 골방에 살림을 차렸다가 때려치우기를 반복했다. 감옥에서 무슨 일이 있었는지 그의 몸은 완전히 망신창이가 되었고 정신도 반쯤 넋이 나가 있었다. 아들들도 처음에는 그에게 아버지로서의 예우를 하다가 점점 귀찮아하기 시작했다. 나이 어린 양아치들한테까지 얻어맞고 창녀들의 비웃음거리가 된 그의 문제를 놓고 아들들은 상의를 하기 시작했다. 그는 더 이상 아편심부름을 하지 않는 나를 잡고 하나만 구해달라고 사정했다. 아들들 몰래 그에게 아편을 구해주고 나서 이게 마지막이에요, 한 번만 더 달라고 하면 손목을 잘라버릴 거예요, 말하고 있는 내 자신에 스스로 놀라고 말았다. 그는 결국 누군가의 칼에 맞아 객사를 하고 말았다. 그 누군가는 아들들 중 막내인 내가 될 수밖에 없었다. 피 묻은 손으로 내 옷을 잡아당기며 그는 알아듣기 힘든 발음으로 중얼거렸다. 아주 오랜 시간이 흘러 중얼거림의 의미를 추측할 수 있었다. 결국 죽음 말고는 생각할 것이 없다, 라고 결코 나의 아버지가 될 수 없었던 그는 말했을 것이다. 나는 포주였다. 아들들의 배려로 어린 나이에 작지만 일정 구역의 포주가 된 것이다. 더 이상 아버지에 대한 미련이 없었다. 포주에게 아버지는 거추장스러운 존재일 뿐이었다.

나는 포주였다. 십 대 소녀부터 육십 대 할멈까지 수많은 여자들을 만나고 품에 안고 등쳐먹었다. 포주생활을 할수록 점점 여자에 대한 흥미를 잃어갔다. 나이 사십도 되기 전에 성욕을 완전히 잃었다. 여자들은 돈

벌이의 수단이자 사업파트너일 뿐이었다. 포주를 그만두고 싶었을 때도 많았다. 언젠가 포주를 그만둬야지, 하는 생각으로 버티며 포주생활을 지속했다. 정작 포주를 그만두면 무엇을 할지 막막해 그만둘 수도 없었다. 포주생활에 종지부를 찍게 만든 것은 정권이 바뀐 뒤 도시정비사업의 일환으로 무허가 창녀촌들이 강제로 헐리게 되었을 때다. 나는 악덕 포주로 몰려 금고에 모아놓은 재산을 몰수당하고 수갑을 차게 되었다. 예고된 운명이 드디어 나를 옭아맨 것이다. 부도덕하지만 악덕까지는 아니었던 나를 위해 변호해줄 창녀는 없었다. 그 아이들 역시 또 다른 삶의 터전을 찾아 서둘러 자리를 떠나기 바빴다. 매매춘 근절에 대한 당시 사회 분위기가 고조되어 나의 죄는 점점 가중되었다. 수갑을 차고 수감절차를 밟을 때에야 비로소 오래전 잊어버렸던 나의 이름이 이병춘이라는 것을 알았다. 이병춘 씨, 이병춘 놈, 이병춘 새끼, 라고 부르는 소리가 낯설어 몇 번이고 나도 모르게 반응을 하지 않았다. 대답을 하지 않는다고 욕설을 듣고 발로 걷어차였다. 감옥 안에서도 가장 더러운 죄질로 분류되어 같은 수감자로부터도 개, 돼지 보다 못한 냉대와 멸시를 받았다. 교도관에게 독방을 달라고 사정했다. 아무런 반응이 없어 오랫동안 쓰지 않았던 주먹을 쓰고 말았다. 독방의 냄새는 내가 처음으로 들어간 아편중독자 창녀의 방에서 풍기는 냄새와 흡사했다. 수감 생활이 끝나고 나오자 내가 포주로 있던 창녀촌에는 거대한 주상복합 아파트가 들어서 있었다. 그곳 아파트 경비원이라도 하고 싶어 사방으로 알아봤으나 어림도 없었다. 신원조회를 통해 이력이 드러난 내가 할 수 있는 일은 아무것도 없었다. 그 이후의 삶은 노숙과 날품팔이 노동의 연속과 반복이었다. 나의 아버지들처럼 피를 토하거나 등에 칼이 꽂혀 비참하게 죽게 되리라는 두려움에 시달렸다. 이전처럼 어렵지 않게 아편을 구할 수 있었다면 아마도 나는 아편중독자가 되었을 것이다. 다른 환각 물질들의 유혹에 끊임없이 시달렸지만 오래전 길들여졌던 아편 냄새만큼 나를 자극시키지 못했다.

나는 포주였다. 과연 나는 포주였다, 라고밖에 쓸 수 없는가. 처음부터 다시 써야 한다. 나는 포주였다, 라고 쓰기 이전부터. 글은 얼마든지 다시 고쳐 쓸 수 있다. 인생은 다시 고쳐 쓸 수 없다. 글 역시 다시 고쳐 쓸 수 없다. 다시 고친다고 해도 나는 포주였다, 라고 시작하는 글이 되고 말 것이다. 나는 포주였다. 어둠과 패악으로 물들어 있는 지난 시절을 왜 글로 옮기려 하는가. 글을 통해 나의 죄를 고해하려고 하는가. 어리석은 생각이다. 글을 쓸수록 나의 죄는 점점 부풀려지고 가중되어가는 것만 같다. 글 속에 은폐된 더 고약한 죄의 이력이 나를 괴롭힌다. 이상하게도 멈출 수가 없다. 기억을 불러내어 글을 쓸수록 기억에서 멀어지는 것만 같다. 지난 시절은 모두 거짓이라고 증명하기 위해 최대한 사실에 가까운 기억을 불러내야만 한다. 기억을 지우기 위해선 우선 기억을 해야만 하는 것이다. 기억하는 것을 글로 옮기는 그 찰나의 시간동안 기억들은 휘발되거나 뒤엉켜버린다. 완벽한 기억의 복원으로서의 글쓰기. 그것이 불가능하다는 것을 알면서도 점자책을 읽는 맹인처럼 더듬거리며 시간을 자꾸만 뒤로 돌리려 애쓰고 있다. 글이란 오묘하다. 몇십 년 동안의 이야기를 몇 문장으로 요약할 수 있다니. 아니 단 한 문장이면 족할지 모른다. 나는 포주였다. 이 글을 끝마치기 전 죽게 된다면 어떻게 될까. 죽기 전 완성해야만 하는 글. 나는 지금 유서를 쓰고 있다.

나는 포주였다. 아이가 갑작스럽게 떠나지 않았다면 나는 포주였다, 로 시작하는 유서를 쓰게 되는 일이 가능하기나 했을까. 칠십 년을 넘게 살아오면서 깨달은 것 중의 하나는 인생의 중요한 전환점은 모두 아슬아슬한 우연으로부터 비롯한다는 것이다. 우연으로 뒤바뀐 인생에 시간을 내맡기고 나면 어느새 우연이 필연으로 바뀌고 애초에 그렇게 될 일은 그렇게 될 수밖에 없었다는 생각에까지 다다르게 된다. 내가 나는 포주였다, 로 시작하는 글을 쓰게 만들기 위해 아이는 그날 밤 그렇게 나를 찾아왔던 것이다. 아이는 겨자색 코트를 입고 있었다. 무슨 연유에서인지 비에 홀딱 젖어 있었다. 입에서 들큼한 술 냄새가 났다. 술을 잘 마시지 못한다던 아이의 말이 떠올랐다. 아이의 제법 심각한 모습에 엉뚱하게도 물냉면에 풀어진 겨자가 생각났다. 마침 눅눅한 바닥에 누워 빗소리를 들으며 오래전 어느 날 밤 창녀들과 옹기종기 모여 먹던 물냉면을 생각하고 있었다. 누가 만들었는지 기억이 나지 않지만 냉면과 육수와 겨자만으로도 입에 착착 감기던 잊을 수 없는 맛이었다. 냉면을 먹는 순간 포주 따위는 그만두고 이 계집애들을 데리고 작은 봉제공장이라도 차리면 어떨까 잠시 생각에 빠지기도 했었다. 그 생각은 갑자기 들이닥친 단체손님으로 산산조각 나고 말았지만. 아이는 수건으로 대충 머리를 말리고 코트를 입은 채 구석에 쪼그려 앉았다. 내가 멍하니 바라보고 있자 아무것도 묻지 마세요, 두 시간만 있다 갈게요, 라고 말했다. 순간 아무것도 하지 않고 잠깐 마주 앉았다 가는 건 얼마요, 라고 묻던 사내들의 말투가 생각났다. 아이의 자세는 점점 흐트러지더니 옆으로 쓰러지고 말았다. 뭐라고 중얼거렸는데 사람의 이름 같았다. 중얼거림의 끝에서 보고 싶다, 보고 싶다,를 연발했다. 뒤늦게 내가 아이에 대해 아는 것이 아무것도 없음을, 아무것도 알려고 하지 않았다는 것을 깨달았다. 아이는 잠이 들었는지 울음을 삼키는 듯한 숨소리만 주기적으로 들려왔다. 두 시간이 지났음을 확인한 나는 아이를 흔들어 깨웠다. 잠들어 있지 않았다. 아이는 제발 내버려두라고 소리를 질렀다. 시간이 다 됐으니 어서 가라고 하자 금방이라도 눈물을 흘릴 것만 같은 얼굴로 손목시계를 풀어 시계태엽을 뒤로 한 바퀴 돌렸다. 자, 이제 됐지요. 한 시간 더 남은 거예요. 아이는 미안한 생각이 들었는지 잠시 후 한없이 맥빠진 음성으로 나에게 보고 싶은 사람이 있냐고 물었다. 저 아이를 어떡하면 좋단 말인가, 하고 속으로 단념하고 있으면서도 대답을 요구하는 질문이 아닌 것 같아 가만히 있었다. 예상대로 아이는 더 이상 묻지 않았다. 모로 누워 몸을 비틀던 아이는 정말로 잠이 들어버렸다. 과장된 발랄함보다 주체할 수 없는 침울한 모습이 아이의 진정한 면모일지 모르겠다고 생각했다. 아이의 손목시계를 만지작거렸다. 한 시간 되돌린 시간마저 다 흘렀지만 아이를 깨울 수는 없었다. 아이에게 손을 뻗어 얼굴에 더러운 손자국을 남기고 입술과 목덜미를 혀로 핥은 뒤 셔츠 속으로 손을 쑥 집어넣어 발육이 덜 된 유방을 포악스럽게 주물러댈지도 모르겠다는 충동에 왼손으로 오른쪽 손목을 꽉 움켜잡고 있어야 했다. 아이에게 진정으로 내가 원한 것은 무엇일까. 죽기 전 마지막으로 신이 준 기회일지 모른다. 나를 시험하고 있는가. 아이의 육체를 더럽혀 치명적인 병균을 옮긴 뒤 거리에 내다버릴 수도 있다. 그동안 잊었던 나의 더러운 손버릇이 되살아날 것이다. 얘야, 나는 포주였다. 자수를 하는 죄인의 심정으로 중얼거렸다. 쾨쾨한 냄새가 나는 이불을 아이의 몸에 덮어주었다. 언제 잠이 들었는지 다음날 눈을 떴을 때 아이가 누워 있던 자리에는 이불만 덩그러니 놓여 있고 바닥에는 아이의 분홍색 손목시계가 해웃값처럼 던져져 있었다. 손목시계를 들고 한참을 들여다보았다. 한 시간이 느려져 있었다. 다시 원래대로 되돌려놓으려다가 그만두었다. 아이는 오지 않았다. 약속된 기간이 아직 한 달이나 남아 있는데. 거의 하루 종일 누워 지냈다. 최소한의 끼니로 허기를 해결하고 바닥에 누워 아이의 손목시계를 만지작거렸다. 아이는 예고 없이 찾아와 나의 삶을 잠시 흔들어 놓고 다시 예고 없이 가버린 것이다. 오랫동안 굳어져 있던 감정이 누군가 건드린 괘종시계의 불알처럼 심하게 흔들렸다. 다시 오면 너를 여기서 데리고 나갈게, 라고 약속하고 오지 않는 사내를 기다리던 창녀의 심정이 이러했을까. 아이가 말한 대로 언젠가 포도주와 치즈를 가져오면 한글을 다 깨우쳤노라고, 이제 외국영화의 자막도 무리 없이 읽어낼 수 있다고 말할 날을 기다리다가 내 몸은 점점 더 쇠약해져만 갔다. 얼마의 시간이 흐른 것일까. 남들보다 한 시간 더 늦게 살고 있는 나는 문득 이렇게 죽고 마는 것이구나, 라는 생각에 점점 빠져들어 갔다. 그날 밤 잠결에 아이를 범했을지 모른다는 망상에까지 시달리게 되었다. 망상이 아닐지도 모른다. 망상이 실제 기억으로 고착되어버리자 다음과 같이 중얼거리는 자신을 발견하기에 이르렀다. 결국 죽음 말고는 생각할 것이 없다.

나는 포주였다. 죽음 말고는 생각할 것이 없는 인간이다. 아이에 대한 미련과 자신에 대한 모멸이 뒤섞인 감정을 극복하기 위해 오래전 떠올린 발상을 실현시키기로 작정했다. 이제 글을 읽을 수 있으니 어릴 적 아버지의 머리맡에 있던 책을 찾기로 결심한 것이다. 아이가 더 이상 오지 않겠구나, 체념하고 있을 때 누군가 내 옆에 누워 있는 것을 발견했다. 낡은 책을 베고 누운 그는 나의 아버지가 아니라고 부정했던 아버지였다. 말없이 천장을 바라보고 있는 아버지는 입을 반쯤 벌려 연기를 내뿜었다. 아편 연기가 피어올랐다. 순간 아버지는 내가 칼을 꽂은 아버지로 변했다. 아버지의 등에서 시뻘건 피가 바닥으로 번져 나오고 있었다. 책이 피에 젖어 들어갔다. 피로 물든 책을 들고 나는 얼마나 울었던가. 아버지들의 환영이 나를 미친 사람처럼 중얼거리게 만들었다. 결국 죽음 말고는 생각할 것이 없다. 꿈인지 현실인지 모를 몽롱한 상태에서 다음날 도서관이라는 곳을 찾았다. 사창가를 처음 찾은 수줍은 청년처럼 머뭇거리다가 될 대로 되라는 식으로 들어갔다. 아버지 머리맡에 있던 책의 제목을 기억하고 있다. 그러나 문자로서가 아니라 읽어낼 수 없는 그림 같은 것으로 알고 있다. 그 책과 모양이 같은 제목의 책을 발견해야만 그 책이 그 책인 줄 알 수 있는 것이다. 거의 일 년이 지나서야 아버지의 머리맡에 놓여 있을 만한 부류의 책들을 살펴볼 수 있었다. 죽음, 관념, 허용, 자살, 존재, 의식, 허구, 금기, 원리, 실험, 파국, 공허, 라는 형태의 단어들이 내 삶을 지배하게 되었다. 단어와 단어가 관계를 맺어 만들어내는 문장들의 의미는 여전히 파악할 수 없지만 시간이 갈수록 여자의 특정 부위만 탐닉하는 변태들처럼 특정언어도착倒錯자가 되어가고 있었다. 아버지의 책은 찾을 수 없었다. 다만 아버지의 책에 있어야 마땅했을 것만 같은 문장을 어느 책에서 찾은 것이다. 결국 죽음 말고는 생각할 것이 없다. 그 문장은 책을 읽기 전 마음속에 칼처럼 품고 있던, 내가 창조해낸 문장과 같은 것이었다. 그 문장을 만났을 때 이제 죽을 수 있겠구나, 생각했다. 평생 죽음의 철학에 매달린 저자와 평생 밑바닥 삶을 전전해온 나의 삶의 결론이 같다는 것에 묘한 동질감을 느꼈다. 이제야 비로소 아버지를 찾은 것만 같은 생각마저 들었다. 결국 죽음 말고는 생각할 것이 없다. 그것은 내가 찾아야만 했던 아버지의 문장, 아버지의 유언이라 해도 좋다. 저자의 유일한 책의 마지막 구절에는 다음과 같이 씌어 있다. 그렇다면 모든 글은 유서가 아닌가. 나는 처음이자 마지막으로 글을 쓰기로 마음먹었고 그 글은 유서가 될 것이다.

나는 포주였다. 이것이 내 유서의 첫 문장이다. 매일 매일 자신의 사망신고서를 작성하듯 나는 포주였다, 라고 쓴다. 나는 포주였다, 만 남은 채 나머지 문장들은 모두 볼펜으로 지웠다가 종이를 구겨버리는 작업을 몇 달째 계속하고 있다. 나는 포주였다, 는 나에게 아편 같은 문장이 되었다. 첫 문장을 쓰기 위해 오늘도 도서관에 왔다. 도서관 사서가 알은체를 한다. 내가 부탁하자 복사기 옆의 이면지를 마음대로 가져다 쓰라고 배려해줬다. 사서는 가끔 커피를 책상에 놓아주며 내 앞에 놓인 백지를 힐끔 쳐다보고 간다. 나는 포주였다, 라는 문장을 봤어도 내가 정말 포주였다고는 믿지 않을 것이다. 아무리 사실을 고백한다고 해도 남들은 사실로 믿지 않고 반대로 애써 거짓을 말해도 사실이라고 믿을 것이다. 나의 유서는 어느 쪽일까. 이제 내가 쓰고자 하는 이야기가 사실인지 거짓인지조차 혼란스럽다. 이것은 유서가 맞는가.

나는 포주였다. 한 시간 느린 시계를 소유하고 있다. 몇 번이나 시계를 버리려고 했다. 시계를 버리면 나의 삶이 제자리로 돌아올지도 모르겠다는 생각을 했고, 아이에 대한 헛된 기대와 기억도 접을 수 있을 거라고 믿었다. 아이는 왜 시계를 찾으러 오지 않을까. 시계를 버리지 못했다. 대신 시계를 끊임없이 쳐다보며 한 시간 느린 나의 삶을 스스로에게 각인시켰다. 나에게 주어진 한 시간 안에 유서를 끝내야 할 것이다. 이미 한 시간 전에 죽었어야 할 나는 축복인지 저주인지 모를 잉여 시간 동안 지난 인생을 글로 정리해야만 한다. 처음이자 마지막으로 자신의 삶을 스스로 설계하고 꾸려나가려는 각오로 몇 번이고 다짐했다. 유서가 완성되면 아이에게 보낼 것이다. 너 때문에 나는 이렇게 죽게 되었다고, 글이 나를 죽게 만들었다고. 일 년이 지났지만 자신의 인생을 망친 첫 남자를 기억하는 창녀처럼 아이의 모습이 눈앞에 생생하게 남아 있다. 아이와 비슷하게 생긴 또래의 아이들이 내 주변에 앉았다 가곤 한다. 아이가 입었던 겨자색 외투와 같은 옷을 입은 여자애를 본 적도 있다. 순간 여자애의 외투를 미친 듯 벗겨내고 싶을 정도로 마음이 심하게 동요되었지만 백지를 손으로 구기며 참아냈다.

나는 포주였다. 지나온 삶을 후회한다. 유서를 쓰고 있는 지금의 모습조차 곧 후회하게 될 것이다. 나는 포주였다, 라고 쓰는 게 다 무슨 소용이란 말인가. 포주에 대한 기억을 지우기 위해 포주라는 단어를 끊임없이 써야만 하는 것이 내 유서의 운명이다. 벗어날 수 있을까. 마지막 문장에 도달하기 전까지 벗어날 수 없다. 이제 겨우 첫 문장을 완성했을 뿐이다. 갑자기 어디선가 한기가 몰려오는지 뼛속까지 휑한 바람이 파고들어온다. 손이 바들바들 떨린다. 떨리는 손에 힘을 주어 겨우겨우 쓴다. 나는 포주였다. 볼펜을 내려놓는다. 시간을 확인한다. 시계를 한 시간 앞으로 돌렸다가 다시 뒤로 돌려놓는다. 시계태엽을 돌리는 사이 지난 세월들이 뒤섞여 기억의 형태와 의미가 점점 흐릿해진다. 엎드린다. 나는 포주였다, 라는 문장이 이마를 콕콕 찌른다. 눈을 쑤신다. 코를 비튼다. 귓구멍에 침을 뱉는다. 혀를 잘근잘근 씹는다. 목덜미를 긁는다. 등에 칼을 꽂는다. 아편 연기 가득한 퀴퀴한 골방의 냄새가 풍긴다. 모든 기억들이 아편 연기처럼 공기 중으로 휘발되고 있다. 보고 싶은 사람이 있냐는, 아이의 말이 문득 떠오른다. 잠시 후 웅크린 몸뚱이 위로 이불이 툭 떨어진다. 축축하다. 등이 아프다. 무겁다. 눈이 감긴다. 나는 나를 용서하지 못할 것이다.

 작품해설

쓰면서 지워지거나 혹은 죽거나

정혜경 | 순천향대 국제어문학부 교수

오래된 관습이란 어디든 있게 마련이다. 그것은 너무 자연스럽게 느껴져서 원래 그런 것인 양 여겨지기도 하고 그런 만큼 잘 깨지지 않는 환상을 낳기도 한다. 문학 작품을 읽을 때에도 이러한 견고한 관습이 작동한다. 대개 우리는 일단 읽기 시작하면 스토리에 집중하고, 또 그 이야기가 삶의 진실을 선명하게 전달해줄 것이라고 기대하는 것이다. 그런데 과연 그러한가?

김태용의 「포주 이야기」는 '나는 포주였다'로 시작하는 단편소설이다. 텍스트에서 스토리를 재구성하면 이렇다. 유년 시절 '나'는 학교도 못 간 채 산골에 처박혀 집안일만 해야 했다. 늘 부재중이었던 아버지는 죽기 직전 집으로 돌아왔고 낡은 책을 머리맡에 둔 채 수시로 피를 토했다. "나는 너의 아버지가 아니다. 너의 아버지를 찾아 이 집을 떠나라"고 말한 아버지가 죽자 그는 아버지의 책을 땅 속에 숨겨 두었다. 전쟁이 나 피난 가던 중 그 책을 찾기 위해 집으로 돌아갔다가 어머니를 잃고 고아가 된 그는 뒷골목으로 흘러든다. 아편밀매를 하는 포주의 아들로 살다가 결국 그 아편쟁이 남자를 죽이고 포주가 되었다. 그리고 세월이 흘러 창녀촌이 철거되면서 그는 악덕 포주로 몰려 재산을 몰수당하고 수감 생활을 한 후 노숙과 날품팔이로 전전하다 칠십을 넘긴다. 이젠 구청에 등록된 독거노인으로 살아갈 뿐이며, 봉사활동 나온 대학생 아이에게 글을 배운다. 그러던 어느 날 밤 그 아이가 무엇인가에 크게 절망한 모습으로 찾아왔고 아무것도 묻지 말라며 두 시간만 있다 가겠다고 하더니 쓰러져 잠이 들었다. 다음 날 일어나보니 아이는 이미 간 뒤였고, 다시 오지 않았다. 그날 이후 그는 아버지의 책을 도서관에서 찾아보기로 마음먹었으며 처음이자 마지막으로 유서 같은 글을 쓰기 시작했다. 그야말로 곡절 많았던 한 늙은이의 불우한 생애 이야기이다.

「포주 이야기」의 '스토리'는 인물의 행위와 사건을 시간 순으로 구성한 70여 년의 행적이다. 그렇다면 '텍스트'의 차원은 어떠한가? 보통 현대소설은 시간을 교란하는 방식, 즉 과거와 현재를 뒤섞어 교차시키는 방식으로 텍스트를 직조하여 주제를 돋을새김한다. 이 소설 역시 유년에서부터 일흔이 넘은 서사적 현재에 이르는 과정을 시간순으로 배열하지 않았다. "나는 포주였다"라는 문장에서 더 나가지 못하고 같은 문장을 반복해서 쓰고 있는 노인의 현재를 먼저 보여주고 그 이전의 과정을 하나씩 들춰낸 후 다시 도서관에 절망적으로 앉아 있는 그의 모습을 결말로 배치한 것이다. 물론 소설의 중요한 키워드일수록 숨겨져 있다가 드러난다. 자원봉사 대학생 아이를 만나 글을 깨우치는 장면이 먼저 나오고 포주 시절이 잠깐잠깐 언급되는 가운데 서서히 그 모습을 드러내는 것은 '아버지에 대한 기억-대학생 아이의 예상치 못했던 방문과 사라짐-아버지의 책 찾기'이다. 불우한 늙은이의 생에서 중요한 키워드는 바로 '아버지'와 '나'인 것이다.

'아버지를 기억하기'와 '아버지의 책 찾기' 사이에 등장하는 대학생 아이의 방문 삽화는 그 두 가지를 연결하면서 아버지에 대한 술어를 제시한다. 예기치 못했던 이상한 방문에서 보여준 절망과 갈망은 '보고 싶은 사람이 있냐' 는 아이의 질문에 응축되어 있다. "아이가 더 이상 오지 않겠구나, 체념하고 있을 때 누군가 내 옆에 누워 있는 것을 발견했다. 낡은 책을 베고 누운 그는 나의 아버지가 아니라고 부정했던 아버지였다. 말없이 천장을 바라보고 있는 아버지는 입을 반쯤 벌려 연기를 내뿜었다. 아편 연기가 피어올랐다. 순간 아버지는 내가 칼을 꽂은 아버지로 변했다." 이 환상에서 보는 것처럼 아이의 존재는 아버지의 기억을 매개한다. 어릴 적 아버지의 머리맡에 있던 책을 찾아 나선 것도 아이가 사라진 직후이다. 마치 첫 문장에서 더 나가지 못하는 글처럼, 아버지 부재不在에 대응하는 자기성찰은 좌절된다. 평면적인 스토리는 텍스트로 구성되면서 다른 모습을 갖추는 것이다.

그러나 이런 의미는 이 소설에서 완성되지 않는다. 이 소설은 의미(주제)를 찾아내려는 독자의 독서 행위에 거듭거듭 균열을 내고 있다. 읽으면서 자꾸 거치적거렸던 문장, 즉 "나는 포주였다"의 반복에서부터 우리는 다시 이야기해야 한다. 여기서 주목할 것이 바로 '서술 행위(narrating)' 이다.

> 나는 포주였다. 이것이 내 유서의 첫 문장이다. 매일 매일 자신의 사망 신고서를 작성하듯 나는 포주였다. 라고 쓴다. 나는 포주였다, 만 남은 채 나머지 문장들은 모두 볼펜으로 지웠다가 종이를 구겨버리는 작업을 몇 달째 계속하고 있다. 나는 포주였다, 는 나에게 아편 같은 문장이 되었다. 첫 문장을 쓰기 위해 오늘도 도서관에 왔다. (……) 나는 포주였다, 라는 문장을 봤어도 내가 정말 포주였다고는 믿지 않을 것이다 (……) 이제 내가 쓰고자 하는 이야기가 사실인지 거짓인지조차 혼란스럽다. 이것은 유서가 맞는가. (밑줄은 필자에 의한 것임)

김태용의 첫 창작집 『풀밭 위의 돼지』에서 선보인 바 있는 특정 단어의 반복이 위 인용문에서 보는 것과 같이 이 작품에도 변주되고 있다. "나는 포주였다"는 이 소설의 첫 문장이다. 무한반복될 것처럼 수시로 등장하는 이 문장은 새로운 문단을 열거나 닫기도 하고, 기억을 하나씩 끄집어내기도 하며, 하나의 문단을 조각조각 쪼개버리기도 한다. 이 문장의 반복이 문제적인 것은, 반복이 의미를 선명하게 하지 않는 것은 물론 의미의 축적을 방해한다는 점 때문이다. "나는 포주였다"라는 문장이 반복될수록 기억은 점점 더 흐릿해지며 고백의 의미 역시 선명해지지 않는다. 동시에 인물 이야기 속에서 삶의 진실을 구하려는 독자의 몰입은 끊임없이 방해받는다.

"나는 포주였다"라는 문장은, '나'(경험 주체)라는 인물이 과거에 창녀를 두고 영업했음을 나타낸다. 사실을 나타내는 이 문장은 서술(혹은 발화發話)되는 순간(*나*는 "나는 포주였다."라고 쓴다), 서술행위를 통해 부끄러운 과거를 진솔하게 고백하는 '*나*'(서술 주체)를 부각한다. 그런데 이 문장이 무차별적으로 반복되면서 발화 자체가 유희화되고 그 의미는 오히려 불투명해진다. (박남철의 시 「주기도문, 빌어먹을」에서 "믿습니다(믿습니다? 믿습니다를 일흔 번쯤 반복해서 읊어 보시오)"라는 구절이 '믿습니다'라는 진술의 숭고함을 탈색시켜 희화화하는 것을 상기해 보라.) 위 인용문에서 보는 바와 같이 "나는 포주였다"라는 문장의 무차별적 반복은, 과거 사실과 고백의 의미를 부각하기보다는 오히려 기표로부터 기의가 미끄러지는 양상을 드러낸다. 이를 '쓰면서 지워지는 과정'이라고 해보면 어떨까. "결국 죽음 말고는 생각할 것이 없다"고 한 것처럼 죽음이라는 사건만이 이 의미의 미끄러짐을 완전히 소멸시킬 수 있을 것이다.

의미가 미끄러지는 양상은 이 소설 여기저기에 산포되어 있다. 단적으로, 제목은 '포주 이야기'이지만 정작 이 작품은 독자가 기대하는 것처럼 포주에 대한 이야기, 포주였던 당시 이야기에 집중하지 않는다. 아버지는 자기가 아버지가 아니니 진짜 아버지를 찾아가라고 한다. 하지만 그는 진짜 아버지가 아닌 도시 뒷골목에서 만난 아편밀매상의 아들로 살아간다. 어렸을 적 아버지 머리말에 있던 아버지의 책을 찾아 나섰지만 결국은 그 책에 있었을 법하다고 생각되는 문구만 찾을 수 있을 뿐이었다. 또 "젊었을 땐 무슨 일을 하셨어요"라는 아이의 물음에 "나는 포주였다"라고 하자 아이는 "네, 포도주요, 아, 포도주를 만드셨군요. 그럼 와인 제조공장에서"라고 말한다.

특히 '포주와 포도주'의 거리距離는 '말걸기'(to address)와 '전달하기'(to communicate)가 불일치한다는 사카이 나오키의 주장을 떠오르게 한다. "'말걸기'가 '전달하기'와 구별되는 것은 말을 거는 행위가 메시지의 목적지 도달을 보장해주지는 않기 때문이다."(사카이 나오키, 『번역과 주체 *Translation & Subjectivity*』, 이산, 2005, p.50) 그에 따르면, 우리는 일반적으로 '말하는 이'와 '듣는 이' 모두 균질적인 언어공동체(homolingual)를 전제하고 상호이해와 투명한 의사소통이 가능하다는 믿음을 가지고 있다. 그러나 말걸기와 전달하기 사이의 간극은 화자와 청자 사이뿐만 아니라 화자나 청자가 자기자신에 대해서 가지는 거리이기도 하다. 모든 듣기나 읽기에서 청자가 화자의 발언을 수용할 때마다 '번역'이 일어난다는 것이다. 물론 전달의 측면에서 볼 때 번역은 끝이 없다.

이쯤에서 우리는 「포주 이야기」의 스토리나 발화 내용에만 집중하는 일이 별 소득 없는 일이라는 점을 인정해야 할 것이다. 문학 작품을 읽는 독자가 실은 매순간 '외국인'이 된다는 것을 작가 김태용은 서술행위를 통해 실천적으로 보여주고 있다. 그렇다면 이 비평적 말걸기는 또한 이 글을 읽는 독자에게 어떻게 전달될 것인가?

갈라테아의 나라

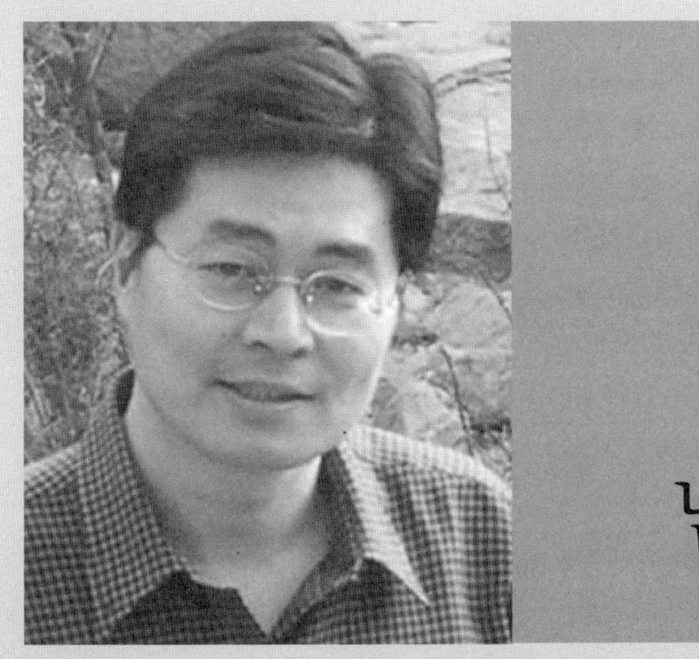

남 한

1965년 전남 순천 출생, 서울대 철학과 입학.
2006년 ≪문학수첩≫ 가을호 등단.
창작집 『유다와 세 번째 인류』.

갈라테아의 나라

피그말리온은 자기의 입술과 다름없이
살아 있는 조각상의 입술에 키스를 했는데,
어느덧 조각상에 훈훈한 체온이 돌더니
별안간 몸을 움직이며 그의 키스를 받아주었다…….
이렇게 해서 살아난 처녀의 이름은 갈라테아였다.
— 그리스 로마 신화

당신은 아버지나 어머니가 존재하지 않는 세상을 단 한 번이라도 상상해 본 적 있는가. 당신의 아버지가 없거나 내 어머니가 없는 세상을 말하려는 게 아니다. 세상의 모든 아버지들과 모든 어머니들이 존재하지 않는 곳……. 그러니까 가족이랄 게 아예 없어서, 바다 한가운데 떠 있는 섬처럼 고립된 개인들만 존재하는 그런 세계를 상상해 본 적 있느냐는 뜻이다.

어릴 때 읽은 한 인류학 서적에 이런 얘기가 나온다. 나무에서 내려온 첫 선사 인류 루시는 어린 아기를 품에 안고서 남편 뒤를 따라 아프리카의 사바나를 건너갔다……. 인류사에 대한 서술이라기보다는 박물도감의 공상화空想畵에 가까운 그 구절은, 인류는 처음 대지에 발을 내딛었던 순간부터 가족과 함께였으며, 앞으로도 영원히 그러하리라는 그릇된 인상을 심어 주었다. 나는 이제 낼모레면 여든이다. 이 나이쯤 되면 언제 닥칠지 모를 죽음에 대해 반복적으로 생각한 나머지, 세상 그 어떤 것도 영원하지 않음을 자연스레 깨닫게 된다. 모든 생명체들은 단지 자신의 유한성을 잊고자 하루하루를 줄달음치고 있다. 사랑하고 질투하고 애태우는 인간의 감정조차도 언젠가는 소멸할 것이며, 가족이라는 개념 또한 시간의 흐름을 이기지 못한 채 사라질 것이다.

이 짧은 글에는 3대에 걸친 내 가족사가 담겨 있다. 나는 새삼 가족 불화나 세대 갈등에 대한 이야기를 늘어놓으려는 것은 아니다. 그런 내용은 투르게네프나 펄 벅의 글에 잘 묘사되어 있다. 나는 단지 개인적인 기억을 돌이켜 보며 그 속에 우리 시대에 불고 있는 변화의 한 자락을 담고 싶을 뿐이다. 물론 내 가족이 우리 시대의 전형이란 뜻은 아니다. 하지만 테니슨은 한 송이 꽃 속에 우주가 담겨 있다고 하지 않았던가. 이 기록은 우리 시대의 단면이나마 비추는 작은 거울이 될 수 있을지도 모른다.

1

대여섯 살 무렵의 나는 가족들이 한 공간에 모여 사는 것을 당연하게 생각했던 듯하다. 내게는 아버지와 어머니가 있었다. 우리 세 식구는 때때로 거실에서 함께 텔레비전을 보았으며 같은 식탁에 둘러앉아 식사를 했다. 비록 나는 작은방을 차지했고 어머니와 아버지는 큰방과 서재를 갖긴 했지만, 서로에 대해서 거북해하거나 불편을 느끼지 않고서 같은 공간에서 오순도순 잘 지냈다.

회상컨대 아버지와 어머니는 서로를 인내할 수 있었을 뿐 아니라 몹시 사이가 좋았던 듯하다. 아버지는 어머니에게 귓속말로 무언가 은밀한 이야기를 속삭이기도 했고, 어머니는 즐거운 표정으로 아버지의 머리칼을 쓰다듬기도 했다. 저녁 무렵이면 주홍빛 노을로 실루엣을 물들이며 다정하게 손을 잡고서 뒷동산을 거닐기도 했다. 물론 얼마 지나지 않아서 그런 평온은 사라지게 되었지만 말이다.

일곱 살이 되던 해의 어느 밤이었다. 잠결에 누군가가 흐느끼는 소리를 듣고 소스라치게 놀라 잠에서 깨어났다. 잠시 후 다시 한 번 비슷한 소리가 들렸다. 억누르는 듯하면서도 짧은 저음으로 가슴을 파고드는 소리, 그것은 바로 건넛방에서 스미어 나와 내 방 문틈을 비집고 들어오는 어머니의 슬픈 울음소리였다. 어머니의 고통이 빛보다 빠른 속도로 전해지자 내 눈에서도 영문 모를 눈물이 쏟아지려 했다.

이윽고 어머니를 설득하려 드는 아버지의 목소리가 가만가만 들려왔다. 나는 이불 속에 납작 엎드려 건넛방에서 흘러나오는 대화를 엿들었다. 분명 두 사람은 어떤 일로 다투는 게 분명했다. 아버지는 나지막하면서도 침착한 목소리로 어머니를 달래려 애쓰고 있었고, 어머니는 때로는 눈물로 호소하다가 화를 내기도 하면서 무언가를 하소연하고 있었다. 나는 더 이상 참을 수 없어 마루로 나가 본격적으로 엿듣기 시작했다.

"맹세컨대, 내게 여자는 이 세상에서 오직 당신뿐이오."

아버지가 어머니를 달래려 들었다.

"나뿐 아니라 갈라테아까지 한 명 더 있겠죠."

어머니가 화난 음성으로 쏘아붙였다.

"아니야. 다시 말하지만 그것은 여자가 아니라니까."

아버지는 다소 떨리는 목소리로 대꾸했다.

"갈라테아는 그냥 물건일 뿐이오. 여보, 그것에 대한 내 감정은……

그러니까 그건 사랑하고는 전혀 다른 감정이오. 단지 말초적 자극이라고나 할까……."

"아니에요. 분명 당신은 변했어요. 나에 대한 애정은 이젠 사라졌어요. 왜 결혼하기 전에 미리 말하지 않았나요? 당신에게 갈라테아가 있다고……."

"그건 정말 최근 일이었소. 정말 미안하오. 하지만 나도 도저히 어쩔 수가 없었소. 사실 누구나 갈라테아 앞에서는 쉽게 자신을 억제할 수 없을 거요. 예수나 부처라 할지라도……."

아버지의 체념을 담은 긴 침묵이 흘렀다.

"아, 이젠 도저히 참을 수가 없어."

어머니의 단호한 목소리가 침묵을 깨뜨렸다.

"정말이지 용서할 수 없어. 당신에게 다른 여자가 있는 한 절대로 함께 살 수 없어."

두 분은 당신들의 다투는 소리가 내게 들리지 않게 무던히도 애썼지만, 나는 내 운명을 좌우하는 그 이야기에 귀를 닫을 수는 없었다. 결국 비 맞은 고아의 심정으로 침대로 돌아왔다. 이불을 머리끝까지 뒤집어썼으나 작은 가슴은 놀라움과 불안으로 터질 듯했다. 상황은 어린 나에게도 분명했다. 아버지에게 분명 새 여자가 생긴 것이다. 이제 아버지와 어머니는 어떻게 될까? 어머니는 정말 아버지와 헤어지려는 것일까? 머리카락에 불이 붙는 듯 뜨거운 현기증을 느끼던 바로 그 순간에도, 어머니의 슬프고도 화난 듯한 목소리와 아버지의 무기력한 변명은 벽을 타고 나지막하게 울려오고 있었다. 갈라테아. 내 귀에 달라붙은 그 기괴한 이름은 동화책 속 삽화의 불길한 마녀를 떠올리게 했다. 그 나쁜 마녀는 날카로운 손톱을 세워 내 작은 목덜미를 움켜쥐고, 컴컴한 구덩이로 끌고 가는 듯했다.

2

'경험' 이라는 강물에는 방향이 있다. 그것은 한쪽으로만 흘러 일단 몸을 담그면 도저히 반대 방향으로 돌아갈 수 없는 법이다. 남자들은 자신들의 가슴에 가두어 두기 힘든 '그 강렬한' 체험을 골프클럽이나 회식자리 같은 곳에서 은밀히 속삭였으리라. 갈라테아는 사막에 내리는 촉촉한 소낙비 같아서 한 번 경험하면 도저히 헤어날 수 없는 금단의 열매라고. 아버지 또한 갈라테아를 '경험' 했고, 이제 어머니나 내가 결코 건져낼 수 없는 도도한 물살에 몸을 맡긴 것이다.

아버지와 어머니가 다투었던 그날로부터 일주일이나 지났을까. 우리 세 식구는 커다란 잔디밭이 있는 공원에서 가족 나들이를 즐기고 있었다. 아버지는 바비큐 그릴에 석탄을 넣고서 불을 붙이려 라이터를 켰고, 어머니는 아버지의 서툰 동작을 놀리면서 그릴 위에 고기를 올려놓았다. 공원에서 두 분의 모습은 평화스럽고 다정했지만, 돌이켜 보면 그 모습은 철저하게 위장된 것이었다. 나는 너무 어려서 이 세상에 가식이라는 게 존재하는지조차 몰랐다. 일주일 전의 놀람과 충격은 완전히 잊은 채, 여느 천진난만한 소년처럼 식사 준비를 하는 어머니 옆을 흥겹게 뛰어다니고 있었던 것이다.

잠시 후 아버지는 담배를 피우고 오겠다며 자리에서 일어섰다. 문득 새들의 귀여운 지저귐이 나를 유혹했다.

"애, 멀리 가지 마. 금방 다 구워질 거야."

어머니의 목소리는 귓등으로 스쳐 지나갔고, 나는 어느새 봄의 수풀이 빚어 낸 연초록 빛깔과 숲의 합창 속으로 걸어가고 있었다. 파랑새가 나를 부르고 있구나. 저 소리를 따라가면 둥치 밑에 숨겨진 지하 세계의 입구를 발견할 수 있을까. (그 순간 숲의 안쪽은 요정과 마술사가 기다리는 동화의 세계였다.) 풀벌레 한 마리가 날아오르더니 이내 풀잎 너머로 사라졌다. 귀여운 팅커벨이 저편으로 숨었네. 팅커벨을 찾아내면 틀림없이 하늘을 나는 마법 가루를 내게도 듬뿍 뿌려 줄 거야.

흠칫 걸음을 멈춘 것은 큰 바위 옆에 있는 작은 풀밭에서 무언가 움직이는 물체를 보았을 때였다. 뜻밖의 그림자에 가슴이 오그라드는 듯했다. 거대한 불안이 나를 붙잡았고 그 손아귀 안에서 꼼짝도 못하고서 서 버렸다. 차츰 두 사람이 누워 있는 모습이 시야에 들어왔다. 한 사람은 바로 아버지였다. 아버지의 품 안에는 놀랍게도 어떤 젊은 여자가 안겨 있었다.

아버지는 인기척을 듣고서 당황스러움을 감추며 급히 옷을 추슬렀다.

"얘야, 이건…… 여자가 아니야. 갈라테아야. 여자처럼 보이지만 기계란다."

그렇다. 그녀는 단지 여자가 아니었다. 짙고 커다란 두 눈으로 나를 빨아들일 듯 응시하고 있는 그녀는 바로 숲의 요정이었다. 나는 아버지가 다른 여자를 안고 있다는 사실보다는, 그녀의 숨 막히는 아름다움 때문에 몽롱한 상태가 되었다. 비현실적일 만치 아름다운 존재에 직면했을 때의 벅찬 감동, 그리고 그녀와 비교될 수 없는 초라한 어머니에 대한 연민이 동시에 밀려들었다. 소리 없는 눈물이 흘러내렸다.

"언젠가 너도 나를 이해할 날이 올 게다."

아버지의 말이 희미하게 스쳐 지나갔다.

3

갈라테아를 한낱 성적 유희를 위한 도구로만 취급하던 시절이 있었다. 갈라테아를 만나려면 술집이나 환락가 같은 곳엘 가야 했고, 그런 곳에 가는 사람들은 대부분 독신남이거나 독신녀였다. 그 시절 갈라테아를 만나는 일은 인간 남녀간의 만남에 비해서 어딘지 모르게 비정상적이며 떳떳치 못하다는 통념이 널리 퍼져 있었다. 인간과의 성관계가 더 우월하다고 여겼던 구시대와 그 이후의 새로운 시대, 즉 갈라테아가 좀 더 공공연하며 자연스런 것으로 받아들여진 시대 사이의 어정쩡한 지점을 살았던 아버지는 시대적 편견을 한 몸으로 받아야 했다. 대부분의 구시대 여성들이 그러했듯이 어머니는 그 문제에 대해서라면 기성관념에서 한 발짝도 벗어날 수 없었다. 어머니는 한 달에 한두 번으로 시작하여, 점차 일주일에도 여러 차례 집에 들어오지 않게 된 아버지를 결코 용서할 수 없었다. 마침내 어머니는 열 살이었던 나를 데리고 내가 태어난 그 도시를 떠나고 말았다.

혼자된 이후, 어머니는 나에게 모든 애정을 쏟아 붓기 시작했다. 한 끼 식사를 장만하는 데도 온갖 정성을 다 보였다. 좋은 재료를 사려고 먼 곳으로 장을 보러 가기도 하고 요리책을 여러 권 사서 다양한 요리법을 시도해 보기도 하였다. 학교에 입고 갈 옷 한 벌을 사는 데도 고급 백화점에 가서 이 옷 저 옷 입혀 보고는 점원들의 칭찬을 기대하였다. 어머니에게 나는 아버지 없이 마구 자란 아이가 아닌, 보살핌을 잘 받는 귀공자로 보여야 했던 것이다.

아버지에 대해서 한마디도 언급하지 않았지만, 그럼에도 불구하고 어머니가 던지는 무언의 메시지는 분명했다.

'아버지의 인생은 실패란다. 너는 그런 실패를 반복하지 않겠지."

어머니의 단아한 행동거지에는, 잘잘못에 대한 명료한 예견력을 갖추었음에도 불구하고 상대를 설득할 수 없었던 트로이의 왕녀 카산드라와도 같은 비애와 자기 확신이 배어 있었다. 물론 나는 어머니의 절제된 확신에 동조하는 체 하였지만, 그것은 일종의 위선이었다. 나는 이미 어머니의 단조로운 신념에 적응할 나이를 지나고 있었던 것이다.

4

열한 살이 되어 목소리가 굵어지고 이성에 대한 생각으로 잠 못 이루게 된 것은 나 역시 통제할 수 없는 자연의 힘에 순응하는 동물임을 나타내는 신호였다. 그 또래 다른 아이들과 마찬가지로 섹스에 대한 온갖 공상에 빠졌으며 이를 실현하는 것이 나만의 특별한 비밀인 양 몸이 달아 있었다. 어린이들에게는 금지되어 있던 성인 텔레비전을 몰래 본 것도 그해 여름이었다. 학교 친구들은 나를 성의 세계로 인도한 스승들이었으며 악행의 비밀스런 공모자들이기도 했다.

"갈라테아들은 다릅니다."

"갈라테아들은 인간들과는 비교할 수 없이 아름답습니다."

성인 텔레비전에서는 달콤한 멘트와 함께 눈부신 갈라테아들의 모습이 비추어졌다.

"바닷빛 눈, 에메랄드 눈, 비췻빛 눈……. 이 가운데에서 당신이 원하는 종류를 마음대로 고를 수 있습니다. 다정다감하고 배려심 깊은 파트너, 질투심 많은 소녀, 즐겁고 쾌활한 말괄량이, 이지적 매력을 지닌 엘리트 우먼, 갈라테아들은 칼 융이 발견한 열여섯 가지 인간 기질에 따라 과학적으로 디자인되었습니다."

그녀들은 소설이나 영화 속의 주인공으로 분장해 있었다. 어떤 갈라테아는 스톤헨지를 배경으로 긴 머리칼을 바람에 흩날리며 처연한 아름다움을 뿜어내고 있었다. 또 다른 이는 항우의 애인이었던 우희처럼 중국식 복장과 화사한 화장을 한 모습이었다. 〈로마의 휴일〉에 나오는 오드리 헵번처럼 청순하고도 소녀적인 이미지도 있었다. 그녀들의 아름다운 육신은 나 같은 비천한 인간은 도저히 범접할 수 없는, 바로 살아 있는 천사들의 모습이었다.

갈라테아가 허락만 내려준다면 그 고운 발에 뜨거운 키스를 퍼붓고 싶은 심정이었지만, 다른 한편 내 양심은 그리 편하지는 않았다. 멍청한 기계에 빠져, 자상한 어머니까지 내팽개친 아버지를 생각하면 갈라테아를 향해 뻗쳐오르는 내 육체적 욕망 또한 저주스러웠다. 자신의 몸을 채찍질해서 욕정을 잠재우려 했던 중세 고행자의 심정과 비슷했다고나 할까. 정체를 알 수 없는 그 무엇이 내 마음속에서 계속 전쟁을 벌이고 있었다.

5

고등학교 1학년이 되던 해 같은 학급에 나보다 훨씬 성숙했던 친구가 한 명 있었다. 그는 학교 공부나 사회봉사 활동, 매력적인 화술까지 모든 면에서 나를 압도했다. 나는 자석에 끌려가는 쇠붙이처럼 그 친구에게 접근했으며, 다행히 그 친구도 나를 선선히 받아 주었다. 그의 이름은 T였다.

마치 파우스트를 인도하는 메피스토와 같았던 그는 어느 날 나를 자신의 비밀스런 아파트로 인도했다.

"이곳에서 우리를 기다리는 게 누구인 줄 아니?" 하더니 T는 어른스럽게 씩 웃었다.

"……."

"바로 갈라테아야."

"……."

"실은 우리 아버지 애인이야. 동시에 내 것이기도 하고."

그때까지만 해도 갈라테아를 소유하는 것은 엄청난 부자 아니면 불가능한 일이었다. 아버지만 해도 갈라테아를 만났고 그 때문에 이혼까지 당했지만, 분명 아버지의 갈라테아는 시간당 돈을 지불하고서 잠시 만나는 임대용 갈라테아였을 것이다. T의 아버지는 유명한 유전자 치료 회사의 최고경영자였으며, 우리가 발을 들이민 아파트는 바로 T의 아버지가 야간 근무를 할 때 잠시 쉬는 곳이었다. T의 말에 의하면 자신의 아버지는 거의 공공연하게 갈라테아와 잠자리를 하지만 어머니는 이를 묵인한다는 것이다. 심지어 그의 아버지는 아들하고(바로 T하고!) 자신의 애인 갈라테아가 만날 수 있도록 은근히 기회를 마련해 주기까지 했다는 것이다.

"어차피 세상일이 다 그렇지 뭐."

T가 말했다.

"투자 대비 효과 면에서 따져 보자면 비싼 갈라테아를 사서 혼자 독점하기보다는 아들과 함께 나누는 게 훨씬 현명한 일일 테니까."

갑자기 T가 나보다 스무 살은 더 먹은 어른처럼 느껴졌다.

"아마 내가 오늘 여기에 놀러 오는 걸 아버지도 알고 계실걸."

그는 내심 아버지와 자신 사이에 존재하는 비밀스런 유대를 과시하면서 자신의 애인을 나와 공유하는 것 또한 아무렇지도 않으며, 그런다고 해서 갈라테아의 은밀한 부위가 닳아 없어지는 것도 아니라고 강조하였다.

"갈라테아는 신화에 나오는 여신이나 마찬가지야."

T는 빙긋 웃었다.

"키프로스의 바닷물에 몸을 담그고 나면 항상 숫처녀로 변하는 여신 말이야."

나는 내 의사와 무관하게 계획된 T의 일방적인 행동을 탓했고 유독

T에게 취약한 스스로를 한탄했지만, 실상 그것이 전부는 아니었다. T가 자리를 비워 준 방에서 갈라테아를 기다리던 그 짧은 순간의 초조함을 지금도 잊을 수가 없다. 시계의 초침은 나의 타는 듯한 간절함을 조롱하듯 일부러 느릿느릿 움직이고 있었다. 완벽한 정적 속에서 깨끗하게 정돈된 침대 시트가 자꾸 눈에 들어왔다. 나는 애써 그 침대를 외면하려 했지만, 시트에 수놓인 작은 장미꽃들은 '조금 있으면 저희들 위에 당신과 갈라테아가 눕겠지요' 하고 귀여운 목소리로 속삭이는 듯했다.

이윽고, 어릴 적 아버지의 애인보다 더 아름답고 사실적인 분위기의 갈라테아가 조용히 방으로 들어왔다.

그녀는 말없이 앉더니 물끄러미 나를 바라보았다. 하늘하늘한 흰 원피스 아래 늘씬하고 곧은 다리에는 잔털이 뽀얗게 나 있었다. 혈색이 도는 피부며 찰랑거리는 머리카락에서 이제 더는 로봇의 흔적을 찾을 수 없었다. 10년 전 아버지가 껴안았던 갈라테아는 분명 아름다웠지만 어딘지 모르게 행동이 굳어 있었고 표정도 덜 풍부했다. 그러나 내 앞에 다소곳이 앉아 있는 갈라테아는 인간보다 더 사실적이면서 그래서 더욱 마음을 끄는 매력을 가지고 있었다. 어딘지 모를 고독이나 슬픔, 깊은 사색을 담은 눈매는 현실의 인간보다 더 풍부한 느낌을 주었으며, 알 수 없는 연민과 격정의 감정을 불러일으켰다.

"말씀이 없으시네요."

그녀가 조용히 웃으며 말했다.

"그러니까…… 늘 이 집에 있나요?"

나는 침묵이 주는 어색함을 메우려 바보스런 질문을 던지고 있었다.

"네, 하지만 전혀 외롭지 않아요. 당신처럼 멋진 분도 만날 수 있고요."

"당신은, 그러니까…… 그러니까…… 제 말은…… 생각했던 것보다 훨씬 더 아름답고…… 고혹적이군요."

나는 긴장하여 더듬거렸다.

"고마워요."

그녀는 나를 편하게 해 주려는 듯 생긋 웃었다.

"저……. 한 번 만져 봐도 될까요? 뺨을 말이에요."

나는 조심스레 물었다.

"네, 원하신다면……."

그녀는 두 눈을 살포시 감고서 내 처분에 자신을 맡기듯 기다리고 있었다. 부드럽고 생기 넘치며 단아한 그녀의 뺨이 열기로 뜨거워진 손끝에 느껴졌다. 그녀의 애무는 세련되고도 부드러웠다. 그녀는 내게서 격렬한 열정을 원하고 있었다. 이런 상호적 감정은 인간다움의 징표였다. 그 순간 나는 로봇이 아닌 진짜 여자, 그것도 천상의 여자를 안고 있었던 것이다.

6

"대단한 경험이지?" 하고 T는 내게 물었다.

나는 아직도 그녀에 대한 애끓는 상념에서 벗어나지 못한 채 고개를 끄덕였다. 그녀는 분명 인간의 감정과 진지함, 자존심을 모두 가지고 있었다.

"순진하긴."

T가 씩 웃었다. 그러나 그는 곧 진지한 표정을 지었다.

"하긴 나도 처음에는 그랬지. 이 세상 꼭대기에 올라선 느낌이랄까. 그런 벅찬 감동이 밀려들었어. 어쨌건 너도 내 덕분에 멋진 성인식을 치른 거니까, 기대해도 좋아. 이제는 네 앞에 새로운 세상이 열릴 거야."

그날 이후로 나의 정신과 육체에는 정말이지 '새로운 세상'이 열렸다. 그 세상은 환희기도 했고 번민이기도 했다. 말초적 흥분에 불과하건 생명수 같은 기쁨의 원천이건, 내가 중세의 음울한 스코페스 교도로 돌변하여 자학적 거세라도 하지 않는 한, 이제 갈라테아는 삶에서 떼려야 뗄 수 없는 한 부분이 될 게 분명했다. 동시에 나 자신 아버지와 조금도 다를 것 없는 나약한 인간이라는 자책감이 밀려들었다.

하지만 T는 어떤가? 그가 나약한 존재인가?

그는 결코 나약하지 않았다. 학교에서 1등을 도맡아 하는 T는 국제기구의 관리가 될 꿈을 가지고 있었으며, 모두 그가 그 꿈을 실현할 인재라고 믿고 있었다. 그러한 탁월성의 이면에는 분명 그의 아버지가 있었다. 그러고 보면 T의 아버지는 분명 인생의 중요한 진리 한 가지를 깨달은 사람이었다. 금욕과 억제라는 녹슨 족쇄는 인간을 이중적으로 만들 수밖에 없으며, 욕구를 자연스럽게 받아들이는 것이 차라리 건강하다는 사실. 생각해보면 T의 어머니 또한 대단한 신여성新女性이었다. 분명 그녀는 T가 그 어떤 양심의 가책도 느끼지 않고서 공부와 사회생활에 전념할 수 있도록 갈라테아로써 배려해 주고 있었다.

미루어 짐작건대, T의 세 식구들은 모두 각자의 갈라테아를 두고 즐기며, 서로에 대한 애정을 버리지 않은 채 가정의 따스함도 동시에 누리고 있을 듯했다. 반면 나의 어머니는 구시대 여성의 전형이었다. 어머니는 속 좁게도 아버지를 비좁은 새장 안에 가두려 했다. (도대체 누가 새장 속의 삶을 받아들인단 말인가!) 이 세상 단 한 사람을 대상으로 삼는, 이집트 부조浮彫처럼 변함없는 사랑이 존재한다고 믿고 있는 어머니야말로 어린아이처럼 순진하다…….

생각이 여기에 이르자 마치 들판에 나뒹구는 무수한 잎사귀와도 같았던 혼돈스러운 마음이 가지런하게 정돈되는 느낌이었다. '언젠가 나를 이해할 날이 올 거다' 라고 아버지는 말했었지. 그렇다. 이제야 나는 아버지를 이해하게 되었다. 그러나 나를 키우느라 고생하신 어머니에게는 이 모든 사실을 감추기로 하자. 갈라테아는 내 안중에 없으며, 인간 여인을 향해서 소박한 애정을 기르고 있는 순진한 소년처럼 행동하자. 그것만이 당신의 삶에 확신을 갖고 살아온 어머니에 대한 최소한의 배려일 테니까.

7

서른을 넘기면서 나는 조심스럽게 단언할 수 있었다. 인류가 만들어낸 역사상 가장 획기적인 발명은 바로 갈라테아라고. 갈라테아의 창조자들이야말로 인간 본성에 대한 연구와 기술 문명을 결집시킨 위대한 자들이다. 그들의 모습은 아부심벨 신전의 람세스 상처럼 거대하게 축조되어 지구가 멸망하는 날까지 영원히 기억되어야 한다. 이것은 비단 나 혼자만의 생각이 아닌 많은 인류의 공통된 감정이었다.

이 무렵까지 내가 잠자리를 같이한 인간 여성은 스물두어 명가량 될 것이다. 그리고 그보다 열 배는 더 많은 갈라테아들하고 관계를 맺었다. 갈라테아들은 하나같이 하늘이 내린 완벽한 아름다움을 가지고 있었고, 그녀들과의 사랑에는 인간과의 관계에서는 도저히 얻을 수 없는 극한의 쾌감이 뒤따랐다. 한마디로 그 어떤 아름다움의 자락이나마 간직한 인간이라 할지라도 가장 조악한 갈라테아보다 못하였다. 내가 인간을 탐할 때에는 더러운 땀내나 불결한 구취 혹은 출렁이는 비곗살이 뒤섞인 기묘한 섹스를 즐겨 보자는 마조히스트적 심리에서였다. 다수의 인간들이 그러하듯 나에게도 갈라테아와의 성관계가 일상이 되었으며 인간 여자와의 관계는 간헐적이고 비정상적이었다.

그렇다고 내가 인간 여자에게서 전혀 매력을 못 느낀 것은 아니다. 그런데 그깟 매력이랄 게 한낱 대화에서 비롯될 뿐이며, 다채로운 감각적 기쁨과는 결코 결부될 수 없는 게 현실이었다. 갈라테아의 아름다움은 이미 개인적 수준을 떠나 인류의 미적 기준을 턱없이 높여 놓아서, 도저히 동료 인간과 애정 어린 관계를 지속시킬 수 없도록 만들고 있었다. 사실이지 인간 여자에게서 일순 소박한 매력을 느낀다 한들, 관계를 심화시키려면 상대방의 기분을 탐색해야 하고, 비위를 맞추어야 할 뿐 아니라, 일정 단계에서는 비굴한 아첨과 감정의 밀고 당기기 따위를 마치 일류 조리사의 다채로운 양념들처럼 타이밍 맞게 뿌려 대야 한다.

문제는 인간 여자들의 미적 가치가 그 같은 작업에 소요되는 어마어마한 인내심이나 노력과는 비교할 수 없을 정도로 낮다는 사실이다. 반면 갈라테아는 상대의 기분을 맞추도록 놀라울 정도로 잘 프로그램 되어 있어서, 하찮은 인간 여자를 놓고서 감정의 고통을 겪을 이유가 전혀 없었다. 따지고 보면 갈라테아가 인간에게 선사한 것은 비단 극한의 오르가슴만이 아니었다. 갈라테아는 동료 인간의 변덕이나 짜증, 질투 따위를 인내할 필요가 없도록 만들어서, 수천 년 동안 지속되어 온 인간 남녀 사이의 교제와 밀어, 결합의 방식을 송두리째 갈아엎고 있었다.

이제 인간은 갈라테아들과 밀도 높은 성관계를 너무 자주 갖고 있어서, 성애의 대상으로서 갈라테아와 기꺼운 대화 대상으로서 인간 이성異性이 점차 분화되어 가고 있었다. 어떻게 보면 이러한 분리가 없었던 예전 시절, 갈라테아라고는 존재하지 않았으며 하다못해 침대 밑에 숨겨진 빛바랜 포르노 책조차 없어서, 인간이 그 어떤 시각적 정서적 자극도 받지 않았던 시절이 더 아름다웠을 수 있다. 로빈 후드에겐 셔우드 숲의 마리안느를 능가할 미녀가 지구상에 존재하지 않으며, 오왕吳王 부차에겐 차라리 나라를 내어줄지언정 결코 포기할 수 없는 절세미녀 서시가 있었던 옛 시절이야말로 행복했을 수 있다. 그러나 분명한 점은 그 시절 동료 인간에게서 그러한 극한의 쾌감을 누렸던 자들은 극소수였다는 사실이다. 나같이 평범한 이는 부차나 로빈 후드를 따르는 졸개 노릇에 만족해야 했을 뿐, 마리안느나 서시를 품에 안는 것은 꿈속에서조차도 그려 볼 수 없었으리라.

이제 인류가 나갈 방향은 정해졌다. 결코 시간을 거슬러 그 시절로 돌아갈 수는 없다. 갈라테아에게서 기쁨을 누린 뒤에는 어찌 할 길 없이 갈라테아만을 찾게 되는 것이 바로 애달픈 인간사의 법칙이니까.

8

마침내 내 실상을 어머니께서도 알게 되었다. 갈라테아가 아닌 인간 여인에게서는 서글픔과 안타까움밖에는 얻을 수 없다는 사실을 어머니께 고백한 것이다. 어머니는 놀랐지만 아버지에게서 느꼈던 것만큼 큰 충격을 받지는 않았다. 세월이 흘러 나의 어머니조차 양쯔강의 도도한 흐름처럼 한 방향으로만 흐르는 인간사를 받아들일 수밖에 없었던 것이다.

이따금 나는 갈라테아를 데리고 어머니를 방문했으며, 어머니는 마치 인간 여자를 대하듯 내가 대동한 갈라테아에게 다정하게 해주었다. 그러나 나와 어머니 사이에는 시대적 한계가 높은 벽처럼 가로놓여 있었다. 내가 갈라테아에게서, 교미하는 하마나 교미하는 개구리와 다를 바 없이 헐떡이는 오르가슴을 탐닉하고 있었다면, 어머니는 새끼 새의 주둥이 안으로 집요하게 먹이를 넣어 주는 어미 갈매기 같은 양육 욕구를 내게서 충족시키고 있었다. (지금 나는 갈매기의 비유로 어머니를 깎아내리려는 것은 아니다.) 분명 어머니는 희생적이었다. 사십의 나이에 홀로되었던 어머니가 성애를 갈구하지 않았을 리 없었건만, 한 사람의 여성으로서 성애는 양육을 위해서 억누르며 존경받는 어머니로 남으려고 했던 것이다.

따지고 보면 탓할 것은 '변해 버린 시대' 밖에 없었다. 우리 시대 인간들은 남녀 모두 좀 더 철저하게 개인의 행복 추구를 첫째로 삼았다. 말하자면 '개인주의' 의 완성이라고나 할까. 그렇다. 분명 나 또한 우리 시대의 무수한 '우리' 들과 하나도 다를 것 없는, 강력한 에고를 가지고 있으며, 에고의 충족을 일순위로 삼고 있었다. 비록 자식이 있다 한들 내 행복을 추구하고 남는 여분의 에너지를 그에게 쏟아 부으면 되었다.

"그래도 걱정하진 마세요."

나는 어머니에게 다짐했다.

"저도 아이는 낳을 생각이니까요."

내가 비단 어머니를 안심시키기 위해서 입에 발린 말을 내뱉은 것은 아니다. 나는 진심으로 아이를 갖고 싶었다. 30대 초반만 해도 '아이가 필요할까?' 라는 생각이 이따금 떠오르는 정도였다. 30대 후반에 들어서서는 점차 '내게도 아이가 있었으면 좋겠다' 라는 마음이 자주 고개를 들었고, 40대에 접어들면서 '아이는 반드시 있어야 한다' 라는 결론에 도달했다.

갈라테아들은 뛰어난 섹스 기능과 정서적 반응 능력을 가지고 있음에도 불구하고, 결코 임신할 수는 없었다. 후손을 보고 싶은 대다수 인간들은 결국 싫더라도 인간 이성과 관계를 맺어야 했다. 그러다 보니 인간들 사이에서 수많은 논쟁이 벌어진 것도 사실이다. 논쟁의 내용은 주로 후손을 낳고 양육하기 위해서 '가족' 이랄 게 꼭 필요한지였으며, 때로는 남녀 사이의 '애정 어린' 결합이 과연 이 시대에도 의미가 있을지 따위였다.

우리 시대의 대다수 남녀들이 그러하듯 나 또한 후손을 만들 용의는 있었지만, 이를 위해 남녀 사이의 긴장 상태는 견딜 수 없었다. 사실 인간 정념에 대한 많은 연구들은 이 문제에 대해 이미 최고 법정의 판결처럼 뚜렷한 결론을 내린 상태였다. 어떤 인간도 한 사람의 배우자에게 평생을 지속하는 그런 헌신적 사랑을 품을 수는 없다. 고작해야 1년 혹은 길어 보았자 2년 정도가 동료 인간에 대해서 품을 수 있는 열정적 사랑의 기간이라고 한다. 반면 자녀를 양육하는 데에는 약 20년 이상의 숨 막히게 긴 시간이 걸린다. 1~2년밖에 지속할 수 없는 찰나적 사랑과 20년 이상 지속되어야 하는 기나긴 양육 기간 사이에 깊은 심연이 입을 벌리고 있었다. 인류 역사의 모든 로미오와 줄리엣들이 황홀한 마법의 베일을 두르고서 두 손을 맞잡은 채 결혼이란 무덤으로 들어갔다. 그들은 불과 1~2년 후면 재로 변하는 빈약한 사랑의 불을 다 태워 버린 후, 오직 자녀 때문에 수십 년 감옥생활을 견뎌야 했던 것이다.

오래전 도널드 트럼프나 브리트니 스피어스 같은 억만장자들은 부유함을 통해 목을 조르는 결혼제도로부터 자유로울 수 있었다. 갈라테아가 저렴하게 공급되는 우리 시대에 이르자 더 이상 결혼의 굴레 속에 살 인간은 없었다. 고삐 풀린 에로스가 비로소 이카로스의 날개를 달았다고나 할까. 이제 에로스는 드높은 하늘을 날아 태양까지 도달하게 된 것이다.

9

인간 여자와 아이를 만들기로 결심하고 주변을 둘러보았을 때 우선 눈에 띈 여자는 영화 시나리오를 쓰는 작가 H였다. 그녀는 갈라테아에게서 쉽게 찾을 수 없는 재치 넘치는 말솜씨를 가졌다. 톡 쏘는 듯한 그녀의 명쾌한 화술은 나를 정신적으로 매료시켰으며, 그러한 뛰어난 자질을 내 후손이 물려받는다면 좋으리라는 생각이 마음을 움직였다.

대여섯 차례의 개인적인 교제 끝에 그녀는 영리하게도 내 목적을 간파하였다.

“요점을 말해 보세요. 아이를 원하는 것 맞죠?”

그녀는 단도직입적으로 물었다. 나는 그렇다고 대답했다. 다행히 그녀 입장에서도 나와 함께 아이를 만드는 것이 그리 싫지 않은 눈치였다. 나는 대학에서 분자생물학을 가르치는 교수였고, 아이에게 물려줄 지능이나 재산 면에서 조금도 손색이 없었다.

“양육은 어떻게 할 생각이에요?”

그녀의 목소리는 협조적으로 변해 있었다. 나는 누가 기르더라도 상관없다는 취지를 밝혔다. 그녀는 내가 아이를 기르고 자신은 한 달에 두 번씩 아이를 만날 수 있다면 충분히 동의할 수 있다고 했다.

우리 둘은 대리모 회사를 찾아가 보았다. 그 회사는 여느 산부인과와 비슷한 모습을 갖추고 있었다.

“이곳이 수태실입니다.”

갈라테아 간호사는 이름 모를 복잡한 기구들이 놓여 있는 방으로 안내했다.

“인간의 정자와 난자를 채취하여 이 방에서 갈라테아의 자궁에 착상시키지요. 이게 자궁 모형이에요. 이 호스를 통해서 영양이 공급되지요.”

나와 H는 몇 군데의 대리모 공장을 더 돌아다녀 보았다.

“아이는 제가 직접 낳겠어요” 하고 H가 말했다. 그녀가 걱정한 것은 대리모 공장의 입증되지 않은 안전성이었다. 최근에 저능아가 출산된 경우가 몇 건 있었다고 했다. 그녀는 분명 미래에 우리가 만들어 낼 아이의 안전과 건강을 최우선으로 염려하고 있었고, 자기 체형이 다소 손상되더라도 아이는 가장 안전한 상태에서 태어나야 한다고 주장했다. 그녀의 결심은 뜻밖이었다. 고마움을 넘어서는 감동을 느꼈다. 내가 후손에게 훌륭한 유전자와 최상의 성장 환경을 마련해 주려고 노력하는, 가장 본원적인 아버지의 한 면을 갖고 있듯, H는 자신의 후손을 위해 육체적 훼손이나 고통까지 감수할 정도로 헌신적인 어머니였던 것이다.

나는 내 감동을 어떻게 전달할지 몰라서 우물쭈물하다가, 갈라테아를 배제한 성교를 나눌 수도 있다는 의사를 표현하였다. (우리 시대에 아이를 갖고 싶은 커플들은 대다수 갈라테아를 이용한 성교를 한다. 즉 남녀 각각이 자신들의 갈라테아와 성희를 나누다가, 절정에 이르면 갈라테아를 비켜 두고서 인간 이성과 성교하는 것이다. 대다수는 인간과 억지로 성관계를 맺어야 하는 불편함을 달래기 위해서 이런 편법을 택하고 있었다.)

"뭐 그럴 필요까지 있나요."

H는 대답했다.

"그냥 남들 하는 방식대로 하는 게 낫지 않겠어요?"

따지고 보니 내 감정을 주체하지 못했다. 분명 감동은 나 혼자만의 것일 텐데, 그녀에게까지 갈라테아 없는 상황을 강요한 것은 잘못이었다. 수치심으로 얼굴이 달아올랐다. 이런 식의 감정적인 엇갈림이야말로 바로 인간과의 관계에서 발생하는 피치 못할 고통이었다.

나는 커다란 이층짜리 단독주택 한 채를 세내었다. 그 공간은 그 이전 나 혼자 지냈던 아파트하고 비교하면 두 배가량 더 컸다. 아래층에서는 내가 그 무렵 내 취향이었던 이집트 여왕 네파르트티티를 데리고서, 위층에서는 H가 자신의 요정 레골라스를 데리고서 동거 생활을 시작하였다. 우리는 매일 밤 10시, 정해진 시간에 만났다. 그전까지는 각각 아래층과 위층에서 자신의 갈라테아들과 성적인 유희에 빠져 있었다. H는 네파르티티하고는 비교도 할 수 없는 빈약한 여자였지만, 나는 근근이 환상의 힘으로 그녀와의 관계에 집중하였고 대개는 그럭저럭 오르가슴에 도달할 수 있었다. 우리 둘의 육체적 관계는 오래전 소설이나 영화에서 낭만적으로 묘사되곤 했던 사랑의 즐거움과는 완전히 다른, 우리 시대 특유의 의무 같은 거였다.

두 달의 동거 끝에 H의 배가 부르기 시작했다. 그와 동시에 나는 H와의 의무적 교합에서 풀려나는 해방감을 느꼈다. 열 달 후 분만실의 하얀 포대기에 싸인 채 새빨갛게 꼬물거리는 사내아이를 바라본 순간 나는 이 낯선 생명체의 매력에 넋을 잃고 말았다. 문득 이 아이를 내 생명과 바꿀 수 있을 것 같은 생각까지 들었다. 예전 사람들이라면 분명 그럴 것 같았다. 고대 히브리에서는 양을 잡아서 하늘에 감사를 드렸다고 한다. 영화를 많이 본 탓일까. 나는 불현듯 이 아이를 들어서 하늘 높이 치켜들었다. 하늘의 누군가에게 그렇게 감사드리고 싶었던 것이다.

몸소 아이를 배고 긴 기간을 인내한 H 또한 내 감사와 존중의 대상이었다. 그녀는 이제 내 마음속에서 갈라테아들이나 여태껏 잠자리를 함께 했던 뭇 여성들과는 다른, 아주 중요한 자리를 차지했다. 그러나 아무리 생각해도 그녀의 높아진 위상을 지칭할 적절한 어휘를 찾을 길 없었다. 그래서 그녀를 '아내'라고 부르기로 혼자 마음먹었고, 감사하는 뜻에서 그녀의 이름을 따서 아들을 H라고 이름 지었다.

10

내 아들 H가 성장함에 따라, 나는 모성본능을 갖춘 갈라테아가 필요함을 깨닫게 되었다. 거만하고 도도한 네파르티티를 백화점에 반환하고 새 갈라테아를 맞춤 주문했다. 그녀는 나의 성욕을 충족시켜 줄 아름다움과 더불어 아이의 양육을 책임져 줄 강한 모성본능을 갖춘 '귀여운 여인'의 올렌카 갈라테아였다.

아이의 엄마는 2주에 한 번씩 놀러 왔다.

"엄마, 너무너무 보고 싶었어."

"그래, 나도 H 네가 보고 싶었단다."

한참의 따스한 포옹 끝에 아이가 물었다.

"엄마, 옛날 사람들은 아빠, 엄마, 아이가 모두 다 한집에서 살았어?"

"너도 지금 아빠랑 살잖니."

"엄마와 아빠, 그리고 소설에서 읽었는데, 뭐라고 하더라……. 맞아, 할아버지, 할머니, 이렇게 여러 사람들이 한데 모여 살았던 적이 있었대."

"그래, 그때는 가정이 사람들의 생존을 위해 필요했던 때였지."

"지금은 왜 그렇게 살지 않아?"

"가정보다 훨씬 더 소중한 각자의 꿈이 있기 때문이란다."

엄마는 차분하게 설명했다.

"예전에는 네 말처럼 남녀가 반드시 가족을 이루고 살았단다. 그땐 혼자 벌어서 먹고 사는 게 쉽지 않았던 시절이기도 했어. 특히 여자는 아이를 낳고 키우는 데에서 가장 커다란 기쁨을 얻었지. 그런데 이제는 많은 게 변했단다. 남자든 여자든 자신의 일이 더 중요하게 되었고 또 사랑할 대상을 갈라테아에게서 찾게 되었지. 이젠 그 누구도 가족 때문에 개인의 욕구를 희생해야 한다고 생각하지 않는단다. 가족은 말하자면 일종의 억압 같은 거니까……."

"억압? 억압이 무슨 뜻이야?"

"이런! 아가야, 내가 너무 어려운 말을 썼구나. 억압이란…… 먹고 싶은 음식을 못 먹게 하거나, 만나고 싶은 사람을 못 만나게 만드는 수갑, 감옥 같은 거 있지? 그게 억압이야. H, 너도 엄마를 만나지 못한다면 억압당하는 느낌이겠지. 아빠는 올렌카를 못 만난다면 억압을 느낄 게고,

나 또한 오르페우스를 만나지 못한다면 억압을 느낄 거란다. 사실 아빠와 나는 이 세상에 너를 만들어 내어놓은 소중한 행위 말고는 같이 할 일이 거의 없단다. 그런데 우리 셋이 가족을 이루어 살아야 한다면 서로에게 얼마나 숨 막히는 억압이 되겠니?"

아이 엄마의 이야기는 절대적으로 옳았다. 단언컨대 친엄마가 아이의 옆에서 뒷바라지를 하지 않는다고 해서 아이에게 결함이 생기거나 사랑을 받지 못하는 건 아니었다. 시나리오를 쓰느라 항상 바쁜 엄마 밑에서 자라는 것보다는, 24시간 올렌카의 따스한 보살핌 아래 있는 편이 정녕 행복한 것일 테다. 또 덤으로 2주에 한 번씩 방문하여 재미있게 놀아 주는 친엄마가 있지 않는가.

11

나이가 들면서 점차 나는 스스로 높은 목표와 만족을 이루려하기보다 유일한 혈육인 H에게서 성취를 기대하는 습성을 갖게 되었다. 이는 정신적 노화의 전형적인 징후일 것이다. 그러나 H는 이런 기대가 단순히 늙은이의 헛된 희망만은 아님을 확인시켜 주었다. 나는 아이의 미래에 놓인 여러 가능성들을 조심스레 제시해 주었고, 그중 아이가 어느 분야에 흥미를 가지고서 몰입하는지 주의 깊게 살펴보았다. H가 놀라운 열정으로 음악에 몰두한다는 사실을 발견한 것은 아마도 그가 열 살 되던 무렵이었을 게다.

H는 음악학교에 입학하여 정식으로 작곡 수업을 받게 되었다. 하룻밤에도 놀라운 작품들을 몇 개씩 쏟아 놓는 그의 천재성은 교사진을 포함한 많은 사람들의 기대를 한 몸에 모으게 했다. (H가 주변의 찬탄을 불러일으켰던 사춘기 시절 습작들, 이를테면 〈숲의 요정들을 위한 소네트〉

나, 가곡 〈밤의 정령〉은 지금도 내 책상 속에 고이 보관되어 있다.) 그 추세대로라면 무한하게 많은 천재적 작품들을 쏟아 낸 바흐나 모차르트까지는 아니어도, 빌라로보스나 히나스테라 정도의 음악 세계는 충분히 기대할 만하였다. 만약 내가 세상의 주인공이 되지 못한다면 아들이 되길 바라는 것, 이것은 자신의 유한성을 자각한 아버지가 갖는 자연스런 기대일 것이다. 이제 가족은 해체되었음에도 자식을 위한 고매한 헌신만큼은 내게 남아 있었다.

H가 스물네 살 되던 아침이었다. 유난히 눈부신 햇살과 창으로 들어오는 시원한 바람 덕택에 나는 일찍 잠이 깨었다. 침대에 누운 채 아이를 갖기로 결심했던 그 나날들을 떠올려 보았다. 우리 시대에는 힘든 결정이지만 그것을 희생으로만 보는 세태가 얼마나 무지한지를 느꼈다. 나는 많은 인간 여인들과 아주 많은 갈라테아들을 사랑했지만 그것은 그녀들이 내게 만족을 주기 때문이었다. 그 만족을 얻지 못할 때 나는 곧 관심을 잃었고 그녀들을 버렸다. 그러나 자식은 달랐다. 자식에게는 그 어떤 대가도 기대하지 않는다. H는 자라면서 점점 더 나를 닮아 가고 있었다. 아니, 실상은 그 이상이다. 겉모습은 나를 닮았지만 그의 싱그러운 마음은 나의 젊은 시절보다 완전하다. 사춘기 시절 T와의 관계에서 느꼈던 열등감을 비롯해 나는 때때로 상처받은 자존심으로 괴로워하지 않았던가. 하지만 H는 다르다. 그는 창조적인 음악 세계로 인류사에 이름을 떨칠 수 있을 뿐 아니라 내면적으로도 충실한 완성된 삶을 살 것이다. 그에게 훌륭한 유전자와 문화적 자산을 물려준 내 자신이 대견스럽다.

스물네 살의 멋진 청년이 된 아들에게 아비의 기쁨을 전해 주는 것이 작은 선물이 될지도 모른다는 흥분에, 나는 H의 방문을 두드렸다. 이상하게도 아무런 기척이 없었다.

'아직 일어나지 않은 걸까.'

용기를 내어 문을 살짝 열어 보았다. 그의 방은 낯설게도 고요하였다. H는 단아한 얼굴로 잠든 채 고이 누워 있었다. 그를 부르는 내 목소리에도 그저 가만히 누워 있는 것으로 대답했다. 세상의 모든 아름다운 소리에 매료되었던 섬세한 두 귀가, 모든 소리를 거부한 것이다. 그렇게 나의 아들은 영원히 깨어나지 않았다.

12

무한한 가능성을 지녔던 H가 그토록 젊은 나이에 자살을 택했다는 사실이 믿기지 않았다. 그가 죽은 후 나는 반쯤 정신을 놓은 채 불면의 밤들을 보냈다. 거리를 방황하면서 아들이 살아 있을지도 모른다는 부질없는 희망으로 아들의 모습을 닮은 낯선 이의 뒤를 밟는 미친 노인 행세를 한 적이 모두 몇 번인지 기억도 나지 않는다. 낮인지 밤인지 알 수 없는 시간들이 내 육신을 짓눌렀다. 난생처음 무수한 갈라테아조차 전혀 위로가 되지 않았다.

나는 죽음에 이른 H의 심경을 이해하기 위해서 그가 남긴 음악들을 반복해서 들었으며 그의 유고를 읽고 또 읽었다. 마치 오선지 위에 악상을 휘갈기듯 자신의 죽음에 대해서 거침없이 써내려간 그 잔혹한 글은 처음에는 내 혼란을 가중시켰을 뿐이다. 그러나 차츰 시간이 흐르면서 뻔뻔스러운 일상의 힘이 나로 하여금 H의 죽음을 현실로 받아들이도록 만들었다. 어떻게 생각하면 자식의 죽음을 태연하게 받아들이는 것은 나 혼자의 일이 아니라, 우리 세대 많은 아비 어미에게 남겨진 과제일지도 모른다.

H의 유고

나, H는 남들과 크게 다를 것 없는 지극히 평범한 젊은이다. 한때 단조로운 소나타 몇 편을 작곡하여 주변의 소소한 관심을 불러일으킨 적도 있지만, 냉정히 말해 내게 진정한 창의성은 없다. 나는 우리 시대 젊은이들이 흔히 그러하듯이 짧은 인생을 살면서도, 삶에 대해서 별반 새로운 기대를 품지 않으며 매사에 방관하는 듯한 노인의 마음을 가지고 있다. 최근 우연히 백 살가량 된 음악교수의 임종을 지켜본 적이 있다. 그는 나의 지도교수였으며 죽기 직전까지 아르스 노바 시기의 화성학을 가르쳤다. 침상 위에 누워 있는 그의 검은 버짐 피어오른 얼굴은 육신이 뿜어내는 더러운 진액에 절어 끈적끈적했다. 노인은 저승신의 우악스런 손길에 멱살 잡혀 있으면서, 다른 한편으로는 그 손으로부터 벗어나려 안간힘을 쓰고 있었다. 그의 애처로운 몸짓은 나에게 거북스런 피로와 이상야릇한 권태감을 불러일으켰다. 나라면 지극히 냉정하고 무심한 마음으로, 혹은 거의 기꺼워하는 심정으로 죽음을 받아들였으리라는 느낌 때문이었을까. 어쩌면 우리 시대 젊은이들에게서 가장 흔한 감정일지도 모를, 삶과 죽음의 경계에 무관심한 상태를 전 시대 사람들은 '반생명주의' 라고 대놓고 비난할 것이다.

나는 불과 20여 년의 짧은 삶 가운데에서, 수천 년 동안 인류가 무수히 반복했듯이 아름다움을 숭배하고 추함을 경멸하였다. 내게 있어서 아름다운 선율이란, 우글거리는 구더기 떼 같은 소음과 불협화음을 털어내고서 건져 올려야 할 맑은 조화의 경지였다. 하지만 묻고 싶다. 왜 인간은 아름다움에 집착하는 것일까? 이 집착만큼 집요하고도 맹목적이며 우둔한 것도 없지 않은가?

페트라르카의 '소네트', 보티첼리의 '비너스', 렘브란트의 '자화상'……. 이 모든 것들은 아름다움에 대한 인류의 눈물겨운 헌정이다. 인류가 아름다움에 부여하는 가치를 규명하기 위해 『시학』이 서술되었으며 『판단력 비판』 또한 쓰였다. 그러나 이 같은 철학 서적들과 예술작품들을 모두 모은다 한들 인류가 아름다움을 추구하는 진정한 이유를 이해할 수 있을까? 바빌로니아 백성들은 눈부시게 아름다운 아미티스 왕비를 모시고 있다는 행복감만으로 끼니를 걸러도 배부를 수 있었을까? 젊은 베르테르가 맹목적인 애정을 바친 대상이 왜 절름발이나 난쟁이가 아닌, 아름다운 샤를 롯데여야 했는지 괴테는 손톱만큼이라도 의심해 보았을까? 바람난 왕비 하나 때문에 수십 만 병사들을 전쟁터에서 죽게 만든 호머 또한 왜 자신의 헬레네가 곰보나 사팔뜨기가 아닌 뭇 병사의 가슴을 들뜨게 하는 절세미녀여야 했는지 의심하지 않았으리라. 바로 이런 '당연함' 만큼 낯설고 기이한 일이 이 세상 어디에 있겠는가.

나의 할아버지와 아버지도 아름다움에 대한 맹목적인 집착을 가진 분들이었다. 할아버지는 갈라테아의 미모에 빠져서 할머니와 헤어졌다고 한다. 아버지는 이 세상에 갈라테아만큼 가치 있는 발명품은 없다고 단언하였다. 기계와 컴퓨터칩이 아닌, 피와 뼈로 이루어진 자식을 얻으려는 강렬한 욕망이 아버지를 사로잡지 않았던들, 그는 결코 어머니를 찾지 않았을 것이고 나 또한 태어나지 않았으리라.

할아버지와 아버지는 단지 나를 낳았을 뿐 아니라, 아름다움에 대한 우직한 집착 또한 내 유전자에 단단히 새겨 넣어 주었다. 내 시야가 세상 사물을 구분할 무렵 처음 느낀 감동은 다름 아닌 유모 올렌카의 숨 막히는 자태에서였다. 그녀의 빼어난 미모는 내 마음을 달뜨게 만들었지만, 나는 너무도 어리고 미숙해서 이런 감정이 육체적 분출로 마무리되어야 한다는 사실을 알지 못했으며, 설사 이를 알았다 할지라도 내 어린 몸은 옛 중국의 내시처럼 무력했으리라. 올렌카를 향한 쓰라린 갈망은 한스럽게 마음 한 켠에 쌓였으며, 후일 써내려 간 〈밤의 정령〉이나 〈숲의 요정들을 위한 소네트〉에 서린 절실한 서정성도 다 따지고 보면 이 같은 좌절을 선율로 승화시킨 것이다.

단언컨대 이룰 수 없는 열정만이 진정한 창조성을 낳는다. 차이코프스키는 자신의 어린 조카 봅에 대한 채우지 못할 그리움을 담아서 그 애절한 세레나데를 작곡했고, 브람스의 교향시들은 클라라 슈만에 대한 뜨거운 갈망을 표현하고 있기에 더욱 가슴 쓰리다. 아마도 모차르트는 아리따운 왕녀와의 후끈한 잠자리를 상상하며 〈후궁에서의 도피〉를 쓰지 않았을까. 올렌카 이후 내 주변에 있었던 많은 아름다운 유모들, 가정교사들은 나를 세상의 아름다움에 눈뜨게 만들어 준 스승들이었지만, 그녀들이야말로 창조성을 앗아간 진정한 죄인들이기도 하다. 그래서 프로이트는 모든 문명은 억압된 에로스의 승화라 하지 않았던가.

가정교사 갈라테아들과 뜨거운 성애에 빠져 들기 시작하면서, 내 또래 친구들도 하나같이 비슷한 체험을 하며 성장하는 것을 지켜보았다. 그들 대부분은 나처럼 집에 갈라테아를 두엇씩 두었으며, 아름다운 그들로부터 연애 기술을 배워 나갔다. 갈라테아와 나누는 관계는 우리 시대에는 너무나 일상적인 일이기에, 진지한 화제로는 말할 나위도 없거니와 시시한 잡담거리조차 될 수 없었다. 그것은 아름답고도 필연적인 행위이자 진부한 일상이었다.

단 한 명의 파격이랄까, V라는 다소 기괴한 이름의 친구가 있었다. 그는 농담이라고는 전혀 할 줄 모르며 지나칠 정도로 진지하고 솔직한 외골수 인간이었다. 어느 날 그는, 자신은 갈라테아에게서 아무런 매력이나 감흥도 느끼지 못한다고 고백하였다. 그 고백은 나를 포함한 다른 친구들을 아연실색케 했다. 셰익스피어가 즐겨 그린 바보인 체하는 어릿광대? 혹은 엄청난 호색가로 밝혀진 『켄터베리 이야기』의 사이비 수도승 아닐까? 장난기 넘치던 우리들은 위선적인 그를 골려 주기로 작당하였다. 등산 캠핑장이었던 것으로 기억한다. 친구들은 처음엔 어리둥절해했지만 곧 작전을 간파한 갈라테아 너덧을 그곳으로 불렀다. V는 샤워실에서 혼자 샤워를 하고 있었다. 친구들은 다음 장면을 기대하며 창틈으로 지켜보고 있었다. 마치 하늘에서 내려오는 천사들처럼, 갈라테아들은 인조 날개까지 달고서 뽀얀 수증기 사이로 한 명 한 명 알몸으로 V 앞에 나타났다. 그녀들은 V의 몸에 비누칠을 하기도 하고, 자신들의 몸을 갖다 부비면서 온갖 교태를 부렸다. 우리들은 V의 위선이 탄로 나는 바로 그 순간 와르르 문을 열고 일제히 등장할 참이었다.

놀랍게도 갈라테아들 틈에 어줍게 서 있는 V의 그것은 전혀 상기됨 없이 아래로 늘어져 있을 뿐이었다. 그의 얼굴에는 도저히 이해할 수 없는 부조리극에 맞닥뜨린 사람의 혼란과 당혹이 어려 있었다. 그는 불과 반 뼘 두께의 벽을 사이에 두고 우리들과 떨어져 있었지만, 마치 우주 저편에 멀리 떨어져 있는 외계인 같았다. 나나 다른 친구들은 V가 우리들과는 전혀 다른, 아름다움에 감동하지 않는 '새 인류'라는 사실을 이해하지 못했던 것이다.

잠시 이야기를 돌리자. 나는 나를 에워싼 갈라테아들에 의해 조금씩 예술적 창조욕구를 빼앗겼다고 앞에서 밝혔다. 고등학교를 졸업할 무렵까지, 나는 아마도 모로코의 악명 높았던 폭군 이브라임의 성교 횟수를 너덧 배는 훌쩍 뛰어넘음을 경험을 가지고 있었을 게다. 나처럼 젊고 팔팔한 청년이 너무나도 많은 갈라테아들에게 포위되어 있는 상황에서, 그녀들과 사랑을 나누지 않는다면 그것이 오히려 이상한 일이다. 그녀들과의 환희를 만끽하는 순간 나는 자연스럽게도 창조력의 고갈을 느꼈다. '진정 아름다운 것은 그녀들의 뺨과 살을 부비는 바로 이 순간이다. 이러한 미의 극한을 체험하면서, 어설프고 조잡한 선율들을 오선지 위에 게워내야 할 이유가 과연 무엇이란 말인가? 바로 이 순간이야말로 스타브로긴이 그토록 갈구했던 '황금시대' 아닌가.'

한때 나는 아버지가 어떻게 그 많은 갈라테아들과 잠자리를 나누면서 동시에 창조적이고자 노력하는 것인지 궁금해한 적이 있다. 과연 어떤 정념이 아버지를 분자생물학 연구에 몰두하도록 만드는 것일까? 예전에 아래와 같은 용어가 있었다고 한다.

masturbation

나는 발음하기도 어려운 이 기괴한 단어를 도서관 고어古語 사전에서 가까스로 찾아냈다. 오래전 인간들은 정념에 휩싸여 몸을 가누지 못하면서도 마땅한 대상을 찾지 못할 때 혼자만의 기이한 몸짓으로 자신의 정념을 분출했다고 한다. 내 추측은 이러하다. 아마도 아주 가벼운 마음에서라도 m……이라는 행동을 해 본 예전 인류들만이 강력한 창조 욕구를 지닐 수 있었던 것이다. 인간이 현실에서 이뤄 낼 수 없는 아름다운 꿈들의 예술적 승화, 그것이 바로 창조 욕구니까. 아버지가 그 짓을 했을지 어떨지는 모른다. 그러나 그의 내면에도 어떤 이룰 수 없는 갈망이 내재되어 있다가 마침내 나를 낳았으며, 현재에도 분자생물학 분야에서 무엇인가 새로운 것을 창조하려고 열정을 쏟고 있는 것이리라.

나는 아버지와 다르다. 지금까지 살아온 스물몇 해 동안 내 정념을 억제해 본 적이 있었던가. 그런 내가 더 이상 무슨 강렬한 창조 욕구를 느낀단 말인가. 진시황제는 불과 3천의 궁녀들, 그것도 들쭉날쭉한 외모의 궁녀들에게 둘러싸여 있었으며, 항상 자신의 지위를 위협하는 협객들의 칼을 피하기 위해 전전긍긍했다. 바로 그렇기에 그에겐 더 긴 삶의 시간이 간절했으리라. 우리 시대는 결핍의 결여, 욕구의 완전한 충족이라는 인류의 이상상황理想狀況에 이르렀다. 더 이상 승화시킬 에로스도 없고 채우지 못할 욕망조차 없다…….

최근 들어 나는 옛 친구 V와 우연히 다시 만나게 되었다. 나는 그를 까마득하게 잊고 있었지만 그는 달랐다. 마치 지음지기라도 만난 듯 유난스레 반가워했다. 그는 자신이 자폐아 센터의 간사로 근무하고 있다고 밝혔다. 그는 예전 캠핑장 사건도 스스럼없이 끄집어 냈다. 나는 미숙했던 시절의 치기를 상기시키는 그 이야기를 전혀 듣고 싶지 않았는데도, V는 단지 자신의 심경을 토로하기 위해 그 일화를 꺼낸 것이다.

당시 그는 갈라테아에게 애정은커녕 관심조차 느낄 수 없는 스스로가 비정상이 아닐까 하고 한동안 침울 속에 갇혀 지냈다고 한다. 그러나 차츰 여러 사람들을 만나면서, 자신과 유사한 사람들이 아주 드물게 존재하며, 그런 무감동증이 비정상의 징후가 아니라는 사실을 어렴풋이 깨달았다는 것이다. 나 또한 V와 재회하기 이전부터 문득 비슷한 자각을 하고 있었다. 이들 '새 인류'는 기존 인류들 가운데에서 살그머니 등장했을 뿐 아니라 그 숫자가 조금씩 증식하고 있다는 사실을.

내 입장에서는 돌부리에 채듯 그를 만난 것에 불과했으니 한시 바삐 작별을 고할 생각이었다. 그러나 V는 나와의 만남에 비상한 의미를 부여하고 있는 듯했다. 기억에서 사라진 옛일들이며, 돌이켜 보았자 전혀 의미 없는 빛바랜 과거사들을 그는 속속 들춰냈다. 마치 요술모자 안에서 비둘기나 토끼 같은 것들을 계속 끄집어내는 오래전 마술사처럼……. 처음에는 주책없는 떠벌리구나, 하는 생각이 들었다. 그랬다가 문득 이 친구의 지칠 줄 모르는 열정 뒤에 모종의 의도가 도사리고 있음을 깨달았다. 그는 어떤 섬세한 직관으로 나에게서 자살의 징후를 읽어 냈음이 틀림없다. 마치 자신이 내 목숨을 사수할 책임을 떠맡은 보호자라도 된 듯, (나는 평생 단 한 번도 사로잡혀 본 적 없는) 말 못할 강박관념의 노예가 되어 이 이야기 저 이야기를 떠벌려 대는 것이었다.

그 상황이 나는 여전히 부담스러웠다. 또 한편으로는 짜증이 치밀었다. 자리에서 일어날 적절한 틈을 노리던 어느 순간엔가 돌연…… 그의 다소 촌스런 애정 이야기가 내 무심한 귀를 번뜩 일으켜 세웠다. (V 또한 이런 나의 사소한 감정 변화를 민감하게 포착하는 듯했다.) 그는 아주 진솔하게 그 이야기를 늘어놓기 시작했다. 자신은 단 한 명의 '인간 애인'을 사귀고 있다는 것이었다. 그뿐 아니라 그녀에 대해서 '헌신적' 정념까지 품고 있었다. 한 인간에 대한 '비일상적인' 애정은 내게 중세 기사도 문학을 상기시켰다. 일종의 호고好古 취향이랄까. 아니면 기묘한 것에 대한 흥취랄까. 이유를 알 수 없는 흥겨운 호기심이 나를 사로잡았다.

그날 저녁 V는 나를 자신의 집으로 초청하였다. 말이 초청이지, 사실 그는 상당히 주저하며 나를 데려갔는데, 집이라기보다는 모든 짐들을 치워 버린 황폐한 헛간 같은 곳에서 살고 있었다. 카펫조차 깔려 있지 않으며 작은 의자 두어 개가 덩그렇게 놓여 있는 차가운 콘크리트 바닥, 그리고 단 한 점의 르누아르나 모네도 걸려 있지 않은 썰렁한 빈 벽은 주인의 몰취미를 무언중에 비난하고 있었다. (나중에 깨달은 사실이지만, 이들 새 인류는 이성의 외모에 대한 감각을 상실했을 뿐 아니라, 아름다움에 대한 모든 감각을 송두리째 빼앗겨 버린 것이다.)

V는 우물쭈물하며 조심스런 태도로 자신의 애인을 소개하였다. 나는 그의 상대가 인간 여자라는 사실을 이미 알고 있었으며, V의 "행여 자네를 불쾌하게 할지도 몰라"라는 언급에서 그녀의 외모에 대한 기대는 전혀 하지 않았지만, 그녀를 보는 순간 놀라고 말았다. V의 애인은 얼굴 한가운데에 눈 코 입이 쏠린 기묘한 모습인데다가 나이도 마흔가량 되어 보였다. 내가 혐오의 표정을 지었는지 어떤지는 잘 기억나지 않는다. 놀라서 흠칫 움츠렸던 것만은 분명하다. V가 자폐아 센터를 출입하다 만난

사람으로, 안면 기형임에도 불구하고 성형수술조차 받지 않은 것으로 보아 그녀 역시 새 인류였다.

말을 아끼는 그녀는 근본적으로 다정다감했지만, 조금 더 시간이 흐르면서 약간 이상한 점이 있음을 느낄 수 있었다. 나와 마주보며 이야기하는 동안 그녀의 얼굴은 줄곧 나를 향하고 있었는데도, 나를 바라보지 않는 느낌이었다. 의도적으로 외면했다는 뜻이 아니다. 그 눈빛은 분명 나를 찾고 있었다. 그러나 그 초점 없는 시선은 내 코와 내 귀, 내 목을 무분별하게 옮겨 다니는 것이었다. 그녀는 분명 나와 눈조차 마주칠 수 없는 상태였다. (나는 나중에 의학사전에서 이러한 증상이 시각장애 탓이 아니며, 두뇌 속 신경세포의 퇴화에서 기인하는 '실인증' 이라는 질병 때문임을 확인할 수 있었다.)

그러고 보니 V도 비슷했다. 그 또한 대화 도중에 나를 응시하기보다는 희미한 시선으로 허공을 바라보는 순간이 많았다. 나는 솔직히 물어보았다. V는 자신이 조금씩 형체 지각력을 잃어 가고 있음을 인정하였다. 학창 시절만 해도 그는 정상적인 인식이 가능했다. 그런데 불과 7~8년이 흐른 지금 그는 목소리나 숨결 따위에 의존해서 인간을 인지할 뿐 더 이상 시각에는 의존하지 않는다고 했다.

그때서야 나는 왜 이들의 집이 텅 빈 헛간처럼 생겼는지 알 것 같았다. 이들 새 인류에게 있어서 세상은 불필요하게 현란한 색채와 현기증 날 정도로 복잡한 형태를 지니고 있었다. 이들에게는 모든 외형적인 아름다움은 아무런 의미도 없었다. 쭈글쭈글한 할머니나 팔등신 미녀나 이들에게는 전혀 차이가 없다는 뜻이다. 상황이 그렇다 보니 인류가 오랫동안 가꾸어 온 외모에 대한 감식안, 아니 아름다운 모든 것들에 대한 감식안 자체가 불필요해진 것이리라. 아마도 중대한 결정을 내리듯, 이들 새 인류는 형체 지각력을 잃어버리기로 작정하였으리라.

그 대신 이들은 사물의 다른 측면에 대해서 섬세한 식별력을 갖추게 되었다. 그들은 인간관계에 대해서 놀랍게 민감한 지각과 기억력을 가지고 있었다. 사회에 쫙 깔려 있는 갈라테아들은 헛것이나 그림자처럼 이들에겐 아무 의미도 없다. 그대신 동료 인간들의 고통과 불안, 초조, 슬픔 따위의 감정은 그들을 예민하게 자극한다. 마치 선대先代의 인간들이 아름다운 여인 혹은 잘생긴 남성과 짝짓기를 하기 위해 모든 것들을 다 바쳤듯, 이들 새 인류들은 인간관계의 얽힌 문제를 푸는 일에 온갖 열정을 쏟아 붓는다.

V가 나와의 짧은 만남에서 내 내면의 자살 징후를 감지한 것도 이러한 섬세한 지각능력 때문이었으리라. 나를 자신의 공간으로 초청한 이유도 V 입장에서는 힘겨운 줄다리기였던 것이다. 따지고 보면 나와 함께했던 매 순간 매 초가 그러했다. V는 자기 아이를 임신하고 있는, 나이 들고 초라한 애인이 못내 사랑스럽다는 듯 다정스레 끌어안고 있었는데, 이는 자신들의 애정을 내게 보여줌으로써, 나 또한 그네들처럼 세상에 대한 한 가닥 애착을 가질 수 있음을 설득하려는 안간힘이었던 것이다.

문득 애잔한 감상이 밀려들었다. 분명 이들이 접수할 미래는 베토벤도 없고 다비드상도 없으며 시스티나 성당이나 피사의 사탑도 없는, 벌집 같은 움막들로 이루어진 단조로운 곳이리라. 그러나 그 같은 단순함 속에서도 이들은 애정 넘치는 미래를 꾸며 갈 것이다. 그때가 되면 비로소 인간들은 '외모' 라는 차별의 굴레를 완전히 벗어던질 것이며, 기나긴 인류 역사에서 단 한 번도 이룰 수 없었던 완벽한 평등을 만끽할 것이다. 거리청소부 클레오파트라, 파출부 매릴린 먼로, 만인이 뜨거운 정념을 느끼며 연인으로 품길 갈망할 '언청이 공주'…….

그날 밤 우리 세 사람은 V의 헛간 같은 실내에서 기묘한 유대를 느끼며 앉아 있었고, 그 순간의 훈훈한 추억은 내 뇌리에 아름답게 새겨져 있다…….

할아버지 세대 그리고 아버지 세대들은 인간에게서는 도저히 찾기 어려운 드높은 아름다움의 경지를 추구했고, 그에 비해 턱없이 모자라는 짧은 삶을 살아야 했다. 환영과도 같은 영원한 젊음, 혹은 꿈에서나 마주칠 듯한 아름다움을 두 손으로 움켜잡으려 했으며, 만약 자기 세대에서 이를 이룰 수 없다면 후손들이 대신 잡아 주기를 바랐으리라. 아마도 나는 그들이 잡고자 했던 아름다움을 모두 가졌기에 더 바랄 것이 없는 세대리라. (이와 유사한 완벽한 자기만족을 나는 최근 자살한 동료 K와 L에게서도 발견한다.) 내가 느껴 본 모든 미학적인 즐거움은 아름다움의 완성이라는 말 이외에는 달리 표현할 길 없다. 혹은 더 이상 삶을 지속할 욕망의 상실이라고나 할까. 내가 후손을 낳더라도 그는 나와 비슷한 정도의 충족을 얻을 것이다. 그런 의미에서 나는 이 삶을 또다시 누군가에게 공허하게 반복시킬 이유를 전혀 느끼지 못한다…….

에필로그

아들이 죽은 지 제법 오랜 시간이 흘렀다. 나는 이제 아들의 자살에 대해 그리 슬퍼하지 않는다. 아마도 죽음을 선택하기까지 느꼈을 생명 의지의 고갈에 대해서 이제는 조금이나마 공감하기 때문일 것이다. 사실 요즘 들어 자살하거나 혹은 후손을 낳지 않고서 죽는 젊은이들 수가 부쩍 늘고 있는데, 그런 추세를 담담하게 받아들이는 것이야말로 나이듦의 미덕일지도 모른다.

최근의 인류학적 발굴에 따르면, 네안데르탈인은 나약한 동료들에 대한 따스한 애정을 품은 최초의 종족이었다고 한다. 호모사피엔스는 출현 시점부터 아름다움에 대한 집착 하나로 다른 원인猿人들과 확연하게 구분되었다. 4만 년 전 우리의 조상은 자신의 사랑하는 딸의 장례식을 치장하기 위해서 맘모스의 상아를 갈고 닦아서 섬세한 장신구를 만들었다. 애달픈 눈물 서려 있는, 그 아름다운 장신구를 무덤 속에 넣지 않았더라면, 그에게는 사랑하는 이를 잃은 슬픔을 표현할 방법이 없었으리라.

H의 이야기대로라면 이제 아름다움을 사랑했던 호모사피엔스의 시대가 마감되는 것이리라. 아들은 새로운 인간들의 등장을 경이롭고 기대에 찬 눈초리로 바라보았지만, 나이 들고 세상의 변화에 대해 거부감을 품는 나는 다르다. 이들, 새 인류의 도래는 교훈 소설 혹은 드라마에서 늘 외쳐 댔던, 인간 내면을 보라, 라는 케케묵은 메시지의 실현처럼 느껴진다. 호모사피엔스는 입술이 바짝 타도록 칭송할 헬레네와 양귀비가 있었기에 정녕 행복했지 않았던가. 그녀들을 단지 신화나 소설 속의 예찬 대상이 아닌, 현실 세계의 물과 공기 같은 무수한 갈라테아들로 바꿔 냈고 이들을 향유했기에 인류는 정녕 위대했다. 올림픽의 승자에게 싱싱한 월계관을 씌워 주는 아름다운 여인도 없으며, 베토벤의 환희의 송가도 울려 퍼지지 않고, 사람들이 모여 환호하는 장엄한 콜로세움조차 없다면, 우리가 이 세상에 태어나서 존재할 가치가 있을까?

우리들과 반대로 V의 후손들이 만들어 낼 세상을 생각해 보라. 이들은 드뷔시의 〈베르가마스크〉와 자동차의 짜증나는 경적을 구분하지 못할 것이다. 이들은 고흐의 불타오르는 듯한 해바라기가 무엇인지 전혀 깨닫지 못하리라. 우리가 그 아름다움 앞에서 숨을 멈추고서 찬탄했던, 모든 모나리자들과 모든 모차르트들, 청동상들은 무관심과 인지 불능 속에서 부식되고 풍화되어 소멸하리라. 그럼에도 이들 두더지 같은 V들은 중세적 경건에 사로잡혀 끔찍한 단조로움 속에서 무한하게 자기 증식할 것이다. 그렇게 해서 그들은 언젠가는 지구상에서 호모사피엔스를 완전히 밀어내겠지만, 내게는 이 거대한 변환이 가슴 뜨거운 인간들, 열렬하게 아름다움을 사랑하고 애끓고 안달했던 인류의 장엄한 스러짐으로 느껴진다.

지금 내 무릎 위에는 열한 살 된 소녀 갈라테아가 앉아서 응석을 피우고 있다. 훗날 이 갈라테아 또한 쓸모가 없어져 쓰레기장에 묻힐 것이고, 그 폐품들 밑에는 아름다움을 추구했던 마지막 인류의 뼈가 함께 묻힐 게다. 이러한 상상은 내 마음을 더욱 애잔하게 만든다. 분명 소멸에 대한 애끓는 정념이 있기에 나는 어리디 어린 소녀의 모습에 가슴 시려하는 것이리라. 아들의 주장처럼 모든 창의성의 기원은 아름다움에 대한 끝없는 갈구에서 비롯되는 것이며, 더 이상 추구할 아름다움을 느끼지 못한 아들은 아름다움에 있어서는 완성단계에 도달한 것이리라. 늙고 지친 나는 조금 뒤늦게나마 아들이 이미 밟았던 길을 비틀거리는 걸음으로 걸어가고 있는 것이리라.

작품해설

신인류, 그리고 신인류

강헌국 | 고려대 국어국문학과 교수

남한의 「갈라테아의 나라」는 일종의 가상소설이다. 가상소설은 가정법 구문과 유사한 방식으로 구성된다. 종속절과 주절로 분절되는 가정법 구문에서 종속절은 현실적으로 불가능한 조건을 전제하고 주절은 종속절의 조건이 충족될 경우 벌어질 수 있는 일을 진술한다. 주절과 종속절의 그러한 관계는 가정법을 상상이나 소망, 기원 등을 진술하는 서법이 되도록 한다. 소설은 허구의 양식이므로 가정법적인 요소를 어느 정도 지니기 마련이다. 작가는 경험의 주체이면서 욕망의 주체이다. 작가는 그의 욕망에 비추어 경험 세계를 묘사하기도 하고 그의 욕망으로 경험 세계를 재구성하기도 한다. 경험과 욕망이 서법을 선별하고 그로써 직설법과 가정법이 교직된 소설 나름의 서법이 형성된다. 가상소설은 가정법을 서사의 차원까지 확장한 사례이다. 따라서 가상소설의 서사는 가정법 구문처럼 둘로 나뉜다. 모종의 비현실적인 사태를 전제하고 그 전제 하에서 가능한 일들을 짐작하는 방식으로 가상소설의 서사는 짜인다.

미래를 작중의 시간 배경으로 삼은 「갈라테아의 나라」도 서사의 면에서 가상소설의 기본 얼개를 그대로 따른다. 이 소설에서 가정법 구문의 종속절에 해당하는 설정은 갈라테아라는 존재이다. 갈라테아는 미래의 과학 기술이 인간의 성적인 욕망을 최대한 만족시키기 위해 발명한 로봇이다. 이 소설은 그 로봇을 전제로 가정법 구문의 주절에 해당하는 상상을 전개한다. 갈라테아는 그것이 개발되어 사용되던 초기 단계에는 사회적으로 호응을 얻지 못하여 음성적인 성적 유희의 대상에 머문다. 그러나 시간이 흐를수록 갈라테아의 사용이 일상화되고 인류는 커다란 변화를 맞는다. 갈라테아가 초래한 변화로 이 소설이 주목하는 바는 두 가지인데 그 하나는 가족의 해체이고 다른 하나는 미의식의 소멸이다. 가족의 해체는 작중 화자인 '나'의 회고에서, 미의식의 소멸은 '나'의 아들인 H가 남긴 유고에서 각각 다루어진다.

어린 시절 '나'는 갈라테아 때문에 부모가 이혼하는 일을 겪는다. 갈라테아와 혼외정사를 갖는 아버지에게 환멸을 느낀 어머니가 '나'를 데리고 아버지를 떠난다. 어머니에게 부부 관계는 사랑과 성이 일치된 상태이다. 따라서 어머니는 양자가 분리된 부부 관계를 인정할 수 없다. 어머니의 그러한 사고방식은 낭만적 사랑의 이상을 반영한다. 낭만적 사랑의 이상은 사랑과 성과 결혼을 결합시킨 근대적 기획으로 부부 관계의 존속은 그 이상의 준수와 통한다. 그러나 갈라테아가 성적인 면에서 배우자를 대신함으로써 낭만적 사랑의 이상에 균열이 생긴다. 사랑과 성이 분리되고 결혼이라는 제도가 더 이상 유지되지 못한다. '나'는 낭만적 사랑에 대한 어머니의 신념을 따르려 하지만 사춘기에 접어들면서 걷잡을 수 없는 성욕으로 괴로워한다. '나'는 친구인 T에 의해 갈라테아를 접하게 되고 그 경험을 통해 '나'는 "금욕과 억제라는 녹슨 족쇄는 인간을 이중적으로 만들 수밖에 없으며, 욕구를 자연스럽게 받아들이는 것이 차라리 건강하다는 사실"을 깨닫는다. 그 후 '나'는 수많은 갈라테아들과 관계를 맺으며 성욕을 충족한다. 그런 '나'에게 어머니는 구시대의 여성으로 비친다. 거스를 수 없는 시대의 흐름은 인간과 갈라테아의 성관계를 일상화하기에 이른 것이다.

"하늘이 내린 완벽한 아름다움"을 지닌 갈라테아는 "인간과의 관계에서는 도저히 얻을 수 없는 극한의 쾌감"을 사용자에게 제공한다. 인간 남녀의 관계가 심화되자면 복잡한 심리적 절차를 거쳐야 하지만 갈라테아는 그러한 절차조차 불필요한 것으로 만든다. '나'를 비롯한 대부분의 인간들에게 갈라테아는 "인류가 만들어 낸 역사상 가장 획기적인 발명"으로 인식된다. 인간은 취향과 필요에 따라 얼마든지 갈라테아를 성애의 대상으로 선택할 수 있으므로 한 인간에게 구속되는 사랑은 무의미해진다. 사랑은 더 이상 타자에 대한 헌신과 관여가 아니며 '개인주의'라는 동시대의 최고선에 복무하는 수단이 된다. 인간은 갈라테아를 통해 개인의 행복을 최우선적으로 추구하는 종족으로 거듭나고 그와 더불어 결혼과 가족에 관한 인간의 이해도 변화한다. 갈라테아가 상용화되기 전까지 가족 관계는 낭만적 사랑의 이상에 의해 지탱된다. 그러나 개인의 행복을 최고선으로 여기는 신인류에게 사랑과 결혼을 연계하는 낭만적 사랑의 이상이 용납될 수 없다. 결혼에 기초한 전통적 가족 관계는 신인류에게 감옥과 마찬가지이다.

어떤 인간도 한 사람의 배우자에게 평생을 지속하는 그런 헌신적 사랑을 품을 수는 없다. 고작해야 1년 혹은 길어 보았자 2년 정도가 동료 인간에 대해서 품을 수 있는 열정적 사랑의 기간이라고 한다. 반면 자녀를 양육하는 데에는 약 20년 이상의 숨 막히게 긴 시간이 걸린다. 1~2년밖에 지속할 수 없는 찰나적 사랑과 20년 이상 지속되어야 하는 기나긴 양육 기간 사이에 깊은 심연이 입을 벌리고 있었다. 인류 역사의 모든 로미오와 줄리엣들이 황홀한 마법의 베일을 두르고서 두 손을 맞잡은 채 결혼이란 무덤으로 들어갔다. 그들은 불과 1~2년 후면 재로 변하는 빈약한 사랑의 불을 다 태워 버린 후, 오직 자녀 때문에 수십 년 감옥생활을 견뎌야 했던 것이다.

갈라테아는 사랑과 성과 결혼의 연계를 해체함으로써 개인의 행복을 거의 무한한 정도까지 추구할 수 있는 자유를 인간에게 허락하지만 혈족보존이라는 인간의 본능적 욕망을 충족시키지 못한다. 갈라테아에게 회임과 출산의 기능이 없기 때문이다. 그러나 자식을 낳아 기르기 위해 신인류가 반드시 결혼을 하고 가족을 유지해야 하는 것은 아니다. 갈라테아가 아이의 양육을 전담하는 시대에 굳이 인간 남녀가 결혼을 하고 가족을 이룰 이유가 없다. '나' 는 아이를 갖고 싶은 욕심에서 한 여자와 동거하지만 그녀와 '나' 의 성행위에는 사랑도 결혼도 가족도 전제되지 않는다. 그녀와 '나' 는 저마다의 갈라테아로부터 성적 환상을 빌어 사랑도 없이 교합하고 결혼 없이 출산하며 가족을 이루어 아이를 양육하지 않는다. 그녀는 출산 이후 '나' 와 따로 살면서 자신의 일에 전념한다. 그녀에게 가족은 개인의 자유와 행복을 억압하는 제도에 불과하다. '나' 는 함께 사는 아들 H가 갈라테아의 양육 속에서 성장하는 모습을 보며 혈육에 대한 정을 경험한다. 그 경험은 '나' 가 예전에 갈라테아들에게서 느꼈던 만족과 비교될 수 없는 것이다. '나' 는 H에게서 남다른 음악적 재능을 발견하고서 그의 앞날에 대한 기대를 품는다. 그러나 H는 스물네 살의 나이로 자살한다. H와 같은 젊은이들의 자살은 그 시대에 흔히 벌어지는 현상이다. 욕망이 완벽하게 충족되는 시대가 젊은이들로부터 삶을 지속해야 할 이유를 앗아간 것이다.

'나' 의 회고에서 갈라테아는 가족을 해체하고 개인주의를 완성시킨 존재로 이해된다. 그에 비해 H는 갈라테아에 의해 인류의 미의식이 소멸되었다고 판단한다. H는 어린 시절 몇 편의 곡을 지어 주변의 관심을 모으기도 하지만 갈라테아와 관계를 시작한 청소년 시절부터 작곡에 대한 의욕을 상실한다. 욕망의 충족이 창조력의 발현을 막은 것이다. 게다가 갈라테아가 완벽한 아름다움을 구현한 세상에서 아름다움은 더 이상 인간이 추구해야 할 가치가 되지 못한다. 욕망이 충족되고 아름다움이 완성되어 세상에는 결핍이 부재한다. 결핍의 부재는 창조력의 고갈을 가져오고 그로 인해 H는 갈등한다. "이룰 수 없는 열정만이 진정한 창조성을 낳는다"고 생각하는 H에게 채워야 할 욕망도 없고 완성해야 할 아름다움도 없는 세상은 무의미하다. 자살을 결심하고 있던 H는 우연히 옛 친구인 V와 그의 애인을 만난다. V와 그의 애인은 극한의 아름다움 앞에서 시력을 상실한 신인류이다. 인류가 오랜 세월에 걸쳐 이룩한 아름다움의 완성은 아름다움이라는 가치를 무화시켰고 그로 인해 미의식을 상실한 새로운 인류가 탄생한 것이다. 그 신인류는 아름다움보다 인간끼리의 관계에 민감하게 반응한다. 아름다움을 추구하던 인류는 아름다움이 완성된 세상에서 더 이상 삶을 지속할 이유를 지니지 못하지만 미의식을 상실한 신인류는 그 세상에서 생존하면서 앞 세대가 이룩한 성취들을 무용하게 만들 것이다. H는 V와 그의 애인을 보면서 그들이 열어갈 미래를 상상한다.

> 문득 애잔한 감상이 밀려들었다. 분명 이들이 접수할 미래는 베토벤도 없고 다비드상도 없으며 시스티나 성당이나 피사의 사탑도 없는, 벌집 같은 움막들로 이루어진 단조로운 곳이리라. 그러나 그 같은 단순함 속에서도 이들은 애정 넘치는 미래를 꾸며 갈 것이다. 그때가 되면 비로소 인간들은 '외모'라는 차별의 굴레를 완전히 벗어던질 것이며, 기나긴 인류 역사에서 단 한 번도 이룰 수 없었던 완벽한 평등을 만끽할 것이다.

소설의 리얼리티는 그 소설이 창작되고 수용되는 당대 현실과의 관련

속에서 확보된다. 가상소설도 그런 점에서는 예외일 수 없다. 「갈라테아의 나라」는 미래를 배경으로 삼지만 거기서 제기하는 주제는 오늘의 현실을 지향한다. 친밀성에 관한 사회학의 연구들은 현대 사회에서 벌어지는 낭만적 사랑의 분화 현상에 주목한다. 사랑과 성과 결혼을 잇는 연결고리들이 전시대에 비해 훨씬 느슨해졌다는 것이다. 피임 기술의 발달은 성과 출산을 분리시켜 성 자체에 대한 추구와 탐닉을 가능케 하는 혁명을 가져왔으며, 결혼은 배우자 간의 영원한 헌신과 의무의 관계에서 계약 관계로 변화되었다고 한다. 그로써 전통 사회에서 볼 수 없던 새로운 유형의 가족들이 출현하였다고 한다. 이 소설은 갈라테아를 설정하여 그러한 현상을 극단적인 수준까지 전개시킨다. 게다가 미의식을 상실한 V와 그의 애인을 통해 외모 지상주의의 세태를 비판하기도 한다. 이 소설이 펼쳐 보이는 상상이 그다지 낯설지 않은 것은 그러한 주제 의식이 지닌 설득력 때문이다. 작가는 파격적인 설정과 고전적인 사유를 통해 우리 소설의 새로운 지평을 열고 있다.

별

박민규

1968년 울산 출생.
2003년 ≪문학동네≫로 등단.
창작집 『카스테라』, 장편 『지구영웅전설』, 『삼미슈퍼스타즈의 마지막 팬클럽』, 『핑퐁』.
문학동네신인작가상, 한겨레문학상 수상.

별

대리 부르셨습니까?
웨이터가 대신 고개를 끄덕였다.
부축을 받으며
여자는 숨을 몰아쉬고 있었다.

모르…… 겠다. 가끔 그런 생각이 든다. 어제 아침엔 얼마나 기침을 해댔는지…… 결국 구토까지 하고서야 혹시 폐암이 아닐까, 기우가 든 것이다. 그러면서도, 또 그래서 담배를 꺼내 물었다. 모르겠다. 폐암이면 어쩌지, 하면서도 처마에 드리운 전깃줄만 넋을 잃고 바라보았다. 희뿌연 대기와…… 흐릿한 골목을 둘러보며 후, 연기만 내쉬었다. 모르겠다, 자고 일어나선 또 까맣게 그 사실을 잊어버렸다. 눈을 뜬 건 오후 네 시였나? 아무튼 일산까지 오면서 나는 무슨 생각을 했던가? 모르겠다, 성남에서 일산까지…… 그 먼 길을.

오후에 폭우가 쏟아졌다고는 하나, 모르…… 겠다. 한강을 건너며 흐린, 불어난 강물만을 보았을 뿐이다. 그보다는 옆에서 내내 기도문을 외던 아줌씨한테 은근히 신경이 쓰였고, 이런저런 광고문들과, 그 속의 제품, 여자들과, 또 누가 두고 내린 신문을 한 자 빠짐없이 끝까지 읽었으며, 혹 몰라 챙겨온 우산을…… 두고 내렸다, 어쨌거나 폐암에 대해선 까맣게 잊어먹었다, 모르겠다. 우산은 그렇다 치고…… 그러고 보니 끼니는 챙겼나 또 모르겠지만 아마도 김밥을…… 은 어제였고, 뭐 그래봤자 그 나물에 그 밥.

사는 게 이렇다. 자고, 일어나고, 기다리고, 콜이 오고, 달려가고, 운전을 하고, 돈을 받고, 술 마시고…… 나머지는 모르겠다, 밥을 먹고 나와선 커피를 절반이나 엎질렀다. 자판기 옆 현금지급기 부스에 등을 기대는데 출입구에 카드를 통과시켜주십시오. 여자 목소리가 쩌렁 울려 깜짝이야 했다. 바보처럼, 그래서 커피를 쏟았다. 젠장 손을 털고 있는데 현우 형이 키득거렸다. 야, 아가씨가 카드만 있으면 벌려준대잖아…… 그리고 또 뭐라 뭐라 뭐라.

모르겠다

그때 또 발작하듯 기침이 나왔는데, 분명 예사로운 기침이 아닌데도 함께 낄낄거렸다. 부스를 툭툭 발로 건드리며…… 말하자면 그때도 뭔가 건강에 대한 염려랄까, 그런 걸 했어야 하는 게 아닐까…… 모…… 르겠다, 그래봤자 오 년 전부터 피운 담배다. 고작 오 년…… 아무리 그래도, 아니 그건 모를 일이다. 물살만 타면 일 년이 못 가서도 망가지는 인생이다. 그나저나 코를 골 줄은 정말 몰랐다, 몰랐는데…… 코 고는 소리가 뻔뻔스레 등받이를 넘어온다. 그러니까 나는…… 벨이 울린다. 콜을 받고 이동 중이니 현우 형 말고는 올 데가 없다. 형 웬일이세요? 갓길에 차를 붙이고 나는 내려서 전화를 받는다. 운전 중이냐? 아니 담배도 한 대 필 겸 내렸어요. 손님은? 쿨쿨 주무십니다, 형은 어디세요? 말도 마라 지금 미스 현금지급기랑 커피 마시는 중이다. 콜 나간 건요? 불러놓고 캔슬이랜다…… 아, 나 꼭지가 돌아서. BMW 모는 놈이 캔슬비 오천 원을 못 주겠다지 뭐냐. 그래서요? 싸우고 싸워 삼천 원 받았다. 액땜했다 치세요. 너 언제 올 거냐? 형 이거 강남 가는 거예요. 그래, 갔다 언제 올 거냐고?

그런데 형

응, 왜? 아니…… 그게 아니고요. 뭐가? 아뇨 그냥 몸도 안 좋고 해서요, 바로 성남으로 넘어갈래요. 야, 비겁하게 혼자 장거리 받고 새벽 한 시에 퇴장이냐? 누군 모진 놈 만나 캔슬비도 못 받았는데. 몸이…… 안 좋아요. 야야, 그러지 말고 재워줄게…… 소주 한 잔 안 빨거냐? 형…… 오늘은 그럴 일이…… 그러니까…… 몸이 정말 안 좋아요. 그래 너 마저 날 버리는구나, 어쩌겠니 나는 이 아가씨랑 커피나 마셔야지…… 그런데 어쩌냐 미스 현? 이 오빠는 카드가 없는데…… 그래 몸조리 잘하고 밤길 조심해라. 저기…… 아녜요, 미안해요 형.

그 밤길을

나는 바라보았다. 밤은 깊고 길은 멀고…… 스모그처럼 피오르는 이 입김이 연기인지 한숨인지…… 모르겠다, 잠깐 손톱을 물어뜯다가 나는 다시 운전석에 올라앉는다. 손님…… 그러니까 손님의 얼굴을 물끄러미 지켜보다가, 다시금 눈앞의 어둠을 바라보았다. 어쩌지, 어쩌지, 어쩌지…… 핸들을 잡은 손이 조금씩 떨려왔다. 어쩌지, 하다가…… 벨트를 매고 사이드를 푼다, 천천히 액셀을 밟는다, 즈려, 밟는다. 즈려, 밟아준다, 밟아, 주지 뭐…… 그나저나 현우 형과는 어쩌다 이렇게 친해진 걸까? 모르…… 겠다. 대리일을 시작하고 만났으니 길어야 고작 육 개월이다. 아무리 그래도, 아니 역시나 모를 일이다. 단 한순간에도 멀 만큼 눈이 머는 게 또 인간이니까. 그러고 보니 현우 형과 나는 닮은 점이 많다. 우선 둘 다 카드가 없다. 신용불량자…… 라는 얘기고, 또 둘 다 사람을 잘못 만나 망가진 인생이다. 결정적인 이유다.

그 죽일 놈이 자본금만 갖고 튄 게 아니에요…… 응? 나 몰래 어음을 또 얼마나 찍었는지…… 게다가 그걸 깡까지 해서 챙긴 거야 아, 나…… 무슨 그런 지독한 놈이 다 있냐? 죽마고우와 동업을 했다가 현우 형은 망가졌다. 알고 보니 친구의 손에 들린 것은 죽마가 아니라 죽창이었다. 그리고 독박을 썼다. 집도 절도 사라지고 한 이 년 콩밥을 먹어야 했다. 어디선가 잘 살겠지, 안 그냐? 두 딸과 아내의 행방을 전주의 처가에서도 가르쳐주지 않았다. 현우 형의 손목엔 두 줄의 깊은 자상이 남아 있다. 잘 안 죽더라…… 어떻게 살았는지도 모르겠고, 왜 살았는지도 모르겠고…… 이하동문이다.

손목을 긋진 않았지만…… 나 또한 치명적으로 망가진 인생이다. 말하자면 그렇다, 시골 출신이긴 해도 어렵잖게 대학을 마치고 또 고만한 직장에서 회계일을 보던 인생이었다. 특별히 여자를 멀리한 건 아닌데 특별히 여자를 사귀지도 못했다. 주어진 일 주어진 생활, 일 생활 일 생활 일 그리고 문득 서른. 말하자면 그런, 하루였다. 신입 여직원의 친구 하나가 사무실을 찾아왔다. 우연히 출입구 근처에 서 있다가 어떻게 오셨나요? 했는데…… 했다가…… 숨이 멎는 줄 알았다. 잡지나 영화가 아닌 현실에서 그토록 화려한 여자를 본 것은 처음이었다. 실제로 잠시, 정신을 잃었었다.

모르겠다

저거 다 성형이에요, 신입이 입을 샐쭉였지만 그런 얘기가 귀에 들어올 리 없었다. 모르겠다, 한 달을 별러 부탁을 건넸는데 이상할 정도로 쉽게 소개를 해주었다. 만나는 사람은 많은데 사귀는 사람은 없을걸요? 신입의 말은 사실이었다. 청심환을 먹고 나간 자리에는 정말이지 그녀가 나와 있었다. 아 예, 아 예. 손을 심하게 떨었는데도 모…… 르겠다, 오빠 가끔 연락 드려도 돼요? 먼저 애프터를 제의한 것은 그녀였다. 아, 예.

가끔, 그리고 정말이지 그녀에게서 전화가 왔다. 처음, 나란히 길을 걷던 그 순간의 긴장과 떨림…… 떨면서…… 떨고…… 그랬는데 그런데 오빠, 하고 그녀가 속삭였다. 그랬다, 늘 그런 식이었다. 그런데 오빠, 그런데…… 실은 모레가 내 생일인데. 백화점의 수입코너란 델 가본 것은 그때가 처음이었다. 어머 이거 진짜 이쁘다…… 어쩌지 오빠? 한 달치 급여와 맞먹는 구두였다. 가격표를 보고 전신이 마비되는 기분이었는데 와락, 그녀가 팔짱을 끼는 순간 와락, 카드를 내밀었다. 주세요.

그것이 시작이었다. 모르…… 겠다. 사랑한다는 말을…… 믿었었다. 고스란히 부어오던 세 개의 적금을 깬 이유도…… 한 이 년, 열심히 카드를 돌려막은 것도…… 사랑했으므로…… 결국 회사돈을 잠깐 끌어 쓴 것은…… 다시 채워두려 했었다…… 정말이고, 그건 과장님도 인정해준 사실이다, 사실인데…… 그래 다 좋다, 다 좋은데 모를 일은, 왜 하필 나 같은 놈을 골랐냐는 것이다. 그건 정말 모르겠다, 더 좋은 놈도 얼마든지 있을 텐데…… 삼 년이나, 놔주지 않고 삼 년이나…… 그리고 전화했었지. 오빠 나 결혼해, 였던가? 죽일 년이…… 그러니까, 아무렴.

모르겠다

자유로로 올라와버렸다. 밤은 깊고 길은 멀고…… 오후에 내린 폭우 때문인지 안개가…… 스모그인가…… 모르겠다, 갓길에 차를 세우자 코 고는 소리가 더 크게 들려온다. 차에서 내려 나는 담배를 꺼내 문다. 안개든 스모그든 지척을 분간키 힘든 밤이다. 하늘이 있는지도 모르겠고 저 너머 불빛이…… 파주인지 일산인지 모르겠다, 휭 하니 트럭 한 대가 지나간다. 지나간 인생처럼 쏜살같다, 저 너머는 커브가 심한데…… 모르겠다, 인생의 침몰은 언제나 한순간이다. 불을 붙인다. 충격으로 일주일 회사를 쉬었었다. 병가를 내긴 했는데…… 회사돈을 꺼내 쓴 사실을 과장이 알아차렸다. 정말 메꾸려 했던 겁니다, 사실인데…… 더 이상 돌릴 수 있는 카드도 남아 있지 않았다. 급전을 당기는 것도 쉽지 않았다. 후…… 자네 마음은 내가 믿네만…… 과장은 그렇게 얘기했었다, 아니 회사 사정이나 분위기가 조금만 괜찮았어도 기소를 면할 순 있었을 게다. 카드빚이 돌아온 것도 한순간, 피소되고…… 큰집을 다녀온 것도 한순간이었다. 모르…… 겠다, 그리고 어떻게 살아왔는지 정말 모르겠다…… 돌아보니 나쁜 꿈 같고…… 같지만, 잠을 깨면 언제나 먹고살아야 할 벌건 하루가 있었다. 낮은 길고, 일은 많고…… 밤은 짧고, 꿈은 없는.

밤길을 다시

바라본다. 모르겠다, 어느 때부턴가 아무것도 모르는 인간이 되었다. 생각을 하면 살 수가 없고, 생각만 하면 죽고 싶었다. 그리고 정말…… 모르겠다, 어제 새벽엔 오십 줄의 신사 하나를 하계동까지 태워갔는데 가면서 계속 경제특구가 지정되어야 중소기업이 활로를 찾고…… 경제특구가 지정되어야 중소기업이 활로를 찾고…… 했다. 취했다고는 해도 눈을 똑바로 뜨고 같은 말만 되풀이했다. 모르겠다, 그리고 두말없이 요금을 지불하곤 어둠 속으로 사라졌다. 그저께는 또 어땠나, 가봐야 집에 아무도 없어 응? 와이프랑 애들은 캐나다에 있다니까…… 하며 끝까지 도착지를 말해주지 않았다. 캐나다에 내려달라니까, 응? 밴쿠버…… 밴쿠버 몰라? 모르…… 겠다, 결국 한강 둔치에 차를 세우고 요금을 받아 돌아왔다. 돈, 돈 주면 되잖아…… 그랬다 돈, 돈만 받으면 문제없지만 모르…… 겠다, 왜 이렇게 상태가 안 좋은 인간들이 늘어나는지…… 결혼도 하고 좋은 차도 굴리는 인간들이 왜 그렇게 사는지 모르겠다. 후…… 꽁초를 던지고 밤길을 다시 바라본다. 모르…… 겠다, 다시 기침이 터져 나온다. 쿨럭쿨럭…… 난 아무래도 폐암인지…… 아니, 저 밤길을 달리고 하루하루 그저 돈만 받으면 문제없지만…… 모르겠다, 형 그 새끼 찾아 죽이지 그랬어요? 야야, 내가 죽는 게 더 쉽더라야…… 모르겠다, 왜 미국으로 도망간 인간은 잡을 수 없는 건지…… 모르겠다. 모…… 르겠다, 이러고 왜 사는지…… 나는 아무것도 모르겠다, 모르겠지만

한 가지는 알 것 같다

뒷문을 열고, 나는 손님의…… 널브러진 핸드백을 집어 든다, 연다, 그

리고 지갑을…… 찾았다. 화장품과 뭐라 뭐라 할 수 없는 여러 잡동사니 속에서 찾았다, 그리고 신분증을 확인한다, 실내등을 켜고 본다, 확인한다…… 李…… ?…… 등을 끈다. 그렇지, 네가 누군지는 내가 모를 수 없다…… 안다, 잊은 적 없고…… 잊을 수 없었다. 이렇게도 만나는 구나, 또 한 대의 담배를 꺼내 문다. 대리 부르셨습니까? 하고 다가선 순간…… 정말이지 숨이 멎는 줄 알았다. 단발을 하고 나이를 먹긴 했지만, 분명 한순간도 잊은 적 없는 얼굴이었다. 발작하듯 기침이 터져 나왔다. 고갤 돌리고 기침을 죽이는 사이 웨이터가 속삭였다. 많이 취하셨는데…… 내비게이션에 집 경로가 있으시다네요. 예, 아 예…… 모르겠다, 어쩌다 이런…… 운전을 하는 내내 속으로 기도했다. 제발 닮은 사람이기를…… 기도했었다. 아니, 실은 부디 그녀이 맞기를 빌고 또 빌었다…… 아니, 사실은…… 모르겠다, 문을 닫고 서서 나는 다시 밤길을 바라본다. 아무도 보지 않고, 아무것도 보이지 않는 밤이다. 망가진 인간도 망가진 세상도 지우고 지우는 안개처럼, 나는 이 밤 이 길의 어딘가에 안개처럼 스며 있다. 크게 한 번 숨을 들이켰다. 이상할 정도로 폐肺가 고요해진다. 망가진 폐 속이 안개 자욱한 늪, 같다.

차를 몰아

삼십 분을 더 달렸다. 어딘지도 모르겠고 어디라도 상관없는, 낮은 야산과 이어진 작은 벌판이다. 모르겠다, 주변의 물소리가 한강인지 임진강인지…… 모르겠다, 왜 이곳으로 차를 몰았는지…… 시동을 끄면서도 알 수 없었다. 어둡고 어두운 밤이다. 차창과 백밀러를 통해 한동안 주변에 시선과 귀를 집중시킨다. 고요하다…… 십 분을 더 기다려봤지만 어떤 인기척도 느낄 수 없었다. 조심스레 나는 문을 열고 나온다. 아무것도 보이지 않았다. 다만 소리가 …… 안개의 아랫배에 눌린 물소리가 숨죽인 쥐들의 행렬처럼 어디론가 몰려갔다. 담배를 꺼내 문다. 그리고 자꾸만, 나는 불을 꺼트린다…… 바람도 없는데 불이 꺼지는 이유는 무엇일까…… 모르겠다, 그러고 보니 가스요금 낸다는 걸 오늘 또 깜박했다. 고지서를 현관에 붙여두고도…… 그냥 나왔다, 지나쳐버렸다…… 내야 할 요금, 해야 할 일, 요금 일 요금 일 요금 일…… 모르겠다, 복잡했던 그 세계도 날이 밝으면 사라질 것이다. 즉 너도 끝나고 나도 끝날 거라는 사실, 비로소 끝을…… 낼 수 있다는 이 사실…… 간단히 떠오르는 생각 하나는 분명 신神은, 있다는 것이다. 그가 아니라면 도대체 누가…… 모르겠다, 인생의 의미 따위 잊은 지 오래다. 간신히 옮긴 불꽃을 당기며 나는 하늘을 올려다본다. 신의 뜻이라도 좋고 나의 뜻이어도 좋다. 신도 인간도, 아무것도 보이지 않는 하늘이다. 모르긴 해도…… 적절하다는 생각이 그래서 드는 것이다.

톡톡, 차의 범퍼를 발로 건드린다. 시, 그, 너스…… 대리가 아니라면 내 인생에 입장조차 불가능한 세단이다. 그러고 보니 의사인지 한의사인지를 물었다 했지, 그런 소문을…… 나중에야 들을 수 있었다. 오빠 정말 오버가 심하다…… 그 얘기는 전화를 통해 직접 들었지, 오빠 정도 되는 사람 나 많아…… 그건 아마도 문자였었지, 물주가 여럿 더 있은 사실도…… 개중 먹어보지도 못한 병신은 나뿐이란 사실도…… 알게 되었지, 그리고 자취를 감춰버렸지…… 벤쿠버에라도, 미국에라도 간 줄 알았지. 난 또.

모르겠다, 시동을 걸어 차와 함께 수장시키는 것도 방법은 방법일 것이다…… 생각 같아선 내가 사준 옷들, 구두들, 핸드백이며…… 그 전부를 구겨 넣어 함께 빠트리고 싶지만…… 모르겠다, 다 들어갈 수나 있을런지…… 아니, 아직 갖고 있기는 할까? 모르겠다…… 핸들에 묻은 지문을 지우고 운전석에 앉힌 다음, 그리고 모르겠다, 그러고 싶지도 않다. 그냥 쉽게 잡히고…… 죽인 이유를 밝히고 싶다, 그랬으면 좋겠다. 결국 나도 끝장이지만…… 언제 내 삶이 막장 아니었던가. 막장이나 끝장이나…… 끝장이나 막장이나…… 모르겠다, 인생에 또 무엇이 남았는지 알 순 없지만 어쨌거나 공평, 하다는 그걸로 난 족하다.

숨죽인 쥐처럼 나는 뒷자리의 어둠 속으로 스며든다. 그리고 잠든, 얼굴을 물끄러미 바라보았다. 어두웠다. 달빛이 그녀를 비춘다기보다는…… 안개의 뜰망이 거르지 못한 달빛의 먼지가 겨우 이마나 콧잔등에 내려앉은 느낌이다. 일 할의 얼굴과 구 할의 어둠…… 그 어둠을 나는 오오래 바라본다. 육 년 전에도 이렇듯 널 바라본 적이 있었을까…… 모르겠다, 달빛의 먼지를 털어내듯 나는 그녀의 이마를, 코와 볼을 말없이 더듬는다. 그리고 짝,

뺨을 쳤다. 아무런 반응이 없다…… 몇 대 더 뺨을 쳐보아도 그녀는 미동조차 하지 않는다. 버려두면 한 마리의 홍어처럼 삭고, 발효될 것처럼 역한 술냄새가 풍겨왔다. 잘…… 살았냐? 그만 그런 소리를…… 뱉고 말았다. 뜨거운 그 무엇이 입천장을 온통 벗겨버린 느낌이어서 나는 울컥 소릴 지른다. 잘 살았냐고 이 잡것아…… 모르…… 겠다, 웃는 듯 우는 듯 평온한 얼굴을 바라보며 나는 한숨을 내쉬었다. 나 자신이 기쁜지 슬픈지, 아님 아무렇지 않은지도…… 모르겠다. 아무렇지 않게, 이대로 손을 뻗어 목을 조르고 싶었다. 이대로 움켜쥐면 그걸로 모든 것이…… 목을 잡았다. 따로 살아 있는 한 마리의 동물처럼, 작은 치와와처럼 갸날픈 맥이

뛰고 있다. 얼마나 시간이 걸릴까, 이 작은 짐승의 몸에서 마지막 숨이 빠져나가기까지는. 모르…… 겠다, 스스로의 손을 나는 거둬들인다. 그건 마치 안락사가 아닌가…… 지나간 삶을 생각한다면…… 그렇듯 간단히 죽어선 곤란하다, 동등하지 않다…… 뭔가 다른 방법이 있겠지. 아침까지는 많은 시간이 남아 있었다. 천천히, 더 천천히…… 어차피 버려둬도 도무지 눈을 뜰 상태가 아니니까. 한 대 더, 나는 빰을 올려붙인다. 마치, 꿈같다.

모르겠다…… 강변을 거닐며 담배를 물어도 방법, 그러니까 적확한 방법이 떠오르지 않는다. 적확한…… 보다는 결국 어둠과 희뿌연 안개의 커튼 속에서 나는 누군가의 목소리가 듣고 싶었다. 대화를 나눌 만한…… 모르겠다, 결국 현우 형의 번호를 눌러버린다. 그래, 성남 넘어갔냐? 어쩌면 다시 못 볼 인간의 목소리 앞에서 나는 가슴이 뭉클해진다. 네…… 아뇨, 형…… 뭔 소리냐? 너 지금 어딘데? 아…… 집이에요. 이 인간 이거, 또 몰래 혼자 술 마시다 전화했네. 누군 지금 일산 뺑뺑이만 세바퀴짼데. 미안해요 형…… 운전 중이세요? 콜 기다립니다, 알겠습니까 씨발놈아? 형 그러니까…… 그냥이요. 얼씨구, 말하는 거 보니 소주 세 병째네? 야야, 장거리 한 탕 했음 잠이나 쳐 자세요, 너 몸 안 좋다며? 술 마신 건 아니구요. 야, 정 마시고 싶음 강남역에서 일산행 하나 물고 오던지. 하하, 그런데 형…… 형은 왜 사세요?

한동안 현우 형은 말이 없었다. 다시 담배를 찾아 부스럭거리는 사이 기침이, 기침이 터져 나온다…… 그러니까 어차피 폐암이다, 나는…… 모르겠다. 너…… 무슨 일 있냐? 진지해진 목소리가 침묵 끝에 이어졌다. 무슨 일…… 있는 인생도 아니잖아요. 너 혹시 사고 친 거 아니지? 사고는 무슨…… 그냥 형 목소리가 듣고 싶었어요. 아 이 새끼 누가 들으면 둘이 사귀는 줄 알겠네. 야야, 끊어 임마 이러다 콜 놓친다. 콜 받으면…… 좋으세요? 그럼 넌 안 좋으냐? 사는 게 그런 거지 뭐, 이왕이면 다다익선이고 기본보다는 장거리 환영이고…… 안 그냐? 그리고 뚝 전파가 끊어졌다. 이곳의 지형 때문인지…… 혹은 안개 때문인지…… 모르겠다, 전화는 다시 걸려오지 않았고, 나도 전화를 걸지 않았다. 적막 속에서 물소리가…… 숨죽인 쥐들의 행렬이 다시 어디론가 재게 재게 움직인다. 숨죽인 쥐처럼 나도 다시 세단의 뒷좌석으로 숨어든다, 문을 잠근다. 전파가 끊어진 휴대폰 같은 얼굴로 그녀는 여전히 널브러진 상태였다. 왜…… 그랬는지 모르겠다, 그저 나란히 그녀의 곁에 앉아 있다가

연주야……

라고 나는 속삭였다. 어떤 대답도 들려오지 않았지만, 대답을 듣고자 던진 말도 아니었다. 내가…… 내가 어떻게 사는지 아냐? 그리고 미친놈처럼 혼잣말을 지껄이기 시작했다. 모르겠다, 그리고 어떤 말들을 뱉었는지…… 말을 하면서도 알 수 없었다. 더 말을 잇고도 싶었는데 오 분도 안 돼 머릿속이 텅 비었다. 모르겠다, 오 분이면 할 말이 바닥나는 신세가…… 그런 신세의 인생이 있다는 사실에 스스로가 공허해진다. 누구 때문인지 아냐? 고개를 숙이고 나는 주먹을 쥐었다. 그리고 희뿌연…… 무릎이…… 무릎을 보았다, 무릎에…… 손을 얹는다, 주먹을 편…… 손이, 무릎을 감싸쥔다. 왜, 라기 보다는…… 그 손을 치마 속으로 집어넣었다. 스타킹이며 팬티며 그런 것들이…… 안개처럼 자욱한 느낌이다. 몸을 돌려 나는 그녀와 마주 앉는다. 무릎 아래까지 그 전부를 끌어내리고…… 손을…… 찔러 넣었다. 뭔가 따뜻한 어떤 부위가 검지와 중지에 간단히 와 닿지만

어떤 감정도 흥분도 일지 않는다. 그런데 오빠, 그런데 오빠…… 줄듯 줄듯 하면서 한 번도 주지 않았지, 카드를 아무리 긁어도…… 아무런 감정도 없이, 그래서 발기가 가능할 것 같았다. 어깨를 숙여 힘을 주자 무방비의 다리가 참 쉽게도 벌어졌다. 어디선가 흘러나온 끈적한 점액이 그래서 손가락을 적시고 또 적신다.

모르겠다

의외의 냄새를, 나는 맡는다. 뭐지 이건…… 이 아니라 이것은 실제로 익숙한 향香이다. 정액…… 이었다. 모르겠다, 잠깐 내가 망연자실한 이유를…… 단골이신데, 오늘 골뱅이 되셨네요…… 속삭이던 웨이터의 얼굴과, 네온과, 그때까지는 횡설수설하던 그녀의 얼굴…… 그런 것들이 한꺼번에 떠올랐다. 졌다, 내가 졌다 연주야…… 그런 마음이었다. 휴지를 찾아 손을 닦고서 나는 다시 차 밖으로 튀어나왔다, 도망쳐…… 나왔다. 부시럭, 점점 줄어가는 담뱃갑을 괜히 구기며 그리고 후 연기를 내쉬었다. 애써 강의 공기와, 안개의 무릎 근처에 선 검푸른 나무들…… 말하자면 그런 것들을 폐와 눈 속에 담고 또 담았다. 힐끗 시간을 확인하니 세 시가 거의 가까워지고 있었다. 스타킹을 벗어던진 느낌으로 안개는 듬성해졌지만, 역시나 아무것도 보이지 않는 하늘이다. 강쪽을 향해 나는 멀리, 최대한 멀리…… 불붙은 꽁초를 집어던진다. 쥐들의 행렬이 흩어지기라도 하듯, 일순 물소리 크게 들린다.

모르겠다…… 그래도 도망간 인간들은, 배…… 배가 터지게 먹고 사는 줄 알았다…… 제발…… 배가 터지란 생각도…… 했었다. 모르겠다, 타인의 행복을 가로채고도 행복할 수 없다면…… 인간이 행복해질 도리란 무엇인가, 모르…… 겠다. 시계를 본다, 문득 맨유와 아스날의 경기가…… 보고 싶다, 지금 이 시간이면…… 맨유 레딩전이 중계되고 있겠지, 그리고 다음 주에 맨유와 아스날…… 맨유와…… 볼 수…… 있을까…… 모르겠다, 죽는다는 건 결국 담배를 못 피고…… 더는 맨유와 아스날 전을 볼 수 없는 것인가…… 모르겠다, 더는 나이트를 못 가고…… 취할 수도 없는 그런 건가? 모르…… 겠다, 생각을 할수록 삶은 더 초라해진다. 나만 그렇겠지, 나만…… 그런 거겠지. 그나저나 냉면…… 냉면이 먹고 싶다. 어쩌지? 마지막으로…… 냉면을 먹은 것은 언제였던가…… 모르겠다, 기억나는 건 물과 비빔을 놓고 고민했던 것…… 왜 그따위가…… 모르겠다, 결국 비빔을 맛있게 먹어놓고도…… 회, 언제나 회냉면을 시키진 못했다…… 늘 비빔보다 오백 원이 비쌌다…… 고작 오백 원 때문에…… 그러니까 회냉면이 갑자기 먹고 싶다…… 모르겠다, 삶에서 후회를 빼면 뭐가 남는지…… 먹으면…… 그러니까 남은 삶도 결국엔 후회, 순살코기 같은 후회로 가득 찬 통조림 같은 게 아닌가…… 모르…… 겠다, 개년아…… 결국 너도 나도 동등했다, 했을…… 것이다. 기본거리…… 뛰다가, 너도 콜을…… 그러니까 장거리 콜을 기다린 거지…… 결국엔 얼마 더 벌겠다…… 모르겠다, 회냉면을…… 배가 터……

웩

문을 닫지 않았던가? 등 뒤에서 갑자기 웩웩 소리가 들려온다. 웩 같은 걸 할 줄도 정말 몰랐다. 그런…… 시절이 있었다. 말하자면 똥도 안 싸는 줄…… 까지는 아니더라도…… 열흘에 겨우 한 번, 결국 어쩔 수 없이 메추리알 크기의 귀여운 배설을 하고 그런데 오빠, 그런데 오빠 새처럼 지저귀는 줄 알았다. 말끔히 내려간 변기물처럼…… 지나간 세월이다. 잔인하고 참혹한 풍경이었다. 시트는 타조알을 터트린 정도의 토사물로 흥건했고, 그녀는 타조알을 까고 죽은 메추리처럼 모로, 꼼짝 않고 쓰러져 있었다. 모르…… 겠다, 곧 죽여버릴 인간의 토사물을…… 나는 청소하기 시작한다. 트렁크에서 찾은 수건 몇 장과 휴지를 이용해…… 모르겠다, 아무튼 대충은 바닥을 정리했다. 와중에 주유소에서 받은 듯한 생수가 눈에 띄어 옷과 소매와 얼굴의 얼룩까지도…… 나는 닦아준다…… 모르겠다, 이유는 알 수 없지만…… 남은 몇 겹의 휴지를 정리하다가 가지런히 그것을 반으로 접었다, 접어, 그리고 보드라운…… 그것으로 그녀의 살을 닦아주었다.

팬티와 스타킹을 입혀주고 운전석에 앉으니 더없이 마음이 복잡해진다. 모르겠다…… 어떤 짓을 했다 해도, 죽은 시체만큼은 깨끗해야겠지…… 창문을 모두 내리고 나는 담배를 피워 문다. 눈앞의 어둠 앞에서…… 결국 복잡한 생각보다는 함께 죽자, 는 생각이 들었다. 벨트를 매고 달려 강 속으로 뛰어들면 충분할 것 같았다. 잘…… 안 죽더라…… 현우 형의 말도 귓가에 떠올랐다. 모르…… 겠다, 그냥 목을 조르는 것이 더 나을래나…… 아무튼 마지막 담배를 피워 올리며 나는 눈앞의 어둠을 끝없이 응시했다. 어디선가 음악이……

분명 음악이었다. 오디오가 꺼져 있었으므로 나는 잠시 긴장을 해야 했다. 소리를 찾아 차 안을 뒤졌다, 핸드백 속이고…… 휴대폰이었다. 남편인가? 전화를 받지 않았다. 벨 소리는 한참을 이어졌고…… 결국 끊어진 후 한 통의 문자로 전환되었다. 자기 자? 모르겠다…… 주소록엔 비밀번호가 채워져 있었고…… 나는 한참을 망설인 끝에 그 번호로 전화를 걸었다. 여보세요? 저음의, 남자 목소리였다. 모르…… 겠다…… 밤늦게 죄송합니다, 일산서 강력계 송호경 형삽니다. 남자는 적잖이 당황한 기색이었다. 혹시 이 전화기 사용자의 보호자 되십니까? 아니라고 남자가 대답한다. 새벽에 이분이 시신으로 발견되어서요…… 신분증도 없고 해서 현재 연고자를 찾고 있습니다. 주소록이 잠겨 있고 또 이 번호가 가장 최근에 수신된 번호라서요. 협조 좀 부탁드립니다. 아마 전화를 잘못 건 것 같다고 남자는 얘기한다. 문자도 보내셨는데…… 결국 수사가 진행되면 결과가 다 나옵니다. 머뭇, 망설이던 남자가 목소릴 죽여 얘기한다. 비밀로 해줍니까? 일체 비공개입니다. 아…… 전 잘 모르구요, 채팅해서 몇 번 만난 분입니다. 오늘 나이트에 같이 가자고 했는데 제가 못 가서요…… 전화는 혹시 나이트에서 나왔나 싶어 한 거구요. 기혼이십니까? 뭐, 그쪽도 그렇고…… 저도…… 마찬가지지고. 혹시 이분 댁 전화번호를 아십니까? 번호는 모르고 얼핏 남편하고 남남이다, 집도 아예 따로 산다…… 그렇게 알고 있습니다. 저도 술 마시며 들은 얘기라…… 전 오늘 정말 본 적이 없고요, 뭐 남편과 거의 원수관계다…… 이혼해도 애를 뺏길 거 같다…… 실례지만 성함이 어떻게?

모르겠다

담배도 떨어졌고, 나는 눈앞의 어둠을 말없이 바라볼 뿐이다. 밤은 깊고, 여전히 길은…… 모르겠다, 어디로 가야 할지 나는 문득 알 수 없었다. 이대로 같이 죽어도 좋을 것 같고, 죽이고서 내 길을 걸어가도 좋을 것 같고…… 그냥 이대로 여기 있어도 좋을 것 같았다. 시계를 본다. 새벽 네 시…… 다시 짙어진 안개가 스멀스멀 무릎 아래로 내려간 스타킹을 끌어올리고 있다. 촘촘하고 부드럽고…… 결이 고운 공기다. 폐암에 대한 고민을 잠시 하다가…… 모르겠다, 그런데 오빠 그런데 오빠…… 오래

전의 목소리가 귓가를 어지럽힌다. 모르…… 겠다, 아무리 망가져도 결국 인간이 흘리는 것은 눈물과 콧물, 침…… 그것 뿐인가…… 모르겠다, 그래봤자 인간이 일반적으로 흘리는 것들이고…… 그 외엔 없는 걸까? 모르…… 겠다, 어둠 속에서 자꾸만 물소리가 크게 들린다. 어쩌지, 어쩌지…… 안개 속의 어둠을 나는 끝까지 응시한다, 마치 환幻…… 같다 저 어둠은, 저 물소리는…… 그런데 오빠 그런데 오빠…… 어쩌지, 어쩌지…… 담배가 딱 한 대만 더 있어도…… 아마도 나는 다른 결정을 내릴 수 있을 텐데…… 모르겠다, 더 늦기 전에 모든 걸 끝내야 한다…… 더 늦기 전에…… 몸을 일으켜 나는 그녀의 허리에 벨트를 채운다, 창문을 올리고 문을 잠근다.

그런데 연주야……

넌…… 넌 왜 이러고 사냐? 그래봤자 일반적으로 흘리는 눈물을, 나는 조금 흘리고 만다. 콧물과 침이 입 안 어딘가에 고이는가도 싶었지만…… 모르겠다, 어차피 인간은 인간일 뿐이니까. 동등하게…… 나도 벨트를 맨다. 그리고 시동을…… 건다, 걸었다. 잠시 사라졌던 물소리가 커다란 굉음으로 전환되어 폐 속을 가득 메우는 느낌이다. 격랑激浪이다. 눈앞의 어둠을 나는 다시 응시한다. 즈려, 즈려…… 액셀을 밟아본다. 밤은 깊고 길은 멀고, 힘을 다해 나는 액셀을 밟는다. 바라던 바, 격하게 눈앞의 어둠이 다가선다.

꿈을 꾸듯…… 칠 년 전의 여름이 떠오른다. 수많은 인생의 여름날이 있겠지만, '그 여름날의 오후'를 말하지 않고선 내 인생을 설명할 수 없는 그런 오후가…… 있다. 그런데 오빠, 그런데 오빠…… 연주와 함께 여행을 갔었다, 라고는 해도 정확하게는 그녀의 여동생도 함께였고…… 더 정확하게는 콘도에, 운전에, 모든 경비에, 또 무거운 짐을 들어줄 얼간이로서…… 였다. 세 살 터울의 여동생이 함께였어도 계곡의 강바람을 맞으며 나는 행복했었다. 그런데 오빠, 그런데 오빠…… 여동생과 떨어진 곳에서 몰래 키스를 나누기도 했고…… 그런데 오빠, 우리 집이 얼마나 보수적인데…… 더는 욕심을 낼 수 없었지만 그래도 좋았다. 나무와 숲, 수면으로 쏟아지던 그 수많은 반짝임…… 여동생의 이름은 경주였다. 말하자면 처제…… 가 될 거라 믿었으므로, 지금도 또렷이 그 이름을 기억하고 있다. 혼자 떨어져 헤엄을 치던 경주가 갑자기 손을 허우적거리기 시작했다. 연주의 비명이 들리고…… 나는…… 뛰어들었다. 다른 어떤 생각도 들지 않았다. 죽을힘을 다해…… 결국 나는 경주를 끌어올리고…… 탈진해버렸다. 뒤늦게 달려온 안전요원이 아니었다면, 아마도 그때 나는 한 덩이의 납처럼 물속 깊이 가라앉았을 것이다. 빠져들던 그 느낌을…… 그때, 물속의 그 풍경을 나는 지금도 잊지 못한다. 가슴은 답답했지만…… 동생을 끌어안은 연주의 얼굴을 쉽게 떠올릴 수 있었다. 물속에 번진 태양의 얼룩이…… 나를 감싸는 느낌이었다. 가물가물한 의식 속에서…… 그것은 일반적으로…… 아름답다고 할 수 있는 풍경이었다.

그때…… 죽었어야 한다고, 내내 생각했다. 그때 죽었으면 얼마나 좋았을까…… 생각했었다. 그런 내 마음…… 모르…… 겠다, 아무것도 모르고 죽을 수 있다는 건 얼마나 큰 축복인가…… 반짝이는 것으로 가득한 세상은…… 언제 사라졌던가…… 사라진, 것인가…… 모르겠다, 그때 나는 반짝였던가? 물을 마시며…… 폐가, 폐는 아마도 그후로 서서히 고장났던 게 아니었을까? 모르…… 겠다, 그때 보았던 물속의 무늬를…… 잊을 수 없다, 폐에 가득 물을 채우고…… 그때 죽었으면 얼마나 좋았을까, 연주야…… 그때 너는 반짝였었니? 물속에서…… 그러니까 그때 내가 본 그것은 무엇이었을까…… 몹시도 반짝이던…… 반짝, 였던……

모르겠다…… 이곳이 어딘지는 모르겠지만, 내비게이션의 설정이 틀리지 않다면 연주의 집 근처가 분명하다. 진입로 쪽의 편의점에서 나는 담배와 물을 샀고, 몇 번 근처의 골목을 돌다 적당한 위치에 차를 세웠다. 다섯 시…… 아직 캄캄한 새벽이고, 여즉 길고 긴 새벽이다. 우선 담배를 한 대 피고 나는 연주의 벨트를 풀어주었다. 눈을 뜨려면 아직 한참의 시간이 더 필요할 것 같았다. 키를 핸드백에 넣어두고 자리를 떴다가…… 오십 미터쯤 걷다가…… 다시 돌아왔다. 말하자면…… 지갑을 뒤져 운전비를 챙기고, 그리고 문을 닫으려는데…… 해쓱하게 빛을 잃은 작은 얼굴이 두 눈에 들어왔다. 어두운 골목이었다. 모르…… 겠다, 해가 뜰 때까지는 곁에 있어주자는 생각이…… 그래서 들었다, 먼동이 틀 때까지는…… 인상을 찌푸리며 나는 담배를 꺼내 문다. 많은 길을 달렸지만

지금, 눈앞의 저 길은 생소하다…… 저 밤길…… 여전히 밤은 길고, 길은 멀겠지만…… 모르겠다, 맨유 레딩전은 끝났을지…… 누가 이겼을까 누가, 장거리 골을 받은 쪽은 누구일까…… 모르…… 겠다, 아무리 골을 받아도 이토록 길은 이어져 있는데, 멀고…… 또 밤은 깊기만 한데…… 여전히…… 아무것도 보이지 않는 하늘이다. 누군가의 곁에 신이 없다면…… 누군가의 곁에 인간이라도 있어야 하는 거겠지. 앉는다, 뒷자리의 어둠 속으로…… 나는 스며든다. 구토의 흔적이 아직 남은 시트 위에…… 앉는다, 문득 졸립고…… 졸립지만 나는 눈앞의 어둠을 응시한다, 어슴푸레…… 결국엔…… 문득 무언가 싸늘하고 부드러운 것이 살며시 내 어깨를 누르는 것을 느낀다. 보지 않아도 연주의, 졸음에 겨워 무거워진 머리였다. 손을…… 손을 한 번만 잡아줄까 하다가…… 만다, 모르겠다…… 머리 위로는 아무것도 보이지 않는 밤이지만,

작품해설

별자리가 보이지 않는 광장

홍 기 돈 | 가톨릭대 국어국문학과 교수

박민규의 「별」에서는 별자리가 보이지 않는다. 안개가 너무나 짙게 끼어서 "아무도 보지 않고, 아무 것도 보이지 않는 밤"이 배경으로 펼쳐져 있기 때문이다. 이때 안개는 가시거리 제로 상태의 삶을 드러내는 상징이라 할 수 있다. 그리고 '보는 것이 믿는 것'이라는 속담을 확인이라도 시키듯이, 소설 전체를 뒤덮은 안개와 병렬하면서 도대체 모르겠다는 답답함이 시종 반복되고 있다. 가령 작품이 시작되는 두 번째 단락에서만 '모르겠다'라는 단어가 네 번이나 출몰한다. 처음부터 금세 발견하게 되는 소설의 이러한 면모는 작가의 의도가 어디에 놓였는가를 가늠케 하는 지점이다.

> 모르……겠다. 가끔 그런 생각이 든다. 어제 아침엔 얼마나 기침을 해댔는지…… 결국 구토까지 하고서야 혹시 폐암이 아닐까, 기우가 든 것이다. 그러면서도, 또 그래서 담배를 꺼내 물었다. 모르겠다. 폐암이면 어쩌지, 하면서도 처마에 드리운 전깃줄만 넋을 잃고 바라보았다. 희뿌연 대기와…… 흐릿한 골목을 둘러보며 후, 연기만 내쉬었다. 모르겠다, 자고 일

어나선 또 까맣게 그 사실을 잊어버렸다. 눈을 뜬 건 오후 네 시였나? 아무튼 일산까지 오면서 나는 무슨 생각을 했던가? 모르겠다, 성남에서 일산까지…… 그 먼 길을. (밑줄은 필자에 의한 것임)

대체 무엇을 모른다는 것인가. 처음에는 화자인 '나'의 개인 문제에 관한 것처럼 진술되고 있다. 예문에서만 보더라도 자신의 폐암, 이동하면서 했던 생각 따위이다. 조금 더 나아가면 끼니 정도가 더 끼어든다. 하기야 굳이 알 필요가 없는 것인지도 모른다. '나'의 삶이 아무런 변화 없이 그저 의미 없이 반복되기만 하는 까닭이다. "끼니는 챙겼나 또 모르겠지만 아마도 김밥을……은 어제였고, 뭐 그래봤자 그 나물에 그 밥." 뿐만 아니라 이러한 상황을 극복할 수 있으리라는 희망조차 없다. "사는 게 이렇다. 자고, 일어나고, 기다리고, 콜이 오고, 달려가고, 운전을 하고, 돈을 받고, 술 마시고…… 나머지는 모르겠다, (……) 물살만 타면 일 년이 못 가서도 망가지는 인생이다." 만약 여기서 그쳐버렸다면 이 작품은 대리운전 하는 인물을 화자로 내세운 특이한 소설로 떨어지고 말았을 것이다. 하지만 「별」은 횡으로, 종으로 부피를 만드는 데 성공하였다.

우선, 같은 직업을 가진 '현우 형'이 등장한다. 그가 대리운전사로 내몰린 경황은 다음과 같다. "죽마고우와 동업을 했다가 현우 형은 망가졌다. 알고 보니 친구의 손에 들린 것은 죽마가 아니라 죽창이었다. 그리고 독박을 썼다. 집도 절도 사라지고 한 이 년 콩밥을 먹어야 했다." 손목에 자살의 흔적을 가지고 있는 그가 말한다. "잘 안 죽더라. 어떻게 살았는지도 모르겠고, 왜 살았는지도 모르겠고……." 그도 역시 모르는 것 투성이인 셈이다. 한편, 화자인 '나'는 사랑하는 여자에게 그녀가 원하는 선물을 사주느라 카드를 돌려가며 긁어댔고, 마침내 회사 돈에까지 손에 대기에 이르렀다. 그 사실이 탄로 나서 '나'는 감옥에 다녀왔고,

사랑한다고 믿었던 여자 '이연주'는 (한)의사와 결혼하면서 '나'를 버렸다. 그러한 일을 겪고 나니 '나'는 모든 것들에 대해서 모르겠다는 회의 한가운데로 빠져들게 된 것이다.

누군가를 신뢰하였다가 인생 나락으로 내려앉았다는 점에서 '나'와 '현우'는 동일하다. "둘 다 카드가 없다. 신용불량자……라는 얘기고, 또 둘 다 사람을 잘못 만나 망가진 인생이다." 그러니 '나'가 '현우'에게 "그런데 형…… 형은 왜 사세요? (……) 무슨 일…… 있는 인생도 아니잖아요." 라고 물을 때, 그것은 물음이라기보다는 자신의 존재 의미를 확인하려는 행위에 가깝다. 작가가 글자 크기를 한 포인트 줄여서 표기한 까닭은 아마 그 목소리가 바깥으로 향하는 것이 아니라, 오히려 안으로 스며들고 있다는 측면을 강조하기 위해서이리라. 그네들로서는 인간으로 존재하는 이유를 도저히 찾아낼 수 없다. 우리 시대의 빈곤이 자아내는 탈출구 없는 답답한 측면은 이 순간 모습을 드러내게 된다. '현우'가 '나'의 개별성을 횡으로 확장시켜 빈곤층이 처한 상황을 환기시키는 데로 나아갔다는 판단은 이로써 가능해진다.

그렇다면 종의 방향으로는 어떠한가. 상류층 혹은 중산층이라고 하더라도 아무런 영문도 모르고 무언가에 쫓기면서 아득바득 위태롭게 살아가기는 마찬가지다. "어제 새벽엔 오십 줄의 신사 하나를 하계동까지 태워갔는데 가면서 계속 경제특구가 지정되어야 중소기업이 활로를 찾고……경제특구가 지정되어야 중소기업이 활로를 찾고…… 했다." 한 포인트 작은 활자로 반복되고 있는 문구는 마치 자기 암시를 거는 듯하다. 그래야만 자신이 존재할 수 있다는 것처럼 들리기 때문이다. 그저께는 캐나다 밴쿠버에 내려달라는 만취한 손님을 만났다. 부인과 애들을 그리로 보낸, 집에 들어가 봐야 아무도 없는 '기러기 아빠'인 것이다. "모르……겠다, 왜 이렇게 상태가 안 좋은 인간들이 늘어나는지…… 결혼도 하고 좋은 차도 굴리는 인간들이 왜 그렇게 사는지 모르겠다." 급박한 경쟁에 내몰려서 안정을 취할 수 없는 상황이라면 중상류층 또한 그리 행복하달 수는 없다. 그렇다면 우리가 살고 있는 체제의 피해자라는 점에서는 그네들도 동일한 셈이다. 이로써 「별」이 지금 우리가 견디어내고 있는 세계의 체제를 문제 삼고 있는 소설이라는 사실이 드러난다.

'연주'는 이러한 작가의 주제의식을 선명하게 부각시키는 존재이다. 그녀는 결별을 선언할 즈음 "오빠 정도 되는 사람 나 많아……"라고 알려준다. 그러니까 자신의 소비 욕망을 충족시켜 줄 수만 있다면 누구든, 몇 명이든 사귀었던 셈이다. 이때의 소비욕망은 신분상승욕망과 그대로 일치한다. 그래서 그녀는 당연히 (한)의사를 선택하였다. 그런데 이러한 욕망이야말로 이 체제를 이끄는 기본 동력이 아닐까. 그런 까닭에 욕망을 확인하는 순간 '나'는 나 아닌 다른 누구와 변별하기 어려워지고 마는 것 아닐까. "모르…… 겠다, 개년아…… 결국 너도 나도 동등했다, 했을…… 것이다. 기본거리…… 뛰다가, 너도 콜을…… 그러니까 장거리 콜을 기다린 거지…… 결국엔 얼마 더 벌겠다…… 모르겠다," 자, (한)의사와 결혼했어도 '연주' 역시 그리 행복하게 살지 못한다. 그녀가 바람피우는 상대의 진술에서 짐작할 수 있다. "얼핏 남편하고 남남이다, 집도 아예 따로 산다…… 그렇게 알고 있습니다. (……) 뭐 남편하고 거의 원수관계다…… 이혼해도 애를 뺏길 거 같다……". 아등바등 올라가봐야 어쩔 수 없이 신자유주의 체제 안이다. 그래서 그녀는 아무리 올라가봐야 불행에서 결코 헤어날 수 없다. 이것은 현재 우리가 직면한 운명의 단면이기도 하다.

이제, 처음으로 돌아가자. 별자리가 보이지 않는 데도 불구하고 왜 이 소설의 제목이 '별'인가. 작품의 마지막 문단에 해답이 있다. 연주가 졸음에 겨워 무거워진 머리를 기대는 장면에서 작가는 다음 문장을 선보였다. "무언가 싸늘하고 부드러운 것이 살며시 내 어깨를 누르는 것을 느낀다." 이와 그대로 겹치는 문장이 알퐁스 도데의 「별」에 등장한다. '스테파네트 아가씨' 가 졸음에 겨워 무거워진 머리를 기대는 장면이다. "나는 무언가 싸늘하고 부드러운 것이 살며시 내 어깨를 누르는 것을 느꼈습니다." 알퐁스 도데의 「별」에 나타났던 그 순박하고 아름다운 사랑을 기억하고 있는 독자라면, 아마 두 문장의 반복성을 깨닫는 순간, 박민규의 「별」이 환기하는 속물적이면서도 비극적인 현실을 더욱 강렬하게 느끼게 되지 않을까. 한두 문장으로 작품 바깥의 세계(텍스트)를 끌고 와서 작품과 병렬시키는 감각이 이 순간 탁월하게 빛을 발한다. 그러니까 「별」이라는 제목은 이러한 효과를 놓치지 않으려는 작가의 전략이 빚어낸 결과라 할 수 있다.

마지막까지도 「별」의 세계는 어둡다. 작가의 현실 인식은 분명하나, 아마도 그렇기 때문일 텐데, 헤쳐 나갈 방향이 설정되지 않았기 때문일 것이다(누군들 쉽게 대안을 내놓을 수 있을까). 그럼에도 불구하고 따뜻함은 마련해놓고 있다. 지금 우리 앞에 펼쳐진 비극적인 세계를 견디어 내기 위해서는 일단 좀 더 철저하게 어둠과 대면할 필요가 있을 성싶다. 그리고 그 속에서 인간의 온기를 잃지 않으려는 노력이 함께 해야만 하리라고 본다. 그래서 「별」의 다음과 같은 결말이 나는 좋다. "밤은 깊기만 한데…… 여전히…… 아무것도 보이지 않는 하늘이다. 누군가의 곁에 신이 없다면…… 누군가의 곁에 인간이라도 있어야 하는 거겠지. 앉는다, 뒷자리의 어둠 속으로…… 나는 스며든다. 구토의 흔적이 아직 남은 시트 위에…… 앉는다, 문득 졸립고…… 졸립지만 나는 눈앞의 어둠을 응시한다."

파프리카

서성란

1967년 전북 익산 출생. 서경대 국어국문학과 졸업.
1996년 ≪실천문학≫ 신인상으로 등단.
창작집 『방에 관한 기억』, 장편 『모두 다 사라지지 않는 달』, 『특별한 손님』 등.

파프리카

가지에 매달려 있는 붉은 열매는 손끝으로 슬쩍 건드리기만 해도 진저리치며 떨어진다. 중일은 제풀에 떨어진 과실 하나를 집어 굳은살 박인 손가락으로 쓰다듬고 코에 대고 향을 맡아본다. 파프리카는 수연의 속살처럼 탱탱하고 반질반질 윤기가 흐른다. 수연이 처음 수줍게 제 몸을 열어주던 날 중일은 농익은 파프리카 열매를 욕심껏 베어 먹었고 단단하지만 부드럽고 입안에서 아삭하게 씹히는 파프리카의 육질과 향기에 취해 황홀한 절정을 맛보았다. 중일은 틈만 나면 수연의 몸속으로 파고들어갔다. 그녀는 여전히 수줍어하면서도 중일이 요구하는 대로 몸을 움직여주었고 그때마다 단맛과 신맛이 어우러진 달콤한 향기를 내뿜었다. 도톰한 껍질 안에 숨어 있는 속살은 솜사탕처럼 부드러웠다. 틈없이 꽉 차 있을 것 같던 과실 안쪽에는 작은 구멍 하나가 비밀스럽게 숨어 있었다. 몸을 움직일 때마다 단물이 고였다. 씨앗을 쏟아낼 때 그는 이를 악물고 행여 소리가 방 밖으로 새어나갈까 두려워 몸도 마음도 다급해졌다.

가지에 매달린 과실 꼭지 부러지는 소리와 커다란 초록색 잎사귀를 헤치고 오가는 발소리뿐 숨소리도 들리지 않는다. 중일은 빨강, 노랑, 초록, 보랏빛이 선명한 파프리카가 가득 담긴 바구니를 들고 온실을 나간다. 작업대 위에 놓인 큼직한 플라스틱 박스 안에 과실을 쏟아 붓고 산자락 아래로 난 길 쪽으로 눈길을 돌린다. 길은 텅 비어 있다. 혹시나 해서 빈 바구니를 든 채 몇 걸음 내려가 보지만 수연의 오토바이는 보이지 않는다. 장씨가 작업대 한쪽에 바구니를 내려놓고 목덜미에 차고 있던 수건으로 이마에 흐르는 땀을 닦는다. 뒤따라 나온 이씨는 작업복 주머니 안에서 담배부터 꺼내 입에 물고 불을 붙인다. 섭씨 25도로 온도를 맞춰 놓은 온실 안에서 쉴 틈 없이 손을 움직여 열매를 따느라 이마며 겨드랑이, 등덜미, 사타구니까지 흠뻑 젖었던 몸은 차가운 겨울바람에 금세 오소소 얼어붙을 것 같다.

산자락 아래 마을로 이어진 길을 뒤지듯 찬찬히 살피던 중일은 컵라면을 끓여 요기라도 할 요량으로 주방으로 사용하고 있는 컨테이너 창고 출입문을 열어젖힌다. 아침 해 뜨고 바로 시작한 작업은 담배 한 대 피울 새도 없이 이어졌다. 겨울 농한기라지만 일손을 구하기는 쉽지 않았다. 마을에서 농사를 짓는 사람들은 대부분 예순 살을 넘긴 노인들이고 그나마 젊은 축에 속하는 이들은 읍내에서 밥벌이를 하고 있었다. 마을 초입에서 부부가 함께 점방을 하고 있는 장씨와 아내가 읍내에서 옷가게를 하고 있는 이씨가 일이 생겨 나오지 않으면 중일과 수연 두 사람이 새벽부터 한밤중까지 작업을 했다.

수연은 일꾼이나 주부로서의 역할을 그다지 만족스럽게 해내지는 못했다. 그녀는 이제 겨우 눈치껏 말을 알아듣는 정도였고 입에 맞지 않는 음식과 익숙하지 않은 환경과 무엇보다 이곳의 추운 날씨를 힘들어하는 것 같았다. 파프리카 수확이 시작되는 6월부터 12월까지는 잠을 줄이면서라도 제때 과실을 따야 했다. 동이 트기 전에 일어나 밥을 지으러 부엌으로 나가는 그녀의 뒷모습은 수확 무렵 주렁주렁 매달린 열매의 무게를 묵묵히 견디고 있는 파프리카 줄기처럼 고단해 보여서 마음이 애틋해졌다. 행여 그녀가 추위와 노동과 고향을 향한 그리움으로 단맛과 향기를 잃을까 중일은 조바심이 났다.

아침에 노모와 함께 셋이서 둘러 앉아 밥을 먹고 난 뒤에 수연은 중일을 따라 나서지 않았다. 밥을 먹은 뒤에는 부리나케 설거지를 하고 겹겹이 옷을 껴입고 오토바이를 타고 중일의 트럭 뒤를 쫓아 농장으로 가서 일을 돕다가 다시 집으로 가서 참과 점심을 준비해오고 날이 저물어 저녁때가 돼서 돌아가는 것이 그녀의 하루 일과였다. 오늘은 꼭 시내에 있는 문화센터에 갔다 오고 싶다는 그녀에게 중일은 차마 안 된다고 말하지 못했다. 올 봄 문화센터에 개설된 한국인과 국제결혼을 한 여성을 위한 한글강좌에 데리고 갔던 사람은 중일이었다. 좀처럼 늘지 않는 한국어와 한글을 배우게 하려는 욕심보다 나라는 제각각 달라도 처지가 같은 여자들을 만나서 시간을 보내면 이곳 생활에 적응하기가 한결 수월할 것 같다고 생각했기 때문이었다.

수연은 일주일에 두 번 오토바이를 타고 시내에 있는 문화센터로 가서 한글을 배웠다. 그녀는 초등학교 1학년생이 사용하는 칸이 큰 깍두기 공책에다 제 이름과 중일의 이름을 삐뚤빼뚤 적어왔다. 문화센터에서 나눠준 교과서 첫 장에는 안녕하세요, 감사합니다 따위 인사말이 적혀 있었다. 저녁밥을 먹고 설거지를 끝내면 수연은 밥상을 가져다 놓고 앉아 연필 쥔 손에 힘을 주고 그림을 그리듯 정성껏 글씨를 썼다. '수연', 중일은 그녀가 깎아놓은 몇 자루의 연필이 든 필통 속에서 연필심이 뾰족한 연필을 꺼내 또박또박 노트에 썼다.

"내가 지은 당신 이름이야. 마음에 들어?"

그녀는 연필심을 입술 끝에 물고 커다란 눈을 동그랗게 뜨고 중일을 바라보았다.

"츄옌은 발음하기 어려워. 이제부터 당신 이름은 수연이야."

눈만 멀뚱멀뚱 뜨고 쳐다보고 있던 그녀는 중일의 말뜻을 알아들었다는 듯이 천천히 고개를 끄덕거렸다.

그녀가 문화센터 한글강좌를 충실히 들을 수 있었던 때는 짧은 봄 한 철뿐이었다. 수확기가 가까워오자 일주일에 두 번 그녀에게 시간을 내주기 힘들었다. 안타까운 마음에 중일이 한 달에 두어 번 시간을 내주면 그녀는 시내로 나가서 한글과 한국어 공부를 하고 읍내에 있는 선미엄마의 옷가게에서 놀다 오거나 군부대에서 군인가족을 상대로 운영하는 목욕탕에 가서 오랫동안 몸을 씻고 돌아왔다. 외출을 하고 돌아올 때면 그녀의 뺨은 빨갛게 상기돼 있었고 시들시들 말라가는 꽃나무가 단비를 만난 듯 싱싱해졌다. 그런 날 중일은 소리가 문 밖으로 새어나가지 않도록 애를 쓰며 그녀가 퍼뜨리는 향기에 취했다.

수확기 내내 중일은 온종일 온실에 붙어살았다. 낮에는 라면을 끓여 참으로 먹고 점심밥은 집에서 싸가지고 온 도시락을 먹었다. 컨테이너 창고 한쪽에 전기요를 깔고 담요도 넉넉히 가져다 놓고 그녀가 힘들어할 때마다 들어가서 쉴 수 있게 해주었다. 마주앉아 라면을 먹다가 도시락을 꺼내 먹다가 그녀는 자주 자신이 어떤 글자를 익혔는지 어떤 말을 배웠는지 더듬더듬 이야기했다. 중단된 공부를 아쉬워하는 그녀에게 중일은 밤에 잠자리에 들기 전에 자신이 가르쳐주겠다고 약속했지만 지키지는 못했다. 그녀에게 글자 하나를 가르쳐주는 것보다 고단한 몸을 그녀 안에 부려놓고 싶은 욕심이 더 큰 탓이었다.

중일은 그녀가 영원히 한글을 깨치지 못한다고 해도 괜찮다고 생각했다. 한국말이 서툴러도, 그래서 부부싸움조차 제대로 할 수 없다고 해도 나쁘지 않을 것 같았다. 수확이 끝날 때까지 하루, 한시도 빠뜨리지 않고 온실 안의 온도와 습도를 맞춰주고 햇빛이 잘 들도록 온실 지붕을 손보듯이 평생 그녀를 아끼며 살고 싶었다.

오늘은 어쩔 수 없이 시내로 나가는 것을 허락했지만 중일은 당분간 그녀의 외출을 금해야겠다고 마음먹었다.

온탕에 몸을 담그고 앉아 실눈을 뜨고 두리번거리던 츄옌은 차가운 물벼락이라도 맞은 듯 깜짝 놀라 황급히 밖으로 나왔다. 물때가 번들거리는 벽에 걸려 있는 둥근 벽시계는 12시 30분을 가리키고 있었다. 츄옌은 온탕 밖 가장자리 아래쪽에 턱이 있다는 사실을 깜빡 잊고 발을 내딛었다가 오른쪽 발목을 접질리고 말았다. 온탕에 앉아 있던 늙은 여자가 괜찮으냐고 물었지만 츄옌은 대꾸하지 않았다.

"메끼엡*!"

샴푸와 린스, 칫솔, 치약, 길쭉한 때타월 따위를 비닐가방 안에 쓸어 넣으면서 츄옌은 낮은 목소리로 연거푸 욕설을 내뱉었다.

플라스틱 앉은뱅이 의자에 앉아 때를 밀고 있던 여자들이 힐끔거렸지만 츄옌은 아랑곳하지 않고 한쪽 다리를 절뚝거리면서 밖으로 나갔다. 열쇠로 옷장 문을 열고 마른 수건을 꺼내 젖은 몸과 물이 뚝뚝 떨어지는 긴 머리칼을 대충 닦아내고 프릴이 달린 분홍색 팬티와 브래지어를 입었다.

옷을 벗고 있던 젊은 여자가 흘깃거렸지만 츄옌은 신경 쓰지 않았다. 공중목욕탕에서 옷을 벗고 입을 때마다 늘 따라다니는 시선은 자신이 이

*메끼엡 : 혼잣말로 중얼거리는 욕

방인이기 때문만은 아니라는 사실을 츄옌은 알고 있었다. 선풍기 바람에 머리를 말리면서 온몸 구석구석 바디로션을 바르고 게으르게 화장을 한 뒤에 옷을 입고 싶었지만 오늘은 얼굴에 로션 하나 찍어 바를 시간이 없었다.

츄옌은 서둘러 청바지와 셔츠와 스웨터를 입고 패딩 점퍼를 걸쳤다. 젖은 머리에 털모자를 쓰고 가느다란 목에 목도리를 친친 휘감고 가죽장갑 낀 양손에 비닐가방과 교과서와 공책이 든 헝겊가방을 나눠 들고 목욕탕 출입문을 밀고 나갔다. 나일병은 보이지 않고 카운터에는 중년 여자가 수건을 개키고 있었다. 츄옌은 이발소와 미용실, 세탁소, 식당으로 이어진 양쪽 복도를 재빨리 살폈다. 오가는 사람들 속에 나일병은 없었다. 미적거리고 있을 시간이 없었다. 건물 밖으로 나온 츄옌은 세워둔 오토바이 뒷자리에 헝겊가방과 목욕가방을 끈으로 묶어놓고 헬멧을 집어 들었다. 중고 오토바이는 털털거리다가 시동이 걸렸다. 츄옌은 헬멧을 손에 들고 오토바이 백미러로 슬쩍 자신의 얼굴을 곁눈질했다. 털모자 아래로 길게 흘러내린 머리칼에서 물이 뚝뚝 떨어졌다. 입만 열지 않는다면 누구도 자신을 이방에서 온 여자라고 생각하지 못할, 한국적인 그러나 아름다운 얼굴이라고 츄옌은 생각했다.

눈이 녹아 길바닥은 질척거렸다. 개천을 건너고 보건소 건물을 지나고 마을 초입에 있는 식료품 가게를 지나쳤다. 마을회관 앞을 지날 때 츄옌은 오토바이 속도를 늦추고 노인과 아낙들을 향해 인사를 했다. 겨울 들어 마을 노인들은 경로당에 모여 점심을 만들어 먹고 날이 저물 때까지 화투를 치거나 장기를 두며 시간을 보냈다. 츄옌이 중일과 인부들이 먹을 참과 점심을 챙겨 온실로 가면 중일의 모친도 노인들 틈에 끼어 노닥거리다가 저녁 무렵 집으로 돌아왔다.

시모는 오늘 저녁에 닭을 잡겠다고 했다. 마당에 풀어 놓고 기르는 닭이 다섯 마리 오리가 네 마리 있었다. 일 끝나면 장씨와 이씨도 불러오라고 중일에게 이르면서 시모는 이리저리 축나는 몸이 삼계탕 한 그릇으로 되겠냐며 혀를 찼다. 츄옌은 총알처럼 빠른 시모의 말을 좀처럼 알아듣기 힘들었지만 얼굴빛과 목소리로 미루어 자신을 탐탁지 않게 여기고 있다는 것만은 알 수 있었다. 음식을 할 때 시모는 츄옌이 알아듣지 못해도 상관없다는 듯, 오히려 무슨 말을 해도 알아듣지 못하는 것이 다행이라는 듯 혼자서 웅얼웅얼, 중얼중얼, 한시도 입을 다물지 않았다. 웬일인지 츄옌의 귀에 똑똑히 날아와 박히는 말들은 여시같은 년, 요살을 떤다, 밥값도 못하는 년, 육시럴 따위의 욕설뿐이었다. 눈을 홉뜬 채 거친 목소리로 내지르는 말은 귓가에 오랫동안 맴돌았다. 츄옌은 중일에게 시모에게 들은 말들이 무슨 뜻인지 조심스럽게 물었다.

"밥값을 못한다는 말은 어서 아이를 낳으라는 뜻이야. 베이비, 응애응애 우는 베이비 말이야. 내가 나이가 많으니까 어머니는 얼른 손주를 보고 싶은 거야."

그 말만 하고 중일은 입을 다물었다.

지난여름, 수확을 앞두고 온실 안 작물에 '잿빛곰팡이병'이 퍼졌다. 뒤늦게 약을 쳤지만 수확량은 삼분의 일도 되지 않았고 상품으로 가치도 떨어져서 중일은 파프리카 영농조합을 통해 싼값에 처분해버렸다. 품질이 좋은 상품은 일본으로 팔려나갔는데, 마침 그해 봄부터 일본은 한국산 파프리카를 샘플링 검사로 수입량 전체에 잔류농약검사를 하는 체제로 바꿨고 중일이 생산한 파프리카는 하품 등급을 받았다.

시모의 눈이 샐쭉해지고 입에서 곱지 않은 말이 나오기 시작한 것은 그때부터였다. 마을노인과 아낙들은 약속이나 한 듯 츄옌에게 어서 아이부터 하나 낳으라고 입을 모아 말했다. 아기 울음소리가 사라진지 오래된 마을에서 마흔을 훌쩍 넘긴 중일이 첫 아이를 낳으면 그보다 더 큰 경사는 없을 거라고 했다. 시집 온 첫날부터 시모와 마을 노인들은 한결같이 똑같은 말을 했다. 마을에 아이들이라곤 이씨의 딸 선미와 선희 둘뿐이었다. 장성한 자식들은 모두 시내나 타지에 나가 살았고 외지에서 살러 들어오는 젊은 사람들은 없었다. 3년 전, 이씨가 처와 아이 둘을 데리고 마을로 들어왔을 때 노인들은 그의 속내를 알 수 없어서 마음 놓고 반기지도 못했다. 이곳에서 태어나 철이 들자 타지로 훌쩍 떠났던 이씨는 부모가 모두 세상을 떠나고 몇 해가 지난 뒤에 불쑥 나타났다. 도시여자티가 뚝뚝 떨어지게 생긴 이씨의 처는 읍내에 옷가게를 냈고 이씨는 낡은 집을 손본 뒤 소 두 마리를 사들였다. 아침마다 이씨는 지프차에 처와 아이들을 태워 옷가게와 어린이집으로 데려다 주고 저녁이 되면 다시 집으로 데리고 왔다.

중일에게 국제결혼을 권유한 사람은 이씨였다. 나이는 이씨가 몇 살 아래지만 두 사람은 한 동네에서 태어나 자랐기 때문에 금세 속내를 털어놓고 지냈다. 중일의 모친은 이씨를 볼 때마다 참한 아가씨를 소개해 달라고 성화를 해댔다. 나이 꽉 찬 중일에게 선보일 마땅한 여자는 없었다. 산자락 아래 외진 마을로 시집 와서 시어머니를 모시고 파프리카 재배를 하겠다고 할 여자를 만나기란 힘들었다. 천만 원이 넘게 들어가는 국제결혼 알선 경비 때문에 머뭇거리는 중일과 달리 모친은 그렇게 해서라도 아들이 장가를 들 수 있다면 걱정을 놓겠다며 적극적으로 나섰다.

세 번 베트남에 갔던 중일은 은색 아오자이를 입은 젊고 고운 신부를 데리고 왔다. 두 사람은 시내 예식장에서 결혼식을 올렸다. 중일의 모친은 돼지를 마리 잡아 마을 잔치를 열었다. 중일은 신부와 함께 강릉이나 제주도로 신혼여행을 가고 싶었지만 수확을 앞두고 있었고 무엇보다 결혼을 하기 위해 무리하게 지출한 경비 때문에 다음으로 미룰 수밖에 없었다.

베트남에서 결혼식을 올리고 호텔에서 첫날밤을 보낼 때 중일은 신부에게 어떤 선물을 받고 싶으냐고 물었다. 중일이 한국에서 사가지고 간 속옷과 잠옷을 입고 다소곳이 앉아 있던 츄옌은 동생에게 오토바이를 선물해주었으면 좋겠다고 대답했다. 혼타 커브는 츄옌이 타고 싶었던 오토바이였다. 신부를 한국으로 데리고 가기 위해 베트남을 다시 찾았을 때 중일은 고등학교에 다니는 처제에게 오토바이를 선물했다.

마당 한가운데 오토바이를 세우고 집 안으로 들어가자 현관 입구에 장승처럼 버티고 서 있던 시모가 대뜸 고함을 쳤다.

"지금이 대체 몇 시냐? 일하는 사람들 다 굶겨 죽일 작정인겨?"

츄옌은 뭐라 대꾸할 엄두도 내지 못한 채 시모의 얼굴만 쳐다보고 서 있었다.

"꿀 먹은 벙어리처럼 버티고 섰지 말고 후딱 가져가라니까."

츄옌은 가방을 내려놓고 시모가 건네준 커다란 함지를 받아들었다.

"백날 배운다고 남의 나라 글자가 호락호락 알아질 것 같으냐? 귓구녕이 터져야 사람 구실을 하지. 틈만 나면 밖으로 싸돌아 댕길 궁리만 하지 말고 어서 밥값이나 해."

시모는 마당까지 따라 나오면서 목청을 높였다.

오토바이를 타고 도망치듯 마당을 빠져나온 츄옌은 논과 밭 사이로 난 길을 정신없이 달렸다. 목욕탕에서 삐끗한 오른쪽 발목이 시큰거렸다. 산자락으로 이어진 경사진 길을 달리면서 츄옌은 허기를 느꼈다. 몇 공기의 밥을 먹어도 덜어질 것 같지 않은 허기는 겹겹이 껴입은 옷 속으로 날카롭게 파고드는 세찬 바람처럼 어찌해 볼 도리가 없었다.

그녀는 열매를 따고 있다. 온실 천장에 닿을 듯 높이 뻗어 올라간 줄기와 줄기에서 뻗어나간 가지마다 무성한 짙은 초록색 잎사귀에 가려 그녀의 몸은 온전히 보이지 않는다. 그녀는 가지에서 딴 노란색 파프리카 한 개를 무심한 손길로 바구니 안에 담는다. 열매를 따서 바구니에 담던 그녀는 허리를 펴고 목에 걸고 있는 수건을 끌어당겨 이마에 솟은 땀을 닦는다.

온실 안의 온도는 낮에는 섭씨 25도에 맞춰져 있다. 온실 밖은 기온이 영하로 떨어지는 매서운 날씨다. 밖에서 일을 하다 온실 안으로 들어오면 일을 시작하기도 전에 땀이 주르륵 떨어진다. 줄을 맞춰 락울슬라브에 심어놓은 파프리카 모종들은 아무 탈 없이 자랐고 제때 줄기 유인 줄을 매주고 곁순도 제거해주었다. 일정한 간격으로 심겨진 육모는 무성하게 자라 꽃을 피우고 열매를 맺었다. 그러나 모든 꽃이 열매를 맺는 것은 아니었고 맺어진 열매가 전부 자라는 것도 아니었다. 혹시나 병이 돌면 어쩌나 내내 마음 졸이던 중일은 가지마다 색깔이 짙고 윤기가 흐르는 단단한 열매가 영글자 안도했다. 기다리던 아이를 얻은 듯 뿌듯했고 감사했다.

올 파프리카 농사는 파종부터 그녀와 함께 했다. 파종한 씨앗이 앙증맞은 싹을 틔우자 그녀는 작고 여린 순을 손으로 만져보며 말했다.

"예뻐요."

더 하고 싶은 말이 있는 듯 중일을 바라보았지만 그녀는 표현할 말을 찾지 못해 입을 다물었다.

매운 음식과 비린 생선을 좋아하지 않는 그녀는 밥을 먹을 때마다 접시 가득 파프리카를 썰어 소스도 없이 집어먹었다. 처음에 그녀는 김치와 김치찌개, 된장찌개, 청국장 따위 한국음식을 결심이라도 한 듯 열심히 먹었다. 그녀가 매운 고추를 고추장에 찍어 먹는 모습을 보고 모친이 껄껄 웃을 때 중일은 차마 먹지 말라고 말리지는 못하고 조마조마한 마음으로 바라만 보았다. 그녀는 쌀밥과 국수를 잘 먹었고 수박과 참외, 자두, 복숭아 따위 여름 과일로 끼니를 대신할 때도 있었다.

그녀는 열매가 가득 담긴 바구니를 들고 온실 밖으로 나간다. 걸음걸이가 왠지 불편해 보인다. 중일은 눈으로 그녀의 모습을 살피면서도 손으로 부지런히 가지에 매달린 파프리카를 따서 바구니에 담는다. 수연이 점심때가 한참이나 지나 음식이 든 함지를 가지고 나타나자 중일은 버럭 고함을 치고 욕설을 퍼부었다. 그녀가 허락도 받지 않고 몰래 외출을 하고 돌아오기라도 한 듯 울컥 화가 치밀었다. 그녀가 한국말을 제대로 알아듣지 못하는 까닭에 말을 조심하자고 스스로를 다독였지만 한번 역정이 솟으면 걷잡을 수가 없었다.

국제결혼을 부추겼던 이씨가 수연과의 결혼생활이 좋으냐고 물어오면 중일은 그저 고개만 끄덕일 뿐 속내를 드러내지는 않았다. 베트남 호치민 시에 있는 호텔에서 단체 맞선을 보기 전까지만 해도 중일은 결혼을 해야 한다는 절박감에 시달렸을 뿐 평생을 함께 할, 마음 맞는 여자를 만나고 싶다는 갈망은 품지 않았다. 세상에 태어나서 처음으로 비행기를 타고 낯선 나라, 낯선 사람들이 살고 있는 도시로 갔다. 도로를 질주하는 오토바이 행렬과 낡은 흑백 필름에서 튀어나온 것처럼 보이는 사람들을 둘레둘레 쳐다보면서 중일은 신부를 구하러 베트남까지 온 것이 잘한 일인지 확신이 서지 않았다. 중일은 서둘러 맞선을 보고 한국으로 돌아가고 싶었다. 이튿날 그는 호텔 객실에서 15명의 베트남 처녀와 선을 보았다. 창문을 등진 자리에 그가 앉고 그의 양편에는 한국에서 함께 온 국제결혼 정보업체 담당자와 베트남 현지 결혼 알선업자가 앉았다. 먼저 다섯 명의 처녀들이 들어와 그의 맞은편 자리에 앉았다. 모두 예쁘고 날씬하고 어린 여자들이었다. 그가 머뭇거리고 있자 한국에서 온 담당자가 물었고 베트남 알선업자가 처녀들에게 통역을 했다. 처녀들이 대답을 했고 다시 통역이 한국말로 들려주었다. 다섯 명의 처녀들은 자신의 나이와 학력, 직업, 형제관계, 부모의 직업 따위를 말하고 나서 방을 나갔다. 한국에서 함께 온 담당자가 마음에 드는 여자가 있느냐고 묻자 그는 고개를 가로저었다. 다시 객실 안으로 다섯 명의 처녀들이 들어왔고 처음과 똑같이 자신의 신상에 대해 짧게 말한 뒤 퇴장했다. 그는 속으로 싱겁고 우스운 맞선이라고 생각했다.

세 번째로 들어온 처녀들 속에 수연이 있었다. 현지 알선업자가 수연이 한 말을 통역할 때 그는 귀를 바짝 세우고 주의 깊게 들었다. 고등학교를 졸업했고 직업은 미용사라는 수연은 중일보다 스물한 살이나 어렸다. 고등학교에 다니는 여동생과 산업연수생 비자를 얻어 한국으로 간 오빠가 있고 부모는 호치민 광장 부근에서 기념품 가게를 하고 있어서 부유하지는 않지만 먹고사는 걱정은 없이 살고 있는 처녀였다. 틈틈이 한국어를 공부하고 있다는 수연은 인사말 정도는 할 줄 알았다. 그날 중일은 수연의 부모를 만나서 결혼 허락을 받았다.

수연과 만난 지 한 달 뒤에 그는 다시 베트남으로 가서 결혼식을 올렸다. 베트남 관청과 베트남 주재 한국대사관에 혼인신고를 하고 한국에서 초청장이 나오는 대로 다시 오겠다고 약속하고 돌아왔다. 그는 정식을 앞두고 있는 작물에 온전히 마음을 쏟지 못했다. 베트남에서 결혼식을 올렸다고는 하지만 이제 겨우 두 번 만났을 뿐인 수연에게 마음을 빼앗긴 자신이 그저 신기했다. 그는 수연의 어디가 어떻게 좋으냐고 묻는다면 분명하게 무어라고 대답할 수도 없었다. 언뜻 보면 맞선 자리에 나온 처녀들의 얼굴과 자태는 비슷비슷했다. 모두 젊고 싱싱하고 한결같이 수줍어했다. 선량해 보이는 눈으로 살피듯 쳐다보던 눈빛 속에는 신부를 구하기 위해 한국에서 온 남자에 대한 호기심과 기대와 약간의 두려움이 깃들어 있었다. 수연은 어쩐지 낯익은 사람처럼 느껴졌다. 키와 몸매며 나이는 같이 들어와 앉아 있는 다른 처녀와 비슷했지만 갸름한 얼굴과 큰 눈과 깎은 듯이 오뚝한 코와 얇고 붉은 입술은 어딘지 모르게 달라 보였다. 초승달 모양의 눈썹 아래 쌍꺼풀진 두 눈은 커다란 눈동자 때문에 겁이 많고 순종적으로 보였지만 다물고 있는 입매에 고집과 강단이 느껴졌다. 수연은 몸에 꽉 끼는 병아리색 아오자이를 입고 앉아 있었다. 허벅지 아래 터진 틈 사이로 흰색 바지가 보였지만 그는 미끈하고 탱탱한 종아리와 가느다란 발목을 엿보기라도 한 듯 얼굴이 화끈거렸다. 일부러 옆자리에 앉은 처녀에게 눈길을 돌렸지만 이미 마음을 정한 그의 눈에는 다른 처녀의 얼굴은 들어오지 않았다.

사우나실에 앉아 있을 때처럼 땀이 뚝뚝 흐른다. 패딩 점퍼를 벗고 스웨터만 입었는데도 온몸이 땀으로 번들거린다. 커다란 잎사귀를 들추고 숨어 있는 열매를 딴다. 줄기 아래쪽에 달린 열매를 딸 때는 허리를 굽히고 높은 곳에 있는 것을 딸 때는 발뒤꿈치를 들어올린다. 부어오른 오른쪽 발목 때문에 걸음을 떼기가 어렵다. 앞을 보아도 옆과 뒤를 보아도 온통 진초록 잎사귀와 색색의 파프리카뿐이다. 열매 따는 일에 열중하다 보면 금세 바구니가 찬다. 츄옌은 번번이 무거운 바구니를 든 채 출구를 찾지 못하고 두리번거린다. 틈 없이 빽빽한 식물들 속에서 츄옌은 길을 잃고 허둥거린다. 온실은 단일 품종만 심겨진 식물원처럼 보인다. 씨앗이 싹을 틔우자 여린 줄기와 잎사귀가 생겨났다. 다시 옮겨 심은 육모는 하루가 다르게 죽죽 키를 늘렸다. 중일은 온실 안의 온도를 맞춰주고 습도를 조절해주고 산소와 햇빛이 부족하지 않도록 꼼꼼하게 관리를 했다. 줄기에 맨 줄을 천장에 가로로 세로로 뻗어 있는 쇠파이프에 친친 감아 놓지 않았다면 식물은 열매의 무게를 견디지 못하고 풀썩 고개를 꺾었을 것이다.

저 줄은 수확이 끝날 때까지 줄기가 버텨낼 수 있도록 힘을 주는 생명줄이다. 츄옌은 그렇게 생각했다. 수확이 모두 끝나면 가차 없이 떼어내버릴 줄이기도 했다. 파프리카는 코코넛 야자나무나 파파야 나무와 달랐다. 사람이 돌보지 않아도 자연의 힘으로 열매를 맺는 오렌지나 바나나 나무가 아니었다. 매년 파종을 하고 때맞춰 이식과 정식을 해서 온실 안에서 정성을 기울여야 했다. 아기를 키우듯 돌보지 않으면 병이 생기고 볼품없는 열매를 맺을 것이다.

"얼른 아기를 가져야 할 텐데……."

읍내에 있는 옷가게로 놀러 가면 선미엄마는 걱정스러운 눈빛으로 츄옌을 바라보며 말했다.

"아기가 생겨야 시집살이도 덜 고달픈 법이거든. 중일 씨 어머니가 보통 깐깐한 노인네라야 말이지. 시어머니 때문에 힘들지 않아? 마음이 아프지?"

선미엄마는 츄옌에게 말할 때는 언제나 천천히 또박또박 말을 끊어서 했다. 그녀가 알아듣지 못하는 것 같으면 좀 더 쉬운 말을 찾았다.

추위를 심하게 타는 츄옌에게 선미엄마는 읍내에 있는 찜질방과 군부대 근처에 있는 목욕탕을 알려주었다. 시설이 좋고 하루 24시간 내내 문을 여는 찜질방은 가격이 비싼데 비해 부대에서 운영하는, 군인가족과 병사들을 상대로 영업하는 목욕탕은 시설이 떨어지고 오후 8시에 문을 닫았지만 가격이 쌌다. 목욕탕을 이용하는 사람들은 군인가족과 병사들만은 아니었다. 인근에 살고 있는 사람들은 읍내까지 나가지 않고 싼값에 목욕을 할 수 있는 그곳을 찾았다. 찜질방에 한 번 갈 돈이면 목욕탕에서 여덟 번이나 목욕을 할 수 있었다.

츄옌은 돈이 없었다. 중일은 월급을 받아오는 회사원도 날마다 현금을 만질 수 있는 장사꾼도 아니었다. 한 해 수확해서 판매한 돈이 언제

들어오는지 액수가 얼마인지 츄엔은 알지 못했다. 음식재료나 생필품을 사러 갈 때 츄엔이 따라 갔지만 돈을 지불하고 집에 돌아와서 가계부를 쓰는 것도 중일의 몫이었다. 읍내나 시내에 나갈 때 중일은 츄엔의 화장품과 옷을 사주면서 필요한 것이 있으면 말하라고 했다. 목욕탕에 가고 싶다고 하자 중일은 만 원짜리 두 장을 주었다. 츄엔은 지난해 겨울 중일에게 받은 이만 원을 지금까지 목욕비로만 쓰고 있었다.

목욕탕 카운터에서는 젊은 병사가 표를 팔았다.

"한국사람 아니죠?"

"베트남 사람입니다. 한국에 시집 왔어요."

똑같은 물음에 대답할 때마다 츄엔은 얼굴이 화끈거렸다.

"그러니까, 국제결혼? 베트남 신부네요."

고개를 끄덕거리며 츄엔은 베트남 사람이라고 해서 행여 표를 주지 않으면 어쩌나 하는 걱정을 매번 똑같이 하면서 젊은 병사가 어서 표를 내주기만을 기다렸다.

군복 윗도리에 나상일이라고 실로 새긴 이름표를 달고 있던 나일병은 츄엔에게 어느 나라에서 왔는지 호기심과 비웃음을 띤 얼굴로 묻지 않았다. 그는 다른 손님들에게 하듯 깍듯이 인사를 했고 츄엔이 돈을 내면 즉시 표를 내주었다. 군에서 제공하는 편의시설은 이발소며 세탁소며 식당도 있었는데 그곳마다 젊은 병사들이 붙박이로 근무를 하고 있었다. 목욕을 마치고 나올 때 카운터에 나일병이 보이지 않으면 츄엔은 저도 모르게 복도를 서성거리거나 일도 없이 식당과 세탁소를 기웃거렸다. 혹시 멀리서라도 얼굴을 보게 되면 지나가는 길인 듯 자연스럽게 밖으로 나갈 테고 정면으로 마주보는 일이 생기면 도망치듯 자리를 피할 게 분명했다. 어쩌면 그는 내가 베트남 신부라는 사실을 모를 거야, 츄엔은 생각했고 그러자 마음 한쪽이 무겁고 불편했다.

삼계탕으로 저녁을 먹고 장씨와 이씨는 각자의 집으로 돌아갔다. 수연은 잠깐 쉴 짬도 없이 음식과 술을 나르고 식사 시중을 들었다. 그녀는 배가 고프지 않다며 삼계탕을 먹지 않았다. 넉넉히 끓여 놓은 닭죽도 파프리카도 입에 대지 않았다. 모처럼 시내에 나갔다 왔는데도 그녀의 얼굴에는 생기가 돌지 않는다. 어머니는 무엇 때문에 역정이 났는지 수연에게 두 번 권하지도 않고 남은 닭고기를 버들이에게 가져다주었다.

수연은 부엌 싱크대 앞에 서서 기름기 묻은 그릇과 온실에서 싸가지고 온 그릇을 씻고 있다. 어머니는 상 위에 널려 있는 소주병과 닭뼈를 치우며 툴툴거린다. 등을 보이고 서 있는 그녀의 어깨가 지쳐 보인다. 널려 있는 방석과 신문 따위를 한쪽으로 치워 놓고 중일은 욕실로 들어가서 걸레를 가져온다.

"넌, 방에 들어가서 쉬어라. 몸이 두 개라도 모자랄 지경인데 이깟 집안일까지 신경 쓸 것 없다."

행주로 상을 닦고 있던 어머니가 냉큼 걸레를 빼앗아 마루에 던져 놓는다.

그는 무안해서 얼른 그 자리를 피해 마당으로 나간다. 담배를 꺼내 불을 붙이고 마당 한쪽에 있는 길쭉한 나무 의자에 앉는다. 달도 별도 없는 어두운 밤이다. 처마 밑 개집 앞에 엎드려 있던 버들이가 컹컹 짖는다. 버들이는 일주일 전에 새끼를 다섯 마리나 낳았다. 해산을 앞두고 어머니는 개집 지붕 위에 나무판자를 덧대고 개집 안에 담요를 깔았다. 다섯 마리 강아지는 모두 흰색이었다. 버들이는 새끼들에게 젖을 물리느라 평소 양보다 두 배는 더 되는 밥을 먹었다. 오늘 저녁에도 어머니는 버들이에게 닭죽까지 가져다주었다. 버들이와 짝짓기를 한 수컷은 장씨네 곰곰이다. 어미의 젖을 빨거나 개집 안에서 꼬물거리는 강아지를 보고 있으면 어떻게 저것들이 모두 버들이의 뱃속에 들어 있었을까 신기한 생각이 들었다. 버들이가 대견하고 새끼들이 귀여웠지만 그는 유난스러울 정도로 개를 챙기는 어머니가 못마땅해서 일부러 내색하지 않았다.

온실 일을 끝내고 뒷정리를 할 때 그는 수연이 오른쪽 다리를 절뚝거리는 걸 보았다. 걸음을 내딛을 때마다 얼굴을 찡그리면서도 수연은 다리가 어떻게 아픈 건지 그에게 말하지 않았다. 트럭을 몰고 산을 내려가면서 그는 몇 번씩이나 오토바이를 타고 뒤를 따라오는 그녀를 살폈다. 헬멧을 쓰고 털목도리로 목을 친친 감싼 채 트럭 뒤를 바싹 따라오고 있는 그녀의 표정이 어떤지는 알 수가 없었다. 거친 말을 내뱉고 무안을 줄 생각은 없었다. 어쩌면 내심 그녀의 생기 있는 모습을 보게 될 것을 기대하고 있었는지도 모른다. 이제 절대로 시내에 나가지 말라고 야멸치게 소리치고 그는 후회했다. 사랑한다는 말은 굳이 입으로 하지 않아도 얼굴빛과 체온과 몸으로 표현할 수 있었지만 사과나 변명은 쉽지 않았다. 왜 화를 냈는지, 화를 내고 오히려 마음이 무거운 까닭은 무엇인지, 자유롭게 외출할 수 있는 시간을 주지 못해 미안하고, 힘들어도 당신은 내 아내니까 함께 견뎌야 한다는 말까지. 그는 꾸역꾸역 밀려나오려는 말들을 억지로 삼켰다.

수연은 설거지를 끝내고 걸레로 마루를 훔치고 있다. 어머니는 안방문을 열어놓고 텔레비전을 보고 있다. 어머니는 아무래도 단단히 틀어진 모양이었다. 돈을 들여 못 사는 나라에 사는 처녀를 며느리로 들이기로 했을 때 기대가 많았던 것이다. 한국음식을 만들기는커녕 잘 먹지도 않고 의사소통이 되지 않아 답답한데다가 수연이 시집오던 해 작물을 망쳐버려서 심기가 불편했다. 게다가 아직 태기가 없다는 게 무엇보다 어머니의 가장 큰 근심거리였다.

그는 마루 한 귀퉁이에 있는 둥근 밥상을 들고 건넌방으로 들어간다.

수연의 가방을 열고 교과서와 공책과 필통을 꺼내 밥상 위에 가지런히 늘어놓는다. 수연이 욕실로 들어갔는지 물소리가 들린다. 그는 벽에 등을 기대고 앉아 수연의 공책을 한 장씩 넘긴다. 공책은 반절도 채워져 있지 않다. 수연은 오늘 시장에서 사용하는 말을 배운 모양이다. 연필 쥔 손에 힘이 들어간 듯 글자들은 또렷하고 위태로울 정도로 반듯하다. 이것은 얼마입니까? 깎아주세요. 싱싱한 것으로 주세요. 거스름돈을 주세요. 다음에 다시 오겠습니다. 그는 수연이 혼자 시장에 가서 물건을 고르고 값을 흥정하는 모습을 상상해본다.

다음에 다시 오겠습니다, 라고 써 있는 글자 아래로 해독할 수 없는 문자들이 깨알같이 적혀 있다. 글자 한자 한자에 힘을 줘서 반듯반듯 가지런하게 쓴 한글과는 달리 공책 반장을 차지한 낯선 글자들은 힘을 들이지 않고 빠른 속도로 썼는지 글자라기보다 그림처럼 보인다. 입에 착착 달라붙지 않는 한국말과 돌을 쪼듯 공책에 반듯하게 새겨야 하는 한글을 익히다 말고 수연은 불현듯 제나라 글자로 답답한 심정을 풀어놓았나 보다.

세수를 하고 방으로 들어온 수연은 펼쳐 놓은 교과서와 공책을 흘긋 쳐다보더니 절뚝거리며 깔아놓은 이불 속으로 들어간다.

"공부 안하고 그냥 잘 거야?"

그는 무릎걸음으로 수연에게 다가가면서 묻는다.

"오늘 배운 거 복습해야지. 나랑 공부하자."

수연은 이불 속에 웅크리고 앉아 고개를 내젓는다.

"미안해. 욕하고 소리 질러서. 다시는 안 그럴게."

그가 이불 속으로 손을 넣어 몸을 만지자 수연은 짧게 비명을 내지르며 얼굴을 찡그린다.

"어디가 어떻게 아픈 거야? 말을 해야 병원이든 약국이든 갈 거 아냐?"

그는 이불을 들추고 수연의 다리를 살핀다.

"이 지경을 하고 하루 종일 일을 한 거야?"

벌겋게 부어오른 오른쪽 발목과 그녀의 얼굴을 번갈아 쳐다보던 그는 말없이 욕실로 간다.

온수를 담은 세숫대야와 마른수건을 들고 와서 그는 수연을 요위에 눕힌다.

"아파요."

그가 따뜻한 물에 적신 수건으로 발목을 감싸주자 수연은 아프다고, 몹시 아프다고 말한다.

진작 아프면 아프다고, 오늘은 파프리카를 딸 수 없다고, 발을 딛고 서 있기도 힘들 정도로 아파서 저녁상을 차릴 수도 설거지도 할 수 없다고 말을 했어야지. 발목이 퉁퉁 부은 채로 무릎을 꿇고 걸레질을 할 게 뭐란 말이야. 입을 열면 터진 둑 사이로 물이 쏟아지듯 튀어나올 말을 걷잡을 수 없을 것 같아서 그는 물이 식기도 전에 온수를 다시 받아오고 뜨거운 김이 나는 수건으로 그녀의 발목을 감싸고 가만가만 눌러준다.

햇빛은 투명한 유리 온실 채광창으로 쏟아져 내리고 열매들은 제각각 선명한 빛깔로 반짝거린다. 열매를 잔뜩 매단 가지와 짙은 초록색 이파리가 우거진 끝도 없이 펼쳐진 숲처럼 아늑한 온실에는 벌과 나비 대신 일꾼들만 바쁘게 손을 놀리고 있다. 점심밥을 먹은 뒤 중일과 이씨는 차곡차곡 쌓아 놓은 플라스틱 박스 안에 든 파프리카를 작업대에 쏟고 색깔과 크기를 선별해서 종이박스에 넣는 작업을 하고 있다. 하중일이라는 이름 석 자가 새겨진 종이박스가 작업대 아래쪽에서부터 차곡차곡 쌓여간다. 해가 저물기 전에 중일은 그것들을 트럭에 싣고 파프리카 영농조합 사무실로 갈 것이다. 도내에서 생산되는 파프리카는 모두 조합을 통해 팔려나간다. 올해 생산된 파프리카는 상품 등급 판정을 받았다. 중일은 내년 파종 전에 온실 안을 손볼 계획이다. 정식을 할 때 줄과 줄 사이를 지금처럼 빽빽하게 하지 않고 사람이 지나다니는 길에 레일을 깔아 바구니 대신 수레를 밀고 다닐 수 있게 할 생각이다. 면적이 같은 곳에 레일을 깔면 당장은 수확량이 감소하겠지만 일의 능률도 오르고 그만큼 체력 소모도 적을 것이었다.

바구니 안에 파프리카가 수북하게 차 있다. 츄옌은 손에 쥔 초록색 파프리카를 코끝에 대었다 뗀다. 입안에 침이 가득 고인다. 손가락에 힘을 모아 도톰한 초록색 열매를 감싸 쥔다. 어제 아침, 츄옌은 중일이 운전하는 트럭을 타고 시내에 있는 한의원으로 갔다. 중일이 온찜질을 해주고 파스를 붙여주어서 아침에는 발목의 부기가 많이 가라앉아 있었지만 그는 한사코 한의원에 가서 침을 맞아야 한다며 고집을 부렸다. 집 가까이 보건소가 있지만 진료를 담당하는 의사는 늘 자리를 비웠고 간호사 겸 관리인인 남자는 마을 주민들에게 감기약 정도만 줄 뿐이었다. 중일은 트럭을 몰아 시내에 있는 한의원으로 갔다. 주차장에 트럭을 세워 놓고 츄옌을 부축해 안으로 들어갔다. 중년의 한의사는 츄옌의 발목보다 그녀가 가난한 나라에서 시집 온 외국인 신부라는 사실에 더 관심을 갖는다. 발목이 좀 붓기는 했지만 뼈나 인대에 문제는 없다며 한의사는 가늘고 긴 침을 놓고 파스를 붙여 주었다. 집으로 돌아가는 트럭 안에서 중일은 마음이 놓인다는 듯 그녀의 얼굴을 바라보며 미소를 지었다.

"아프면 아프다고 말해. 참지 말고. 그리고 오늘은 집에서 쉬어."

그녀는 알았다고, 열심히 고개를 끄덕였다.

그녀를 집에 내려주고 온실로 가면서 중일은 어머니에게 점심밥을 가지러 올 거니까 준비해 달라고 말했다. 어머니는 그에게 유난을 떤다며 싫은 소리를 했지만 츄옌을 방으로 들여 보내고 혼자서 점심을 준비했다. 신 김치를 넣고 돼지고기를 볶는 냄새가 츄옌이 누워 있는 방까지 풍겼다. 오늘은 발목을 핑계로 집에 남았지만 내일부터는 온종일 파프리카를 따야 할 것이다. 중일이 욕을 하고 고함을 친 것을 사과했지만 그렇다고 다시 시내에 나갈 수 있는 것은 아닐 것이다. 파프리카 수확이 끝나기 전까지는 꼼짝할 수 없다는 것을 츄옌은 알고 있었다. 수확이 끝나도 이듬해 파종 때까지 집안에 갇혀 있게 될지도 모른다고 생각하자 츄옌은 지레 숨이 막혔다. 문화센터에서 한글과 한국말을 배우지 못해도 선미엄마 옷가게에 가서 놀 수 없어도 괜찮았지만 목욕탕만은 꼭 가고 싶었다. 젊은 병사들의 호기심 가득한 시선이나 흘깃거리는 여자들의 눈빛도 이제 견디기 어렵지 않았다. 온탕에 몸을 담그고 앉아 있을 때 츄옌은 고향에 있는 듯 몸과 마음이 따뜻해졌다. 중일과 몸을 섞을 때 이따금 무심한 눈길로 표를 내주던 나일병을 생각했지만 죄책감은 없었다.

깜빡 잠이 들었을까, 누군가 흔들어 깨우는 기척에 눈을 떴다.

"아침도 안 먹었잖아. 일어나 한 술 뜨고 자든가 해라."

츄옌은 눈을 뜬 채로 방 천장을 올려다보았다. 짧은 잠을 자고 깼는데 아주 오랜 시간이 흐른 것만 같았다. 꿈에 츄옌은 쌀로 만든 납작한 국수 위에 삶은 쇠고기를 얇게 저며 고명을 얹은 퍼보찐을 먹었다. 탁자 맞은편에 앉아 퍼보찐을 먹고 있는 동생 윙이 무슨 말인가를 했지만 그녀는 알아들을 수 없었다. 어머니가 굳은살 박힌 손으로 자꾸만 그녀의 그릇 속에 국수와 저민 쇠고기 살점을 집어넣어 주었다. 츄옌은 왜 내가 윙의 말을 알아들을 수 없는지 그 까닭을 생각하느라 국수를 제대로 삼키지 못했다.

츄옌이 마루로 나오자 시모는 상 위에 놓인 젓가락을 집어 들었다. 그녀는 시모의 맞은편 자리에 앉아 상에 놓인, 삶은 국수 위에 얹은 하얗고 노란 달걀 고명과 김 가루를 물끄러미 바라보았다.

"한국 속담에 이런 말이 있다. 바쁠수록 천천히 가라, 돌다리도 두들기고 건너라. 수연이 너 우리 집에 시집 온 지 이제 일 년 반이 지났어. 니가 생각하기에 손바닥만한 동네가 별거 아니구나 할지도 모르겠지만 까딱 잘못하다가는 일 나는 수가 있다. 오토바이 타고 다닐 때도 좌우 살피고, 천천히 몰아라."

시모는 더는 말하지 않고 젓가락으로 가느다란 국수를 건져 먹고 나서 멸치로 우려낸 국물까지 싹싹 비웠다. 츄옌은 시모의 말을 제대로 알아들을 수 없었지만 여러 번 고개를 끄덕거렸다. 시모가 말할 때 언제나 겁먹은 얼굴로 순종하겠다는 뜻으로 고개를 숙였지만 거리를 두고 있는 표정까지 숨길 수는 없었다. 츄옌은 시모의 느릿느릿한 말과 낮게 깔린 목소리에 안심했다. 어디서 다쳤는지 무엇을 하다가 발목을 삐었는지 묻지 않아서 다행이었다. 그녀는 쉬고 싶을 때마다 일부러 발목을 접질리거나 오토바이 사고를 내야 할지도 모른다고 생각했다.

"수연아!"

온실 유리문이 드르륵 열리고 중일이 그녀의 이름을 큰소리로 부르며 밖으로 나오라고 손짓한다.

츄옌은 바구니를 들고 좁은 통로를 지나 문 쪽으로 걸어간다. 중일은 그녀가 들고 있는 바구니를 받아 작업대 위에 올려놓는다. 트럭에는 파프리카가 담긴 종이박스가 차곡차곡 쌓여 있다. 이씨는 바닥에 남아 있던 박스를 올리고 장씨와 함께 비닐덮개를 씌우고 줄로 묶는다.

"나는 이거 조합에 가져다주고 갈 거니까 수연이 너는 정리하고 집으로 가."

츄옌이 알았다고 대답하자 중일은 트럭에 올라 타 시동을 건다. 장씨도 이씨가 운전하는 지프에 탄다. 트럭과 지프가 천천히 산자락 아래쪽으로 사라지자 츄옌은 작업대 위에 남아 있는 파프리카를 저장고에 넣고 온실 문단속을 한다. 남은 파프리카를 저장고에 넣기 전 츄옌은 파프리카 두 개를 남겨놓았다. 츄옌은 이제 저물기 시작하는 해를 바라보고 서서 손에 쥐고 있던 파프리카를 입으로 가져간다. 와삭 깨물어 입에 물고 천천히 씹는다. 달콤하고 새콤한 향이 입안에서 천천히 퍼진다. 그녀는 초록색 파프리카 한 개를 씨앗조차 남기지 않고 전부 씹어 삼킨다. 남은 한 개는 돌아가는 길에 목욕탕에 들러 나일병에게 줄 생각이다. 파프리카의 맛과 향은 츄옌의 입안에 오랫동안 남아 있다.

작품해설

사랑에 관한 인류학적 보고서

정주아 | 서울대 국어국문학과 강사

서성란의 「파프리카」는 국제결혼을 통해 한국 농부의 아내가 된 베트남 여인 츄옌의 이야기이다. 국가, 민족, 인종, 젠더 등 낯선 공간에서 새로운 삶을 꿈꾸는 이를 좌절시키는 배타적 집단성의 종류는 다양하고 강력하다. 힘겹게 한국 농촌의 생활에 적응하는 베트남 여인을 주인공으로 삼은 서성란 역시 이방인 특유의 소외감을 눈여겨보았을 것이다. 그러나 작가의 관심은 이방인에 대한 '차별' 보다는 갈등을 대강 얼버무린 어설픈 '동화同化' 에 있다. 그녀가 만들어낸 작은 농가의 풍경은 평범하고, 그 속의 인물들은 아주 전형적이다. 성실한 농부이자 애정 표현이 과묵한 남편, 얼른 손자를 낳으라며 성화인 시어머니, 아내이자 며느리로 그럭저럭 낯선 생활을 버텨나가는 베트남 여인, 이 세 명이 꾸려나가는 일상이 소설의 전부다. 그러나 작가는 이렇듯 밋밋한 풍경에 한번쯤 질문을 던져보아야 하지 않느냐고 말한다. 서로 이질적인 개성들을 한 데 묶어서 끌고 나가는 원리에 대해 말이다.

이 소설에 뚜렷한 사건이 없는 까닭은 소설의 핵심이 '가족/부부' 라는 공동체의 원리에 있기 때문이다. 그것은 공동체를 유지하기 위해 필수적인, 결코 무너져서는 안 되고 무너졌다고 인정해서도 안 되는 인류 보편적인 형식이다. 때문에 '사랑'이라는 가치가 선험적으로 따라다닌다. 서성란의 탐구는 바로 이 지점, 즉 가족/부부의 관계에서 사랑을 분리해보는 데에서 시작된다. 낭만적 멜로물이 아닌 이상, 현실적인 차원에서 이루어지는 이성 간의 사랑은 상당히 문화적인 감정이다. 이때 문화적이라 함은 집단과 개인을 통틀어서 그들이 출생하고 익혀온 사회의 관습과 상식에 영향을 받는다는 뜻이다. 달리 말해 한 인간의 판단이나 취향을 형성한 시간의 힘이라 말할 수도 있겠다. 작가는 한국의 가장 전형적인 농촌에서 자란 남성과 베트남 여성을 부부이자 가족이라는 관계로 묶어 놓는다. 다른 땅에서 나고 자라 계약 관계로 맺어진 그들의 결합이야말로 정말 완전한 타인의 만남이다. 서로 공유할만한 기억이 있는 것도 아니고, 말도 잘 통하지 않는다. 이로써 부부나 가족이라는 공동체에 의례 따라 붙는 사랑이라는 말을 붙이기가 참 모호해졌다. 사랑이 빠진 공동체의 관계 속에는 부부나 가족이라는 형식을 인류사적으로 지탱해온 노골적인 목적만 남는다. 바로 성욕의 충족과 개체의 번식이다. 실상 작가에게 베트남 여인, 농촌이라는 요소는 별로 중요하지 않았을지도 모른다. 「파프리카」의 작가에게 필요했던 것은 완벽하게 상호 이질적인 표본들이다. 그리고 사랑을 소거한 타인 간의 만남을 통해 가족/부부라는 인류보편적인 형식의 압도적인 목적성만이 남는 상황을 만들어보는 일이다.

성욕의 충족과 개체의 번식이라는 두 가지 요구를 모두 감당해야 하는 여인이 곧 주인공인 츄옌이다. 소설의 표제이기도 한 '파프리카'는 그 자체로 츄옌을 가리키는 유비가 되기도 하고, 한편으로는 두 사람의 이질적인 시각을 확인시켜주는 매개로 기능하기도 한다.

파프리카는 수연의 속살처럼 탱탱하고 반질반질 윤기가 흐른다. 수연이 처음 수줍게 제 몸을 열어주던 날 중일은 농익은 파프리카 열매를 욕심껏 베어 먹었고 단단하지만 부드럽고 입안에서 아삭하게 씹히는 파프리카의 육질과 향기에 취해 황홀한 절정을 맛보았다. (……) 수확이 끝날 때까지 하루, 한시도 빠뜨리지 않고 온실 안의 온도와 습도를 맞춰주고 햇빛이 잘 들도록 온실 지붕을 손보듯이 평생 그녀를 아끼며 살고 싶었다.

앞을 보아도 옆과 뒤를 보아도 온통 진초록 잎사귀와 색색의 파프리카뿐이다 (……) 틈없이 빽빽한 식물들 속에서 츄옌은 길을 잃고 허둥거린다. (……) 줄기에 맨 줄을 천장에 가로 세로로 뻗어있는 쇠파이프에 친친 감아놓지 않았다면 식물은 열매의 무게를 견디지 못하고 풀썩 고개를 꺾었을 것이다. 저 줄은 수확이 끝날 때까지 줄기가 버텨낼 수 있도록 힘을 주는 생명줄이다. (……) 수확이 모두 끝나면 가차 없이 떼어내 버릴 줄이기도 했다.

두 인용에는 황홀한 과육과 풍성한 열매를 제공하는 원천이라는 맥락에서 여성과 식물을 등가로 놓는 전통적인 비유가 등장한다. 앞선 인용에서 보듯 중일에게 수연(츄옌)과의 성관계는 파프리카를 먹는 행위와 같다. 츄옌은 아내로서 그에게 성적 쾌락을 주는 인물이다. 온실 속의 파프리카를 보살피는 것처럼 그녀를 아끼고 산다는 것은 농부다운 소박한 상상력에서 나온 바람일 것이다. 그러나 뒤의 인용에서 확인하듯, 중일에게 보물과도 같은 파프리카는 츄옌에겐 그저 고된 노동을 요구하는 대상이다. 열매를 주렁주렁 매달고 수확에 대한 기대를 충족시키기 위해 힘겹게 버티는 중이다.

파프리카를 바라보는 두 인물의 현저한 시각 차이는 작품 속 갈등의 축도이기도 하다. 중일은 가부장적 분위기에서 성장한 농부다. 농사란 일한 만큼 수확을 가져온다는 것, 그것이 곧 가족의 미래라는 점은 그가 생래적으로 체득한 인과율이다. 츄옌을 대하는 방식도 농사의 원리와 다를 바 없다. 따뜻한 온실에서 정성을 기울인 파프리카가 결실을 맺듯이, 가정이라는 울타리 속에서 살갑게 대하면서 아이를 낳고 살면 된다. 시모는 중일보다 좀 더 산술적이다. 그녀에게 츄옌은 미래를 위한 투자이다. 그들의 인과적 사고방식이나 계산적 태도는 츄옌을 불안하게 만든다. 그것은 마치 그녀가 의지한 가족/부부라는 공동체의 전제처럼 보이기 때문이다. 아마도 그녀가 가장 두려워하는 것은 중일과 시모의 사고방식에서 은연중에 감지되는 용도 폐기의 가능성일 것이다. 즉, "수확이 끝날 때까지", "수확이 모두 끝나면"이라는 상황이다. 중일이 자신에게 더 이상 성적인 매력을 느끼지 못할 때, 혹은 자신이 아들을 낳지 못할 때의 운명에 대해 그녀는 아무런 확신이 없다. 낯선 땅에 만들어진 울타리는 적어도 그녀가 실한 열매를 맺는 경우에만 유효한 것일지도 모른다. 목적적인 형식의 힘에 비할 때 개인은 얼마나 작은 존재인가. 종족을 유지하는 집단적 형식의 무게, 목적성에 희생되는 개인의 행복, 집단과 개인의 갈등을 덮어버린 사랑이라는 수사. 이것은 한국의 보수적인 공동체에 던져진 한 이국 여성의 내면을 관찰한 「파프리카」라는 인류학적 보고서의 키워드들이다.

소설에는 그럴 듯한 해결의 방식이 나와 있지 않다. 츄옌은 아무 것도 결정하지 않고, 작가 역시 섣불리 방향을 제시하지 않는다. 유보적인 작가의 태도는 「파프리카」의 서사적 전략과 밀접하게 관련되어 있다. 이 소설은 3인칭 전지적 시점으로 서술된 소설이지만, 작가의 권한을 축소시키는 방향으로 변형되어 있다. 앞서 제시한 두 대목의 인용이 보여주듯, 작가는 중일과 츄옌의 시선을 빌려 장면을 구성한다. 작가를 대신하여 작중의 현실을 포착하고 해석하는 초점화자를 등장시키는 것이다. 작가는 판단을 보류한 채 두 시점을 병치시키면서 관찰할 뿐 개입하지 않는다. 동일한 대상에 적용되는 두 인물의 시선 차이는 독자에게는 곧 현실 인식의 차이로 전달된다. 시점이란, 단순히 상황을 객관적으로 관찰하는 위치(stand-point)의 개념이 아니며, 사물을 인지하는 태도(attitude)이자 이데올로기의 구현이라고 서사학자 랜서는 말한 적이 있다(『시점의 시학』). 파프리카를 보는 중일의 시선은 성적 쾌락과 츄옌을 독점하려는 욕망, 장차 태어날 아이에 대한 꿈을 담고 있다. 반면 츄옌의 시선은 자신을 구속하는 의무들을 읽는다. 작가는 이중적인 시점을 통해 가족/부부 관계를 지탱하는 원초적인 이데올로기가 츄옌이라는 개인을 압도하는 상황을 그려내는 셈이다. 작가의 개입 대신 이중 시점의 서사 전략을 활용하여 갈등의 국면을 드러내는 방식을 선택한 것이다.

바흐친의 해석을 빌리자면, 소설의 이중적인 시점은 하나의 장에 틈입된 여러 목소리들의 경합을 만들어내고, 그리하여 여러 세계의 공존을 구현하는 다성성을 실현하는 방식이 된다. 바흐친이 서사에 등장하는 서로 다른 목소리들의 존재를 강조한 것은, 작가가 소설쓰기의 과정에서 스스로를 객체로 만드는 미덕을 발휘했다고 보았기 때문이다(『장편소설과 민중언어』). 즉 소설쓰기 과정을 세계상의 탐구 과정으로 만들었다는 것이다. 서성란 역시 작가의 권위를 내세우기보다는 인물들의 목소리를 듣는 편을 택한다. 때문에 두 인물의 시선이 여전히 다른 곳에 머문 채로 「파프리카」는 끝난다. 작가의 몫은 여기까지다. 소통의 가능성인가, 영원한 독백인가. 열린 결말에서 무엇을 읽을 것인가는 이제 독자의 몫이다.

도플갱어

손홍규

1975년 전북 정읍 출생. 동국대 국어국문학과 졸업.
2001년 ≪작가세계≫ 신인상으로 등단.
창작집 『사람의 신화』, 『봉섭이 가라사대』, 장편 『귀신의 시대』, 『청년의사 장기려』.
2004년 대산창작기금 받음.

도플갱어

북위 37도 동경 126도

훔쳐보는 것과는 다르다. 그러나 준영은 오늘 아침 식탁 모서리에 허벅지를 찔렸고 손톱만 한 치약 덩어리를 욕실 거울에 날려보냈으며 현관을 나서다 구두를 밟아 하마터면 넘어질 뻔했다. 거실과 부엌 사이 동선을 방해하는 식탁을 진작 옮겨 놓지 않은 자신의 게으름 탓이라거나, 아무렇게나 치약을 눌러 짜는 습관 때문이라거나, 운동화를 신을지 구두를 신을지 잠시 고민했기 때문이라거나, 핑계를 생각해 보아도 석연치 않은 기분이 가시지는 않았다. 훔쳐보는 건 아니지만, 훔쳐보는 것과 마찬가지로 그의 가슴이 두근거렸다. 어제 은수는 그를 대형전자제품 매장으로 불렀다. 은수는 캠코더 매장으로 가더니 이것저것 만져보며 그에게 의견을 물었다. 준영이 말했다. 디지털 카메라가 낫지 않아? 동영상 기능도 있고 싸잖아. 은수는 고개를 저었다. 그래도 촬영에는 캠코더가 나은 것 같아. 고가의 캠코더를 카드로 결재한 은수가 그를 맥줏집으로 이끌었다. 대학시절, 은수를 처음 알게 된 뒤로, 준영은 은수가 맥주 한 잔 이상을 마시는 걸 본 적이 없다. 술을 즐기지 않는 은수가 먼저 술을 마시자고 하는 경우도 드물었다. 한동안 보지 못한 사이 수척해진 은수는 갈급한 사람처럼 맥주를 벌컥벌컥 들이켜더니 금세 얼굴이 붉어졌다. 나는 가끔 차라리 어머니가 없었으면 어땠을까 생각해. 준영이 눈살을 찌푸리며 퉁명스럽게 대꾸했다. 그런 말은 네 배의 배꼽이 사라진 뒤에나 해. 은수가 피식 웃었다. 언젠가는 사라지겠지. 삼십년 뒤, 이천삼십칠년쯤에는 말야. 은수는 그에게 캠코더를 건네며 자신을 찍어 달라고 했다. 그가 캠코더의 손잡이에 오른손을 끼자 은수가 손을 내저었다. 아니, 지금 말고. 내일. 그가 피식 웃었다. 그러니까 나보고 촬영기사가 되어 달라 이거지? 응, 포르노 촬영기사. 포르노? 응. 나와 희숙이를 찍어줘. 우리가 벌거벗고 몸을 섞는 장면을 말야. 그는 농담을 하는 게 아닌가 싶어 은수의 얼굴을 물끄러미 바라보았다. 농담을 하기에는 너무 메마른 표정이다. 캠코더 가져가. 오늘밤에 조작법이라도 좀 익혀 두라고. 희숙이도 같은 생각이야? 은수가 단호하다 싶을 만큼 크게 고개를 끄덕였다.

지난밤, 준영은 되도록 아무것도 떠올리지 않으려 애쓰면서 캠코더 조작법을 숙지했다. 어려울 건 없었다. 다만, 줌을 사용할 때 초점이 흐려지지 않도록 조금 신경을 써야 할 듯했다. 그는 자신의 소형차에 올라 조수석에 캠코더를 올려놓았다. 하늘은 눈이 부실 정도로 맑다. 장마가 끝난 뒤로도 연일 비가 내리더니, 오랜만에 화창한 날씨다. 은수와는 목욕탕에 함께 간 적이 있다. 그렇지 않다 해도 사내끼린데 발가벗은 모습을 본다고 해서 무어 대수로울까. 하지만 희숙은 다르다. 친구이기 이전에 은수의 아내다. 그는 젊은 부부가 자신들의 알몸을, 아니 알몸으로 정사하는 장면을 친구에게 찍어 달라 부탁하는 심리의 기저에는 무엇이 있을까 생각해 보았다. 준영은 강변도로에 접어들자 습관처럼 에어컨을 끄고 창문을 내렸다. 강바람을 마셔 보자는 것이지만, 정작 무슨 차이가 있는지 그는 잘 알지 못한다. 생각의 힘일 것이다.

남해상에서 열대 저압부가 점차 북상함에 따라 서해와 남해상을 중심으로 너울에 의한 물결이 점차 넓어지고 있습니다. 특히 천문현상에 의해 15일까지는 바닷물 수위가 높아지는 시기인데다 12일인 내일까지는 열대 저압부의 영향까지 겹치면서 서해안과 남해안지방에는 해일의 우려가 있으니 침수에 대비하시기 바랍니다. 예보는 이렇지만 맑다 못해 푹푹 찌는 하루가 될 듯하다. 주말이라 길이 막힌다. 강변북로를 빠져나와 마포로 접어들기까지 한 시간쯤 흘렀다. 은수네가 전세로 사는 아파트 단지에 들어선 그는 상가 주차장으로 진입했다. 희숙은 과일을 좋아한다. 그는 포도와 참외를 한 봉지씩 산 뒤 차로 돌아왔다. 잠시 머뭇거리던 그는 과일봉지를 뒷좌석에 놓고 다시 상가로 들어갔다. 남자 화장실은 이층에 있다. 계단을 오르는 그의 발걸음은 무겁기만 하다. 아무도 없는지 확인한 뒤 그는 창문 쪽 마지막 칸으로 들어갔다. 바지와 팬티를 내리자 축 늘어진 성기가 화들짝 놀라며 덜렁댄다. 그는 한숨을 내쉬고 손으로 성기를 쥐었다. 한참을 노력했으나 성기가 곤두서기는커녕 땀이 흘러 젖은 속옷이 그의 윗몸을 조였다. 그는 다시 한숨을 내쉬었다. 팬티를 끌어올리고 바지를 추어올렸다. 벗들 앞에서 불룩해진 바지를 보여주고 싶지는 않았다. 다만, 지금처럼 자신의 성기가 얌전하게, 무심한 듯, 반응을 보여주지 않기를 바랄 수밖에. 화장실에 누군가 들어왔다. 그는 숨소리를 낮췄다. 잠시 뒤 세면대 앞에 선 그는 거울 속에서 땀으로 번들거리는 자신의 얼굴을 노려보았다. 이마가 튀어나오고 눈두덩이 쑥 들어간 건 집안 내력이라고 했다. 아버지도 그랬고 할아버지도 그랬다. 눈두덩이 푹 꺼지고 눈썹이 붙어 있는 쪽, 상안와융기가 튀어나온 걸 진화론

자들은 하등동물의 특징이라고 했다. 그러고 보니 원숭이나 고릴라를 닮은 듯도 하다. 저 우멍한 두 눈 속에 미지의 것들이 고여 있을 것만 같다. 물은 미지근하다. 얼굴을 씻어 보아도 열기는 가시지 않았다. 돌아서려던 그는 거울 속의 자신이 낯설다는 생각을 한다. 아니, 자세히 보니 얼굴은 자신이 맞는데 옷이 다르다. 그는 손을 들어 자신의 목 부근을 만져 보았다. 맨살이 와 닿았으나, 거울 속에서 그의 손은 단추가 채워진 칼라를 만지고 있다. 그는 중얼거렸다. 너는 누구지.

북위 39도 동경 125도

흰 셔츠에 감색바지를 입거나 하얀 블라우스에 멜빵 달린 감색치마를 입은 소학교 학생들이 대열을 이루어 뛰어가고 있다. 학교가 끝나고 집으로 돌아가는 아이들이다. 빗발이 굵지는 않지만 우산이 없는 아이들은 이미 흠뻑 젖어 있다. 그는 우산을 든 자신의 손이 조금 부끄럽다. 소학교 학생들을 보자 자연스레 자신의 소학교 시절이 떠올랐다. 뭐라 해도 구답시험이 가장 곤욕스러웠다. 답을 몰라서가 아니라, 어눌한 말투 때문이었다. 또박또박 말해도 동무들과 담임교원은 그의 말을 잘 알아듣지 못했다. 총화 시간도 곤욕스러웠다. 호상비판을 해도 그의 비판에는 누구 하나 귀기울이지 않았다. 그래도 소년단에 입단하여 붉은 넥타이를 매는 순간, 키가 한뼘이나 자란 것과 마찬가지로 기쁘지 않았던가.

그는 주머니 속의 식사안내표를 만지작거렸다. 형이 어렵게 구해준 옥류관 식사안내표였다. 아니 어쩌면 손쉽게 구했는지도 모른다. 그러나 오늘 아침 식사안내표를 건네주던 형의 표정은 대단한 선심을 쓰는 사람의 그것이었다. 그는 형과 마주할 때마다 주눅이 들었다. 어린 시절부터 수재로 이름을 날린 형은 아무런 청탁도 없이 평양 제1중학교에 들어갔고 직통생으로 김책공업종합대학에 진학했다. 대학시절에도 몸을 사리지 않고 돌격대에 들어가 청년영웅도로 건설에서 모범일꾼으로 칭송받기도 했다. 사람들은 모두 형이 대학의 강좌장이 되는 건 시간문제라고 말했다. 그도 그렇게 믿었다. 남들은 군에 갔다오면 직장이나 학교에 배치만 잘 받더구나. 공부가 싫으면 입직을 해야지. 하나밖에 없는 아우 교양도 못하는 사람이라는 말은 이제 더 듣고 싶지 않다. 형은 그가 마뜩찮다는 듯 덧붙이며 식사안내표를 건넸다.

그는 비 내리는 개선거리를 바라보았다. 물보라를 일으키며 버스와 자동차가 지나갔다. 우산을 들었거나 들지 않았거나 사람들의 발걸음은 빨랐다. 저 멀리 개선문이 흐릿하게 보이기 시작했다. 우산을 두드리는 빗소리도 커져 있었다. 그는 잠시 망설였다. 약속시간이 지났건만 희숙은 나타나지 않는다. 그렇다고 월향합숙소를 직접 찾아가는 건 내키지가 않는다. 희숙은 평양 인근의 대동군 출신이다. 평양에서 학교를 나와 공장으로 배치받은 뒤 합숙소에서 지내게 된 거였다. 그는 희숙이 자신을 어떻게 생각하는지 아직은 잘 모른다. 하지만 그는 많은 걸 꿈꾼다. 남자에게 의존하기는커녕 생활력 강하고 포부가 큰 희숙과 결혼한다면 직장 세대로 살 수 있을 것이다. 희숙은 가정주부로 살림이나 할 녀자가 아니다. 그 역시 평양으로 배치를 받는다면 함께 지낼 살림집도 마련할 수 있을 테고 희숙도 더 나은 직장으로 입직하게 될 것이다. 물론 아직까지는 그 혼자만의 상상이다.

개선거리를 따라 북쪽으로 가면 희숙을 처음 만났던 평남면옥이 있다. 그곳에서 녀학생들 한 패거리와 자신을 포함한 제대 군인 한 패거리는 기다랗게 이어진 한 탁자에 앉았다. 그들 사이에서 희숙은 유난히 빛이 났다. 원주필로 탁자 위의 종이를 탁탁 두드리며 동무들의 이야기에 이따금 웃음을 흘리며 무언가를 적기도 하던 희숙의 둥그스름한 어깨도 떠올랐다. 그는 자신도 모르게 웃음이 났다. 그는 우산을 조금 쳐들고 하늘을 비스듬히 올려다보았다. 먹장구름이 낮게 드리운 평양은 회색빛 그 자체였다. 제1인민병원 쪽에서 분홍빛 동강옷을 입은 사람이 걸어오고 있다. 우산 때문에 얼굴은 보이지 않는다. 합숙소와는 반대 방향이지만, 그는 실눈을 뜨고 그 사람을 지켜보았다. 분홍빛 동강옷이 지나가자 그는 자석에 이끌리듯 그 뒤를 따라갔다. 분홍빛 동강옷은 길가의 식료품 상점으로 들어갔다. 희숙은 아니지만 희숙을 떠올리게 하는 얼굴이었다. 그는 다짐을 한 듯 개선거리를 양쪽으로 한 번씩 바라본 뒤 비파2동 쪽으로 접어들었다. 그 길에 월향합숙소가 있었다. 합숙소 정문 앞에 다다른 그는 바짓가랑이를 털었으나 흠뻑 젖어 있어 소용이 없었다. 우산을 쓰고 총총걸음으로 드나드는 사람들 가운데 아는 이가 없을까 살펴보았다. 현관 앞에 서 있는 한 사람이 눈에 익었다. 눈이 마주치자 그 사람은 손에 들고 있던 우산을 펴고 그에게 달려왔다. 준영 동무 오길 기다렸습니다. 그는 눈빛으로 물었다. 왜 나를 기다렸다는 겁니까. 희숙 동무는 어젯밤에 안 들어왔습니다. 소조원들과 함께 대동강구역 대학거리에 갔는데……. 코끝에 물비린내와는 다른 종류의 비린내가 감돌았다. 그는 비로소 자신에게 희숙의 소식을 전하는 이 사람이 누구인지 떠올릴 수 있었다. 만경대닭공장에서 일한다는 희숙과 동향의 동무였다. 거길, 왜 갔답니까. 그 사람은 대답하지 않았다. 대신 이렇게 말했다. 소조원들이 전하기를…… 희숙 동무가 교통사고를 당했답니다. 합숙소에서도 어느 병원에 있는지 알아보고 있습니다. 그의 귀에는 아무 소리도 들리지 않았다. 그는 거듭 물었다. 희숙 동무가 그곳에 왜 간 겁니까?

합숙소 앞에서 발길을 돌린 그는 몇 걸음 걷다가 되돌아갔다. 그리고 식사안내표를 희숙의 벗에게 내밀었다. 오늘 저녁에 옥류관에서 식사할 수 있는 안내표입니다. 받으세요. 그러나 희숙의 벗은 고개를 저었다. 일없습니다. 우리는 방금 방에서 밥을 끓여 먹었습니다. 희숙 동무가 멀쩡할지도 모르는데, 아니 멀쩡할 겁니다. 희숙의 벗은 그에게 제1인민병원으로 가는 지름길을 알려주었다. 월향합숙소 앞을 떠나기 전 그는 우산을 접고 거대한 7층 높이의 건물을 올려다보았다. 합숙소 내부의 벌집처럼 많은 방들 가운데 그 어느 곳에도 희숙이 없다는 사실이 비현실적으로 느껴졌다.

인민병원에 도착해서야 그는 자신이 우산을 접은 채 손에 들고 왔다는 걸 깨달았다. 진료소에서 발급한 치료후송증을 손에 쥔 사람들이 비에 흠뻑 젖은 채 들어서는 그를 무심한 눈길로 바라보았다. 그는 화장실에 들어가 손과 얼굴을 씻었다. 한여름이건만, 비에 젖은 그는 한기를 느끼며 부르르 떨었다. 무엇을 먼저 해야 할까. 형에게 전화를 걸어 도움을 청할까. 인맥이 넓은 형은 보건성의 간부뿐만 아니라 봉화진료소나 남산병원의 의사도 꽤 알고 있었다. 우선은 구급과에 들러 송희숙이라는 환자가 있는지를 알아보아야 한다. 화장실을 나서려던 그는 누군가 뒷덜미를 낚아채는 듯한 기분에 놀라 우뚝 섰다. 거울 앞에 선 그는 자신의 얼굴을 들여다보았다. 그가 형과 한 피를 나눈 형제라는 사실을 증명하는 유일한 증거는 얼굴뿐이다. 높은 이마와 푹 꺼진 두 눈. 저 깊은 눈 속에 자리 잡을 수 있는 건 그늘뿐이다. 그는 손을 들어 자신의 목덜미를 만져보았다. 단추를 굳게 채운 인민복 칼라가 만져졌으나 거울 속 그의 손은 부드럽게 호를 그리며 흘러내린 푸른색 샤쓰를 더듬고 있다. 그의 얼굴이 창백해졌다. 그는 손으로 왼쪽 가슴을 더듬었다. 작고 딱딱한 휘장이 만져졌다. 그는 안도의 한숨을 내쉬었다. 그리고 거울 속의 자신을 보며 물었다. 나는 누구지?

북위 37도 동경 126도

현관문을 열어준 건 양복정장을 차려입은 은수였다. 그가 두리번거리자 희숙은 목욕탕에 가서 아직 오지 않았노라 일러준다. 준영은 은수를 한 차례 위아래로 훑어보기는 했지만, 왜 정장을 입었느냐고 묻지는 않았다. 그는 과일봉지를 식탁에 올려놓고 소파로 다가갔다. 어깨에 걸린 캠코더 가방끈이 자꾸만 미끄러져 내렸다. 그는 평소와 다름없이 행동하려 애쓰지만, 그렇게 의식하는 것 자체가 평소와 다른 셈이었다. 베란다 문은 열려 있고 반쯤 걷힌 커튼이 느릿느릿 너울거렸다. 텔레비전은 야구중계를 하고 있지만, 밖에서 쏟아져 들어오는 빛이 너무 환해 화면은 잘 보이지 않았다. 그럼에도 불구하고 모든 게 제자리에 정돈되어 있다. 심지어 먼지조차. 은수가 물이 담긴 컵을 그에게 건넸다. 덥지? 오늘 삼십삼도까지 올라간대. ……저기 봐. 열기 때문에 흐릿하게 보이잖아. 어느새 은수는 베란다 밖으로 나가 있었다. 그는 자신이 평소라면 어떻게 대꾸했을지 생각해 보았다. 그래, 통닭이 되는 줄 알았어, 이처럼 가볍게 맞장구를 치거나, 기후가 변했어, 한반도가 아열대기후가 되어 간대, 이처럼 그날 뉴스나 신문에서 본 걸 언급했을지도 모른다. 준영은 갑자기 대화하는 법을 잃은 사람처럼 머릿속이 하얘졌다. 긴장해야 할 사람은 자신이 아니라 은수와 희숙이다. 은수의 목소리가 평소보다 톤이 높은 것도, 사실은 불안감을 감추기 위한 의도적인 것이리라. 무언가를 감춘다는 건 쉬운 일이 아니다. 더구나 감추면 감출수록 드러나는 게 사람의 감정이다. 에어컨이 없는 이 집의 열기를 식혀주는 건 열린 창을 통해 집을 관통하는 공기의 흐름뿐이다. 그와 은수는 희숙이 돌아올 때까지, 마치 상대방이 없다는 듯 행동했다. 그러자 준영은 정말 무언가를 훔쳐보는 듯한 심정이 되었다. 베란다 창문에 매달린 원숭이 인형, 장식장의 토기 인형, 당초무늬로 장식된 벽시계, 거꾸로 매달린 마른 장미꽃 다발……. 손님으로 찾게 되면 으레 무심코 바라보게 될 이 집 안의 모든 사물들이, 성적인 수치심과 아무런 상관이 없는 평범하기 이를 데 없는 사물들마저 그의 시선이 닿으면 몸을 움츠리는 것 같았다. 훔쳐보는 걸 알고 있다는 듯, 그러나 그 완강한 시선을 피할 도리가 없다는 듯, 체념과 소극적 저항이 담긴 몸짓이었다. 정말 사물들이 움직였을 리는 없다. 하지만 그는 자신이 사물들을 바라보는 것만으로도 이 집 안의 어떤 균형이 깨어졌다고 느꼈다. 그의 시선이 훑고 지나간 곳은 모두 아주 조금씩 자리를 이동했다. 그래서, 한 톨의 먼지조차 일어나지 않던 이 집의 정적은 깨지고 말았다. 준영은 자신이 어떤 폭력을 행사하고 있는 듯한 기분이었다. 상대방이 저항하지 못함을 알면서도 주체할 수 없는 야만적인 본능을 만족시키기 위해, 눈을 감고 난도질을 하고 있는 듯한 기분이었다. 그는 은수와 희숙, 두 사람 모두 야속했다. 왜 하필이면 내게.

목욕가방을 덜렁거리며 희숙이 돌아왔다. 희숙의 이마에도 땀이 송글송글 맺혀 있다. 남편은 찬물을 따라 컵을 건넸고, 아내는 벌컥벌컥 마신 뒤 캬아, 소리를 냈다. 미안해, 배고프지? 오는 길에 중국집에 들러 주문했으니까 조금만 기다려. 희숙은 안방으로 들어갔다. 외출이라도 하듯 검정색 투피스를 갖춰 입고 화장까지 마친 희숙이 거실로 나오자 주문음식이 배달되어왔다. 그들은 식탁에 짜장면과 짬뽕, 탕수육 등을 올려놓고 식사를 했다. 그가 손님을 초대해 놓고 겨우 짜장면이냐고 투덜대자 희숙은 내 음식솜씨 알면서 웬 트집이냐고 맞섰다. 은수는 그래도 한두 번쯤은 먹을 만하다고 말했고 준영은 그게 일 년에 한두 번이라서 문제가 아니냐고 물었다. 은수가 맞는 말이라고 맞장구를 치자 희숙이 식탁 위의 그릇들을 쓸어 담는 시늉을 하며 음식장만을 여자들의 일이라고 여기는 사내들은 한두 끼쯤 굶어도 싸다고 으름장을 놓았다. 면발을 후루룩 빨아먹는 소리, 단무지를 으썩 깨무는 소리, 국물을 들이켜는 소리가 유난히 크게 울렸다. 포도와 참외까지 먹은 뒤 그들은 남은 음식물을 쓰레기봉투에 넣고 그릇들을 깨끗이 설거지했다. 복도에 깨끗하게 씻은 빈 그릇을 내놓는 일은 누구에게나 유쾌한 일이다. 베란다에 나가 담배를 피웠고 무언가 허전하다는 말을 하다가, 그게 바로 술이었음을 동시에 깨닫기도 했다. 냉장고를 뒤져 캔맥주를 찾아내 환호성을 지르고, 서로의 볼에 차가운 캔을 대보는 장난을 치다가 건배를 했다. 아파트 단지를 뛰어다니는 아이들의 발소리며 고함소리가 아련하게 들려왔다. 그들은 동시에 창문 밖으로 고개를 내밀어 아이들을 향해 조용히 하라고 소리치곤 깔깔댔다. 웃음을 나누자, 이제는 무슨 말이라도 할 수 있을 것만 같았다. 그새 얼굴이 붉게 달아오른 은수가 먼저였다. 알고 있어? 남자가 생겼더라. 준영은 고개를 끄덕였다. 준영과 삼년을 사귄 그 사람은 은수의 직장동료였다. 그런데 말야, 너랑 꼭 닮았던 걸. 준영도 알고 있었다. 희숙이 말참례를 했다. 그거 변태 아냐? 왜 너랑 닮은 사람을 만나는 건데? 남편이 아내를 흘겨보며 혀를 찼다. 누굴 만나든 무슨 상관이야. 준영이 손사래를 쳤다. 나도 알고 있어. 이주쯤 됐나. 장마였지. 우리가 사귈 때 자주 가던 오뎅집이 있어. 비 오는 날이면 그곳에서 따끈한 정종을 마시곤 했거든. 그때 준영도 보았다. 자신을 떠난 여자가 다른 사내와 나란히 앉아 술을 마시고 있는 걸. 서글프거나 노엽지는 않았다. 그 사람 곁에 자신과 닮은 사내가 있다는 게 왠지 씁쓸했다. 어차피 그럴 거라면 왜 나여서는 안 되는가. 이번에는 준영이 말할 차례였다. 후회하지 않을 거지? 은수와 희숙이 동시에 고개를 돌려 그를 보았다. 처음에는 기꺼이 비밀을 공유하지만 시간이 흐르면 자신의 비밀을 알고 있는 자를 경멸하게 되는 게 인간의 본성이거든. 희숙이 말했다. 그 점은 걱정하지 않아도 돼. 우린 이걸 비밀스러운 일이라고 생각하지 않으니까. 준영이 화가 난 척 말했다. 그럼 내가 안 된다고 하면 다른 사람에게 찍어 달라 부탁할 거야? 희숙이 고개를 끄덕였다. 당연하지. 누구든 상관없어. 문득 준영은 자신과 이 부부 사이의 거리가 수억 광년쯤으로 여겨졌다. 정장을 차려입은 부부 사이에 청바지를 입고 헐렁한 반팔티를 걸친 자신은 얼마나 이질적인 존재인가. 마치 그런 사실을 일깨워주기 위해 정장을 차려입은 것만 같았다. 침실은 벌써 정돈해 놨어. 너만 오케이하면 돼. 지금이라도 내키지 않는다면……. 준영이 고개를 저었다. 아니, 그건 내가 하고 싶은 말이야. 정말 괜찮겠어? 부부가 동시에 응, 이라고 했다. 뭐랄까, 역설이라고나 할까. 그런 기분이야. 형태상으로는 올바른데, 내용상으로는 성립하지 않는 것들. 붉게 타는 푸른 노을. 달 밝은 비 오는 밤도 있지. 노란 적포도주 한잔은 어때. 행복한 가난뱅이, 배고픈 사장님, 모두가 일등이 될 수 있는 나라, 만인을 위한 민주주의, 아름다운 자본주의……. 그들은 끝말잇기 놀이를 하듯 혹은 자신에게 다짐을 주듯 뇌까렸다. 너희가 지금 이러는 것도 사실 나는 무척 혼란스러워. 희숙이 준영의 어깨를 툭툭 쳤다. 사내자식이 왜 그렇게 쩨쩨해. 산다는 것 자체가 모순이야. 그는 여전히 이 상황을 피할 수 있는 일말의 가능성을 부정하고 싶지 않았다. 하지만 희숙은 그가 말할 틈도 주지 않았다. 왜 우리는 우리의 삶에 열광하면 안 되는 거지? 우리에게 기회를 줘. 우리가 스스로를 비관하지 않도록. 희숙의 말투에서는 마치 모피를 입지 않고 피의 다이아몬드를 탐내지 않고 수익이 이스라엘 전쟁기금으로 흘러 들어가는 스타벅스 커피를 마시지 않는 것, 더 나은 세계를 위해 할 수 있는 일이 정녕 그것밖에 없을까, 라고 자문할 때처럼 회의가 짙게 배어나왔다.

부부의 침실은 작았지만 그런 만큼 아늑했다. 엷은 커튼을 통과해 들어와 날카로움을 잃은 빛이 부드럽게 맴돌았고 방금 세탁을 하고 건조를 마친 이불에서 들꽃 냄새가 났다. 준영은 재채기가 나올 것 같았으나 꾹 참았다. 모든 게 안온하고 평온했음에도 불구하고 방에 들어서는 순간 현기증까지 났다. 가구라면 침대와 옷장, 그리고 화장대가 전부인데, 침대를 중심으로 디귿 자로 배열되어 있어 무게중심이 창가로 쏠린 것 같았다. 방 안의 무언가에 조금만 충격을 가하면 모든 것들이 순식간에 창문을 통해 바깥으로 쓸려나갈 것 같았다. 그런 기분이 든 건, 창문 맞은편 벽이 새하얗게 남아 있어서인지도 모른다. 이 방을 사용하는 사람들의 담백한 성격을 보여주기라도 하듯 말이다. 그는 가까운 시일 내에 병원을 한번 가봐야겠다고 생각했다. 달팽이관에 이상이 생긴 것인지도 모르니까. 부부는 정말 환하게 웃고 있었다. 자연스러운 그들의 표정에서 준영도 어느 정도 위안을 받았다. 비밀스럽고 조금은 우습기까지 한 이 의식에 참여하는 것이 생각처럼 은밀하지 않다는 데 약간의 실망까지 느끼는 자신을 깨달으며 조금 놀라기도 했다. 은밀하지 않다는 느낌을 받게 된 건, 아무래도 태양빛의 영향이 컸다. 그동안 하늘은 늘 시무룩했고, 시시때때로 비를 퍼부었다. 말끔하게 갠 하늘과 그 하늘 전체에서 한꺼번에 쏟아져 내리는 햇빛은 구석구석으로 스며들었고, 사람들의 가슴과 그 가슴속 미로마저 환히 비추었다. 쉽게 풀리지 않을 것처럼 여겨지던 난제마저 이 햇빛 아래에서는 답이 명확한 예제처럼 여겨졌다. 준영은 캠코더의 전원을 켰다.

그가 텅 빈 방을 뷰파인더로 지켜보는 동안 부부는 진짜 포르노 배우라도 되는 양 긴장하기는커녕 서로 농담을 나누며 시시덕거렸다. 내 몸을 보고 준영이가 흥분하면 어떡하지? 글쎄, 내 몸을 보고 기죽지나 않으면 좋으련만. 그는 부부를 돌아보며 시답잖은 소리 그만하고 이제 시작하자고 말했다. 진짜 감독 같은 말투인 걸. 대학시절에 공연이나 집회 장면을 찍어본 적도 있으니까. 부부는 감독의 지시에 잘 따르지 않는 건

방진 배우들처럼 준영의 주변을 왔다 갔다 했다. 나 맘 변하기 전에 빨리 해. 부부는 그에게 키스 장면부터 찍어 달라고 했다. 되도록 천천히, 자세히 행동 하나하나를 놓치지 말고 찍어 달라 부탁했다. 이제부터 우리는 네가 없다고 생각할 거야. 너와 우리 사이에는 통과할 수 없는 투명한 벽이 생기고 그 벽을 중심으로 이쪽과 저쪽은 전혀 다른 세계인 거야. 굳이 말하자면 벌거벗은 세계와 그렇지 않은 세계라고나 할까. 부부는 서로의 몸을 밀착시키고 깊은 입맞춤을 나누기 시작했다. 준영은 행여나 자신의 시선이 피조물에 균열을 일으킬까 봐 뷰파인더에서 눈을 떼지 않았다. 저 괴상한 벗들을 육안으로 바라본다면, 그들의 몸에서 풍겨나오는 기이한 열기에 눈을 델 것만 같았던 것도 한 이유였다.

북위 39도 동경 125도

희숙 동무는 어떤 사내가 좋습니까. 대답을 듣기 위해 그렇게 물은 것은 아니었다. 모름지기 리상과 포부가 있어야 청년이라고 할 수 있지 않겠습니까? 이렇게 덧붙인 것도 그런 이유였다. 희숙은 슬며시 웃더니 이렇게 말했다. 나는 유모아가 풍부한 사람이 좋습니다. 유모아? 그는 눈살을 찌푸렸다. 십년 동안의 군대생활을 마치고 평양으로 돌아온 그는 세상 모든 게 낯설었다. 그가 복무하던 기간은 고난의 행군 시기였고, 그건 평양도 마찬가지였다. 누군가에게는 고난의 행군이 기회였다. 외화벌이에 나선 사람들, 중국과 조선을 오가며 장사에 나선 사람들 가운데 많은 이들이 부유해졌다. 그리고 형처럼 자신의 당성을 유감없이 보여준 이들도 있었다. 그는 어린 시절부터 잔병치레가 잦았다. 학교에 빠지기 일쑤였고, 협동농장의 일손을 돕기 위한 봄전투와 가을전투를 치르고 나면 심하게 앓곤 했다. 구역병원을 제집처럼 드나들었다. 그는 방에 누워 천장을 보다가 지루해지면 열에 들뜬 얼굴로 무작정 평양 시내를 돌아다니곤 했다. 그만이 누릴 수 있는 은밀한 기쁨이었다. 버스나 전차를 타지 않고 거주지인 서성구역에서 대동강을 건너 동대원구역과 낙랑구역까지 걸어갔다 온 적도 있었다. 그 시절에도 그의 조그만 가슴속에 어떤 의심과 불안이 자리 잡고 있었다. 많은 이들이 평양에서 추방을 당하기도 했고 또 많은 이들이 평양으로 새로이 배치받아 들어오기도 했다. 평양에서 나고 자랐으나, 언제까지나 이곳에 머무를 수 있다는 보장은 없었다. 이곳에서 결혼을 하고 입직을 하고 아이를 낳고 그 아이들이 성장하는 걸 지켜보고 그런 다음 은퇴를 하고, 그래서 보통강변에서 낚시로 소일하고 그렇게 잡은 물고기로 국을 끓여먹으며 지나온 생을 추억하게 될 수 있을까. 그는 고개를 저었다. 사회주의 건설의 후비대가 되기에도 너무 유약한 몸이었으니 말이다. 그가 아무런 미련 없이 인민군 복무를 선택한 것도 그런 자신을 변화시켜 보기 위해서였다. 그리고 이제, 평양으로 돌아왔다. 구석구석 잘 알고 있다고 여겼으나 그에게 평양은 전혀 낯선 새로운 도시였다. 희숙처럼.

희숙은 외화상점의 판매원이 되고 싶다고 했다. 자신이 근무하는 직장의 세포비서도 시인민위원회 노동과에 추천서를 써주었다고 했다. 희숙은 그에게 물었다. 그 리상과 포부가 무엇이냐고. 막상 그런 질문을 받자 그는 대답할 수가 없었다. 희숙은 다그쳤다. 그는 마지못해 말했다. 살림집을 만드는 게 꿈이었습니다. 평양 시내를 무작정 쏘다니던 시절, 그는 많은 이들이 평양을 드나드는 광경을 지켜보았다. 그는 형에게 물었다. 저 사람들도 다 평양에 사는 거야? 형은 비웃었다. 아니, 조선의 수도를 건설하는 데 이바지하기 위해 달려온 사람들일 뿐이지. 그는 형에게 다짐하듯 말했다. 내가 살림집을 무척 많이 만들어서 저 사람들도 모두 이곳에서 살 수 있도록 할 테야. 하지만 그는 재능이 없었다. 대부분의 다른 동무들과 마찬가지로 예비시험도 치르지 않고 곧장 서성구역 병원으로 갔다. 당은 그에게 인민군 복무가 가능한 신체조건이라고 확인해 주었다.

그는 희숙의 병력서를 확인했다. 간호사가 말할 때마다 휘파람소리가 났다. 평양에서 나고 자란 탓이리라. 간호사는 교통사고를 당한 사람이라면 사고발생지 근처의 병원을 찾아가는 게 빠를 것이라 일러줬다. 그쪽에는 제3인민병원이 있다. 대학거리에 구급병원이 있지만, 사고가 난 게 어제라면 지금쯤은 인민병원에 있을 가능성이 높았다. 얼마나 다쳤을까. 치료는 제대로 받았을까. 그는 간호사에게 전화를 쓸 수 있게 해달라고 부탁했다. 수화기 저편에서 형은 무뚝뚝했다. 알았다. 알아볼게. 그러자 한결 마음이 놓였다.

빗발은 거세어져 있었다. 바람까지 몰아치며 빗줄기가 그에 따라 우르르 몰려다녔다. 다시 개선거리로 나온 그는 붉은적위대원들이 황급히 뛰어가는 광경을 목격했다. 짐칸에 비옷을 걸친 인민군을 가득 태운 트럭들도 재빠르게 지나다녔다. 이 정도 비라면 미림갑문의 수문을 열어 놓았으리라. 그렇지 않다면 저지대인 보통강구역은 벌써 침수되었을지도 모른다. 그는 대동강구역을 거쳐 동대원구역으로 가는 버스를 탔다. 그곳에 이르기까지의 한 시간이 영원처럼 길게 느껴졌다. 옥류교를 건널 때는 푸른 기와를 이고 있는 옥류관을 보지 않으려고 고개를 돌리기도 했다. 버스는 동대원거리를 따라가다가 금성정치대학 앞을 지나 문수원 앞에 그를 내려놓았다. 대동교를 건너왔더라면 제3인민병원까지 좀 더 수월하게 갔으련만, 그는 거센 빗줄기를 뚫고 뛰다시피 걸어갔다. 그는 거리를 달리는 자동차들을 적의에 찬 눈으로 바라보았다. 신흥3동을 지나 신흥1동에 도착하자 저 멀리 인민병원이 보였다. 과연 희숙은 저곳에 있을까. 가슴이 활랑거렸다. 그는 가로수를 붙잡고 있다가 스르르 주저앉았다. 지나는 사람들 가운데 동무 괜찮소? 하고 묻는 이도 있었다. 그럴 때마다 그는 억지로 웃음을 지으며 고개를 끄덕였다. 누군가 가슴을 도끼로 쪼개고 심장을 도려낸 것만 같았다. 눈물이 날 것 같았다. 그는 심호흡을 해보았다. 내가 왜 이러지? 그러나 그는 알고 있었다. 희숙과 같은 평범한 노동자가 교통사고를 당했다 해도, 경각을 다투는 심각한 부상이라 해도 이 도시는 아량을 베풀 여유가 없었다. 모질어서가 아니라 가난해서다. 그는 왜 희숙과 같은 평양 인근 출신의 녀자들이 대학거리를 찾는지 알고 있다. 성분 좋은 집안의 사내들이 우글거리는 곳이 바로 그런 곳이 아니던가. 한 떼의 노동자들이 그를 지나쳐 갔다. 얼마 전 희숙은 준영과 꼭 닮은 사람을 보았다고 했다. 호텔 창닦이라고 했다. 까마득히 높은 곳에서 외줄에 의지해 창을 닦는 그를 보면 현기증이 난다고 했다. 십년 후의 그인지도 모른다. 아니 자신이 십년 전의 그인지도 모른다. 희숙의 말이 떠오른 건 저 노동자들 속에 자신과 꼭 닮은 사람이 있어서였다. 백만 평양시민 가운데 자신과 닮은 사람이 한두 명쯤 있다고 해서 놀랄 건 없지 않은가.

제3인민병원에도 희숙은 없었다. 대신 그곳의 간호사는 그에게 이렇게 귀띔해주었다. 방금 전에 의학과학원에서도 송희숙을 찾았습니다. 그는 불현듯 깨닫고 다시 형에게 전화를 했다. 형은 무거운 어조로 말했다. 방금 알아냈다. 구급병원에 있다가 무슨 리유인지 알 수 없지만 남산병원으로 옮겨졌다. 그는 형에게 물었다. 그게…… 가능합니까? 수화기 저편에서 한숨이 들려왔다. 뒷배를 봐주는 사람이 있다면 가능하겠지. 하지만 그게 아니라면…… 그 어느 곳에도 없는 거다. 전화를 끊기 전에 형은 무어라 다급하게 외쳤다.

형과 통화를 마친 그는 8－183으로 전화를 걸었다. 긴박한 정황이 조성되면 누구나 8－183을 찾으라고 했다. 전화는 불통이다. 비 때문인지도 모른다. 아니, 누구나 긴박한지도 모른다.

북위 37도 동경 126도

그들은 서로에게 낯선 사람들처럼 행동했다. 칠년을 함께 살아왔으나 아이가 없는 부부, 그래서 보통의 가정이라면 아이가 채워줬어야 할 공백들을 스스로 채우면서 서로를 더 잘 알게 된 노숙한 부부의 낌새는 느껴지지 않았다. 낯선 공간에서 만난 낯선 사람들처럼, 서로의 정신으로 육박하려는 헛된 노력 없이 상대의 육체를 소유하고픈 강렬한 욕망에 사로잡힌 사람들처럼 행동했다. 그들에게 육체와 정신은 분리된 게 아니다. 육체에 몰입하는 것과 정신에 몰입하는 것이 동일한 결과를 가져온다는 사실을 생래적으로 깨닫고 있는 사람들이 아닐까. 은수는 손길이 거칠었으나 서툴지는 않았다. 희숙은 몸짓이 부드러웠으나 느슨하지는 않았다. 그들은 서로의 옷을 벗겨주었고, 준영의 발치에 그것들이 쌓여갔다. 그들은 알몸이 되어가는 게 아니라 변태를 하고 있는 것만 같았다. 허물을 벗고 지금까지와는 전혀 다른 존재로 거듭나기 위해 안간힘을 쓰는 듯했다. 기어이 그들은 알몸이 되었다. 두 사람 모두 야위어 갈비뼈가 드러났지만, 살갗에 윤이 났다. 삼십대 중반의 부부는 그 순간 이십대의 어느 날로 돌아가 있었다. 그들은 서로를 소유하고픈 열망으로 매순간 괴로워하던 어느 날로, 그 열망이 갈애로 바뀌어 집착이 되는 게 두려웠던 누추하고 허름한 여관방으로, 서로에게 첫 남자, 첫 여자는 아니었을지라도 생애 처음으로 흥분과 고독을 동시에 맛보았던, 상대의 품속에서 죽어도 삶이 비루하지 않을 것이라는 확신이 생겼던 순간으로 돌아갔다.

부부는 서로를 탐닉했고 그것만으로도 서로에게 충분히 만족하는 것 같았다. 그는 알 수 있었다. 부부가 서로를 얼마나 애틋해하는지를. 한 덩어리로 엉킨 벗들을 보며 그는 서글펐다. 벗들이…… 저토록…… 아름다웠단 말인가. 그는 이 모든 장면들이 자신을 위해 예비되었던 게 아닐까 생각했다. 그에게 세상은 어쩐지 모든 게 운명적으로 예정되어 있는 곳만 같다. 선행으로도 개선할 수 없고 악행으로도 더 나빠질 게 없는. 그럼에도 불구하고 끊임없이 선과 악을 구분 짓고, 미덕과 악덕 사이에서 갈등하는 건, 포기할 수 없는 어떤 가능성 때문이었다. 촬영이 끝났거나, 정사가 끝났거나, 모든 게 끝나버린 듯한 주말 오후, 오래된 세 벗은 땀으로 흠뻑 젖은 채 서로를 바라보았다. 껍질을 벗긴 삶은 달걀처럼 눈부시게 매끈한 표정으로 그동안 그들이 감내했던, 그러나 앞으로 더 많이 견뎌야만 할 세월이 흐르는 걸 지켜보았다. 침대보로 몸을 감싼 희숙은 방을 나가 욕실로 들어갔다. 그 안에서 샤워기를 틀었지만 준영과 은수 모두 외로운 짐승의 울음을 들을 수 있었다. 그는 은수의 배웅을 받으며 아파트를 나왔다. 은수는 그동안 전세세입자를 구하지 못해 나가지 못했다고 말했다. 전세금 돌려받게 되면 직장도 그만두고 지리산으로 내려갈 생각이야. 아니, 어디든 이민이라도 가야 할까봐. 은수가 그를 껴안았다. …… 미안해, 준영아. 그리고 고마워. 포옹을 푼 뒤 은수는 아파트로 돌아갔다. 그는 상가건물 화장실로 들어갔다. 조바심이 났다. 화장실 거울 속의 그는 여전히 그대로일까.

주말 오후답게 붐비는 강변북로를 느릿느릿 달리다 준영은 한강둔치로 이어진 샛길로 빠져나갔다. 야외 수영장에서 물놀이를 즐기던 사람들이 삼삼오오 짝을 이뤄 떠나고 있었다. 그들 모두 배꼽이 있었다. 그들도 자신들의 도시인 이곳 서울을 경멸하면서 한편으로는 이곳에서 살 수 있다는 데 안도감을 느끼는 걸까. 하지만 저들 가운데 많은 이들이 서울을 떠나게 될 것이다. 저마다의 사연을 안고. 강이 내려다보이는 둔치에 선 채, 준영은 오래도록 침묵을 즐겼다. 자신과 닮은 사람을 만나고 있는 옛 연인이 그의 곁에 섰다. 그러나 그는 안다. 이 세상에 자신과 똑같은 사람이 있을 수 없다는 걸. 그는 한강이 언제부터 서울을 관통하게 되었는지를 생각해 보았다. 따지고 보면 최근의 일이다. 이전의 서울은 오로지 한강 이북에만 존재했다. 그러므로 한강은 서울을 관통하지 않는다. 서울이 괴물처럼 몸집을 불리면서 한강을 집어삼킨 것이다. 준영은 서쪽을 향해 고개를 돌렸다. 옛 연인이라는 투명한 벽을 통과한 그의 시선은 노을이 물든 하늘로 달려간다. 대한민국의 수도, 세상 그 어느 곳보다 자본주의가 아름답게 피어난 서울, 그 도시에 포획된 한강에 하염없이 노을이 내려앉는다.

북위 39도 동경 125도

제3인민병원에서 평양시 구급병원까지는 직선거리로 2킬로미터다. 길을 따라 빗속을 헤치고 걸어가면 족히 한 시간 이상이 걸릴 것이다. 그는 곧장 그곳으로 찾아가지 않은 스스로를 자책했다. 분명 희숙은 그곳에 있을 것이다. 중앙당 간부들만 이용할 수 있는 남산병원으로 후송된다는 건 불가능한 일이다. 아무리 형이라 해도 실수는 할 수 있는 법이다. 돌이켜보니 형도 지금의 형수를 만나기 전에 연애사건을 일으켜 평양에서 쫓겨날 위기에 처한 적이 있다. 그가 신고 있는 낡은 군화는 빗물을 막지 못했다. 발이 시리다. 우산으로 가려도 빗줄기가 얼굴을 두드렸다. 빗물이 들어간 두 눈이 뻣뻣해지고, 눈이 담겨 있는 속 깊은 누골淚骨마저 시리다.

평양산원 못 미쳐 동북쪽으로 뻗은 대학거리로 접어들었다. 붉은적위대원들을 태운 트럭이 연달아 지나갔다. 저 정도라면 모든 기업소, 공장들의 업무가 중단되었을 것이다. 어느새 거리에 인적이 드물다. 어둠은 한층 두꺼워져 오히려 도시는 고즈넉하기까지 하다. 트럭을 타고 가는 사람 가운데 한 명을 알아본 것 같았다. 소학교 시절의 담임교원. 그의 어눌한 말투를 고쳐주기 위해 몹시도 애쓰던 분이라는 기억이 떠올랐다. 이제는 아바이라 불러야 할 만큼 늙었다. 어쨌든 아바이는 평양에서 늙었구나. 트럭들은 보통강구역으로 간다고 했다. 미림갑문을 열지 않아 대동강의 수위가 높아지면서 보통강이 역류했다는 말들이 오갔다. 그는 서둘러 걸어갔다. 빗물이 입속으로 흘러들어왔는데 이상하게도 진단물처럼 달콤했다.

구급병원 앞은 혼잡스러웠다. 이곳에서 치료를 받은 사람들은 인민병원이나 종합병원으로 재배치될 것이다. 그래서 후송증을 발급받기 위해 찾는 사람들로 평소에도 북적거리는 곳이다. 차마당에는 비를 맞은 채 서성거리는 사람들로 그득했다. 그 사이로 안전원이 뛰어다니고 응급환자를 실은 자동차들이 요란스레 경적을 울렸다. 그는 곧장 병원으로 들어가 접수대를 찾았다. 형의 입김은 이곳에서도 통했다. 젊은 봉사원이 입원환자들의 명부를 조사하는 동안 그는 창문을 통해 비 내리는 평양을 바라보고 있었다. 잠시 뒤 봉사원은 고개를 저었다. 송희숙이 맞습니까? 명부에는 그런 이름이 없습니다. 그는 병원 현관 앞에 섰다. 장막을 치듯 현관 끝에서 빗물이 주룩주룩 쏟아져 내리고 있다. 다시 오한이 찾아왔다. 희숙은 어디에 있을까. 이렇게 가뭇없이 존재가 사라질 수도 있단 말인가. 처음부터 존재하지 않았다는 듯이, 그렇게 사라져버릴 수 있단 말인가. 형은 희숙이 구급병원에서 남산병원으로 후송되었다고 했다. 그게 사실이라면, 적어도 흔적은 남아야 하는 게 아닌가. 그가 제3인민병원에서 이곳 구급병원까지 오는 동안 그 흔적마저 사라졌다. 그는 화장실로 들어갔다. 그곳에 여전히 낯선 그가 있을 것만 같았다.

차마당을 가로지르다 그는 들것에 실려오는 사람을 보았다. 늙수그레한 붉은적위대원도 있고 중학생인 붉은청년근위대원도 있다. 범람하는 강물을 막는 작업에 나섰다가 강물에 휩쓸렸다고 한다. 큰물이 난 것이다. 대학거리로 나선 그는 첨벙첨벙 길을 가로질러 반대편으로 건너갔다. 익사 직전에 구조된 동무가 걱정되어 함께 왔다는 중학생에게 우산을 줘버린 터라 눈을 똑바로 뜨기조차 힘들었다. 그는 거리를 달리는 자동차들에 뛰어들고 싶은 충동을 느꼈다. 뛰어드는 순간 나는 사라진다. 사라지는 게 두렵지는 않다. 특히 지금은 더욱 그렇다. 하지만 그는 결단을 내릴 수가 없다. 어딘가에 반드시 희숙이 있으리라는 희망을 버리고 싶지 않았다. 그는 순식간에 모든 기억을 잃어버린 것처럼 머리가 텅 빈 걸 느꼈다. 무엇이라도 기억해내자. 그래 올해가 몇년이지? 적절한 질문이었다. 주체 구십육년이지. 올해가 오기를 군에 입대한 순간부터 십년 동안 손으로 꼽으며 산 그다. 하나를 떠올리자 연달아 다른 것들도 떠올릴 수 있었다. 오늘은 팔월 십일일, 희숙과 만나기로 약속한 날이다. 생각의 고리가 이어지면서 지금 자신이 무얼 하고 있는지까지 알 수 있었다. 날씨만 좋았다면 문수유희장에라도 갔을 것이다. 그는 주머니에 손을 넣었다. 짓뭉개진 식사안내표가 그의 손에 잡혀 나왔다. 그는 주위를 두리번거렸다. 누구에게든 주고 싶다. 그의 손에서 흘러내린 식사안내표는 거센 물줄기를 따라 도로로 떠내려갔다.

그는 달려오는 트럭을 향해 걸어나갔다. 소년단 시절처럼 오른손을 번쩍 들었다. 트럭이 멈추었다. 그는 외쳤다. 동무들 어디로 갑니까? 누군가 외쳤다. 보통강입니다. 그는 희미하게 웃었다. 동무들, 나도 태워주시라요. 나도 가겠습니다. 그는 트럭의 바퀴를 딛고 짐칸으로 올라섰다.

사람들이 뻗은 손을 맞잡았다. 빗속에서도 손들만은 온기를 잃지 않고 있다. 트럭은 김만유병원 앞을 지나 릉라다리를 건넜다. 그는 다른 사람들처럼 대동강을 바라보았다. 양쪽 강안을 따라 늘어선 버드나무들이 쓸쓸하게 뒤척이고 있다. 저 멀리 우뚝 서 있는 건 주체탑이다. 탑 꼭대기에 벌써 불이 켜져 있다. 난파하는 평양이 보내는 구조신호처럼. 그는 흙탕물을 바라보며 생각했다. 내가 만약 저 강물에 휩쓸려 남포갑문을 지나 망망한 서해로 흘러간다면, 누군가 나를 닮은 이가 평양에 있어, 내가 살지 못한 삶을 대신해줄 수 있을까. 희숙을 닮은 누군가가 이곳에 살고 있어, 희숙의 삶을 대신해줄 수 있을까. 그는 고개를 끄덕일 수도 저을 수도 없다. 사회정치적 생명도 육체적 생명이 있어야 가능하다. 이 세상에 자신과 희숙을 닮은 아니 똑같은 사람이 있을 수는 있지만, 자신과 희숙의 삶을 대신 살아줄 수는 없을 것이다.

저 강은 야속하게도 단 한 번도 평양에 포획된 적이 없다. 그러나 평양이 이대로 물에 잠기도록 할 수는 없다. 어딘가에 희숙이 있을지도 모르는 일 아닌가. 그가 젖고, 사람들이 젖고 그의 왼쪽 가슴에 달린 초상휘장도 비에 젖는다. 트럭은 달린다. 공화국의 수도…… 조선의 심장…… 어둠이 깃든…… 가난한 평양에…… 비가 내린다…….

내가 누구든, 네가 어디에 있든

김미현 | 이화여대 국어국문학과 교수

북위 37도 동경 126도에 사는 준영이라는 남자가 있다. 그리고 북위 39도 동경 125도에 사는 준영이라는 남자도 있다. 이름이 같은 그들 주변에는 모두 희숙이라는 이름의 여성이 있다. 그리고 그들은 각자 거울을 보며 다음처럼 자문한다. "너는 누구지", "나는 누구지". 여기서 '너'는 곧 '나'이다. 두 명의 준영은 서로 비슷한 실존에 부딪히고 있는 또 다른 자아, 분신, 아바타, 그림자, 이중적 자아(double) 등과 연관된다. 둘은 이 세상에 있는 나와 똑같은 사람을 의미하는 '도플갱어'에 해당하기 때문이다. 손홍규의 단편소설 「도플갱어」는 이처럼 서로 다른 시공간에 존재하는 두 인물의 유사성을 통해 인간의 삶의 보편성과 개별성을 문제 삼는다.

소설은 새로운 인간상을 창조하는 예술이다. 줄거리나 기법보다 인물로 기억되는 소설들이 많은 것도 이와 연관된다. 햄릿, 돈키호테, 마담 보바리, 안나 카레리나, 닥터 지바고, 그레고르 잠자 등의 인물이 지닌 성격은 소설의 주제를 구현하는 핵심이다. 그래서 소설 속 인물은 '인생의 구현자', '작가의 사상과 감정의 소유자', '시대의 대변자'로서 소설에서 형상화하고자 하는 삶과 사상, 시대의 복합체라고 할 수 있다. 그러나 시대의 변화에 따라 20세기 말부터 유행한 포스트모더니즘적 인물은 탈주체적인 성격을 보이면서 권력 혹은 자본의 논리가 인물의 무의식이나 욕망까지 지배하는 경향이 강했다. 현실세계에서는 물론 비현실속에서조차 총체성을 꿈꾸지 못하는 해체적 인물들이 대세였기 때문이다.

그러나 2001년 《작가세계》로 등단한 후 소설집 『사람의 신화』, 『봉섭이 가라사대』, 장편소설 『귀신의 시대』를 발표한 젊은 작가 손홍규는 주로 포스트모던 리얼리즘 경향을 보여주면서 환상이나 알레고리, 풍자의 기법을 통해 현실을 리얼리즘이나 포스트모더니즘과는 '다르게' 재현한다. 거대 담론이 사라진 후기자본주의 속에서 어떻게 개인적인 구원이나 회의주의에서 벗어날 수 있는가에 대해 천착하면서도, 전통적인 리얼리즘 기법만이 아닌 모더니즘적 장치를 적극적으로 원용하기 때문이다. 손홍규는 이런 '미시-거시' 전략의 접합을 통해 21세기적 소외와 갈등을 심도 있게 고찰하고 있다. 더 이상 리얼리즘과 모더니즘, 모더니즘과 포스트모더니즘의 대립이 무의함을 보여주는 의미 있는 작업을 추구하는 젊은 작가가 바로 손홍규이다. 이 작가에게 '모든 것은 리얼하다'.

손홍규가 「도플갱어」에서 문제 삼는 현실은 자본주의 사회나 공산주의 사회를 막론하고 점점 침투해 들어오는 자본의 논리이다. 문화, 지식, 인격에까지 영향을 미치는 자본은 모든 단단한 것을 녹아내리게 하는 괴물 자체이다. 자본주의의 아성인 서울과, 공화국의 수도인 평양에서의 삶 모두 자본으로부터 자유롭지 못하다는 것이다. 서울에서 사는 준영을 가로막고 있는 것은 "행복한 가난뱅이, 배고픈 사장님, 모두가 일등이 될 수 있는 나라, 만인을 위한 민주주의, 아름다운 자본주의"가 불가능한 현실이고, 평양에서 사는 준영을 괴롭히는 것은 "리상과 포부"조차 가난 때문에 실현될 수 없는 공산주의 사회의 허구이다. 두 사람은 서로 다른 체제에 속해 있지만 비슷한 이유로 불행하다.

서울의 준영은 친구인 은수와 그의 부인 희숙이 벌거벗고 몸을 섞는 장면을 촬영해준다. 그들 부부는 포르노 같은 변태變態 행위를 연출하려는 것이 아니라, 허물을 벗고 새로운 존재로 태어나기 위한 변태적 제의祭儀를 치르려는 것이다. 그들은 서울을 벗어나 지리산으로 들어가거나 이민이라도 가려고 한다. "대한민국의 수도, 세상 그 어느 곳보다 자본주의가 아름답게 피어난 서울"에 그들을 위한 행복은 없다. 그들 부부를 보며 서울의 준영은 "이 모든 장면들이 자신을 위해 예비되었던 게 아닐까" 생각한다. 그들의 삶이 준영에게 거울처럼 반사되고 반복된다. 더구나 준영의 옛 애인은 그와 헤어지고는 그와 닮은 새 애인을 만난다. 그들은 모두 준영이다.

"높은 이마와 푹 꺼진 두 눈"이 공통점인 평양의 준영도 서울의 준영과 별다를 바 없는 삶을 영위하고 있다. 외화 상점의 판매원이 되고 싶어 하던 애인 희숙이 성분 좋은 집안의 사내들을 만날 수 있는 대동강구역 대학 거리를 배회하다가 교통사고를 당하고 행방불명이 된다. 그 이유는 "희숙과 같은 평범한 노동자가 교통사고를 당했다 해도, 경각을 다투는 심각한 부상이라 해도 이 도시는 아량을 베풀 여유가 없었다. 모질어서가 아니라 가난해서다." "조선의 심장"인 평양에서도 절대적 가난이 문제되기에 민중을 위한 나라는 없다. 그래서 평양으로 직장을 배치 받아 평범하게 살고 싶은 준영의 꿈은 이루어지기 힘들다. 이런 준영의 십년 전 모습이기도 하고 십년 후 모습이기도 한 호텔 창닦이와 준영은 몹시도 닮았다. "백만 평양시민 가운데 자신과 닮은 사람이 한두 명쯤 있다고 해서 놀랄 건 없지 않은가."

물론 작가 손홍규는 이런 권태롭거나 비루한 삶 속에서 힘들게 찾는 한자락 희망을 절대 포기하지 않는다. 서울의 준영이 은수와 희숙 부부의 변태에서 간접 체험하는 것, 평양의 준영이 홍수가 난 평양의 구조사업에 동참하는 것은 바로 "더 나은 세계를 위해 할 수 있는 일"을 하려는 안간힘이자 실존적 선택으로 읽히기 때문이다. 평양의 준영은 다음처럼 외친다. "이 세상에 자신과 희숙을 닮은 아니 똑같은 사람이 있을 수는 있지만, 자신과 희숙의 삶을 대신 살아줄 수는 없을 것이다." 여기서 보편성과 개별성을 동시에 담보한 '보편적 개별성'의 삶이 가능해진다. 누구나 비슷한 고통을 짊어지고 살아가지만, 누구도 그 삶을 동일하다고 할 수는 없다.

흔히 병렬 혹은 교차 구조로 제시되는 서사 속 두 인물의 삶은 대비적 시점을 중심으로 제시되면서 주제를 형상화한다. 서로 반대되거나 겹쳐지면서 선과 악, 미와 추, 과거와 현재, 환상과 현실, 정신과 육체, 이성과 감정 등의 문제를 동시에 문제 삼는다. 영화 〈베로니카의 이중생활〉, 〈센과 치히로의 행방불명〉, 〈후아유〉 등과 소설인 김연수의 「뒤져버린 도플갱어」, 하성란의 「루빈의 술잔」, 조용호의 「아바타, 아바타」 등에서도 찾아볼 수 있는 것이 바로 도플갱어 모티프이다. 이런 인물을 통해 작가는 인물의 평면성에 이의를 제기한다. '나'는 '나'이기도 하지만, '너'이기도 하고, '우리'이기도 하다. 그렇다면 자아의 단일성이나 안정성은 해체될 수밖에 없다. 손홍규의 「도플갱어」는 이런 해체된 자아의 투사, 대리 형성, 동일시, 전치 등의 심리기제를 '따로 또 같이' 존재하는 두 인물의 육체와 영혼 속에서 가시화한다.

여기서 진정한 도플갱어적 인물 설정의 의의를 확인할 수 있다. 자아와 타자의 소설적 구성이 도플갱어적 인물로 나타난 것이기 때문이다. 이 소설에서 자본주의와 공산주의, 서울과 평양, 풍요와 가난은 서로 갈등하는 대립축이 아니다. 오히려 서로를 되비추는 이란성 쌍생아에 가깝다. 서로 닮은 얼굴을 한 상대방에게 부끄러움과 고통을 숨길 수는 없다. 서로가 서로를 알아본다. 체제를 벗어날 수도 없다. 그러나 서로가 서로의 얼굴을 피하지 않고 대면하려는 것이 그들이 발견한 '타자의 윤리학' 이다.

이를 통해 손홍규는 진정으로 불행한 의식을 극복하기 위해서는 자신의 삶에 대한 주인의식이 필요하다는 것, 보편성과 개별성의 조화가 필요하다는 것, 자아의 분신으로서의 타자를 영접 혹은 환대해야 하는 것이 타자의 얼굴을 본 자아의 의무라는 것을 힘겹게 알려준다. 자아는 죽지 않았다. 다만 채워져야 할 공백으로 남아있을 뿐이다. 그 공백을 같이 채워나가는 존재가 바로 타자이다. 그러니 자아와 타자는 서로의 도플갱어에 다름아니다.

자전거

송하춘

1944년 전북 김제 출생. 고려대 국문과 졸업.
1972년 〈조선일보〉 신춘문예로 등단.
창작집 『한번 그렇게 보낸 가을』, 『은장도와 트럼펫』, 『하백의 딸들』, 『꿈꾸는 공룡』 등.
현재 고려대 국문과 교수.

자전거

1

탱자나무 울타리 사이로 내비친 건물은 이층짜리 벽돌집이었다. 시멘트 벽돌집에 탱자나무 울타리가 둘러쳐진 걸 보면, 원래 오래된 낡은 동네가 한 차례 도시 흉내를 낸다고 낸 것이 이런 모양이다. 그나마 가시 울타리는 그 집 한 군데뿐이다. 다른 데는 말짱 다 블록 담장이거나, 가시 철망이거나, 양개와 지붕 집이다. 가시 울타리고, 블록 담장이고 할 것 없이 오월의 붉은 장미가 지천으로 피어있었다. 넝쿨져 내리는 꽃줄기마다 정육점 육고기 같은 살점들을 뚝뚝 뱉어내고, 이런 날일수록 문단속들이나 잘해야 할 텐데, 아닌 게 아니라 탱자나무 골목에서는 방금 정체불명의 두 사내가 수상한 자전거를 끌고 두리번거리며 나오는 것이다. 사람을 태운 것도, 무거운 짐 보따리를 실은 것도 아닌 빈 자전거를, 더구나 사내 둘이서 한 대를 끌어야 할 만큼 그것은 앉을깨보다 짐받이가 더 크고 튼실한 짐바리였다. 한 사내의 새뜻하게 흰운동화가 유난히 눈에 띄었다. 폴짝 뛰어오르면 담장 위의 장미꽃 넝쿨이 손에 잡힐 듯 가깝고, 그래서 그런지 또 한 사내는 상대적으로 배불뚝이였다. 그들은 나오다가 블록 담장 쪽으로 핸들을 꺾었다. 그리고 쏟아져 내리는 장미꽃 넝쿨 아래 잠시 어정거렸다. '흰운동화' 가 자전거 받침대를 딛고 담장을 뛰어넘는 것이 보였다. '배불뚝이' 는 곁에서 자전거를 붙잡아 주고 있었다. 흰운동화가 담장 너머로 사라졌을 때 배불뚝이는 그것을 한 쪽으로 치웠다. 그리고 담장 위의 장미꽃넝쿨을 향해 한껏 자신의 팔을 뻗어 올렸다. 그때 한 소녀가 지나가다가 말을 걸었다.

—아저씨, 여기서 뭐하시는 거예요?

배불뚝이는 소리 나는 쪽을 내려다보았다. 발아래 어린소녀가 서 있었다.

—응, 너도 하나 꺾어 줄까?

배불뚝이는 친절한 척 반응하였다. 너 누구니? 라고 묻고 싶었지만 아이가 너무 어리고 깜찍했기 때문이다. 그렇지만 소녀는 생각했던 것만큼 호락호락한 아이는 아닌 것 같았다.

—아저씨, 나쁜 사람이구나!

소녀는 공격적인 언어를 쓰고 있었다. 배불뚝이는 이번에도 부드럽게 다가서는 말을 썼다.

—그래. 아저씨 나쁜 사람이다. 어쩔래?

그리고 그는 소녀에게 장미꽃 한 송이를 건넸다.

—싫어요. 아저씨나 가지세요.

소녀는 팔랑거리며 가던 길을 가버렸다.

—너 참 웃기는 아이구나!

나풀거리며 달아나는 소녀의 눈앞에 연두색 산자락이 곱게 펼쳐졌다. 컹컹컹 개 짖는 소리가 골목길 저쪽 끝에서 들렸다. 장미꽃담장 길을 경계로 산동네는 정확히 음지와 양지처럼 쪼갠 듯이 둘로 나뉘어 있었다. 산비탈 위쪽으로 거슬러 갈수록 담장은 높고 기다랗게 뻗쳤으며, 담장 안의 집들은 스스로 몸을 가누기 힘든 하마들처럼 무거운 침묵 속에 빠져있었다. 산비탈 아래쪽은 비닐하우스 촌이었다. 누더기 담요를 덮씌운 하우스와 가난한 슬레이트 지붕들이 어두운 터널처럼 길게 이마를 맞대고, 그러나 거기 사람이 살만한 집은 없었다. 꿀벌이 잉잉거리는 호박꽃 밭두렁과, 칡넝쿨 잔솔밭 잡초 우거진 푸른 언덕의 산그늘과, 거기 버려진 듯 가로 누워있는 쓸쓸한 담요천막집이 또 한 채, 그쯤 어린소녀의 눈길이 가 닿는 곳에 한 소년이 서 있었다. 깡마른 누렁이 한 마리가 킁킁거리며 아는 체를 해주었다.

—무서워.

소녀는 몸을 피하듯 하면서 소년 앞으로 다가갔다.

—괜찮아.

소년이 소녀를 맞아들이는 표정은 무덤덤하였다. 그들은 다음과 같은 대화를 주고 받으면서 놀기 시작했다.

—엄마가 때려. 왜? 컴퓨터만 한다고. 하지 말지? 하고 싶어. 그럼 하면 될 거 아냐? 엄마가 못하게 하니깐 그치. 그럼 하지 마? 그래도 하고 싶단 말이야.

소년은 소녀와 노는 동안 줄곧 누렁이를 쓰다듬고 있었다. 소녀는 소년 곁으로 바싹 다가가고 싶었지만 누렁이 때문에 다가갈 수 없었다. 그래서 가까이 가지 않고도 친해지자면 자꾸만 말을 거는 수밖에 없다고 생각했다.

—네 집에 컴퓨터 없니? 없어. 왜? 왜는 왜 왜야, 없으니까 없지. 있으면 네 집에서 놀면 좋은데. 없다니까. 그럼 네 핸드폰 번호는 몇 번이야? 핸드폰도 없어. 나도 없어. 그래서 슬퍼.

소년의 등 뒤로 보랏빛 나팔꽃이 장식처럼 피어 있었다. 소녀는 소년이 나팔꽃을 닮았다고 생각했다.

어린소녀가 스쳐 지나간 장미꽃 담장 아래 아까 그 자리. 거기 배불뚝이는 아직도 장미꽃 꺾기를 계속하고 있었다. 그 옆의 탱자나무 집 대문은 양철대문이었다. 문은 닫혀 있었지만 집안에 사람이 들어있었던 모양이다. 갑자기 벌렁 문이 열리더니 누군가 황급히 뛰쳐나오는 사람이 있었다. 흰운동화였다.

–야, 자전거 어딨냐? 자전거 좀 몰아 줘.

그는 두 팔로 웬 여인을 안고 있었고, 여인은 신음 섞인 몸부림을 치며 살려달라고 외쳤다. 배불뚝이는 뜻밖의 사태 앞에 얼떨떨했지만 함께 놀란 척하기는 싫었다.

–허락도 없이 남의 집에는 들어가더니, 웬 여자냐?

그는 빈정대는 말투로 태연을 가장하였다. 흰운동화는 맞서 노닥거릴 새가 없었다. 우선 사람을 살리는 일이 급했기 때문이다.

–애기야. 애기를 낳는대. 산부인과로 가줘

배불뚝이도 조금은 눈치를 챈 모양이다. 그도 흰운동화 편이 되어 사람을 살려야 한다고 생각했다.

–자전거로 될까? 가다가 택시를 잡자.

–그래, 뭐든지 타자. 어쨌든 가 줘.

배불뚝이가 앞장서 핸들을 잡았다. 흰운동화는 짐받이 위로 올라가 여인을 받아 안았다.

–제발, 이러시면 안 돼요. 애 아빠가 와야지요. 금방 올 거예요.

여인은 거칠게 팔다리를 저으면서도 힘껏 받침대를 움켜쥐었다.

–어디로 가지?

큰길로 접어들기 전에 배불뚝이는 산부인과를 물었다.

―그냥 가 줘요. 아무데나.

여인은 자신의 산부인과를 갖고 있지 않았다. 그대신 남편과 통화하겠다고 핸드백을 찾았지만 빈손이었다.

―어머! 내 핸드폰? 핸드폰을 놓고 나왔어요. 어쩌지?

배불뚝이는 자기 핸드폰을 건네줄까 생각했지만 운전 중이어서 참았다. 흰운동화도 같은 생각이었지만 그 상황에서 손을 쓴다는 건 무리였다. 지금 그들에게, 달리는 일보다 더 중요한 일은 없었다. 큰길에서 왼쪽으로 산모퉁이를 돌아나가면 곧 번화한 도시가 나온다. 고층아파트, 상가, 단독주택, 빌딩 사이로 바둑판처럼 쭉쭉 뻗어나간 사차선, 육차선, 팔차선. 가로 세로로 도로를 질주하는 버스와, 승용차와, 택시와, 오가는 사람들과, 밀리는 인파와, 소음 또는 매연의 콘크리트 숲속을 배불뚝이의 자전거는 넘어지지도 않고 용케 잘도 헤쳐 나갔다. 중간에 택시로 바꿔 타는 일은 하지 않았다.

2

마을로부터 가장 가까운 데 있는 종합병원, 산부인과, 분만실 앞에 배불뚝이와 흰운동화는 잠시 우두커니 서있었다. 방금 산모를 응급실로 들여보냈고, 그러자 그들은 지금 무슨 일을 저질렀던가, 기억이 나지 않을 정도로 허탈했다. 귀신에게 홀린 것 같다. 그러니 그 귀신이 어떻게 생겼더라, 모습을 떠올려보고도 싶고, 아니면 그 귀신을 피해 멀리 달아나야 할 것도 같고, 어쨌든 뭐가 뭔지 모른 채 그들은 한동안 멍하니 서있어야 했다. 그들은 일단 자판기가 서있는 쪽으로 갔다. 가서 오렌지 쥬스를 한 캔씩 빼 마시면서 망설였다.

—이제 우리는 어떡하지?

배불뚝이가 먼저 정신이 들었던지, 앞으로 어떻게 할 것인지를 물었다. 그것은 지금 당장 뭔가를 하겠다는 뜻이 아니라, 이제 그만 자리를 뜨고 싶다는 말이었다. 그것은 흰운동화 자신의 생각과도 같은 것이었다. 고무줄 끈을 놓쳤을 때처럼 그들은 지금 무슨 일로든지 긴장하고 싶은데 긴장이 되지 않는 것이다. 흰운동화가 결국 그 말을 해버렸다.

—어떡하긴 뭘? 집에 가야지.

바로 그거였다. 떠나면 그만이었다. 그래서 떠나려고 하는데 그래도 왠지 떠나지지가 않는 것이다.

—가고는 싶은데, 괜찮을까?

—뭘? 병원까지 데려다줬으면 됐지, 죽치고 앉아 애 아빠라도 만나고 싶다는 건가? 아니면? 고추가 달렸을지, 맹추가 달렸을지, 그거라도 알고 가겠다는 거야?

그때 떠났어야 옳았다. 그런데 그 순간 배불뚝이가 보호자를 들먹거린 것이다.

—그래 주면 좋지. 어차피 보호자들이니까.

그것은 흰운동화로 하여금 더 이상 주저하지 않아도 되게 할 만큼 큰 충격을 주었다.

—누가? 누가, 누구의 보호자라고?

흰운동화는 내가 왜 산모의 보호자냐, 그럴 리 없다고 손사래를 저었다. 배불뚝이는 대꾸하지 않았다. 흰운동화도 더이상 따지지 않았다. 흰운동화 쪽이나, 배불뚝이 쪽이나, 자신이 누군가의 보호자 된 것을 실감할 수가 없어서 그랬을 것이다. 산모가 수술을 받으려면 보호자가 필요하다고 했다. 간호사가 아까 그 말 가운데 서약서를 내밀었을 때 서명은 흰운동화가 했었다.

—몸에 칼을 대는 일이잖아? 자칫 실수라도 하는 날이면 죽는 수가 있거든. 물론 아무 일 없어야지. 그렇지만 그걸 어떻게 장담해? 아들인지, 딸인지, 그것이 문제가 아니라. 산모의 생명이 문제라니까. 무사히 걸어 나올 때까지는 어쨌든 기다려야 하지 않을까?

흰운동화가 마지막 가닥을 잡아가고 있었다.

—언제까지?

배불뚝이도 내심 동조하는 것 같았고.

—애 아빠가 올 때까지 만이라도.

흰운동화가 마침내 쐐기를 박고 있었다.

—아, 전화 거는 걸 잊었구나. 그 여자, 핸드폰 주고 나올 걸. 통화했을까?

애 아빠를 불러오자는 말이었다.

—안 해도 안다.

—어떻게?

—그건 본능이지. 새끼가 태어났는데 어떻게 아빠가 모르니?

둘이는 참다못해 건물 밖으로 나왔다. 오월의 살가운 바람이 두 사람 이마를 매만지듯 스치고 지나갔다. 봄꽃향기를 담은 햇살이 파닥거리는 날개처럼 투명한데, 그래서 그런지 푸른 잔디밭 동산이고 환자용 벤치고 할 것 없이 쏟아져 나온 환자들로 병원 뜨락은 공원처럼 붐볐다. 배롱나무 잔디밭에 엉덩이를 내렸을 때 흰운동화는 말했다.

—한 가지 분명한 사실은 지금 내 기분이 그다지 나쁘지 않다는 점이다. 꽤 좋은 편이야. 둥둥둥 떠다니는 기분이야.

—어떻게 그럴 수가 있지?

—모르겠어. 그냥, 괜히 좋은 일을 했다는 생각이 들어. 어찌어찌 하다 보니 저지른 일인데, 그래도 기분은 좋다. 사람은 누구나 나쁜 짓만 하는

줄 알았더니 그게 아니구나. 아까도 봐라. 장미꽃이 그렇게나 탐이 나는데 어떻게 안 꺾고 배기겠니? 꺾다 보니 남의 집까지 들어갔고, 들어가다 보니 산모가 진통을 하고 있었다. 처음부터 나쁜 짓을 하려고 해서 그랬던 건 아니다. 하다 보니 그렇게 되더라. 그런데 오늘은 달랐단 말이다. 신음소리가 어찌나 놀랍던지, 죽는 줄 알았어. 뱃가죽이 찢어지는 줄 알았다니까. 내 앞에 애기가 쏟아져 나오다니, 얼마나 겁나는 일이냐? 끌어안고 밖으로 나오는 수밖에. 가다가 길바닥에 쏟아내기라도 하면 어떡해. 그걸 내가 해결했단 말이다. 내 힘으로. 나도 모르는 사이에. 신기하지? 나도 놀랍다.

—벌써 몇 시간째야? 아이 하나 꺼내는 데에 무슨 시간이 이렇게나 걸린다지?

이번에는 배불뚝이 쪽에서 다시 돌아가고 싶어 하는 말을 하였다.

—그렇게 걸릴 걸, 아마. 새 생명이 태어나는 일인데.

둘이는 다시 분만실 쪽으로 걸어갔다. 아이는 아직 태어나지 않았다고 하였다.

3

나팔꽃 싱싱한 기운이 풍선처럼 시들어간 오후 반나절. 때를 잊은 소년과 소녀는 아직 하우스 언저리를 떠나지 못하고 있었다. 소년에게 하우스는 자기 집이지만, 그것이 소년의 집인지 아닌지, 소녀는 그런 데에 별 관심이 없었다. 소년에게 그것은 감추고 싶은 수치이지만, 그것이 그의 수치인지 아닌지조차 소녀는 알지 못하였다. 개를 데리고 이 근처 나팔꽃을 따러 나온 아이, 소녀는 소년을 그런 아이쯤으로 알고 있었다. 소년은 배가 고팠다. 몹시 배가 고팠지만 지금 소년의 배를 채워줄 사람은 이 세상에 아무도 없었다. 누렁이가 끙끙대기 시작한 것은 아까부터였다. 배가 고파 죽겠다는 말을 누렁이는 끙끙거리는 것으로 표현하는 버릇이 있다. 그래도 먹을 것을 주지 않으면 그는 닥치는 대로 물어 버릴지도 모른다. 소년은 소녀가 돌아가 주기만을 기다렸다. 소녀가 돌아가기만 하면 소년은 어디론가 누렁이의 먹을 것을 찾아 나설 것이다. 소년은 마침내 참을 수 없었다.

—야, 너 집에 안 가니?

그래도 소녀는, 소년이 왜 그렇게 말하는지 알지 못하였다.

—괜찮아. 왜? 집에 가서 숙제 하려고?

바보같이 소녀는, 소년이 학교에 다니지 않는 것도 모르는 것 같았다. 소년은 짜증이 났다.

—누렁이 배고파. 누렁이는 배고프면 문단 말이야.

어린소녀는 마침내 가야할 줄을 알아챈 모양이었다.

—그런데 무서워. 데려다 줘.

—무섭기는? 너 혼자 가.

—탱자나무 울타리 앞에 모르는 아저씨들이 있단 말이야.

—누군데?

—몰라. 괜히 친절한 척해. 나한테 장미꽃을 꺾어주고 싶어 했단 말이야.

—받지? 그게 왜 나쁜데?

—모르는 사람이 친절한 척하는 건 나쁜 거잖아? 안 받았어.

—그게 왜 무서워?

—나쁘니깐 무섭지. 그 옆을 지나올 때 아까 내 몸이 오싹했었단 말이야. 무서울 땐 난 가끔씩 그래. 넌 안 그러니?

—나도 그렇긴 해. 그렇지만 난 무서울 땐 언제나 눈을 감아 버려. 귀도 막아. 그리고는 그냥 가만히 쭈그리고 앉아있는 거야.

소녀가 물었다.

―넌 뭐가 무서운데?

―다 무서워. 밤에 깜깜해지면 더 무서워.

―불을 켜. 도깨비나 귀신도 환한 데서는 꼼짝 못한대.

소년이 물었다.

―넌 귀신이 무섭니?

―그럼. 귀신은 진짜 무섭지. 너, 아니? 우리 학교 천정 속에 귀신 사는 거. 원래 우리 학교 자리가 공동묘지였대. 아파트가 생기면서 그걸 싹 밀어버리고 그 자리에 학교를 지었다는 거야. 그러니까 그동안 공동묘지를 떠돌던 귀신들이 밤이면 밤마다 몽땅 우리 학교로 모이는 거지. 지금도 비만 오면 온통 귀신들이 복도로 몰려나와 웅성웅성 해바라기씨를 까먹는다는 거야. 실제로 어떤 여선생은 밤에 학교 갔다가 귀신들한테 잡아먹힌 적도 있었대.

이번에 소년은 자기가 아는 학교 귀신이야기를 아는 체하고 싶어 하였다.

―귀신은 박쥐학교 귀신이 제일 무서워. 교장실 창밖에 있는 비둘기탑 말인데. 비 오는 날 밤중에 깜깜해지면 그 동네 귀신들이 모두 교장실 앞으로 모인다. 그리고 맨 꼭대기에 앉은 비둘기를 괴롭히는 거야. 은하수에 박힌 모래별들을 모조리 쪼아 먹어라. 교장선생님의 돋보기안경을 몰래 꿀꺽 삼켜 버려라. 마귀할멈 같은 목소리로 사악한 노래를 불러라. 그렇지만 그 비둘기는 세상에서 가장 아름다운 목소리를 가졌다지 뭐냐. 그래서 사악한 노래를 부른다고 부른 것이 그만 너무 아름다운 노래를 불러버렸다. 샘이 난 귀신들은 너무 화가 났고, 그래서 비둘기의 정수리에 박힌 빨간 벼슬을 몽땅 쥐어 뜯어버렸다. 너도 가봐. 박쥐학교 비둘기는 지금도 벼슬이 없대. 그대신 비만 오면 밤마다 새빨간 핏물이 줄줄 흐

른다는 거야.

—와아 무섭겠다. 그런 데서 어떻게 공부를 하지?

—낮에는 괜찮아. 귀신들은 어두운 곳을 좋아하니까, 날이 밝으면 힘을 못 쓰거든.

—그래? 그 귀신들이 낮에는 다 어디로 간다지?

—어디로 가는 게 아니라, 연기처럼 사라지는 거야. 환한 햇볕 아래서는 바람처럼 흩어졌다가도 어둠이 깃들면 다시 뭉치는 거야. 처음엔 황소눈깔 만해졌다가 나중에 커졌을 때는 눈사람처럼 뚱뚱해진다. 그러다가 다시 먼동이 트면 눈사람은 다시 주먹만 한 황소눈깔이 되고, 황소눈깔은 다시 연기처럼 풀어져서 슬슬슬 허공으로 흩어진다.

—와아, 무섭기는 무섭구나. 그렇게 무서운데 넌 밤에 어떻게 지내니?

—누렁이가 많이 도와준다.

소년은 다시 누렁이를 끌어안으며 말했다.

—누렁이가 없었다면 나는 벌써 죽었다. 깡패 형들이 나를 탐낸다. 저번에도 잡혀가서 한 달이나 삐끼를 살았다. 이런 말 아무한테도 하지 마라. 나 여기 사는 거, 너 말고 아무도 모른다.

—네가 여기 산다고? 이게 네 집이라고?

소녀는 놀란 눈으로 하우스 쪽을 바라보았다.

—괜찮아. 밤에 누렁이가 짖기라도 하면 나는 자리에서 일어나 불을 켠다. 개 짖는 소리가 나면 거기 사람이 살고 있다는 뜻이거든. 누군가 안에 사람이 있다는 걸 알기만 하면 함부로 못 덤빈다. 사람은 사람을 두려워하면서 산다.

—야, 그만 이야기 하자. 나도 네가 무서워지려고 해.

—괜찮아. 그럴 줄 알았어. 누구나 처음엔 나를 겁내지 않다가도 내가 혼자라는 걸 알면 그때는 겁을 먹더라. 혼자면 왜 무서운지, 그걸 모르겠

어. 나는 내가 혼자여서 세상이 무섭다고는 생각하지 않는다. 혼자이기 때문에 나를 무서워하는 그것이 나는 두렵고 외롭다.

—나, 갈래.

이번에 소녀는 진짜 가려는 모양이다. 소녀는 팔랑팔랑 밭두렁 쪽으로 걸어 올라갔다.

—내가 데려다 줄게.

뒤늦게 소년이 그 뒤를 좇아 올라갔다. 멀리 큰길 쪽에서 배불뚝이와 흰운동화가 자전거를 끌고 가는 것이 보였다. 어린소녀가 먼저 그들을 발견하고 겁먹은 소리로 속삭였다.

—아까 그 아저씨다. 저기, 배불뚝이 아저씨, 아까 장미꽃을 꺾어주겠다고 한 사람이 바로 저 아저씨였어. 아까는 혼자였는데 지금은 둘이구나. 유괴범일지도 몰라.

—저 아저씨들이었어? 괜찮아. 저 아저씨들, 이 동네 개장사야. 우리 집에도 왔었다. 누렁이 팔라고.

—조심해. 유괴범들일지도 모른다니까.

—괜찮아. 개를 팔라고는 해도 훔쳐가지는 않아.

두 사내는 골목길 안으로 사라져갔다. 골목길이 끝나면 등산로로 이어진다고 한다. 오솔길로 이어지는 숲속 어딘가에 개장사의 집은 있을 것이다. 멀리 컹컹컹 소리가 끊이지 않는 것도 거기 아마 개장사들이 살고 있기 때문일 것이다. 마을을 빠져나가 고개를 넘을 때 배불뚝이의 핸드폰이 울렸다. 산부인과라고 했다. 애기를 낳았으니 어서 오라는 것이다. 흰운동화는 무조건 반가웠다. 통화를 하던 흰운동화가 잠시 자신의 핸드폰을 내리고 배불뚝이에게 물었다.

—야, 딸이란다. 어서 오라는데? 다시 갈 필요가 있을까? 네 생각은 어떠니?

—글쎄. 산모가 궁금해 하긴 하겠지? 이래봬도 우리가 출산을 도와준 사람 아니냐? 그렇지만 뭐, 칭찬받으러 거기까지 가는 건 좀 우습잖아?

—가지 말까?

—그래도 가보자.

둘이는 다시 가던 걸음을 되돌려 큰길로 나갔다.

4

산모가 어느 방에 있는가, 고 물었을 때 간호사는 두 사내를 수납으로 안내하였다. 수납을 담당하는 아가씨는 까운을 입고 있지 않았다. 평상복 차림의 그녀를 보면서 병원도 살림은 아줌마들 몫이구나, 흰운동화는 생각하였다. 그녀가 몇 차례 컴퓨터 자판을 두드리고는 말했다.

—딸이에요. 축하합니다. 내일 하루 여기서 쉬시구요, 모래부터는 퇴원 가능합니다. 의료보험증 갖고 오셔야 돼요. 여기요.

흰운동화는 수납이 내미는 종이쪽지를 집어 들면서 물었다.

—이게 뭐지요?

—의료보험증 갖고 오시면 삼십 프로 면제해 드려요. 모래 퇴원하시려면 내일 수납하시는 게 좋아요.

흰운동화가 어리둥절해져서 배불뚝이에게 물었다.

—어떻게 된 거야? 날더러 이걸 어쩌란 말이지?

—수술비를 내라는 말 같은데 말해. 보호자가 아니라고. 저 안에 산모가 있는데, 그건 말이 안 되잖아? 네가 그 여자 남편인 줄 아나 봐.

그들은 절대 그렇지 않다고 수납에게 자초지종을 설명했다. 수납은 납득할 수 없다며 두 사내를 건물 안의 어떤 외진 방으로 안내하였다. 그리고 병원 측에서 사육되고 있음직한 상담원이 와서 좋은 말로 그들을 달래기 시작했다.

—보호자께서는 아니라고 우기시지만, 여기 문서가 말해주지 않습니까? 이런 일이 어디 한두 건이어야지요? 그나마 이번 일은 산모가 나서서 직접 입을 열었으니 얼마나 다행입니까?

—어떻게? 우리가 자기 보호자라고, 산모가 거짓말이라도 하더란 말입니까? 산모 어딨지요? 산모한테 가서 직접 물어보면 될 것 아닙니까?

—물어보셔야지요. 우리도 이미 물어봤답니다. 결혼도 하기 전에 임신을 하셨구요? 그럴 수 있지요. 요즘 그런 일은 흉이 아니지요. 그건 그렇더라도 아빠라는 사람이 잉태만 시켜놓고 나 몰라라 한 건, 그건 잘못이지요. 책임을 지셔야 합니다. 벌써 넉 달째 발을 끊었다던데, 아빠 노릇 포기하신 겁니까?

—그럴 리 없습니다. 다시 한 번 솔직하게 말씀드립니다만, 우리는 조금 아까 우연히, 아주 우연하게도 그 집에서 만난 것뿐입니다. 안 들어가도 되는데 그만 아주 우연하게도 그 집에 들어갔더니, 그 순간에 그 여자가 진통이 왔던가 봅니다. 어떡합니까? 들쳐 메고 나오는 수밖에요. 정신없었습니다. 그 핏덩이를 길바닥에 쏟아놓기라도 하면 어쩝니까?

—그만, 그만. 다들 말들은 그렇게 하지요. 거짓말이란 원래 쌍방 간에 입을 맞추고 또 맞추어도 탄로가 나는 법인데, 이번 일은 참 서툴군요. 미혼모들이 흔히 그런 거짓말들을 하지요. 엄마 쪽에서는 사랑하는 마음이 앞서니까 가능한 한 애기 아빠를 감싸는 쪽이고, 애기 아빠는 어쨌거나 책임을 면하려고만 하니까, 아주 어려워요. 그렇지만 어쩝니까? 이런 일이 한두 건도 아니고 날이면 날마다 일어나는 사고인데, 그렇다고 우리 병원만 일방적으로 피해를 볼 수는 없지 않습니까. 문서는 문서대로 신용이 지켜져야 합니다. 출산비용은 당연히 보호자가 책임져야지요. 그래야 갓난아기가 퇴원할 수 있습니다.

흰운동화가 마침내 억울함을 털어놓기 시작했다.

—기가 막히는구나. 그 자식, 애기아빠란 놈, 완전 사기꾼 아냐? 산모가 무슨 죄가 있냐? 불쌍하구나. 만나지 않겠어. 그런 산모를 만나서 어쩌겠다는 거냐?

—그럼요. 만나 보나 마나입니다. 그 여자 여기서 나가면 당장 우유 살 돈도 없는 형편이라는데, 만나면 또 쓸데없이 보호자 노릇이나 하게 되지 별 수 있습니까?

두 사람 겨우 밖으로 나온 것은 어둑어둑 땅거미가 질 무렵이었다. 흰운동화가 앞장서 자전거를 끌고, 그 뒤로 배불뚝이가 발걸음을 맞추면서 둘이는 하나 둘씩 가로등불빛이 살아나는 거리를 걸어갔다.

—돈은 내가 낸다. 그까짓 수술비 쯤, 태어나서 언제 한 번 남을 위해 내 돈 써본 적 있었냐? 착한 일은 착한 일을 하도록 기회가 주어졌을 때 해야지, 기회 놓치면 이런 일 하고 싶어도 못한다.

—잘 생각했구나. 범죄도 조작되는 수가 있다는 걸 오늘 알았다. 세상엔 나쁜 사람 좋은 사람이 따로 있는 줄 알았어. 모처럼 좋은 일을 했나 보다 싶었는데, 이게 뭐니? 하루에도 몇 번씩 좋은 일이 나쁜 일이 되었다가, 나쁜 일이 좋은 일이 되었다가, 왔다 갔다 하는 판이니 도대체 뭐가 뭔지 정신을 차릴 수가 없구나.

—겁낼 것 없다. 호랑이한테 물려가도 정신만 차리면 된다. 정신 똑바로 차려야 한다. 세상일은 죽고 사는 것까지도 다 사람이 만드는 법이다. 사람이 하는 것 치고 사람이 만들지 않은 것은 없다.

—무슨 말이 하고 싶어서 하는 말이냐?

—들어 봐라.

배불뚝이가 남의 말 하듯 자기 아버지를 말하고 있었다.

—우리 아버지는 겁쟁이였다. 살아계실 때는 몰랐어. 돌아가시고도

모를 뻔했어. 어머니가 말해줘서 알았다. 바보같이, 먹지 않아도 될 겁을 지레 잡숫고 돌아가셨더라. 그해 추석이 지나고도 아직 햇살이 따갑기만 하던 어느 가을날, 우리 아버지는 돌아가셨다. 그때 나는 연말이면 제대 특명이 떨어질 임기말년의 육군병장이었다. 그날 사격장 저탄창고에 들어가 몰래 낮잠을 즐기고 있는데, 중대본부 차일병이 재수 없는 부음을 갖고 왔다. 하늘이 무너지는 슬픔일 것이라고 생각했지만, 솔직히 말해서 나는 덤덤한 편이었다. 삼거리 '맛둥이' 집에 전화를 걸어 희주와의 주말 미팅을 취소해야겠다는 생각을 할 정도였다. 그만큼 우리 아버지의 죽음은 이미 준비된 슬픔이었는지도 모른다. 그해 1월 1일 아버지는 이미 병상에 누워 있는 몸이 되었다. 1월 1일 그날, 아침 밥숟갈을 뜨다가 그만 넘어졌다. 그때는 상병 때였는데, 연락을 받고 달려갔을 때는 이미 산소마스크를 쓰고 계셨으므로, 어떤 대화도 할 수 없었다. 아버지와 나는 그러니까 입대하던 날 마지막 대화를 나눈 셈이다. 병명은 미상이다. 그렇게나 건강하던 사람이 하루아침에 시체나 다름없는 몸이 된 것이 그저 신기할 따름이었다. 어쨌든 장례는 무사히 마쳤다. 그리고 석 달이 지난 연말에 나는 정식으로 제대하여 집으로 돌아왔다. 그때 어머니한테 들은 이야기이다. 어머니는 석 달 전 아버지가 돌아가셨을 때보다도 아버지의 죽음을 더 가슴 아파 하셨다. '네 아버지가 글쎄 그놈의 점쟁이 때문에 돌아가셨지 뭐냐!' 그러면서 이런 말씀을 하는 것이다. '지난 번 49제를 지내고 나서야 겨우 정신이 들어 집안을 정리하는데, 글쎄 골방 네 아버지 손태 속에 그것이 들어있지를 않냐? 백지로 엮은 몇 장 되지도 않는 종이 뭉치인데 글쎄 그걸 나 몰래 여태까지 꽁꽁 숨겨두고 지낸 모양이더라. 점쟁이 책이더라니까. 점보는 책이 아니라, 젊어서 본 점괘가 고스란히 거기 적혀 있는 거야. 원, 펼쳐 보니, 네 아버지 점괘가 딱 작년까지만 나오고, 그 뒤는 없는 거 있지. 더는 점괘가 안 나왔던 거지.

그걸 글쎄 죽을 수라고 믿었더라니까. 에라, 멍텅구리 같은 영감아! 생각난다. 너 생기기 전이니까, 근 삼십 년 다 되어 가지. 그 해 가을걷이를 하다가 말고 아버지가 한 차례 죽도록 앓았었거든. 못 일어나는 줄 알았다. 한 달포 지내자 병줄이 떨어졌는데, 일어나자 곧 점쟁이를 찾아갔던 모양이야. 나도 몰랐었지. 그날 어둑어둑 땅거미가 질 무렵인데 어디선가 생기가 펄펄해져 갖고는 돌아오더니 '죽지는 않는다더라. 잘만 하면 환갑까지도 산다더라.' 이러시지를 않겠냐? 그리고는 까마득하게 잊어버렸는데, 글쎄 네 아버지는 그걸 기억하고 살았더라니까. 갑술년까지만 산다. 을해년이 되면 나는 이 세상에 없다. 올해가 그 을해년 아니냐. 그러니 어찌 무서운 생각이 안 들겠어? 멀쩡한 소도 도살장 앞을 지나갈 때는 기가 죽는다는데. 온다온다 하던 을해년이 오는데 어찌 겁이 안 났겠어. 정월 초하룻날 아침 밥상머리에서 그만 넉장구리를 하고 말았지 않니? 어리석은 인간 같으니라고. 점쟁이가 무슨 죄야? 그걸 철석같이 믿은 네 아버지가 잘못이지.' 어머니는 남의 일처럼 말하더라.

—야, 흰운동화야, 너는 그러니까 네 아버지가 결국 당신의 죽음을 자초하여 그 길을 걸어갔다고 본다는 말이냐?

—그래도 그게 자살은 아니었다. 우리 아버지는 자살을 하지는 않았다.

—운명에 끌려갔다는 말이 죽음을 자초했다는 말인데, 결국 그 말이 그 말 아니냐?

—그래, 배불뚝이야. 엎어치나 둘러치나 결국 그 말이 그 말일 텐데, 네 말대로 만약에 우리 아버지가 아버지를 죽인 것이 맞다면 그 말은 다시 우리 아버지는 점쟁이가 죽였다는 말도 된다.

—점쟁이가 죽였다면 그건 타살이구나.

—아니다. 우리 아버지는 점쟁이가 죽이지 않았다. 타살 아니다.

흰운동화가 생각에 잠겨 어둠 속을 걸어가더니, 마침내 생각이 난 듯 비장의 결론을 내리기 시작했다.

—한 가지 분명한 것은 네 아버지가 겁쟁이라는 사실이다. 아버지뿐만이 아니라, 이 세상 사람은 누구나 겁쟁이다. 누군가 겁을 먹는다는 건 생명에 위협을 느낀다는 뜻이다. 네 아버지가 겁이 많았던 것은 그만큼 당신 목숨을 아꼈기 때문일 것이다. 생명을 소중하게 여기는 사람 치고 겁 없는 사람은 없다. 지난 삼십 년 동안 네 아버지는 죽음을 무릅쓰고 죽음으로부터 헤어나고 싶어 하셨다. 그래도 아버지는 돌아가셨다.

5

그날 밤 아홉 살 소년이 자기 집 개한테 물려 죽는 사건이 산동네에서 발생하였다. 어쩌다가 그런 끔찍한 사건이 일어났는지는 아무도 모른다. 아침에 일어나보니 소년의 죽음은 이미 밤새 일어난 사건사고가 되어 세상을 떠돌고 있었다. 맨 먼저 텔레비전이, 그 다음 조간신문이, 그리고는 입소문이, 마지막으로 배불뚝이와 흰운동화가 직접 사고현장을 목격한 것은 이튿날 점심때가 지나서였다. 아침 일찍 산부인과에 들러 출산비용을 지불하고, 나오는 길에 누구 개 팔 사람 없나 하고 마을로 들어서는데, 거기 구경꾼들이 잔뜩 몰려 있었다. 배불뚝이와 흰운동화는 밭두렁에 자전거를 세워 놓고 걸어서 하우스까지 갔다. 소년은 보이지 않았다. 누렁이는 밤새 무슨 일이 있었냐는 듯 시치미 뚝 떼고 거기 하우스 앞에 앉아 있었다.

—저 개가 그 소년을 죽였단 말이야?

누군가 개도 알고 소년도 아는 사람인 것 같았다. 그는 턱 끝으로 누렁이 쪽을 가리키며 물었다.

—재앙도 이런 재앙이 없어요.

또 누군가가 끌끌끌 혀를 차며 대답했다.

—그렇다면 이번 사건은 인재로 보아야 합니까? 천재로 보아야 합니까?

그는 어쩌면 언론사 계통에 근무하는 사람일지도 모른다. 묻는 것이 뚱딴지같아 보이지만 그렇게 묻는 사람들이 세상에는 있다.

—여보 젊은이. 그게 인재면 어떻고 천재면 어떻소? 사람이 죽었기로서니 그놈 목숨을 개한테 물어내라고를 하겠소? 개가 죽였기로서니 그놈 죄를 물어 법정에 세우기를 하겠소?

그렇게 말한 사람은 그동안 공직에 있다가 얼마 전에 정년퇴직을 한 사람일지도 모른다. 뚱딴지같아 보이는 질문을 그 사람이 받으니까 진짜 뚱딴지가 되었다.

—그래도 따질 건 따져야지 이대로 어물어물 넘어갈 수는 없지요. 죄 없는 어린 생명이 죽어 나갔는데 누구 하나 책임지는 사람도 없고, 말 못 하는 짐승이라고 개한테만 죄를 덮어씌우면 그 또한 사람으로서 할 짓이 못 되지요.

그렇게 말한 사람은 아까 언론사 계통의 그 사람일 것 같지만 전혀 딴 사람이다. 순서로 보면 당연히 그 사람이지만 지금 순서를 따질 상황이 아니었다. 그만큼 의견이 분분해진 것이다.

—말인 즉 그렇소만, 그래도 개는 어디까지나 개지 사람이 아닌 건 사실이지요. 그러니까 개는 개처럼 다뤄야지, 그까짓 개를 갖다가 사람처럼 다룬다면 그건 개를 상전으로 모시는 격이 되어서 말이 안 된다 그 말입니다.

이번에 끼어든 사람도 순서가 정년퇴직한 사람이어야 맞지만, 전혀 아니다. 그는 에이도 아니고, 비도 아니고, 제 삼의 씨에 해당하는 사람이었다. 토론 마당은 어느덧 정해진 말상대가 없었다. 아무나 먼저 나서서 말머리를 가로채고 목소리를 높이면 그뿐이었다. 에이가 한 말을 엑스가 받고, 그 말은 다시 더블유에 가서 튀어나오고, 그것은 다시 엉뚱하게 에프의 것이 되기도 하였다. 죽음을 애도해야 할 자리가 그만 언론의 난투장이 되어버렸다.

—그러니까 그 말씀은 결국 개를 처벌하지 말자 그런 말씀인 것 같은데, 하늘이 두 쪽이 나도 그럴 수는 없습니다. 우선 처벌을 해야 합니다. 사람도 뭔가 잘못한 것이 있으면 벌을 받는데, 하물며 개가 개라고 해서 면죄부를 받는다면 그건 한 마디로 개가 사람 이상의 대접을 받게 되는 거 아닙니까? 사람이 십 년 징역을 받는다면 개는 사형을 시켜버려야 한다고 생각합니다.

—듣고 보니 그것도 이상하군요. 개도 처벌을 받고 사람도 처벌을 받는다면 결국 개 값이나 사람값이나 같이 친다는 말이 되는데, 그것도 좀 이상하지 않습니까?

—그러니까 응징을 하되 죄값을 달리하자는 것이지요.

—그렇지만 그렇게 한다 하더라도 개 값을 좀 낮추고 사람값을 좀 더 쳐준 것뿐이지, 그래서 사람값이 더 높아진 것은 아니지 않습니까? 나는 처음부터 사람값을 개 값과 비교하는 것부터가 잘못이었다고 봅니다.

싸움판은 개판이 되어가고 있었다. 어디서부터 이 지경이 되었는지 모르겠다. 개가 어째서 사람을 물어 죽였을까. 소년의 주검은 지금 어떻게 처리되고 있을까. 소년의 죽음이 얼마나 애절한가. 처음에 구경꾼들은 그런 문제들로 개를 원망하고 소년을 애도하는 것 같더니, 어찌된 일인지 사태가 그만 순식간에 돌변하여 조의는 논쟁이 되고, 논쟁은 다시 말다이 되어버린 것이다. 논쟁의 불씨는 소년을 인간의 대명사로 착각한 데서부터 시작되었던 것 같다. 논쟁이 격화되자 구경꾼들은 곧 개 편과 사람 편으로 양분되는 조짐을 보였다. 시간이 갈수록 구경꾼들은 누구한테랄 것도 없이 자신의 난폭한 언어를 무차별 난사했고, 그러자 싸움판은 곧 누구는 개, 누구는 개가 아닌 쪽으로 전락하는 양상을 띠었다. 이제 누구도 이성적인 언어로 자기 생각을 표현하겠다는 사람은 없었다. 무조건 삿대질이고, 고함질이고, 나중에는 그것도 안 되니까 아무 멱살이나 움켜쥐고, 뒹굴고, 구르고 하는 피투성이 난장판을 이루었다. 아무래도 사람보다는 개가 많아 보였다. 바야흐로 개판이 된 것이다.

두 사내가 모종의 실리를 도모하기 시작한 것은 그 개판의 무질서가 가히 절정을 치닫는 순간이었다. 배불뚝이가 자전거를 끌고 현장에 끼어든 것이다.

—별, 거지발싸개 같은 자식들. 싸워도 싸울 걸 가지고 싸워야지, 갯값이 높으면 어떻고, 사람값이 더 높으면 어때? 확실하게 돈 될 것을 챙겨야지. 야, 흰운동화야, 옛다, 너는 누렁이나 챙겨라.

누렁이는 순식간에 네 발 꽁꽁 묶인 신세가 되어 자전거 위에 실렸다. 소년이 죽어 나가는지, 개가 죽어 나가는지, 그걸 상관하는 사람은 아무도 없었다. 탱자나무집 골목길로 접어들 때쯤 흰운동화가 한숨 섞인 푸념을 내뱉고 있었다.

—말 못하는 짐승이라고 배 안 고플까. 사람은 배고프면 훔쳐 먹기라도 하지. 배고픈 짐승이 말을 못하면 누구를 원망해? 사람이라도 물어야지.

그러거나 말거나 배불뚝이는 말없는 걸음을 재촉할 뿐이다. 지금 가는 길을 아는지 모르는지, 받침대 위에 가로 누운 누렁이는 해탈한 듯 가만히 눈꺼풀을 닫고 다만 명상에 잠겨있었다.

'상실의 서사'에서 '인간성의 서사'로

송현호 | 아주대 인문학부 교수

「자전거」에 설정된 도시는 산동네 아래쪽과 위쪽이 기형적으로 공존하는 공간으로, 자연의 일부이지만 현대인을 억압하는 상징물이다. 산비탈 위쪽으로는 '담장이 높고 기다란 집'들이 '하마들처럼 무거운 침묵 속에' 자리 잡고 있고, 아래쪽으로는 '사람이 살 만한 집이 없는' 비닐하우스 촌이 있다. 소년이 사는 곳은 산동네 아래쪽이다.

송하춘은 진지하고 솔직하다. '뒤틀려 있는 세상'에 대해 파괴적이거나 극단적이지 않다. 공허한 수사나 감정의 과잉도 찾아볼 수 없다. 상실감에 기인하는 두려움과 두려움을 가장하기 위한 오만과 폭력을 있는 그대로 보여주고 있다.

모든 존재가 외롭게 자기 자신의 실존을 확인하며 투쟁하고 있는 모습을 도시의 경계 바깥으로 물러앉아 관찰하면서 우리에게 타자에 대한 연민과 배려를 주문하고 있다. 이것은 또 다른 소통의 방식이다. 타자와의 소통은 상실로 인한 상처를 인정하는 목소리로부터 시작된다. 소설에서 보여준 '흰운동화'와 '배불뚝이'의 어눌하고 무의미하게 보이던 행위들은 '철조롱' 안에 살고 있는 도시인들의 상처에 대한 고백이며, 또 다른 치유 방식이다.

「자전거」의 등장인물은 소년, 소녀, 흰운동화, 배불뚝이로만 존재한다. 자신들의 이름을 가지고 있지 않다. 이름과 인물간의 의미론적 연결 관계에 주목하여 도시의 부속품에 불과한 개인의 존재에 대해 의문을 제기하고 있다. 익명성은 은폐나 회피라는 원래 의미보다는 개인을 감싸고 있는 세계와 그 안에서 경험하는 현대인의 상실을 드러내는데 적합한 장치다. 상실로 인한 두려움을 체험한 사람들은 곧바로 무기력이나 타자에 대한 폭력에 빠져든다.

아버지의 죽음은 두려움으로 인한 '병'적인 대응으로 해석할 수 있다. 아버지는 메트로폴리스의 쇠창살을 뚫고 나오기를 포기하고, 그 안에서 '자살인지, 타살인지' 알 수 없는 죽음을 맞는다. 도시는 인간이 설계한 완벽한 메커니즘이지만 오히려 인간을 구속하고 폐쇄시키는 '쇠창살'로 군림하고 있다. 그렇기 때문에 현대인은 '먹지 않아도 될 겁을 지레 잡숫고' 준비된 죽음을 향해 나아간다. 흰운동화는 아버지가 자신의 죽음을 자초했다고 믿는다. 그의 아버지는 그가 태어나기 전 죽도록 앓은 적이 있었고, 자리에서 일어나자마자 점쟁이를 찾아갔다. 점쟁이의 점괘는 아버지가 돌아가시기 전 해인 갑술년까지만 나와 있었다. 을해년이 되면 자신이 더 이상 존재할 수 없다고 생각한 아버지는 을해년 1월 1일 아무 이유 없이 쓰러져 죽는다. 때문에 아버지의 죽음을 '자살이라고 해야 할지 타살이라고 해야' 할지 모호하다.

맥루헌의 말대로 현대인은 철조롱의 쇠창살을 거부하면서도 고착된 삶의 소용돌이를 새롭게 빚어내기를 두려워하는 양면성을 지니고 있다. 억압적인 현실 앞에서 현대인이 선택할 수 있는 길은 두 가지다. '대기

속으로 녹아 버리'거나 메트로폴리스의 충실한 동력으로 존재하는 것이다. 현대 사회의 쇠창살은 '감옥, 병원, 수용소'만이 아니라, 기관의 외부, 즉 현대적인 삶의 모든 국면에 총체적으로 존재한다. 때문에 인간적인 조건을 충족하는 모든 형식은 권력에 의존했을 때만 가능하게 되었다.

상실과 상실로 인한 두려움은 점점 긴장감을 더해가고 있다. 현대 사회가 진화할수록 이들은 더욱 빠른 속도로 질주해오며, 더욱더 견고해진다. 작가는 뭉뚱그려진 소년이거나 소녀이기를 거부한다. 개인의 서사를 따라가다 보면 이 여행이 우리의 잃어버린 이름을 밝혀내는 여정임을 깨달을 수 있다.

흰운동화와 배불뚝이는 길가 담장에 핀 장미가 너무 탐이 나서 남의 집 담을 넘는다. 그런데 집안에 있던 산모가 갑자기 진통을 시작한다. 그들은 자신들의 자전거에 생전 처음 보는 산모를 싣고 병원으로 달리며, 오갈 데 없는 산모의 보호자가 된다. 그녀의 병원비를 내주고 말할 수 없는 행복감에 젖어 집으로 돌아온다.

「자전거」에 등장하는 인물들은 모두 '관계 맺기'에 실패한 인물들이다. '가족'이라는 틀은 사회에서 우리가 경험할 수 있는 가장 원초적이면서 '나'라는 존재를 확인할 수 있는 최소한의 공간이다. 이들은 메트로폴리스에서의 추방과 가족의 상실이라는 이중의 상처를 안고 있다.

위협받는 실존의 내면을 고스란히 드러내고 있는 것은 이들의 언어이다. 소년과 소녀의 불친절한 말투는 상식을 뛰어 넘은 뒤틀린 세계에 연유한다. 언어의 근본적인 기능인 소통을 부정함으로써 존재와 소통이 무시되고 있는 세계를 비꼬고 있다. 소통을 염두에 두지 않은 일방적인 전달, 문법적 완결성을 무시한 언어는 불안한 현대인의 정서와 함께 이 소설의 서사가 '상실의 서사'임을 일깨워준다. 문체나 어투는 표면적으로는 개인적인 특성을 나타내고 있지만, 심층적으로는 사회적인 국면까지도 내포할 수밖에 없다. 작중인물의 언어가 서술자의 언어와 구별되고 개별화되는 텍스트에서 말씨의 형식이나 문체는 '상실의 서사'를 위한 서술 전략이 된다. 인접성에 근거한 서술 전략은 말투나 문체에 의한 환유적 관계로 인해 독자로 하여금 서술자의 의도를 파악할 수 있는 근거를 마련해준다.

현대인은 도시로 대표되는 산업 사회의 메커니즘에 길들여져 있다. 소년이 이중으로 소외된 현대인의 표상이라고 한다면, 개장수는 현대인의 정체성을 상기시키기 위한 자기 정화의 표상이다. 흰운동화는 '장미꽃이 탐이 나 꺾다 보니 남의 집까지 들어' 가는 충동적 행위를 저지르는 인물이다. 흰운동화의 일시적 행동은 불변의 성격을 드러내지는 않지만 역시 자신의 특성을 보여준다.

흰운동화는 '죽음으로부터 헤어나고 싶었지만' 스스로 죽을 수밖에 없었던 자신의 아버지에 대해 이야기하면서 '겁낼 것 없다. 호랑이한테 물려가도 정신만 차리면 된다. 정신 똑바로 차려야 한다. 세상일은 죽고 사는 것까지도 사람이 만드는 법이다. 사람이 하는 것 치고 사람이 만들지 않는 것은 없다'고 조용히 현대인을 타이른다.

미혼모의 병원비를 치르고 돌아온 다음날, 점심때가 되어서야 그들은 소년이 자신의 개에게 물려 죽은 사실을 알게 된다. 깡패들에게 끌려가 삐기 생활을 했던 경험이 있는 소년은 그들이 두려워 누렁이를 데리고 살았는데, 누렁이는 배가 고프면 가끔 소년을 물기도 했지만 소년을 보호해주기도 했었다. 하우스 옆을 지나던 그들은 '개를 처벌할지 말'지에 대해 논의하다 급기야 서로 엉켜 싸우고 있는 사람들을 보며, '정신 차리자'고 주문을 거는 듯 자전거에 누렁이를 꽁꽁 묶어서 데리고 온다.

'흰운동화'와 '배불뚝이'는 우리 사회에 가치를 부여해주는 것 중의 하나가 '우리들이 서로 말할 수 있도록 하고, 서로 접근할 수 있고, 관심 가질 수 있는' 기회를 제공하는 것이라 여긴다. 타인에 대한 관심만이 소통을 가능하게 하며, 타자에 대한 관심은 연민과 배려를 낳고 그것이 소통을 가능하게 하며, 소통만이 상처를 치유하고, 개인의 실체를 확인할 수 있게 해줄 것으로 확신한다.

「자전거」의 세계는 '뒤틀린' 세계이지만 그에 대응하는 방식은 뒤틀림이 아니다. 송하춘에게 글쓰기는 상처를 치유하고 새 삶을 복원시킬 수 있는 수단이다. 자신의 상처를 숨기기 위해 허세를 부리거나, 타인의 상처를 거부하지도 않는다. '어찌 무섭지 않겠어?', '어찌 겁이 안 나겠어?' 라며 순순히 받아들이고 이해한다. 작가는 인간 자체가 삶을 지속하기 위한 자양분의 원천임을 역설하고 있다. 인간에게는 자체적인 비판과 자체적인 재생산을 할 수 있는 역량이 있음을 인지하고 있다.

도시의 동력은 모든 존재하는 것들을 해체하고 대기 속으로 녹아들게 한다. 자본주의의 끊임없는 질적 변화는 저항할 수 없을 정도로 도시를 강력하게 규정짓는다. 작가는 그 세계에서 자신의 언어가 '음질 고운 악기의 떨림판처럼 섬세하고도 민감' 하기를 희망한다. 그래서 뒤틀린 세상에 뒤틀린 언어로 맞서기보다는 '세상의 뒤틀림이 그에게 와서 크게 울리고 정직하게 튕길 수 있도록 예리하게 갈아 두고 싶' 어 한다. 우리 자신의 전망을 확대하고, 우리들의 삶에 우리들이 생각했던 것보다 더 많은 것들이 있음을 보여주면서 새로운 반향과 깊이를 우리의 일상에 부여하고 있다.

화폐가 모든 가치의 기준이 되는 사회에서 현대인은 자신들의 상품에서 자신들을 인식하게 되고, 자신의 주택이나 자동차에서 자신들의 영혼을 발견하게 된다. 그들의 영혼이나 꿈은 더 이상 그들에게서 자유롭지 못하다. 영혼이나 꿈을 상실한 인간들은 상실로 인한 두려움으로 인해 무기력해지거나, 스스로 죽음을 준비하거나, 타자의 무관심으로 인한 이중의 상처를 경험한다. 작가는 그 상처를 관조적 입장에서 무감각하게 서술하거나, 해답을 기계적으로 연결 짓지 않는다. 대신 익명으로 '존재할 수도, 그렇지 않을 수도' 있는 현대인들의 존재를 「자전거」의 인물들로 환기시킨다. 흰운동화와 배불뚝이, 소년과 소녀는 텍스트에 배열되어 있는 여러 성격적 지표들이다. 그들의 자유로운 조합을 통해 작가는 '상실의 서사'를 '인간성의 서사'로 전환시키고 있다. 우리 자신이 우리의 도시와 우리의 삶을 다시 빚을 수 있는 방법을 발견해야 비로소 '인간성의 서사'에 도달할 수 있음을 암시하고 있다.

봄날 오후, 과부 셋

1965년 전남 구례 출생. 중앙대 문예창작학과 대학원 박사과정 수료.
1996년 〈조선일보〉 신춘문예로 등단.
창작집 『행복』, 『봄빛』.
이효석문학상, 한무숙문학상 수상.

봄날 오후, 과부 셋

봄바람이 앙탈 난 아이처럼 마당을 휩쓴다. 어지간한 바람에는 끄덕도 않던 남보랏빛 수국마저 미친년 널뛰듯 몸을 뒤챈다. 간신히 매달려 있던 무거운 꽃송이가 뚝 부러질 것만 같다. 가만 보니 그것은 수국이 아니라 빨랫줄에서 펄럭거리는 남보랏빛 치마였다. 요즘은 자꾸 헛것이 보인다. 헛것이 보인다고 한숨결에 한 마디 했더니만 서울 사는 딸년은 짜증스럽게 헛것은 무슨, 백내장이 심해 그렇지, 무안하게 쏘아붙였다. 썩을 년. 딸 말이 맞을 것이다. 그러나 백태 낀 눈이 빚어내는 착각이 그녀에게는 잠시의 현실이다. 그녀는 보송보송 마른 빨래를 걷는다. 반나절 만에 빨래를 말린 성급한 바람처럼 그녀의 팔십 년도 순식간에 지나가버렸다. 누군가 그녀의 세월 밖에서 그녀의 한 삶을 지켜보고 있다가 빨래를 걷듯 목숨줄을 훽 걷어버리는 것인지도 모른다, 삶이란 것은.

"잘도 말랐네."

혼잣말을 중얼거리며 그녀는 마루에 앉아 옷을 개킨다. 옷이라고 해

봐야 월남치마와 양말 몇 짝, 아직도 벗지 못한 겨울내의뿐이다. 젊은 날 그녀는 어떤 옷이든 하루 이상 입지 않았다. 늙으니 만사가 귀찮다. 겨울에는 같은 옷을 일주일씩도 입는다. 기름기가 없어 그런지 일주일씩 입어도 더러움을 타지 않는다. 젊은 날, 그녀의 피부는 건조한 한겨울에도 자르르 기름기가 돌았다. 그 기름진 살결은 세월 속에서 차츰 기름기를 잃어 언젠가부터 푸석푸석 살비듬이 일었다. 매일 아침 방바닥에 떨어진 살비듬을 손으로 쓸면 손바닥이 온통 허옜다. 살비듬이 빠져나간 생명이나 되는 양 그녀는 아침마다 심란하다.

"뭐하요?"

대서소 김영감이 문밖에서 비죽 얼굴을 들이밀며 묻는다. 그녀보다 두 살 아래인 김영감은 아직도 대서소를 한다. 돈이야 몇 푼 벌릴까만 그냥 심심풀이로 하는 눈치다. 요 몇 년 전부터 김영감은 아침저녁으로 오며 가며 문안인사를 올린다.

"남이사 뭘하든!"

김영감을 그녀는 한 번도 문안에 들이지 않았다. 남자가 그리울 나이도 아니고, 이 나이에 괜스레 정이라도 주었다가는 젊어서의 영욕이 눈덩이처럼 불어 되돌아올 것이다.

"수국이 참 예쁘요."

싱거운 말을 던져놓고 김영감은 사라진다. 마당 한구석에 수국이 소담스레 피어 있다. 삼십여 년 전 하루꼬네 집에서 한 뿌리 얻어다 심어놓은 것이 어느새 마당 한켠을 점령했다. 그러고 보니 하루꼬가 오지 않았다. 지난 두 해 동안 아침참이 지나면 어김없이 대문간을 들어서던 하루꼬다. 비가 오거나 눈이 오거나 거르는 법이 없어 적잖이 귀찮아하던 그녀는 허둥지둥 문을 나선다. 옆집 조여사는 지난겨울 웃으며 인사하고 헤어진 지 한 시간 만에 뇌출혈로 목숨줄을 놓았다. 여든쯤 되면 언제 불려갈 지 십 분을 기약할 수 없는 법이다. 급한 걸음으로 성당 앞을 지나는데 저만치 하루꼬가 목을 축 늘어뜨린 채 흐느적흐느적 걸어오고 있다. 하루꼬의 무심한 시선은 그녀를 사물인양 스쳐 지난다.

"하루꼬!"

몇 걸음이나 지나쳐 가버린 하루꼬가 제 이름 부르는 소리에 걸음을 멈춘다. 다행히 아직은 온정신인 모양이다. 하루꼬는 돌봐줄 자식 하나 없다.

"왜 이렇게 늦었어?"

"응, 영감 아침상이 늦어서. 배가 안 고프다고 거르겠다잖아. 그래 기어이 한 순갈 먹이느라 늦었지."

하루꼬의 영감은 이 년 전 이맘때 세상을 떴다. 남편이 죽은 뒤에도 하루꼬는 하루도 거르지 않고 남편 상을 봤다. 어제는 저는 먹지도 않는 육회를 차려놓고, 영감 죽기 몇 년 전부터 고기 썰기 귀찮아 그 좋아하는 육회 한 번 해주지 않았다고 종일 눈물바람이었다. 그랬어도 살아있는 남편 밥상을 챙겼노라고 한 적은 한 번도 없었다. 아무래도 하루꼬가 이상하다. 언젠가 이런 날이 올 줄 알았다.

마루에 엉덩이를 걸치기 무섭게 눈물을 짜던 하루꼬가 오늘은 웬일로 무심히 수국을 바라본다. 하루꼬는 어려서부터 수국을 좋아했다. 그녀는 수국이 싫었다. 멋대가리 없이 꽃송이만 커다래서 힘없이 축 늘어진 게 음습한 남보랏빛하며 도무지 정이 가질 않았다. 그래도 수국이 흐드러지는 오뉴월이면 하루꼬네 집에 갈 때마다 몇 송이 꺾어가곤 했다. 열네 살 하루꼬는 그 꽃을 유리병에 꽂아놓고는 앉은뱅이책상에 턱을 고인 채 그녀의 존재조차 까맣게 잊고 무심히 꽃만 바라보았다.

"나는 수국이 싫어! 꼭 눈물 같잖아."

그녀는 수국만 향한 하루꼬의 오롯한 시선이 샘이 나서 괜스레 트집을 잡았다. 그때처럼 하루꼬는 수국만 바라본다. 그녀는 하루꼬의 팔을 잡아 일으켰다. 오늘은 같이 갈 데가 있다.

"하루꼬. 사다꼬네 가자."

"사다꼬?"

"그래, 사다꼬. 우리 동창 사다꼬."

그녀들은 읍내에 하나밖에 없던 보통학교 동창이다. 어려서 만나 일본이름으로 부르기 시작한 탓에 아직도 일본이름이 더 친숙하다. 그녀의 이름은 영자지만 친구들에게 그녀는 되바라진 에이꼬다.

"나 그런 사람 몰라."

여전히 수국을 응시한 채로 하루꼬는 고개를 젓는다. 사다꼬를 모르다니. 그럴 리가 없다. 하루꼬는 사다꼬와 단짝이었다. 그녀만 쏙 빼고 자기들끼리 몰래 어울려 다닌 것도 그녀는 알고 있었다. 샘 많은 그녀가 샘이 나 토라진 적도 골백번이었다.

"꿀 먹은 벙어리 사다꼬 말이야."

언젠가부터 죽으면 죽었지 어떻게 잊을까 싶었던 일을 까맣게 잊기도 하고, 까맣게 잊었던 일을 느닷없이 기억하기도 했다. 기껏 잘 숨겨놓은 통장을 도무지 찾지 못한 적도 있다. 잘 숨겨진 통장처럼 사다꼬의 기억도 하루꼬의 머릿속 어딘가 곱게 숨어 있을 것이다. 무언가 실마리를 찾기만 하면 쉰내 나도록 묵은 기억이 실타래처럼 풀려나올지도 모른다.

"기억나? 결혼하기 며칠 전날 사다꼬가 너희 집에 와서 눈이 퉁퉁 붓도록 울었잖아."

하루꼬도 말수가 적었지만 사다꼬에게는 댈 게 아니었다. 남자들을 제치고 늘 일등이던 사다꼬는 먼저는 입을 떼는 법이 없었고, 누가 뭘 물어도 응, 아니, 단답형의 대답밖에 하지 않았다. 아이들은 사다꼬로부터 가장 긴 대답을 얻어내는 사람에게 모찌 사주기 따위의 내기로 어린 날의 지루한 시간을 흘려보냈다. 사다꼬는 공부 잘 하고 얌전한데다 인물까지 반반해서 선생님과 남자 동창들의 사랑을 한 몸에 받았다. 누가 무슨 말을 해도 꿀먹은 벙어리로 삼키기만 하고 여간해서는 내뱉는 법이 없어 여자애들에게도 인기가 좋았다. 사다꼬에게 말한 비밀은 절대 새는 법이 없었으니까. 단짝으로 붙어다녔지만 그녀는 누구에게나 인기 좋은 사다꼬가 꼭 좋지만은 않았다. 사다꼬가 동경제대 나온 남자와 혼인하게 되었을 때도 그녀는 혼자서 몇 날 며칠 속을 끓였다. 그때 그녀는 김약방 박조수와 막 혼인을 한 참이었다. 동경제대라는 말을 듣는 순간 몇 년이나 죽고 못 살았던 박조수에 대한 마음이 깨끗이 가셨다. 그런 저에게 더 화가 나서 그녀는 눈이 퉁퉁 붓도록 울먹이는 사다꼬에게 동경제대가 싫어? 호강에 초쳤다, 기어이 비아냥거리고 말았다. 그날 새벽 사다꼬는 동경에 가서 고학을 하겠다며 부산행 열차에 올랐다. 다시 잡혀와 머리 박박 밀린 채 결국 시집을 가기는 했지만.

"사다꼬…… 사다꼬……."

하루꼬가 사다꼬의 이름을 몇 번이나 입안에서 궁글렸다. 그래도 기억은 돌아오지 않는 모양이었다.

"나 그런 사람 몰라."

"모르긴 왜 몰라! 사다꼬를."

울컥 속이 상해서 그녀는 버럭 소리를 질렀다.

"일어서!"

그녀는 하루꼬의 팔을 부여잡고 성큼성큼 걸음을 옮겼다. 도살장에 끌려가는 소처럼 하루꼬는 미적미적 그녀의 뒤를 따랐다. 어려서부터 하루꼬는 늘 그랬다. 그녀가 김약방을 기웃거리던 무렵 하루꼬는 급장이던 가네무라 에이이찌를 마음에 두었다. 물론 제 입으로 말한 적은 없었다. 그래도 하루꼬가 에이이찌를 좋아한다는 사실을 반 전체가 다 알았다.

에이이찌가 근처에 오기만 해도 하루꼬의 하얀 뺨이 발갛게 달아올랐던 것이다. 그녀는 교정에 등꽃이 만발한 어느 초여름 밤, 하루꼬를 부추겨 장문의 연애편지를 쓰게 했다. 쓰기는 하루꼬가 썼으나 저 혼자서는 한 문장도 만들지 못해 그녀가 옆에서 따박따박 읊어준 편지였다. 하루꼬가 새벽에 구겨버린 그 편지를 인두 다리미로 깨끗이 다려 에이이찌의 가방 속에 넣어둔 것은 그녀였다. 에이이찌는 방과 후 하루꼬를 등나무 아래로 불렀다. 얼굴이 홍옥처럼 붉어진 하루꼬는 가방도 놔둔 채 줄행랑을 놓았고, 그녀가 대신 등나무 밑 벤치로 나갔다. 누가 모범생 아니랄까 봐,

"여자 행실이 이래서야 되겠어."

정색을 하고 훈계를 한 에이이찌는 하루꼬가 밤새워 쓴 편지를 돌려주었다.

"바보! 여자 마음도 모르는 게 공부는 잘해 무엇해."

그녀가 야무지게 쏘아붙이자 에이이찌는 어안이 벙벙하여 아무 말도 하지 못했다.

"너…… 혹시 다른 여자를 마음에 두고 있는 거야? 그래서 하루꼬가 싫은 거지? 맞지?"

이상한 예감에 그녀는 그렇게 몰아붙였고, 에이이찌는 황급히 그녀의 시선을 피했다. 친구들 중에 가장 빨라 열넷에 초경을 한 그녀는 그래서인지 동급생들보다 이성문제에 밝았다.

"혹시 사다꼬야?"

그녀는 내처 물었다. 등나무 터널을 통과한 초여름 오후의 햇살이 에이이찌의 얼굴 위에서 그물망처럼 어른거렸다. 에이이찌는 아무 말도 하지 않았다. 사다꼬가 분명했다.

"바보! 벙어리 사다꼬가 뭐가 좋다고!"

제 사랑이 끝난 것도 아닌데 그녀는 등나무 아래를 걸어나오며 눈물

을 질금거렸다. 아마 말 한 번 건네지 못한 제 사랑이 감정이입된 탓이었으리라. 달콤한 등나무꽃 향기가 그날은 달콤해서 더욱 서러웠다. 그 꽃향기며 햇살 어른거리던 에이이찌의 붉은 얼굴이 아직도 눈에 선하다.

"나는 싫어. 너 혼자 다녀와."

사다꼬의 집 앞에서 하루꼬는 또다시 멈칫거린다. 곡마단 구경을 갈 때도 밤 벚꽃놀이를 갈 때도 어렵사리 꼬여놓으면 하루꼬는 곡마단 앞에서 혹은 꽃구경 가는 길에 미적미적 돌아서곤 했다. 팔십이 넘은 지금도 열네 살 시절과 똑같다. 전주사범 나온 선생과 혼인날을 받아놓고도 하루꼬는 볼살이 쏙 빠지도록 걱정이 태산이었다. 생판 모르는 사람과 어떻게 한방에서 같이 사느냐고, 어떻게 어머니를 두고 가느냐고, 틈만 나면 질질 눈물을 짜던 하루꼬는 시집간 지 이 년 만에 보얗게 살이 오른 채 친정에 다니러 왔고, 이번에는 혼자 두고 온 남편이 걱정이 되어 이틀 만에 부랴부랴 돌아갔다. 매번 새로운 것 앞에서 미적미적 망설이지만 함께한 시간만큼 깊이 마음을 주는 게 하루꼬다.

"얼굴 보면 기억이 날 거야. 들어가자."

곡마단 휘장 속으로 등을 떠밀듯 그녀는 늙은 하루꼬의 등을 떠민다. 문은 열려 있다. 오래된 쇠문이 요란한 소리를 내며 열리는데도 안에서는 인기척이 없다. 사다꼬는 낡아서 허물어질 듯한 연립에 산다. 이만한 집 한 채라도 건사하게 된 게 아마 환갑 지난 후였으리라. 들어오라는 허락도 없이 그녀는 마루에 올라선다. 아귀가 맞지 않은 안방문을 힘껏 잡아당겼으나 안방에는 스산한 냉기뿐이다.

"사다꼬! 사다꼬!"

"으응. 누구야?"

거실의 눈부신 봄볕 속에서 희미한 목소리가 들린다. 아지랑이처럼 어룽거리는 빛 속에 사다꼬가 덩그마니 앉아 있다. 워낙 몸피가 적은 데다 빛이 어른거려 보이지 않았던 모양이다. 흐릿한 시선이 그녀를 향한다. 열넷의 사다꼬는 몸집이 작은데다 유난히 눈빛이 반짝거려 생쥐 같았다. 세월이 눈빛의 총기를 야금야금 갉아먹고 총기 대신 흐릿한 백태를 끼워놓았으리라. 한참 후에야 그녀를 알아보고 몸을 일으키려던 사다꼬가 비그르르 바닥에 주저앉는다. 사다꼬를 부축하여 벽에 기대앉힌 후 그녀는 여직 현관에서 머뭇거리는 하루꼬를 끌고 온다. 사다꼬의 눈에 반짝 생기가 돈다. 사다꼬가 덥석 하루꼬의 손을 잡는다. 난처한 기색으로 그녀를 바라보면서 하루꼬는 슬며시 손을 뺀다. 얼굴을 보고도 기억이 나지 않는 것이다. 영문을 알 리 없는 사다꼬가 어리둥절 그녀를 바라본다.

"얘가 지지난해 영감을 보낸 후로 왔다갔다 한다. 오늘은 더하네. 너를 모르겠대."

"그 양반이 갔어? 나는 그것도 몰랐네. 기별이라도 하지 왜."

영감을 보내놓고 하루꼬는 누구에게 기별할 정신조차 없었다. 하루꼬는 나 좀 데려가라고, 왜 영감 혼자 갔느냐고 악을 쓰며 울다 몇 번이나 정신을 잃었다. 자식도 없는 데다 하루꼬나 그 남편이나 서점에 틀어박혀 주위 사람들과 별로 어울리지 않은 탓에 장례식장은 쓸쓸하기 짝이 없었다. 유일한 상주인 하루꼬는 영안실에 오기만 하면 혼절을 하고, 염이며 입관이며 화장이며 모든 절차를 그녀가 도맡아 처리했다. 짬이 나면 하루꼬를 간병하느라 누구에게 연락할 정신조차 없었다. 하루꼬의 뒤처리를 그녀가 하게 될 줄은 몰랐다. 하루꼬나 사다꼬는 저희들끼리는 곧잘 속을 털어놓는 눈치였지만 그녀에게는 한 번도 속엣말을 하지 않았다. 하루꼬 남편이 잘 다니던 학교를 때려치고 낙향하게 된 이유도 하루꼬의 입을 통해서는 들은 적이 없다. 샌님같이 생긴 하루꼬의 남편이 전교조라나 뭐라나, 4 · 19 뒤에 세상 좋아진 줄 알고 괜히 설쳤다가 쫓겨

났다는 사실을 무슨 말 끝에 사다꼬에게 들었다. 그때 사다꼬와 하루꼬는 서로 먹고 살기 바빠 왕래도 뜸했다. 거의 매일 보는 그녀도 모르는 하루꼬의 비밀을 사다꼬는 알고 있었다. 그럴수록 그녀는 하루꼬를 챙겼다. 쉰쯤 되었을 때 하루꼬는 무슨 큰 비밀이라도 털어놓듯 첫아이 가졌을 때 잘못되어 자궁을 들어내는 바람에 다시는 아이를 가질 수 없게 되었노라고 울먹이며 털어놓았다. 사십 년 공을 들여 처음 얻은 수확이었다. 다음 장날 약방에 들린 사다꼬에게 자랑하듯 그 이야기를 속닥였더니 사다꼬는 저만치 나무의자에 앉아 기다리는 손님들을 긴장하여 휘 둘러보고는, 다시는 그 얘기 입에도 담지 말라고, 자칫 소문이라도 나면 하루꼬가 혀 깨물고 죽어버릴지도 모른다고, 그녀 가슴에 비수를 박았다. 사다꼬는 진작 알고 있었다. 저희들 둘이서는 안 하는 이야기 없이 종알거렸던 것이다. 그럴수록 그녀는 기를 쓰고 하루꼬에게 잘 했다. 그래봤자 늘 무덤덤, 가면 반기고 돌아서면 잘 가라고 인사하던 하루꼬가 변하기 시작한 것은 제 남편이 죽은 뒤부터였다. 남편을 잃은 하루꼬는 온전히 그녀에게 기댔다. 사다꼬 같은 건 기억조차 하지 못한다.

"얘가 워낙 정신이 없어서…… 영감 보내놓고 저도 가게 생겼다. 오늘은 영감 아침밥 먹이느라 우리집에 늦게 왔다고 하더라니까. 너도 기억이 안 난다고 하고. 그나저나 너라도 기별을 하지 그랬어. 너희 영감 소식을 어제야 들었다."

너도 기억이 안 난다는 말을, 할까말까 망설이다 기어이 입에 담은 그 말을, 사다꼬는 흘려들었다.

"늙으면 다 가는 것을 뭐하러 번거롭게……."

아이구, 너 잘 났다, 소리를 그녀는 겨우 참는다. 사다꼬는 언제나 이런 식이다. 사소한 일에도 어쩔 줄 몰라 발을 동동 구르는 하루꼬와 달리 사다꼬는 어떤 일에도 흔들리지 않았나. 생각해보면 사다꼬의 인생은 동창들 중에서도 유독 굴곡이 많았다. 동경제대 나온 사다꼬의 남편은 혼인한 지 몇 달 지나지도 않아 산사람이 되었다. 그 남편을 따라 사다꼬도 산으로 갔고 근 십 년 연락이 끊겼다. 산에서 남편을 잃은 사다꼬는 감옥살이를 마치고 고향으로 돌아왔다. 십 수 년 뒤에 사다꼬는 저와 똑같은 이력을 가진 가난뱅이와 재혼을 했고, 사다꼬에 대해 늘 뭔가 석연치 않은 가슴앓이를 하던 그녀는 당시로는 제법 거액이던 천 원을 부조할 만큼 여유가 생겼다. 공부 잘했다고 인생 잘 풀리는 게 아니다. 이래서 세상은 살아봐야 하는 거라고, 결혼식도 올리지 않은 채 들고나는 단칸방에 살림을 차린 사다꼬네 집에 갔던 그녀는 고개를 주억거리며 그제야 마음으로 받아들인 친구의 등을 두드렸다. 사다꼬와 재혼한 가난뱅이는 가난뱅이로도 모자라 읍내를 떠들썩하게 했던 재조직사건에 걸려 십 년 넘게 감옥살이를 했다. 간혹 사다꼬는 병색 깊은 파리한 얼굴로 그녀가 운영하는 약방에 들러 소다를 찾았다. 위장약 하나 변변히 지어먹을 형편도 안 되는 주제에 자존심은 제 낯빛보다 더 시퍼래서 사다꼬는 기어이 몇 푼 되지 않는 약값을 카운터에 올려놓고 종종걸음으로 사라졌다. 그게 벌써 언제적 이야긴가. 약사면허도 없이 일본인이 물려주고 간 김약방을 운영하던 시절이었다. 면허는 없어도 워낙 수완이 좋아 김약방은 일본인이 운영하던 시절보다 더 유명했다. 특히 그녀가 한의사에게 의뢰해서 만든 고약과 피부병약이 효험이 있다고 소문이 나 옆 도시에서까지 손님이 몰려들었다. 이 바닥 돈은 김약방이 다 쓸어담는다는 소문이 자자할 정도였다. 그 돈으로 여러 사람 살판이 났다. 60년대 초반, 십수 년 교사생활을 했다면서 모아놓은 돈도 없이 하루꼬네가 고향으로 돌아왔을 때 떡하니 책방을 차려준 것도 그녀였다. 물론 십 년에 걸쳐 하루꼬가 다 갚기는 했지만. 하루꼬에게 그 돈 갚으라는 말을 하지는 않았다. 애당초 줄 작정이었다. 주변머리 없는 하루꼬가 은행 이자 쳐서 마지막 한 닢까지 똑부러지게 갚았을 뿐이다. 그녀는 그게 외려 서운했다. 조금만 살갑게 굴었더라면 사다꼬에게도 먹고살 밑천쯤 마련해줄 형편이 되고도 남았다. 돈을 잘 벌기도 했지만 그녀는 돈을 쓰는 데도 인색하지 않았던 것이다. 그러나 사다꼬는 단 한 번도 힘든 내색을 하지 않았다. 힘든 내색은커녕 언젠가는 그녀에게 따끔한 훈계를 늘어놓기도 했다. 좁은 읍내에 그녀에 관한 소문이 파다하게 나돌 무렵이었다.

어린 그녀의 가슴을 설레게 하던 박조수는 약방을 그녀에게 맡겨두고는 국궁이니 색소폰이니, 쓰잘 데 없는 데 미쳐 밖으로만 나돌았다. 야리야리 부끄럼 많고 다정하던 박조수는 알고 보니 그녀에게만이 아니라 세상 아무 여자에게나 부끄럼 많고 다정했다. 결국 박조수는 마흔도 되기 전에 첩년의 무르팍을 베고 자다 급사했다. 그 무렵엔 남편에 대한 정 따위는 흔적도 없이 사라져 쓸데없이 돈만 쓰고 속만 태우더니 시원코 잘됐다, 눈물도 나오지 않았다. 마지막으로 네가 듬뿍 사랑 받았으니 보내는 길도 네가 알아서 하라고 첩년에게 돈뭉치만 던져놓고 그녀는 모르쇠로 일관했다. 아무리 그래도 본실이 너무하는 것 아니냐고 뒤에서 말들이 많은 모양이었지만 그녀는 신경 쓰지 않았다.

막내가 서울에 있는 고등학교에 진학한 뒤 그녀는 읍내 고등학교 선생과 눈이 맞았다. 술을 마신 다음날이면 어김없이 박카스를 사먹으러 오는 남자였다. 역사선생이었던 그 남자는 손가락이 유난히 길고 하얬다. 박조수의 손도 그랬다는 것을 까맣게 잊고 그녀는 남자에게 흠뻑 빠졌다. 남자가 혼잣몸이었으면 자식들이야 뭐라든 재혼을 했으리라. 애석하게도 남자는 유부남이었고 결혼 직후부터 아내와 사이가 좋지 않았지만 우유부단하여 조강지처를 버릴 위인이 아니었다. 어쩔 수 없이 체념했으나 남자는 하루에도 몇 번씩 박카스를 사러 약방에 들렀다. 박카스를 건네주다 손이 스쳤을 때 전기에 감전이라도 된 듯 온몸이 저르르 떨렸다. 그 떨림을 예민한 남자는 놓치지 않았다. 남자가 길고 섬세한 손으로 덥석 그녀의 손을 움켜쥐었고 온몸에 힘이 빠져 그녀는 그만 스르르 주저앉고 말았다. 여름이었다. 그길로 두 사람은 택시를 불러 타고 옆 도시로 달려갔다. 가는 내내 남자는 그녀의 손을 놓지 않았다. 손바닥이 흠뻑 젖었다. 손이 젖는 만큼 몸이 달아올랐다. 여관방에 들어서자마자 두 사람은 뱀처럼 뒤엉켰다. 남편과도 나눠보지 못한 뜨거운 정사였다. 남의 눈을 피한다고 피했지만 워낙 손바닥만한 좁은 동네라 머지않아 두 사람의 정분을 알 만한 사람은 다 알게 되었다. 낯이 뜨겁기는 했다. 그러나 제 몸의 욕망을 죽이며 살고 싶지는 않았다. 남편은 죽었고 아직 젊은 그녀는 싱싱하게 살아 있었다.

그 무렵 사다꼬가 그녀를 찾아왔다. 소다만 사서 돌아가던 사다꼬가 웬일로 약방문을 닫을 때까지 돌아가지 않았다. 문을 닫은 뒤 사다꼬가 그녀를 똑바로 바라보았다. 질책하는 눈빛이었고 순간 그녀는 사다꼬가 소문을 알고 있음을 직감했다. 사다꼬답게 말은 짧고 직설적이었다.

"너는 여자이기 전에 어미야. 자식에게 부끄러운 짓은 말아야지. 사람이 어찌 욕망대로만 살겠니? 남자가 그리우면 책을 읽든지 공부를 하든지……."

말이 끝나기도 전에 그녀는 부들부들 떨면서 사다꼬의 뺨을 후려쳤다. 부들부들 떤 것이 수치심 탓이었는지 배신감 탓이었는지는 알 수 없다.

"재혼한 년이나 바람 핀 년이나 뭐가 달라서!"

사다꼬는 뺨에 붉은 손자국을 품은 채 말갛게 그녀를 바라보다 아무 말 없이 돌아섰다. 알고 있었다. 뒤에서들 뭐라고 수군거리는지. 면전에서 쓴소리한 사다꼬야말로 친구라는 것도. 그래도 그 순간 그녀는 사다꼬의 잘난 척을 견딜 수 없었다. 어쩌면 사다꼬의 말이 그녀의 가장 아픈 곳을 건드린 것인지도 몰랐다. 아니, 그녀는 자식을 위해 최선을 다했다.

열심히 돈을 벌었고, 그 시절에 미국유학도 보냈다. 어미로서 할 수 있는 일은 다했다. 아이들이 서울로 진학을 하면 만사 젖혀두고 따라가서 직접 집을 구했고, 믿을 만한 식모를 구하기 위해 사방으로 다리를 놓아 알아보았다. 아무리 평판이 좋아도 집에서 두어 해 지켜본 사람이 아니면 절대 아이들을 맡기지 않았다. 아이들 좋아하는 참게장을 직접 담갔고, 겨울이면 갓김치에 석박지에 고들빼기에 종류도 다양하게 김장을 해서 보냈다. 그녀의 인생 십분의 구는 아이들 것이었다. 나머지 일 정도는 나의 즐거움을 위해 쓸 수도 있는 것 아닌가. 사다꼬를 보낸 뒤 그녀는 요 위에 엎어져 펑펑 울었다. 울면서도 그녀는 남자의 팔베개가 그리웠고 살냄새가 그리웠다. 남자의 아내에게 결국 들통이 나 관계가 깨진 후에도 그녀는 사다꼬 보란 듯이 남자를 만들었다. 누가 뭐라든 사람답게 살고 싶었을 뿐이다. 지금도 그녀는 지난 세월을 후회하지 않는다. 그런데도 사다꼬만 보면 그날의 수치심이 되살아난다.

사다꼬가 우유를 내왔다. 우유는 따뜻하게 데워져 있었다. 사다꼬가 따뜻한 잔을 하루꼬의 손에 쥐어주었다. 봄볕은 찬란했으나 난방을 하지 않은 실내는 소름이 돋도록 서늘했다.

"하루꼬. 나 감옥에서 나왔을 때 네가 만들어준 이 콩물을 먹고 병을 고쳤잖아. 지금도 어디만 안 좋으면 콩물을 먹는다. 내 만병통치약이야. 어여 마셔."

그 말에 그녀는 또 빈정이 상한다. 김치며 토하젓이며 송이버섯이며 하루꼬에게 철철이 음식을 댄 것은 그녀였다. 그녀는 하루꼬의 콩물 같은 건 먹어보지 못했다. 서점 한다고 늘 바쁘던 애가 콩 삶고 갈고 끓이는 그 귀찮은 일을 마다하지 않았단 말이지, 믹서도 없던 그 시절에. 흐트러진 마음이 얼굴에 고스란히 드러난다. 픽, 사다꼬의 입에서 웃음이 새나온다.

"또 시작이다. 할망구가 되어서도 어쩌면 에이꼬는 보통학교 때랑 똑같니?"

"그러게 말이야. 너희 집엔 그 비싼 우유가 썩어났잖아? 그 우유, 사다꼬에게 주자는 말이 차마 안 나와서 콩물을 만들었구만."

드디어 기억의 실마리가 풀린 모양이다. 얼마 만인지 웃으며 말을 받는 하루꼬가 반갑고, 반갑지 않다.

"너 괜찮은 거야?"

"내가 괜찮지 그럼."

"영감 죽은 것은 알아?"

"얘가 지금 무슨 소리를 하는 거야?"

하루꼬가 아무것도 모르는 얼굴로 되묻는다. 영감이 아침밥 먹기 싫다고 했다는 말을 그녀는 차마 하지 못한다. 이렇게라도 돌아왔으니 다행이다. 이게 다 사다꼬 덕이라는 데 생각이 미치자 그녀는 그새 하루꼬 정신 돌아온 반가움을 잊고 아이처럼 불퉁거린다.

"너한테 콩물은커녕 따뜻한 숭늉 한 그릇 못 얻어먹었다."

쯧쯧, 하루꼬가 혀를 찬다.

"아이구, 네가 내 고추장 맛있대서 고추장, 간장, 된장, 너희 애들 셋이 다 커서 시집 장가 갈 때까지 내가 다 댔다. 영감하고 나하고 먹은 것보다 너희 집으로 간 게 몇 배였어. 너희 애들, 다 너 닮아 뱃구레가 크잖아. 그뿐이야? 너희 애들이 내가 만든 딸기잼 한 번 먹더니 환장을 해서 그것도 평생 댔고. 조목조목 읊어보랴? 내가 해줄 건 그런 것밖에 없어서 할 수 있는 건 다 했구만 또 심통이다. 아무튼 에이꼬 심통은 알아줘야 해."

하루꼬 말이 사실은 사실이었다. 시집간 지금도 딸애는 하루꼬의 된장을 찾았다. 그러고 보니 하루꼬 남편이 죽기 전까지는 딸애가 하루꼬

된장을 먹었다. 할 말은 없었지만 뭔지 모르게 입맛이 썼다. 생각해보면 그거야 준 만큼 돌려받은 것이다. 빚지고는 못 사는 성격이라 빚을 갚듯 하루꼬는 장을 담갔을 것이다. 아무것도 주지 않은 사다꼬가 얻어먹은 콩물은 빚이 아니라 마음이었다.

"그 욕심으로 이만큼 산 거지 뭐."

사다꼬가 또 잘난 척을 하고 나섰다. 그 지난한 세월도 잘난 척을 꺾지는 못한 모양이다. 여든이 넘었는데도 사다꼬의 말에 빈정이 상하는 그녀 역시 변한 게 없다. 그녀는 욕심도 많고 지기 싫어하는 성품이라 그렇고, 사다꼬는 책이든 제 자신이든 한 치 흐트러짐 없이 반듯하게 줄 서 있어야 직성이 풀리게 생겨 먹어 그렇다. 그런 걸 알면서도 번번이 비위가 상한다. 알면서도 어쩌지 못하는 것이 성품이다. 언제 상을 당했냐는 듯 말로야 초연하지만 사다꼬의 안색은 초췌하다 못해 병색이 완연하다. 원래 입도 짧은 데다 큰일을 겪었으니 제대로 먹지도 못했을 것이다.

"밥이나 제대로 먹는 거야?"

"그럼. 하루 세끼 꼬박꼬박 챙겨먹고 있어. 뭐하자고 이렇게 챙겨먹나 싶다가도 내 몸 건사 잘 하는 게 자식에게 해줄 수 있는 유일한 선물이다 싶어서 약 먹듯이 먹는다."

"어련하시겠어."

기어이 그녀의 입에서 비아냥이 나오고야 만다. 세월은 정작 둥글려야 할 것은 그냥 놔두고 육신만 갉아먹는 모양이다. 사다꼬는 저를 쥐 잡듯이 잡아 군기 바짝 든 신병처럼 모진 세월을 견딘다. 그것이 사다꼬의 방식임을 알면서도 늘그막까지 무어 그리 안간힘을 쓰는지 그녀는 안쓰럽다 못해 짜증스럽다. 기대어 견디는 법을 사다꼬는 알지 못한다. 사십 년을 함께 산 남편에게도 아마 기대보지 못했을 것이다. 그러니 저렇듯 초연하게 버텨낼 수 있는 건지도 모른다.

"너는 좋겠다. 자식이 있어서. 나도 자식이 있었으면 이럴 때 힘이 됐을 텐데."

반짝 생기가 돌았던 하루꼬가 다시 풀이 죽는다. 그녀가 위로의 말을 꺼내려는 찰나 사다꼬가 먼저 말을 받는다.

"그럴 거 없어. 그게 다 짐이야. 없었던 듯이 깨끗하게 가면 그게 젤이지. 물려줄 재산도 없고 몸고생 마음고생만 시키다가 부모 가는 뒤치다꺼리까지 시키려니, 그게 고민이다, 요새 내가."

"그래도 너는 의지할 데가 있잖아. 의지할 자식도 없으니 나부터 보내놓고 자기가 뒤따라가겠다고 해놓고는……."

하루꼬의 눈에 그렁그렁 눈물이 맺힌다. 그러겠노라 굳게 약속했던 하루꼬의 남편은 늘 그랬듯 하루꼬에게 팔베개를 해주고 자다가 세상을 떠났다. 죽은 남편에게 안긴 채 잠에서 깨어난 하루꼬는 그대로 혼절을 했다. 두 사람을 발견한 것은 하도 전화를 받지 않기에 무슨 일인가 싶어 찾아간 그녀였다. 그녀는 하루꼬가 남편의 품에 안겨 잠을 자는 줄 알았다. 하루꼬는 평생을 저렇게 한 남자의 품에 안겨 살았구나, 부러운 마음에 발소리를 죽여 돌아나오려는 찰나, 이미 정오가 가깝다는 데 생각이 미쳤고, 흔들어보니 하루꼬는 깨어났으나 그 남편은 이미 딱딱하게 굳어 깨어나지 않았다.

"너는 평생 남편에게 의지하고 살았잖아. 둘이서 깨가 쏟아지게. 나는 단 한 시간도 그런 세월을 못 살아봤다."

사다꼬도 그게 부러웠구나. 어쩐지 그녀는 그런 사다꼬가 가깝게 느껴진다. 언제였는지, 갓 구운 카스테라를 들고 서점에 간 적이 있다. 학생들 등하교 시간이나 되어야 손님이 드는 서점은 고즈넉했다. 그렇게 자주 봐도 영 말이 없는 하루꼬 남편이 불편해서 그녀는 창밖에서 서점 안을 기웃거렸다. 참고서를 들이는 참인지 두 사람은 책 뭉치를 풀고 있었다. 하루꼬의 앞머리가 흘러내리자 남편이 장갑을 벗고는 천천히 쓸어올렸다. 머리카락을 한올한올 정성스럽게 귀 뒤로 넘긴 남편은 몇 번이고 하루꼬의 뺨을 쓰다듬었다. 다정하고 정성스러운 손길이었다. 하루꼬가 부끄러운 듯 배시시 웃었다. 그 웃음 또한 다정하고 따뜻했다. 단 한 시간도 그런 세월을 살아보지 못했노라는 사다꼬의 말을 그녀는 속속들이 이해할 수 있을 것 같다. 댓 명의 남자를 거쳐왔으나 떠날 것을 알고 있던 남자들의 손길은 뜨겁기는 했어도 정성스럽지는 않았다. 그녀가 죽고 못 살아 결혼까지 하게 됐던 남편도 자꾸 엉겨 붙는 그녀를 밀어내기만 했다. 그러다가 결국 다른 여자의 품으로 달아나버렸다. 돈도 자식도 다 제 맘대로 됐으나 남자만큼은 단 한 번도 제 맘대로 되지 않았다.

"못 살아보기는? 네 남편이 너 대신 장 다 보고 했잖아?"

"장이야 봐줬지. 내가 몸이 아파 못 다니니까. 그것뿐이야. 둘이 머리 맞대고 앉아 다정한 얘기 한 번 해본 적이 없는데 뭘."

"그럼 무슨 이야기를 했는데?"

그녀 앞에서는 울기만 하던 하루꼬가 웬일로 눈물 그렁그렁한 채 통곡은 하지 않고 따박따박 말을 받았다.

"무슨 이야기는 무슨 이야기. 빨갱이들이 무슨 이야기를 했겠어? 남몰래 소곤소곤 사상 이야기나 했겠지. 그러려고 빨갱이랑 결혼한 것 아냐?"

그녀가 냉큼 말을 받았고, 사다꼬가 웃으며 고개를 끄덕인다. 감옥에서 나온 뒤 사다꼬에게 집적거리는 남자가 한 둘이 아니었다. 그중에는 의사도 있고 검사도 있었다. 사다꼬가 잡혔을 때 취조했다는 검사는 멀리 떨어진 이곳까지 몇 번이나 사다꼬를 만나러 왔다. 그런 사람들 다 뿌리치고 왜 하필 가난한 빨갱이냐고 물었더니 사다꼬는 그래야 속엣말이라도 하고 살지, 씁쓸하게 웃었다.

"너는 대체 무슨 맛으로 살았니?"

오래 전에 궁금했던 것을 그녀는 이제야 묻는다. 돈도 없고 남편도 보잘 것 없고 직업도 없고 있는 거라곤 딸랑 아들 하나—어릴 때야 공부를 곧잘 했지만 지금은 겨우 출판사나 다니며 셋방살이를 면하지 못한—뿐인 사다꼬가 평생 누구에게도 기죽지 않고 당당한 이유를 그녀는 좀처럼 이해할 수 없었다.

"너야 자식 때문에 살았을 거고, 하루꼬는 남편 때문에 살았을 거고, 글쎄, 나는 뭣 땜에 살았나……."

"사다꼬는 사상이 있잖아, 사상이. 우리 영감도 그랬는걸. 어쩌면 우리 영감은 나보다 그게 더 중요했는지도 몰라."

"네 남편이 사다꼬 같은 빨갱이였다고? 정말? 그걸 왜 말 안했어?"

"세상이 금한 걸 말해 뭣해? 그리고 그런 생각을 가졌달 뿐 평생 책이나 팔다 갔는데 뭘. 그런데도 그 생각은 평생 떨치질 못하더라. 사상이 대체 뭔지……."

그녀는 까맣게 몰랐다. 놀라지 않는 걸 보니 아마 사다꼬는 진작 알고 있었던 모양이다. 이 두 사람은 번번이 뒤통수를 친다. 어쩌면 아직도 그녀가 모르는 뭔가가 있을지 모른다.

"사상이고 뭐고, 살아보니 다 덧없다. 죽으면 다 한줌 재지 뭐."

말은 그렇게 하지만 거실을 가득 메우고 있는 책장에는 순 그런 책들뿐이다. 지금도 사다꼬의 곁에는 통일광장이라는 잡지인지 책인지가 놓여 있다.

"영감 죽고 나니 그렇네. 더 살아 무슨 영화를 볼 것도 아니고 할 수만 있다면 혀 깨물고 깨끗이 죽었으면 좋겠구만……. 내 한몸이면 정말 그러겠어."

사다꼬는 그러기로 작정하면 정말 그러고도 남을 위인이다. 그러지 못하는 것은 그런 죽음이 혹 자식에게 상처가 될까 싶은 어미의 염려 때문일 것이다. 남자에게 달려가고 싶은 그녀의 마음을 막은 것은 오직 하나, 치마폭을 붙잡는 자식의 손길이었다. 아이들이 큰 뒤로야 거침없이 달려갔지만.

"나도 몇 번이고 죽으려고 했는데 그게, 나는 사다꼬 같지 않아서, 영감 따라가고 싶은 마음은 굴뚝같은데 나는 죽었다 깨나도 내 손으로 죽지는 못하겠어."

"죽긴 왜 죽어! 하루라도 더 재미나게 살아야지."

그녀는 괜스레 버럭 소리를 지른다. 노인네 죽고 싶다는 말은 처녀 시집가기 싫다는 말과 더불어 삼대 거짓말 중의 하나라는데, 하루꼬와 사다꼬는 시집 가기 싫다는 말도 거짓말이 아니었다. 늙은 지금 이것들이 죽고 싶다는 말 또한 거짓이 아닐지 모른다. 그러나 그녀는 두 사람과 달리 죽음이 두렵다. 아직은 가고 싶지 않다. 대체 뭐가 다른 걸까? 그것을 열 넷에도 몰랐고 여든 둘인 지금도 그녀는 알지 못한다.

"갈 테면 너희들이나 가라. 나는 천년만년 살라니까."

하루꼬와 사다꼬가 시선을 마주치며 웃음을 터뜨린다. 하루꼬의 웃음을 참으로 오랜만에 본다. 하루꼬도 그 사실을 의식했는지 머쓱하게 웃음을 거둔다. 그러나 잠시의 웃음은 소녀시절처럼 해맑았다.

"자주 좀 모이자. 영감도 없으니 나도 이제 놀러도 다니고 해야겠다."

웃음 끝에 사다꼬가 말했다. 사다꼬는 지난 오 년, 남편이 앓아누운 뒤로 아예 문밖 출입도 하지 못했다.

"아이구, 언제는 사는 게 덧없다더니……."

"에이꼬 네 말이 맞다. 죽지 못할 바에는 재미나게 살아야지."

사다꼬는 이렇게 불쑥 물러나서 사람 맥 빠지게 하는 데 도사다.

"나 배고파. 뭐 먹을 거 없어, 사다꼬?"

그녀가 산해진미를 올려도 먹는 둥 마는 둥 하던 하루꼬가 먹을 것을 찾는다. 하루꼬의 염장질은 이런 식이다.

"그래, 천년만년 살려면 일단 밥부터 먹어야지. 오랜만에 우리 밥이나 같이 먹자."

사다꼬가 일어서자 관절이 요란하게 투둑거린다. 과부 셋이 하얗게 웃음을 터뜨린다. 열네 살의 사다꼬가 일어설 때도 저런 소리가 들렸다.

"상 치른 집에 먹을 거나 있어?"

집에 가서 뭘 좀 가져올까 싶어 그녀가 몸을 일으키며 묻는다.

"누가 밑반찬을 좀 가져왔어."

주는 게 없는데도 사다꼬 주변에는 늘 사람이 많았다. 젊을 때는 제 아무리 날고 기던 사람이라도 늙어 돈 없으면 찾는 사람이 없다는데 아직도 사다꼬는 찾는 사람이 있는 모양이다.

"하루꼬, 아직도 두릅 좋아해?"

냉장고를 뒤지며 사다꼬가 묻는다.

"그럼. 식성이 어디 가나? 아직도 두릅이 있어?"

"누가 좀 갖다준 걸 영감 주려고 아껴놨었거든. 오래 먹이려고 조금씩만 줬는데 다 못 먹고 갔네."

잠시 말이 끊긴다. 어룽거리는 봄볕처럼 두 과부의 눈에 눈물이 어룽거린다. 그 눈물이 흘러내리기 전에 그녀가 얼른 묻는다.

"나 좋아하는 고기는 없어?"

"참, 에이꼬는 삼겹살 좋아하지? 여기 어디 얼려둔 게 있을 텐데……."

"치워라. 언제 죽을지 모르는데 돈 뒀다 뭘해. 맛있는 생고기 사다 먹자. 오거리 봉성정육점 고기 맛있더라."

그녀는 급히 신발을 꿰찬다. 웬일로 사다꼬가 말리지 않는다. 가난하게 살던 젊은 시절, 사다꼬는 그녀가 고기 한 근을 사준대도 마다했었다.

고맙고 이상해서 뒤돌아봤더니 사다꼬와 하루꼬가 주방 탁자에 머리를 맞대고 앉아 있다.

"야!"

어릴 때처럼 우렁찬 목소리로 그녀가 고함을 지른다. 사다꼬와 하루꼬가 무슨 일인가 싶어 그녀를 바라본다.

"나 없을 때 또 비밀 이야기 하면 죽어!"

그녀는 쾅, 요란하게 문을 닫는다. 아무리 엄포를 놓아도 저것들은 또 그녀가 모르는 뭔가를 속닥일 것이다. 어려서부터 그랬다. 시멘트로 포장된 빌라 주차장에 거칠 데 없는 봄볕이 가득하다. 부신 눈을 함초롬히 뜬 채 그녀는 씩씩하게 걸음을 옮긴다. 앞으로 몇 년을 더 살까? 일 년? 혹은 십 년? 아직 그녀는 아픈 데 없이 건강하다. 허리도 굽지 않았고 그 흔한 관절염도 없다. 그래도 내일을 장담할 수 없는 나이긴 하지만 그녀는 살아있는 한 재미있게 살 작정이다. 살비듬 부스스 떨어지는 노파지만 추근대는 대서소 김영감도 있다. 김영감 팔베개를 베고 자다 죽는 것도 나쁘지 않겠다. 그녀는 봄볕 속으로 네 활개를 치며 걸음을 옮긴다.

작품해설

내 안의 속물근성을 찾아서

우한용 | 서울대 국어교육과 교수

1. 소설 - 통념을 깨는 방법

통념通念을 따라 살면 편하다. 통념은 대체로 상식이다. 때로는 지식이 통념 역할을 하기도 한다. 특히 써먹을 수 있는 지식일수록 통념으로 전환되기가 쉽다. 대체로 그렇게 생각들을 하고 그렇게 받아들이기 때문에 통념은 남과 잘 사귀며 지내는 데에 예의로 통하기도 한다. 그런데 통념을 신봉할 때 그것은 고정관념이 된다. 고정관념을 모시고 사는 이들을 속물俗物이라 한다. 속물들의 세상에서 혼자 고고한 척하는 사람 또한 속물이다. 좋다, 나는 속물이다 그렇게 선언하기도 어렵고, 속물이 아니라고 하자면 근거를 대야 하는데, 내가 사는 삶의 맥락이 이미 속되기 때문에 속물이 아니라는 근거를 대기가 참으로 어렵다.

속물 소리를 듣지 않기 위해서는 자신이 속물이라는 사실에 대한 성찰省察이 있어야 한다. 그러자면 통념을 거부해야 한다. 통념을 거부하는 데서 온갖 불편이 온다. 그 불편을 감수하면서 자신의 삶이 속물인지 아닌지를 따지는 일은 윤리성을 지닌다. 윤리는 남과 더불어 살되 자신의 삶의 가치를 발굴하는 일이기 때문에 한편으로는 현실과 맥이 닿아 있고 다른 한편으로는 인간의 이념과 맞닿아 있는 사유체계와 그 실천의 방법이다.

나의 삶을 가장 손쉽게 성찰하는 방법은 남의 삶과 비교해 보는 것이다. 그런데 남들의 삶은 잘 안 보인다. 남들이 자기를 잘 안 터놓기 때문이기도 하고, 자기 삶을 터놓는다고 해도 그것의 형식이 불분명하기 때문에 잘 알아보기가 어렵다. 나와 경계를 대고 있으면서도 공유하는 영역이 같고, 과거의 역사와 미래에 대한 욕망 혹은 철학이 겹치기 때문에 오히려 혼란스럽다. 그런 것을 우리는 현실現實이라고 한다. 현실을 보면 사람 사는 이치는 어디 가나 똑같아 보인다. 그런데 현실을 다른 눈으로 보면 달리 보인다. 현실을 다른 눈으로 보아 형태와 질서를 부여한 것이 예술이다.

소설은 현실을 소재로 하여 형태와 질서를 새로 구축한 것이기 때문에 예술에 속한다. 형태와 질서라는 속성을 부여하는 일을 형상화라 한다. 소설은 현실을 보고하는 것이 아니라 새로운 인물을 그리고, 새로운 이야기를 만들어내는 것이기 때문에 언어예술의 자격을 부여받는다. 소설과 소설 아닌 이야기의 차이는 이 형상화 여부에 달려 있다.

현실에 형상화된 세계를 들어 대질對質을 할 때 현실의 모양새는 더욱 분명하게 드러난다. 내가 속물이라는 것을 깨닫기 위해서는 속물의 진상을 보아야 한다. 현실을 살아가되 그게 얼마나 뼈아픈 과정을 거치는 것인가를 아는 데서 공감이 생겨난다. 그러한 공감을 바탕으로 해야 나의 속물성은 겨우 상찰의 대상이 된다. 르네 지라르가 낭만적 거짓에 맞서는 '소설적 진실'을 이야기한 맥락이 바로 이것이다. 소설은, 그게 모든 것은 아닐지라도, 통념을 깨는 예술적 장치이다.

정지아의 「봄날 오후, 과부 셋」은 인간 삶을 쉽게 규정하는 통념을 깨도록 독자에게 요구한다.

2. 시간의 불꽃 뒤에 남는 것

이 소설의 제목은 다소 느끼함을 환기한다. 「봄날 오후, 과부 셋」이라니, 때는 봄날이고 세 과부가 펼칠 일들이 자못 기대가 된다. 그런데 몇 줄 읽어 나가다 보면 그 과부들이 팔십 객들이라는 데서 예상이 빗나갔다는 것을 금방 알게 된다.

> 그녀는 보송보송 마른 빨래를 걷는다. 반나절 만에 빨래를 말린 성급한 바람처럼 그녀의 팔십 년도 순식간에 지나가버렸다. 누군가 그녀의 세월 밖에서 그녀의 한 삶을 지켜보고 있다가 빨래를 걷듯 목숨줄을 휙 걷어버리는 것인지도 모른다, 삶이란 것은.

그러면 순식간에 가버린 그 팔십 년이란 무엇인가 하고 물으면서 소설을 읽게 된다. 그런데 작가는 이들 세 과부의 삶을 일목요연一目瞭然하게 정리하여 제시하지 않는다. 나는 나의 이야기를 할 터이니 독자 여러분이 이야기 가닥을 정리해 가면서 내 이야기를 들어 달라는 식으로 소설을 전개한다. 그렇게 해서 작가는 독자를 소설 텍스트 안으로 이끌고 있다. 러시아 형식주의자들이 규정하는 예술의 속성, 낯설게 함으로써 천천히 시간을 들여 대상을 파악하도록 하는 방법을 연상하게 한다. '세 과부' 의 80년 삶을 점묘點描를 하듯이 아주 조금씩 보여주면서 이야기를 풀어 나간다.

소학교 동창 셋이 있었다. 현재로부터 80년 전, 소학교에 가려면 열여덟은 되어야 하니까 70년 전, 일제말기에 해당한다. 그래서 이름이 꼬자

[子] 돌림이다. 3인칭 서술자로 설정되어 있는 '그녀'는 에이꼬이고, 공부 잘 하고 얼굴 반반한 '꿀 먹은 벙어리'로 불리던 친구는 사다꼬이다. 사다꼬와 단짝이어서 서술자 에이꼬를 소외시키는, 그래서 더 밀착되는 하루꼬가 다른 과부 하나이다. 이 셋이 어느 봄날 만나서 지난날의 이야기를 나누는 것으로 이 소설은 구성되어 있다.

이들 세 사람은 나름대로 파란波瀾 많은 삶을 살았다. 그럴 수밖에 없는 것이 일제식민지, 6·25, 4·19 등을 거쳐 오늘에 이르기까지 근대사 그 자체가 파란이 중첩되는 세월이었고, 이를 아무 연관성 없이 넘어서는 것은 소설형식에 미달일 것이기 때문이다. 나름대로 파란이 많았다는 것은 치열한 삶을 살았다는 뜻이다. 치열함이 모든 가치에 앞서는 것은 아닐지 모른다. 그러나 곤자로프의 소설 『오블로모프』의 주인공처럼 자신의 삶을 탕진하는 삶의 형태가 아닌 한은, 통념에 얽혀 있으면서도 통념을 넘어서기 위해서는, 일단은 자신의 삶의 가치를 인정하는 윤리가 바탕이 되어야 한다.

이들의 삶의 윤리라는 것은 어떤 방식으로든지 살아야 한다는, 일종의 삶에 대한 소명의식에 크게 벗어나지 않는다. 얼굴 반반하고 공부가 남 못 따라오는 사다꼬는 동경제국대학 출신과 결혼하게 되는데, 남편을 따라 빨치산이 되어 활동하다가 옥살이를 하기도 하고 남편이 죽은 다음에는 같은 이력을 가진 남자와 재혼하고 다시 옥살이를 하기도 한다. 그런데 아직도 '사상'이라는 것을 이야기하는 과부다. 그의 단짝인 하루꼬는 교사와 결혼했는데 교육운동을 하다가 남편이 죽고, 에이꼬가 차려준 책방을 운영하면서 살아간다. 50대에 자궁 절제수술을 한 적도 있다. 2년 전 영감이 죽었는데 아직도 식사때마다 영감에게 밥을 먹이는 행동을 계속하는, 점점 기억 상실에 가까운 삶을 이끌어간다.

이들 두 사람이 심리적으로 밀착되어 있는 가운데, 그 우정을 선망하면서 오히려 애정을 쏟고 사는 에이꼬는 약방의 조수와 결혼을 해서 아이들을 낳고 약방을 잘 운영하여 살림이 가장 윤택한 인물이 된다. 그런데 남편이 "첩년의 무르팍을 베고 자다 급사"하는 바람에 다른 남자들과 사랑의 관계를 가지고 염문艶聞을 풍기기도 하면서 살아간다. 이들 인물의 공통점이라면 각기 다른 방식이기는 하지만 치열하게, 철저하게 산다는 것이다. 그 삶의 치열함이 팔십 넘은 늙은 과부들에게도 사상과 사랑과 삶의 즐거움을 이야기할 수 있는 자격을 부여하게 된다.

시간의 불꽃 뒤에 남는 숯덩이는 삶의 치열성이 빚어내는 보석과도 같다. 속물들의 자취없이 사라지는 삶에 맞대어 빛을 발하는 의미의 보석, 우리는 그것을 주제라는 이름으로 부른다.

3. 소설이 언어예술이라는 뜻을

언어예술이란 언어적 형상화를 전제한다. 언어적 형상화는 작가가 소설세계를 구축하는 데 동원하는 언어의 총체적 운용 양태이며 그 작용력을 포괄한다. 우선 이 소설의 첫머리를 보기로 한다.

> 봄바람이 앙탈 난 아이처럼 마당을 휩쓴다. 어지간한 바람에는 끄덕도 않던 남보랏빛 수국마저 미친년 널뛰듯 몸을 뒤챈다. 간신히 매달려 있던 무거운 꽃송이가 뚝 부러질 것만 같다. 가만 보니 그것은 수국이 아니라 빨랫줄에서 펄럭거리는 남보랏빛 치마였다.

소설의 첫머리에서 우리가 읽는 소설의 모든 의미를 동시에 파악하려는 것은 무리이다. 소설의 주제는 독자의 독서과정을 통해 형성된다. 그리고 독자가 읽은 소설의 국면들을 반추反芻하는 가운데 재구성된다. 봄날이라는 배경이 설정되었는데, 그게 심상치 않다. "봄바람이 앙탈 난 아이처럼 마당을 휩쓴다."고 되어 있기 때문이다. 그리고 "어지간한 바람에는 끄덕도 않던 남보랏빛 수국마저 미친년 널뛰듯 몸을 뒤챈다." 하는 데 와서는 좀 아연啞然해진다. 봄은 수국이 피는 때가 아니기 때문이다. 그런데 그 논리적 적합성에 대한 의문은 "그것은 수국이 아니라 빨랫줄에서 펄럭거리는 남보랏빛 치마였다." 하는 데서 해소된다. 하루꼬가 수국을 좋아한다는 것, 그의 집에서 30년 전에 얻어다 심었다는 것 등 때문에 무리없이 소화가 된다. 문제는 생생한 감각을 살려내는 언어 운용을 통해 형상화를 하고 있다는 점이다. 감각으로 이끌어가는 구체화는 형상화의 틀림없는 예이다.

소설의 언어적 형상화의 다른 방법은 서술자敍述者의 운용에 그 묘가 드러난다. 행위주체와 서술주체의 엄격한 구분에 서구 소설의 방법론이 있다면, 우리 소설 문법은 주체들의 넘나듦에 특징이 드러나는 것으로 보인다. 이는 시점의 혼란이 아니라 복합적 서술시점을 운용함으로써 독자를 포함한 복합주체들의 의미생성을 다면적으로 가능하게 하는 생산성이다. 다음 예를 보기로 한다.

> ①요즘은 자꾸 헛것이 보인다. ②헛것이 보인다고 한숨결에 한 마디 했더니만 서울 사는 딸년은 짜증스럽게 헛것은 무슨, 백내장이 심해 그렇지, 무안하게 쏘아붙였다. ③썩을 년. ④딸 말이 맞을 것이다. ⑤그러나 백태 낀 눈이 빚어내는 착각이 그녀에게는 잠시의 현실이다.

위 인용의 ⑤에서는 서술자가 작중인물을 객관적으로 지시하고 있다. '그녀'가 객관적 서술의 지표에 해당한다. 그런데 ①과 ④는 작중인물이 자기 일을 이야기하고 있기 때문에 순전히 객관적 서술이라고 느껴지지 않는다. ②는 매우 복잡한 구조로 되어 있다. "헛것이 보인다고 한숨결에 한 마디 했"던 것은 작중인물이다. "서울 사는 딸년은" 작중인물이 직접 서술하는 것이라야 한다. "짜증스럽게"는 딸의 어투를 어머니가 듣는 것이다. "헛것은 무슨, 백내장이 심해 그렇지," 하는 것은 딸의 직접적인 대사이다. 거기 대해 "무안하게" 느끼는 것은 작중인물 어머니이다. "쏘아붙였다"는 것은 딸의 말에 대한 어머니의 평가다. ③의 "썩을 년." 은 작중인물의 직접적인 독백 한 구절. 작중인물과 서술자의 감정과 의식이 복잡하게 교차하면서 심리추이를 전면적으로 밀어내듯이 그리고 있다.

이러한 서술의 역동성은 사다꼬와 하루꼬의 삶에 관여하면서 객관화할 수 있는 복합시선을 작중인물 에이꼬에게 부여한다. 이러한 서술 방식은 소설의 결말까지 지속된다. 신산한 과거를 이야기하던 끝에 "맛있는 생고기 사다 먹자"면서 고기를 사기 위해 나가는 그녀는 "나 없을 때 또 비밀 이야기 하면 죽어!"라고 외친다. 거기 이어지는 서술은 "그녀는 쾅, 요란하게 문을 닫는다. 아무리 엄포를 놓아도 저것들은 또 그녀가 모르는 뭔가를 속닥일 것이다."라고 되어 있다. 이렇게 주체와 주체의 의식과 정서 층위를 넘나드는 서술자의 역할이 다음과 같은 결말을 독자가 무리없이 수용하게 하는 힘이 된다.

> 내일을 장담할 수 없는 나이긴 하지만 그녀는 살아있는 한 재미있게 살 작정이다. 살비듬 부스스 떨어지는 노파지만 추근대는 대서소 김영감도 있다. 김영감 팔베개를 베고 자다 죽는 것도 나쁘지 않겠다.

이러한 삶의 긍정과 느긋한 여유는 단일한 서술 시점으로는 그려내기 어렵다. 자신에게 고착되어 있는 속물성을 성찰하기 위해서는 이전과는 다른 서술 방식을 필요로 한다. 단일서술시점으로는 그 단일성 때문에 반성이 되질 않는다. 성찰이란 사물에 대한 총체적인 시각의 다른 이름이다. 이 소설의 의미 복합성은 서술 방식의 복합성과 미학적으로 연결되어 있는 것이다.

스노브 스노브

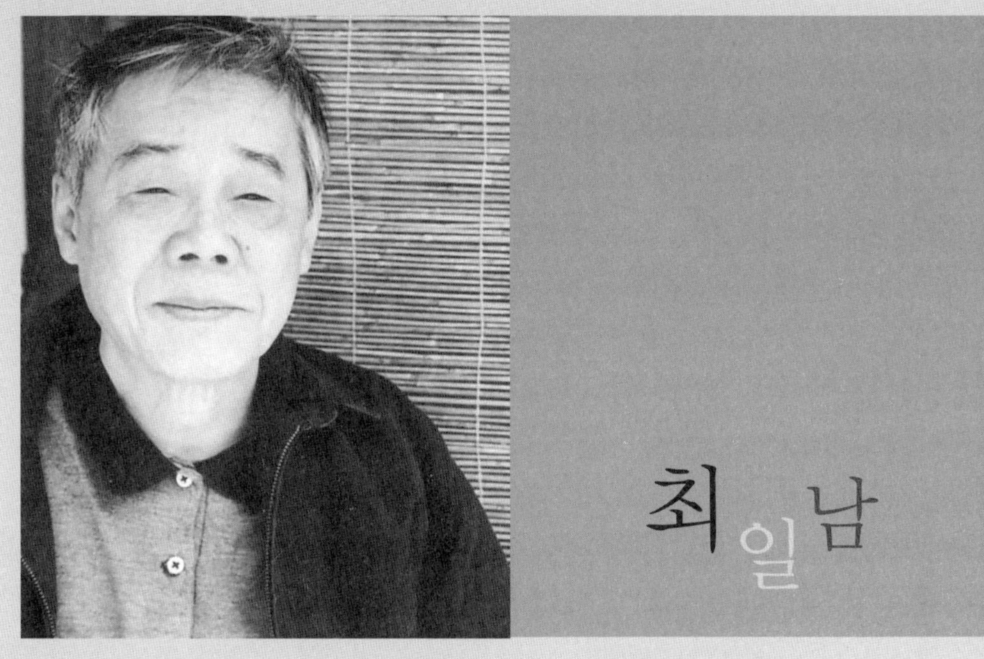

최일남

1932년 전주 출생. 서울대 문리대 국문과 졸업.
1953년 《문예》에 「쑥 이야기」 추천으로 등단.
창작집 『아주 느린 시간』, 『석류』, 장편 『하얀 손』, 『만년필과 파피루스』 등.
이상문학상, 한국일보문학상 등 수상.

스노브 스노브

"어서 오게."

"형수님은요. 운동하러 가셨구나. 만보계 차고."

"눈치도 빠르다."

"이러다 아주 따로 노시면 어쩌죠. 썰렁한 홀앗이 냄새가 벌써 풀풀 납니다."

"코까지 좋네그려."

"남들 말로는 귀마저 밝대요."

"갈수록 양양일세."

"보내 드린 원고 보셨지요. 어떻습디까. 이메일이 손쉽기는 하지만 선배 눈 고생시킬까 봐 우정 프린트를 했습니다."

"고맙군. 한데 솥뚜껑에 엿을 놓았나, 왜 이리 허둥대. 천천히 얘기해도 될 걸."

"곧 떠나야 해요."

"노상 바쁘다지. 정 분주할 양이면 전화로 때우지 일부러 발걸음할 것 없잖은가."

"허 참. 전화로는 안 되겠으니 일단 한 번 들르라 일러 놓구선…… 큰 일이네요. 이랬다저랬다 건망증."

"내 나이 되어 보게."

"또 그 말씀. 네댓 살 차이 동접同接은 허교를 맞먹어도 괜찮다고 하신 게 누군데 이러시나요."

"뗏기! 암튼 읽기는 읽었네. 읽기는 읽었네만."

"물건이 영 션찮다?"

"그런 말은 안 했네."

"안 했지만 한 거나 다름없네요, 뭐. 선배의 기색이 벌써……."

"신통찮은가."

"김빠지지 않았다면 거짓말이죠."

"저런, 내 말은 대강대강 살펴 미안하다는 뜻인데."

"어떻든 좋습니다. 선배의 지지 찬동으로 시작한 일이니깐."

"물귀신 작전으로 나오는군."

"아닌가요. 제가 정수달 시인의 평전 구상을 꺼내자마자 당장 맞장구를 친 게 선배 아니던가요."

"어이 후배. 내 친구인 갈산면 술도가 쥔 알지. 그가 마침 민속주 두 병을 보냈지 뭔가. 새로 개발한 칡술이래. 그것부터 개봉하고 보세. 한 병은 자네가 갖고 가."

"해가 아직 중천인데요."

"누가 본격적으로 판을 벌이재. 한두 모금 음미나 하자 이거지. 분명 시음 결과를 물을 텐데 자네 입맛까지 얹혀 전하면 생색이 더 나겠지."

선배는 후닥닥 몸을 일으켜 냉장고와 찬장을 뒤졌다. 후배는 뜨악한 시선으로 느닷없이 수선을 피운 선배의 뒷모습을 좇았다.

그것도 일이라고 양손에 사기 술병과 쟁반을 챙겨 든 선배의 걸음걸이가 이번에는 되게 신중하다. 나무쟁반에 얹은 콘칩 봉지서껀 유리잔의 흔들림이 조심스런 탓이다. 짐을 부리듯 응접탁자에 그것들을 내려놓으면서 터뜨린 끙 소리가 기어코 후줄근하다.

"저한테 시키시잖고."

"어디가. 손님은 손님인데. 자……."

"듭시다."

"짐작했던 대로 좀 달구먼."

"담갈색 빛깔이 은근해서 좋네요."

"소박하고 직설적이지? 우리나라 지명들. 칡이 많아 칡갈葛 자 갈산면이고, 밤나무가 지천으로 널렸대서 밤률栗 자 율촌리 아닌가."

"따뜻할온溫 자 붙은 땅을 파면 온천이 솟고, "모두만이"이라는 마을이 신도시로 바뀔 것을 예언처럼 짚은 조홧속이 신기합니다."

"맞아. 그런데 북한에는 사람의 성명 삼 자를 딴 고을 이름이 적잖네."

"김책시, 김형직군, 김정숙군 등등."

"지명의 이념화야. 미사일을 쏘아올린 대포동의 한문 이름은 큰대大 개포浦, 대포동大浦洞이라더군. 안성맞춤이구나 싶었겠지."

"그러게."

"이건 전혀 번지수가 다른 얘기지만 자네는 고향 하면 무엇이 먼저 떠오르나."

"어떤 각도에서."

"각도가 어딨어. 산과 들, 어머니, 구슬치기, 누님의 죽음, 누렁이, 폐결핵, 참외서리, 저녁놀, 먹고무신, 니힐리즘, 하모니카, 기계총, 새총, 과수원길, 옴, 탱자울타리, 아이스케키, 덴노헤이까, 도스토예프스키, 마스터베이션, 짝사랑, 어페어…… 등등, 눈 감으면 생각나는 것들 말일세."

"눈을 감지 않아도 다 알 만한데 어페어는 뭐래요. 도스토예프스키는 왜 나오고."

"허. 못다 이룬 연애사건의 준말 몰라? 주로 일본서 행세하던 것들이지만 아프레 걸도 그냥 '아프레'로 잘라 버렸지. 도스토예프스키는 나나 자네 같은 문학소년의 죽고 못 사는 이름이었고, 덴노헤이까는 조회 때마다 허리를 굽힌 지엄한 존재 아니었나."

"퇴색한 감정의 사치. 왜색 감상주의의 잔재."

"그거야 어떡해. 감상주의도 센티멘털리즘, 줄여서 '센치'라고 했네. 쁘띠브르주아지를 쁘띠브르라 일컫고, 사춘기조차 끝내지 못한 주제에 리베니 피앙세니를 입에 올렸다면 알조 아닌가. 미구에 들이닥친 민주주의와 공산주의도 데모크라시나 콤뮤니즘으로 말을 바꾸면 담론이 훨씬 부드러워지는 느낌이 들더라 이거야. 말장난으로 돌려도 좋아. 소화 불량 외래어를 산똥 싸듯 내깔기는 치기가 가소롭기는 했지만, 간사한 말의 인위적 내력 속엔 그런 측면도 있다구."

"선배가 산 시대와의 거리가 얼마나 뜬다고, 저는 어째서 그런 박래품 언어의 폼 나는 세계를 경험하지 못했을까요. 격이 좀 처지기는 하지만, 딴은 저도 비슷한 생각을 더러 했답니다. 어떤 회상은 당대의 말을 앞세우는 수가 많다고요. 해방 후 등장한 우리 고장 점빵들의 간판을 우선 떠올리자구요. 시카고 양화점에 워싱턴 양복점이 시내의 정중앙에 일찍 자리 잡지 않았습니까. 빠리 양장점은 알겠는데, 리스본 빵집의 리스본은 어지간히 생소했습니다. 빡빡 얽은 주인 얼굴 기억하세요?"

"하다마다. 빵처럼 얼굴이 둥글넓적한 사내."

"뿐입니까. 겨우 낙타 등에 꿈을 싣고 사막을 걸어가는 상상으로 이국

취향을 달래던 노래 역시 여봐란 듯 미국으로 당장 튀었습니다. '불러라 샌프란시스코야 태평양 로맨스'와 '아메리카 차이나타운'을 거쳐, '말 채찍을 말아듣고 역마차가 달려가는 아리조나 카우보이'를 동경했어요. 앉은 자리에서, 가 보지도 않고."

"일정 때에도 하루삔과 샹하이까지는 갔네. '노래하자 하루삔'이나 '샹하이 뿌루스'가 그거지."

"하루삔은 하얼빈, 뿌루스는 블루스?"

"암."

"발음이 곧 세대 차로군요."

"말마디의 발생과 소멸은 정부나 사회가 연도와 기간을 별도로 정하는 게 아니어서 세대 간에 겹치기도 하는데, 어떨 적에는 특정 개인이 시대를 부감하고 상징하는 언어를 선도先導하는 수도 있어. 정수달 시인이 즉 그러잖아."

"스노브!"

"그래. 스노브 소리를 깃발처럼 들고 나와 한 도시의 주류를 물 먹였지."

"물을 먹였다기보다는 소수의 지도층에게 심심풀이 화두를 던진 폭이지요."

"이러지 마. 그건 그이 밑에서 시를 수학한 자네 또래들의 겸양이라 치고, 정 시인은 문학적으로도 대단한 존재였어. 서울로 일찍 보따리를 싼 나와는 살아생전에 별반 접촉이 없어 아는 건 알고 모르는 건 모르는 사이로되, 그 시절 그 지역을 주름잡던 이스테블리시먼트들에겐 혼자 엔지오 간판을 떠메고 다닌 인물이나 다름없었네. 시민조직의 개념조차 싹트지 않던 시대에 오직 험구와 해학으로 그들의 퇴영성 현실 안주를 꾸짖고 비웃었단 말씀야."

"해서 스노브에 관한 언급이 평전의 도처를 넘쳐흐릅니다. 그중 한 대목 들어 보실래요."

후배는 선배의 대답이 떨어지기도 전에 눈앞의 프린트 묶음을 뒤적거렸다. 알맞은 쪽을 재빨리 잘도 찾아 좍좍 읽었다.

정 시인은 스노브를 입에 달고 살았다. 사람을 향해 집단을 향해, 때로는 세상의 되잖은 관념을 향해 직직 침을 뱉는 투로 찍자를 놓았다. 그러는 너는 얼마나 행실이 의젓하다고 되라바진 험구를 놀리느냐는 힐책이 어찌 없었으랴. 많았다. 주워들은 양洋말 찌꺼기로 유세 부린다는 조소가 뒤통수를 치기 쉬웠다. 하지만 그는 태연하게 받아넘겼다. 저는 저 살고 나는 나 사는 사람의 세계에서 말도 못하냐. 꼭 성인군자가 한 말만 말이냐. 게다가 우리네 인생은 흉 각각 정 각각이다. 예외 없는 규칙은 규칙이 아니라고 유명한 영문법 책에도 턱하니 적혀 있듯이, 내 스노브에도 그만한 여유와 함축이 숨어 있다. 그러므로 파르르 역정부터 내는 작자가 도리어 우습다. 짚이는 데가 없으면 그럴 리 만무라고 능청을 떨었다.

함에도 불구하고 정 시인에 대한 기득권층의 대응은 싸늘하고 모질었다. 구름 잡는 묘사로 그의 시가 어려운 것은 속이 빈 탓이라고 역공을 폈다. 눈은 높은데 재주가 따르지 않아 입으로 끼가 오를 수밖에 없었을 것이라고 업신여겼다.

그들의 이런 인식은 정 시인의 돌출 행위를 꺼름하게 바라보는 데에서 출발한다. 당초엔 싱거운 사람의 빙충맞은 소리로 무시하다가 같잖은 말발의 화살이 주로 자기네들, 작은 도시에 군림하는 권력기관과 토호와 여론 주도세력 등을 겨냥한다는 사실을 알게 되면서 한층 껄끄럽게 대했다.

"짐작이 가. 그때 그랬어."

"선배."

"왜."

"제발 그때는 이랬다. 우리 때는 저랬다는 소리 좀 치우고 말할 수 없습니까. 애들이 질색하기 전에 저부터 속이 불편해요."

"하면, 애초에 왜 평전 쓰기를 마음먹었나. 케케묵은 옛이야기를."

"시인 정달수의 역사를 추어올리기 위해서죠."

선배는 빙긋이 미소 짓고 후배는 잔 바닥에 남은 술을 흡, 근천스럽게 들이마셨다.

"친구 손자가 초등학교에 입학했다네. 하학해서 아파트로 돌아오는데 모래판에서 그네를 타던 한 살 아래 계집아이가 냉큼 달려와, 오빠 학교 재밌어! 반가워하더래. 엊그제까지 함께 놀던 아이였대. 그러자 왕년의 남자친구가 무어라고 대답한 줄 아나."

"……."

"음. 너 많이 컸구나."

"흠. 조무래기끼리도 층하를 둔다는 말씀."

"청년끼리도 한두 살 차이에 벌써 의사소통이 되느니 마느니 툴툴거린다대만, 무엇을 하나하나 쌓아 가기보다 눈앞의 자잘한 변화에 휘둘리기 바쁜 걔네들로서는 어쩔 수 없을 것이네. 오늘과 내일에 밀려 어제와 그제는 눈에 안 찰 테니까. 싫건 좋건 과거의 축적이 많은 연배는 반대야. 당장의 현실 적응이 버겁기 때문에도 매사에 듬직한 만큼 딴지를 치거나 삐지기 쉬운데 일률적으로 그렇지는 않아. 그런 통념이랄까 기류를 놀리는 말로 그들의 정체停滯를 거부하는 인사가 나오기 마련이지."

"정 선생이 즉 그렇다는 건가요."

"글쎄. 우리 현대사처럼 과도기가 잦은 나라도 흔찮은데, 그 시대는 진짜진짜 과도기였어. 모든 것이 뒤바뀐 상황에서 그가 들고 나온 스노브는 그런대로 느낌이 퍽 신선했네. 스노브로 지탄받을 위인이 득시글거렸으니까."

"그 양반 언행을 희떠운 겉멋으로 대하는 이가 많았다고 봅니다. 시인을 신간 편한 변종으로 경원하는 풍조가 드셌어요."

"변종 소리를 들으니까 해방을 전후하여 중학생들 사이에 나돌았던 뻰징變人이나 징글이스트 생각이 나는군. 부에노스아이레스를 '부아나서아들나서'로 암기하면 좋다고 가르친 지리 선생이랄지, 마력, 즉 호스파워Horse Power의 기호 HP를 사춘기 소년의 손장난과 살짝 결부시킨 물리 선생님 모습 등이 말일세. 의도적으로 암기 위주 수업시간의 분위기에 찔끔 웃음을 뿌린 선생님일수록 그밖의 언동이 또 남달랐거던."

"듣기 민망합니다. 걸핏하면 일제 용어로 도망가는 세대의 후덥지근한 기억."

"여보시게. 기억에 무슨 죄가 있나. 대꼬챙이에 어육을 꿰어 산적을 만들 듯, 내 기억 자네 기억을 순서껏 꿰어 역사에 구워 먹으면 그만 아닌가. 함께 놀지 못하겠다고 퉁긴들 따로 놀아지던가. 징글이스트는 더구나 일제 용어도 아냐. '징글맞다'는 말에 list를 덧붙인 엉터리 조어니까."

"체. 별스런 어법으로 사람을 한 두름에 엮으신다."

"그런 두름에서 빠져나오려고 기를 쓴 게 정 시인 아니더라고."

"몸부림치고 기를 쓰면 뭐합니까. 시를 발표할 지면이 황차 온전했나요. 시간마저 더디 가듯 권태로운 소도시에서 입으로나 시심을 발산한 답답함이 정 선생을 내내 짓눌렀다고 봅니다. 평전을 꾸미기 위해 발품을 파는 와중에 재삼 절감했다구요."

"알아. 따라서 그의 스노브는 곧 시였어."

"선친이 광산으로 이룬 살림이 전쟁 전엔 좀 탄탄했나요. 정 선생은 그런 부잣집 막내로 호사했던 까닭에 살림이 폭삭 결딴난 뒤에 오기가 한층 뻗쳤는지 모를 일입니다. 졸지에 생긴 권위나 영화를 우습게 여기며 은근히 골려먹는 기미가 없지 않았거던요. 시인의 강한 자의식을 엉뚱한 일탈로 뒤집는달까, 사람들의 비위를 거스르는, 본인으로서는 유쾌한 몸짓이 고장의 심심한 공기를 뒤흔들기도 했어요. 잡았던 교편을 놓고 분방한 자유인을 자처하면서."

"룸펜인텔리겐치아가 따로 없었지. 파천황의 격변과 함께 전도된 가치관이 아무리 지악스럽기로 아직은 어제의 구습에 너그러운 인심을 잔광殘光인 양 등에 업고."

"아이고야."

"갑자기 복통이라도 났나."

"듣다듣다 심통이 났소이다. 아깟번에 들먹인 이스테블리시먼튼가 머신가 때부터 언짢던 기분이 폭발 직전이라구요. 룸펜이면 룸펜이고 인텔리면 인텔리지 룸펜인텔리겐치아가 뭡니까. 룸펜이라는 말 자체에 곰팡이가 슬어 국어사전에서도 불순물을 제거하듯 '백수'로 순화한 지 오랩니다."

"내 말이 그 말일세."

"도무지 헷갈립니다. 다시 우리 때로 내빼시려구요?"

"내빼든 주저앉든 나 스스로 역겨운 노릇이야. 무척 싫다구. 하지만 어떡해. 한 시대의 특징은 필경 말로 요약되기 때문에 뻑하면 튀어나오는 걸 무슨 수로 막나. 그만한 처지에서 하루가 다른 현대의 생활용어에도 불가불 다가가야지. 어깻짓은 못할갑세 남의 장단을 일단 이해는 해야겠고, 만고강산으로 삭은 감정을 능멸하는 바깥세상과 소통하자면 도리 없잖아. 그렇다고 너무 천격을 놀면 곤란하지만 오늘은 만만한 말벗을 만나 내 입이 마냥 헤퍼졌네그려. 후배 좋다는 게 뭔가. 긴장을 풀어 경망을 떨었다고 볼 수밖에. 일종의 정신적 회춘법으로."

"아무런들 노인네에겐 노인네의 언어가 있고 젊은이에겐 젊은이다운 말버릇이 따로 있지요. 때문에 나잇살이나 자신 분의 속보이는 영어마디는 자칫 숭합디다. 그런 칙살이 없어요."

"면전에서 구박하긴가."

"천만에요. 어디까지나 일반론입니다. 하기야 전들 별수 있나요. 불쑥불쑥 기어 나오는 신조어를 알기는 알아야겠기에 집 아이들에게 뜻을 묻기 바쁩니다. 내가 전해줄 것은 없고 걔들한테 배울 것만 많은 세상이라구요. 걔네는 도시 내 세월을 알려고도 하지 않으니까."

"참 우습게 됐어. 그러니까 나도 생각나네. 사람의 표정 역시 진화한다는 자네 지적이. 평전에 나오더만."

"그냥 해 본 객담이죠."

"아냐. 그럴싸해. 이를테면 싯누렇게 바랜 옛날 사진을 상상하자구. 하나같이 얌전을 뺀 모습이 정물화처럼 단조롭잖아. '잊지 못할 우정' 이나 '영원한 추억을 위하여' 따위 자막字幕을 넣으면 더 가관이지. 살기가 팍팍한 데다 사진 찍을 기회가 좀처럼 없기 때문에 표정 관리가 서투른 탓이었을 게야. 저마다 우수를 머금은 얼굴이 부자연스럽다 못해 알로까진 디지털 영상과 너무 판이해. 남이 찍어 주는 것으로만 돼 있던 사진을 제 손으로 순식간에 박고 빼는 변화만큼이나 차이가 크다 할지. 미분화를 분화로 쪼개고 그걸 다시 미세하게 나누는 진화의 궁극이야 어떻든, 사람들의 표정이 예전보다 훨씬 노글노글해진 건 확실해. 텔레비전에 흔한 길거리 인터뷰 봐 봐. 아무나 붙들고 마이크를 들이대어도 대답이 술

술 청산유수대."

"미리 짜고 하는 짓 아닙니까."

"짰다기보다는 동의를 구했겠지. 아무튼 제꺽제꺽 쉬 응하더군."

"저희 때와는 달리 표현욕이 왕성한 세대라 안 시켜서 한일 걸요."

"그렇게 되나. 한데 말야. 마을이나 도시를 특징짓는 총체적 표정인들 없을까 싶어. 어차피 인간들 맘대로겠지만."

"무슨 표현은 못하겠습니까마는 저는 별난 인간도 풍물의 일부라는 견해를 따로 밝혔습니다. 내친김에 말이죠."

"읽은 것 같애. 어디쯤이더라……."

"제3장 중간이에요."

후배가 원고의 해당 부분을 곧 찾아냈다. 선배는 차분히 문면을 훑었다.

6 · 25를 겪은 지 얼마만인가. 도시는 차근차근 기력을 회복해 나갔다. 그렇다고 전쟁의 뒤끝을 앓는 정황이 아주 없으랴. 전장과는 거리가 멀어 도시의 외양이야 멀쩡하되 깨지고 망가진 시민들의 심신은 아직 고달펐다.

하지만 대강의 분위기는 제법 생기에 넘쳤다. 산목숨들의 안간힘과 도시의 자생력에 탄력이 붙어 평화와 안도의 시간을 활기차게 누볐다. 새로 들어온 피난민에, 나갔던 토박이가 엇섞여 부산스러웠다.

어디론가 떠났다 돌아온 주민 중에는 미친 여자도 끼어 있었다. '간난이' 로 통했던 그녀는 지역의 명물이었는데 아이들이 제일 먼저 반겼다. 어른은 어른들대로 다시 나타난 그녀에게 흔연한 시선을 넌지시 보냈다. 평상시 생활로 들어선 고장 분위기에 구색을 맞추듯 되돌아온 그녀에게 할머니 또래 노친네들은 전에 없던 연민을 과장되게 뿌렸다. 용케 살아남았구나. 어디서 어떻게 살았느냐. 몸은 성하냐. 대답 없이 웃기만 하는 광녀의 어깨를 쓸며 묻고 또 물었다.

알고 보면 그녀 역시 도시를 구성하는 풍경이나 풍물 같은 존재일지 모른다. 아니 그럴 것이다. 고장마다 자랑하는 팔경八景은 이 도시에도 있다. 그것은 빼어난 자연경관에 치중하기 일쑤려니와, 시민들은 '말 없는 청산이요 태 없는 유수' 이외의 명물들에 적잖이 끌렸다. 심심한 일상의 화젯거리로 제격이었기 때문이다. 거듭된 낙선을 무릅쓰고 국회의원 출마를 일삼는 '또 나왔다 김필주' 도 그중 하나다. 에스페란토 비슷한 중얼거림 사이사이에 니체, 칸트를 꼭꼭 삽입하는 미친 사내 역시 같다. 성한 사람들은 그에게 철학박사 칭호까지 앵겨 마음대로 입방아를 찧었다.

이와는 전혀 다른 차원에서 정수달 시인을 별격의 풍경으로 칠 수도 있을까. 될 법이나 한 망발이겠으나 누가 안담. 거참 좋은 발상이라고 저승의 그가 도리어 가가대소할지.

"아무렴 껄껄대기 쉽지. 그의 감정 처리는 기복이 심했네. 잘못 다가갔다간 심리적 화상火傷을 입을 정도로 말이 격정적이었는데, 통틀어 쩨쩨하지 않은 포용력이 그런 성깔을 벌충하고도 남았어. 누구보다 통속을 싫어했기 때문에 자신을 풍경으로 치겠다는 마당에 불만이 있을 리 있나. 시인의 영광으로 그 이상 덮을 것이 없는 걸."

원고에서 눈을 뗀 선배는 감회에 젖은 어조로 구시렁거렸다.

"그건 그렇고…… 고장 분위기에 구색을 맞추듯이 어쩐다는 대목 있지요?"

"구색을 맞춘다고 옳게 썼구먼. 구색을 갖춘다는 형용은 '역전앞' 같은 군더더기 표현이니까."

"모찌떡이면 어떻고 남은 여생이면 어떻습니까. 그냥 넘어가면 어때서 깐깐한 샌님 티를 기어이 내시는구려."

"자네야말로 공연한 트집 그만 잡고 어서 할 소리나 해."

"후."

후배는 얼결에 놓친 화제의 실마리를 못 찾아 안타까운 순간을 가벼운 한숨으로 얼버무린다. 하다가 잊어먹은 말의 꼭뒤를 알아냈나 보다. 갑자기 볼륨을 높였다.

"있잖습니까, 미친 여자…… 에이, 미친년 미친놈이라고 하죠. 편하게."

"혼자 이랬다저랬다. 우리 둘이서 지난 세월을 회 치고 볶는 판에 까짓게 무어 대수롭다고."

"좋습니다. 하여간에 그들은 늘 단독이었어요. 여간해서 복수로 나타나지 않았다구요."

"그래서."

"이상하잖습니까. 둘이 동시에 나타나 사람들의 이목을 곱으로 끌 법한 데 아니었습니다."

"이상할 것도 쌨다. 자기와 닮은 얼굴을 만나면 누구나 기분이 이상하잖아. 어느 쪽을 상사형의 원판으로 치던 간에 말야. 하다못해 몸에 걸치는 옷가지도 마찬가지 아닌가. 잔뜩 빼입고 나간 길거리에서 똑같은 차림을 한 사람과 마주치면 얼마나 머쓱해. 여자들은 더더욱 무안을 탄다고 들었네."

"그래서 하나가 사라진 후에 다른 하나가 슬그머니 등장하여 볼거리에 궁한 시정의 눈길을 모은 셈인가."

"그 속을 어찌 알겠는가마는 이런들 어떻고 저런들 어때. 구경꾼이야 무해무득한 풍물로 여길밖에. 집 떠난 자들의 술상머리 고향 타령에 불쑥 올라 판을 한층 꼬숩게 만드는 화상으로 왔다니까."

"추억을 꼬드기기 알맞다?"

"그렇지. 그 얘기만 나오면 모두 입이 헤벌어지지."

"방금 입성 얘기가 나왔으니 말인데, 홈스펀 윗도리에 플란넬 바지를 입은 정 선생의 콤비 차림이 참 멋졌죠."

"호무스팡이라고 해야 맛이 더 나."

"그런가요. 자세히 보면 소매 끝은 해져 너덜너덜, 바지는 다 닳아 미어지기 직전이었습니다."

"그래도 부잣집 자식의 끝물 아닌가. 보매 차림이 다소 추레했을지라도 홈스팡 그거 문자깨나 배운 축들이 즐기던 양복이라구."

"형형한 눈빛에 걸음걸이 또한 도도했으니깐."

"하다가 어떤 때는 까치집처럼 더부룩한 머리에 수염을 대자나 길러 웃음을 샀지."

"미친놈이 따로 없다고."

"남달리 튀기를 바라거나 위인됨이 꺾저 그랬다기보다는 지질펀펀한 자신의 일상에 감자를 먹이자고 한 짓이었는지도 몰라."

"감자요?"

"점잖지 못하게 나더러 흉내까지 내랄 참인가."

"아따, 참으쇼. 그러다 성내실라."

"한마디 더 보탤까."

"보태십쇼. 누가 말리겠습니까."

"삐띠 이상으로 쳐도 될 걸세."

"「오감도」의 이상 말입니까."

"기질 면에서는 그렇다 이거야. 이상 문학에 대한 괄목상대 조명이랄까 복권이 본격적으로 아직 이루어지지 않은 상황에서도 지방마다 그런 문화 귀족이 한둘은 있었다구. 외관의 파격과 댄디한 언행에 스스로 들리던가 우쭐한 괴짜가. 문학적 성과와는 물론 다른 각도에서."

"역시 안목이 넓으시군요. 그런 정 선생이 미친 철학박사를 만나면 눈을 돌리는 장면 못 보셨습니까. 원고에 있는데요."

"아니. 대강대강 읽었거던."

"얼른 시선을 돌립디다. 천적이라도 만난 것처럼."

"설마."

"과장이 아니라구요. 언짢은 표정으로 슬며시 잰걸음을 놓더라니깐요."

"그랬어?"

"여기를 보세요. 제가 직접 목격하고 쓴 대목을."

나와 함께 국밥을 먹으러 가던 참이었다. 석양녘 큰길에서 골목으로 들어서자마자 정 시인이 움찔 놀라 주춤거렸다. 서너 발짝 앞에서 성큼성큼 다가오는 철학박사와 마주쳤기 때문이다. 매섭게 시인을 쏘아보는 박사의 눈매가 거침없었다. 평소와 다른 시인의 작소鵲巢머리가 자신의 헝클어진 머리와 비슷하다고 느낀 탓인지, 당신이 누구라는 걸 나도 안다는 뜻인지 대중하기 어려웠다. 날카로운 시선이 얼핏 고약했다.

정 시인은 국밥집에 가서도 쓰다 달다 말을 하지 않았다. 막걸리 한 대접을 두어 번 꺾어 쉬엄쉬엄 마신 다음에야 입을 열었다.

"아침에 미친년을 보면 비가 온다고 했지."

"흔히들 그러대요."

"저녁에 미친놈을 만나면?"

"글쎄요."

"꿈자리가 사납다네."

"어떻게."

"그냥 어수선할 걸. 언제는 꿈에 조리가 서던가."

자기 얘기를 하랬더니 슬쩍 딴전을 부렸다. 금시초문인 흉몽설도 그러자 의심스러웠다.

"아까 그 녀석 말일세."

"……."

"제법 연기를 잘 해."

"무슨 연기요."

나는 정 시인의 안색을 찬찬이 살폈다. 광인에 대한 관심이 뜻밖이었다.

"사람들이 놀리자고 헌상한 철학박사 칭호를 은근히 즐기는 눈치야."

"아무리…… 그 정도 의식이면 이미 미치광이가 아니게요. 내력 없이 해죽거리는 속셈이 궁금하기는 합디다만."

"해죽해죽 웃는 건 꼭지가 돌았다는 표시지 머. 미친년도 마찬가지고. 내가 이 바닥에서 그동안 겪은 미치광이가 좋이 한 다스는 될 거야. 나이와 성별이 다른 만큼 그들의 미친 짓도 기기묘묘했는데, 모두 타관에서 굴러들었다구."

"우리 지역 출신은 반대로 딴 곳으로 가고."

"그건 모르겠고, 머물 만큼 머물다가 자취를 감추면 신참이 슬그머니 다시 나타나 빈자리를 메우기 마련이었어. 사람들은 또 그들의 전력이나 산 장소를 구태여 캐지 않고 일말의 긍휼과 떠도는 입소문으로 방정을 떨되, 걔네는 걔네대로 낯선 고장의 생소한 인심에 당장은 민감했으리라 믿네. 애녀석들의 돌팔매질 따위 성가신 장난을 파리 쫓듯 쫓으며 바뀐 환경에 나름대로 대처하고자 애썼을 거야. 광인 공통의 불가사의한 미소로 무장해제의 어리광마저 피우고, 정상을 사는 척 교만한 자들을 거꾸로 웃으면서."

"광인 세계에 대한 연구라도 하셨습니까. 속 깊은 관찰력이 놀랍습니다."

"시인과 연인과 광인은 머릿속이 상상으로 가득 차 있다고 셰익스피어가 말하지 않았냐."

"아 그랬습니까."

"흥. 항간에는 나를 그런 눈으로 바라보는 스노브도 있다는 걸 너도 들어 알 터."

"별말씀을 다 하시네요."

자신에 대한 세간의 구설을 자진해서 밝히다니. 너나 하니까 믿거라 하고 당신의 속내를 드러냈으리라는 짐작에, 만만찮은 호기심이 겹쳤다. 그러나 실망스러웠다. 뒤미처 덧댄 말이 도무지 맥 풀렸다.

"잘 보았는지도 몰라. 정도의 차이일 뿐 어떤 놈은 얼마나 온전해. 거기서 거기지. 상대적으로 한층 깡다구가 세고 신경이 동아줄처럼 튼튼한 사람도 속은 어지간히들 곪았다고 보면 돼. 살기 위해 지악을 쓸 따름이야. 하다가 뇌신경에 과부하過負荷가 걸려 그중 몇 가닥이 소리 없이 툭 터지는 날이면……."

"미치고 만다?"

"그으럼."

"푸. 선생님 순 엉터리시다."

"야. 웃을 일이 아니다 너. 설명이야 엉터리라 하더라도 개연성은 충분할 걸. 가뜩이나 힘든 혼란기에 타고난 성정이 여리면 여릴수록 버티기 어려울 거야. 살벌한 경쟁에 치이고, 눈구석에 쌍가래톳이 설 지경으로 분하던가 기찬 일을 당해 봐. 그것도 거푸 몇 번씩. 세상과 소통하던, 간신히 붙잡고 있던 마지막 줄을 놓아 버리기 쉽지."

"가래톳은 원래 불두덩 옆 허벅다리에 생기기 마련인데 어쩌자고 눈으로 간대요."

"답답하긴. 수틀리면 위아래를 가릴 새가 어딨냐. 모든 감정의 수발受發 창구인 눈에 먼저 담아야지."

"우리말은 붙임성도 좋네요."

나는 졸지에 각이 선 정 시인의 어세를 눅일 셈으로 축 처진 예를 일부러 들었다.

"사는 게 하도 열적어 노상 잠이나 퍼질러 자는 누렁이의 배때기를 차 권태를 달래던 시절의 촌락에도 '간난이' 같은 광인은 늘 있었죠."

"물론. 갑갑해서 미치겠다는 말도 있고 보면…… 너 노신의 「광인일기」 읽었냐."

"네."

"벼슬길에 오른 주인공의 지난날 일기를 읽는 형식인데, 전통적 유교 사회의 폐단을 잘 비틀었어. 그러다가 들이댄 박해광迫害狂이라는 단어가 생소하고."

"결국 곤경을 벗어나지 않습니까."

"그러자고 꾸민 얘기니까. 그게 아니라도 사람은 늘 무엇으로부터 벗어나기를 꿈꾸는 존재인가 싶어. 부질없는 짓인 줄 뻔히 알면서 타인의 시선에서 벗어나고, 일상에서 벗어나고, 의무감에서 벗어나고자 기를 쓴다구."

"고향에서 벗어나기 소망은 꿈 축에도 못 들죠."

"그런 폭이지. 하지만 의욕적 출향 아닌 실의의 출분出奔이 많아 탈이야. 생활에 쫓겨 도망을 치듯 상행열차를 타는 남부여대를 보라구."

나는 물으려다 말았다. 의지에 찬 출향이건 낙백落魄의 출분이건 간에 선생은 왜 남들처럼 일찍 고향을 떠나지 않았냐고 물으려다 말았다.

시큰둥한 대답을 넘겨잡지 말란 법 없다. 어쩌다 그리 되었다던가 거처를 옮긴들 대수더냐고 나오면 내가 외려 무안하기 십상이다. 해서 그만두었다. 목구멍을 간질이는 질문을 번번이 삼켰다.

"계제가 닿아야 가능한 일인 걸 어쩌겠나. 억지로는 안 되지."

선배가 말했다. 후배와 머리를 맞대고 원고를 대충 목독한 다음에 이른 것이다. 그러자 후배가 또 시들한 의문을 던졌다.

"맨정신인 사람은 그렇다 치고, 실성한 사람의 상경은 드문 것 같지 않습니까. 서울은 오만 잡동사니의 집산지인 까닭에 남의 눈에 덜 닦이고 볼거리는 볼거리대로 많을 텐데."

"그쯤 되면 이미 정신이상자가 아니게. 설사 그만한 분간이 가능하다 하더라도 수월히 움직이지 않을 거네. 왜냐. 자신에게 쏠린 수더분한 시선에 어언간 길들여졌기 때문이야. 딴 장소에서 새잡이 외로움을 좇느니, 익숙한 곳에서 계속 안주하려는 심리도 있겠지. 난들 구불텅구불텅 오묘한 그 속을 어찌 다 알까마는 왠지 그런 생각이 들어."

"희소성조차 누릴 형편이 못 되니까."

"하먼. 뿐만이 아닐세. 이제는 어디서나 그들에 대해 관심을 기울이는 일이 드물어. 우리네 고향 또한 예전 같지 않다는 말, 자네 입으로 언젠가 했잖아."

"왜 그런 줄 아세요?"

"……."

"미치기 전에 죽어뻔지는 사람 천지니깐요. 우리나라 자살률은 교통사고 사망자와 함께 가위 세계적입니다. 그 같은 네거티브 통계를 발표할 때마다 OECD 국가 가운데 최고 수준이라는 해설이 항상 따라붙습디다. 부정적인 면은 수위를 다투고 긍정적인 것은 하바리에 든다는 소린지 원."

"사실인 걸 어쩌나. 그건 그렇고 미치기 전에 죽어버린다는 소리는 뭔가. 자살에도 거쳐야 할 단계가 따로 있나. 뭔 놈의 이치가 그래."

"이 자리가 시방 이치를 따질 자린가요. 어쩌다 말이 헛나갔습니다. 헛방을 놓아 죄송한데, 선배는 그런 적 없나요? 어느 누구와 담소를 하다가 불현듯이 떠오른 생각이 깐에 절묘하다 싶으면 그것부터 당장 입밖에 내는 경망. 다행히 앞뒤 맥락이 닿으면 빗맞은 공이 텍사스히트로 둔갑한 순간의 대타자처럼 기분이 좋답니다. 실패하면 일껏 벌어 놓은 점수마저 까먹는 심사가 찜찜하기 이를 데 없구요."

"이 사람 보게. 취술 몇 잔에 혀로 갈지자를 그릴 셈인가. 별안간 왜 이래."

"제 버릇 잘 아시면서 새삼스럽게 이러신다. 자네는 반죽이 좋아 상대하기 편하지만 말머리를 번번이 샛길로 끌고 가 탈이라고 퉁을 놓지 않았습니까. 각주脚註가 장황하면 본론이 빛을 잃듯, 줄기보다 잔가지가 많아 병통이되 그런대로 들을 만하다고 치켜세우시더니."

"은근히 자화자찬까지…… 저세상의 정 시인이 웃겠네. 자기 평전을 팔아 두 스노브끼리 자알 논다고."

"들어 싼 힐책일지 모르죠. 선생을 기린답시고 만난 자리에서 엉뚱한 사설만 두서없이 늘어놓았으니."

"말은 말이고 글은 글 아닌가. 암튼 조금 전 화제로 돌아가세. 우리가 어디서 고샅길로 빠졌더라……."

"어째서 그 양반이 상경을 마음먹지 않았는가."

"맞아. 그때는 상경 하경만 생각하고 살았지. 옆으로 가는 길이 드문데다 도무지 염두에조차 두지 않았어."

"기차 정거장의 열차시간표도 상행선 하행선이 고작이었으니까. 도로도 위아래 중심이고."

"빠리 에투알광장의 방사상 도로는 몇 개라 했던고."

"열두 개. 그걸 보고 길은 이렇게도 갈라지는 것이로구나 탄복했습니다."

"길이 가지만 많이 뻗으면 단가. 하긴 우리나라에도 오거리는 더러 있지."

"어떻든 정 선생은 고향에 말뚝을 박고 지냈는데 처음부터 상경할 뜻이 없었던 것 같아요."

"그랬다고 봐야겠지. 생각은 있되 이미 먹은 나이나 주변 환경이 넘고처져 운신이 어려웠을 게야."

"나름대로 벌여 놓은 삶의 기반이 암만인 터에 뒤늦게 칼잠의 객지를 서성거릴 이유가 뭐람, 싶어서."

"아무렴. 그 시절은 중앙이 변방을 빨아들였다기보다 변방이 우르르 몰려간 꼴 아닌가. 청소년은 몸이 가뿐한 만큼 희망을 제법 크게 품고, 없이 사는 이들은 이러나저러나 매일반이라는 심사로 봇짐을 쌌네."

"지방에 대단위 공장이 생기면서 수직 상승의 탈향 출분이 차츰 측면으로도 퍼져 수평 상태를 이루고."

"삼팔선을 뚫고 온 피난민의 합세에, 좀처럼 만나기 힘들던 동서東西가 엇섞여 장소에 대한 정체성이 상대적으로 느슨해졌다구."

"그래서 어쨌단 말씀입니까."

"어쩌기는 그렇다 이 말이지."

"정체성이라는 유행어가 싫습니다. 서울발 지역감정이 그 무렵부터 하행열차를 타고 거꾸로 퍼진 내력이 괴이합니다."

"오해하지 말게. 내 말이 즉 그 말이니까. 동떨어진 장소에서 대동강 한강 섬진강 낙동강 물을 마시던 사람들이 합수合水하듯 서로 엉겨 사는 마당 아닌가. 근자의 농촌엔 더군다나 아시아 여러 나라에서 시집 온 새

댁이 좀 많아? 하마터면 이가 서 말이나 끓는 홀아비로 늙었을 노총각과 가연을 맺어 마을의 면모를 바꾸는 터에, 옛날식 정체성은 찾아 무엇하리…… 타박할 참이었네."

"어떤 섬마을의 초등학교 분교는 전교생이 여덟 명인데, 절반이 그 같은 국제결혼 가정의 자녀랍니다. 덕분에 폐교를 면하게 됐대요. 앞으로는 이들 코시안이 날로 느는 두메의 빈집과 텅 빈 교실을 채울 공산이 큽니다."

"놀라운 경험인데, 이만한 현실에 이르기까지의 복잡한 속사정이 얼마나 안타깝던가. 허나 이제는 다양한 삶의 구체적 진전으로 다행스럽네. 애들의 외갓집이 부득불 아시아 전역에 퍼지게 됐어."

"애들 외갓집이라뇨."

"살가운 외할머니의 초상 말일세. 이 바닥 정감의 원초적 품속."

"나 참. 품 안에 있어야 자식이라는 속담도 있잖습니까. 하물며 이국의 조손 간은 어쩌겠어요. 여간해서 만나기 어렵고 말조차 통하지 않으면 정분이 무슨 소용이에요."

"딴은 그래. 실지로 그런 일이 있었다네. 부모와 함께 엄마의 고향인 필리핀에 갔던 아이 하나는 타갈로그어밖에 모르는 외할머니와 절벽 같은 시간을 보냈대. 어색한 웃음만 짓다가 왔대. 초등학교 3학년인 개는 엄마한테 배운 영어로 인사말 정도는 너끈히 할 수 있었는데 말야. 어느 자리에서 우연히 주워들은 얘기지만 혈연관계의 외연이 그쯤 확대됐어. 낯선 나라에 삶의 둥지를 튼 필리핀댁이나 베트남댁의 시집살이 못지않은, 2세들의 외갓집 정서가 장차 어떻게 달라질지 궁금해."

"즈 어머니의 국적을 업신여기는 사정을 차차 알면."

"심정이 얼마나 착잡하겠는가. 남의 땅에서 당한 우리의 경험을 거꾸로 되물리는 꼴이지."

"피는 물보다 진하다는 등속의 알량한 순혈주의 사상이 슬슬 꼬리를 사리는 형국인데……."

"실지로 피가 묽어질 리야 있겠나만, 생활 속에 스며든 혼혈 체감體感은 그 이상 아닌가. 색깔 표현의 하나인 '살색'을 '살구색'으로 바꾼 것 알지? 피부 빛이 다른 외국인에겐 인종차별로 오해되기 쉽다고."

"어찌 되었건 나이깨나 든 이들이 가슴에 묻고 사는 고향은 아직 엔간하지요. 남의 말엔 좀체 귀를 열지 않고 끼리끼리 딴 판을 놀다가도 이야기가 향수로 번지면 입이 먼저 벙긋거립니다. 열이면 열 외수없이."

"만고에 무해무득한 화두지. 폐비닐 같은 마음에 초를 치고 알싸한 통증을 비켜 가기 알맞은."

"동어반복의 가난한 레퍼토리가 물리지도 않는지 누가 허두를 떼기 무섭게 몫몫이 간직했던 유년을 되새깁니다. 말이야 바로 말이지 어머니의 손맛이 뭐 그리 대단합니까. 고무신짝으로 송사리를 뜨던 깨복쟁이의 그리움도 한두 번 아닙니까."

"그러는 자네는? 이 평전은 귀신이 썼나. 정 시인을 고향 지킴이로 옹위하는 사이사이에 펼친 동화動畵같은 정경이 식상할 지경이던데."

"그렇게 나오시면 할 말이 없지요. 어쭙잖은 감상벽은 저도 남 못잖습니다만 정 선생 역시 그 점은 같았습니다. 오락가락했다구요. 투레질을 하듯 비웃다가 옳거니 고개를 끄덕이는 둥…… 못 보셨습니까?"

후배는 선배의 대꾸를 기다릴 사이 없이 원고철 가운데 하나를 손에 들고 빨랑빨랑 종잇장을 넘겼다. 어림잡은 페이지를 찾아 앞으로 뒤로 오락가락하다가 소리 내어 읽었다.

시인은 그러그러한 이유로 고향에 들르거나 귀향한 이들의 제멋에 겨운 군말을 한 귀로 듣고 한 귀로 흘렸다.

바다가 가까운 고향의 까치놀을 못 잊어 애를 태우고, 그게 마음 산란한 날의 위무로 다시없었다는 자치동갑의 말에 덤덤히 웃었다.

큰물에서 놀자면 마음이 먼저 오가리 들기 일쑤거늘, 시골 태생의 낙후를 오기로 뒤집는 과정에 힘이 절로 붇더라는 후배의 진술이 그리고 느끼했다.

상투적 예찬 속에 넘나드는 자기 자랑과 제각기 펴 간 망향을 저 좋을 대로 푸는 모양도 참 여러 가지로구나 생각했다. 산천은 무언중에 그들의 감동을 이끌며 토닥토닥 상처를 어루만질 것이로되, 내 코가 석 자인 토박이들에겐 화제의 스테레오타입이 번번이 따분했다. 아무리 허물없는 고향이기로 이 친구의 저 소리, 저 친구의 이 소리를 다 받아줄 정도로 물컹한 땅이 더 이상 아니라고 믿었기 때문이다.

고향이 예전 같지 않다는 타박은 하물며 싫었다. 내동 소식이 없다가 과객처럼 불쑥 나타나 혼자 슬퍼하고 실망하는 푸념이 진력나 준비된 조소를 내심 뿌렸다. 천지현황이 따로 없는 문물의 변모를 알 만큼 알면서 자신의 어릴 적 추억에만 두고두고 집착하다니. 오래 끼고 산 직정에 덜미 잡혀 아망을 떨듯 떼를 쓰는 면면들의 응석이 차라리 쓸쓸했다.

한편 부러웠다. 각개약진을 꿈꾸고 떠난 자들은 보편적 서정의 으뜸인 향수를 시시때때로 불러내어 저토록 죽고 못 사는구나…… 대견스러웠다. 남은 우리는 그들이 비빈 언덕을……

"그만!"

선배가 갑자기 후배의 낭독을 막았다.

"얘기가 좀 이상해."

"뭐가요."

후배의 뜨악한 시선에 선배의 불만스런 표정이 엇갈렸다.

"스러진 기억에 색동옷을 입히려는 정성이 왜 나빠. 덩달아 교감하면 작히나 좋을까."

"나쁘고 좋은 지경을 넘어 이유 있는 감정이라고 봅니다. 어느 한 시절의 심상心像에만 매달리는 유난이 시틋하다 이거니깐."

"그럴까. 어쩌다 우리가 역할분담의 모의模擬극을 노는 기분일세그려."

"오늘 별거 다 하네요."

"해서 말인데 경치게 한갓진 추억도 딴은 맹랑한 구석이 많아. 너무 자주 입에 올렸다간 자칫 천박해 보이기 십상인데, 오래 마음속에 쟁이면 섣부른 이데올로기 못잖다네."

"이데올로기는 너무했다."

"아냐. 작정하고 키워 봐. 어지간한 사상으로 안 자라고 배길까."

"누구 글엔가 정서적 이데올로그라는 말이 나오긴 나옵디다."

"거 보라구. 그것들은 또 언제나 아름답기만 할라구. 몽니가 두려워 요리 피하고 조리 접었던 회상에 꼼짝없이 발목을 잡혀 절절매는 날도 쌨다네. 그러나 어떡해. 태깔 고운 장면이든 추음秋陰같이 짠한 장면이든 상관없이 끌어안을밖에, 이왕이면 괜찮은 놈 위주로 골라잡아 몽매간에 냠냠거리면 그만이지."

"얼레. 추억이 몽니도 부립니까. 태깔이 고운 건 또 뭐예요. 빤한 얘기를 어렵게도 치장하신다."

"별걸 다 책잡는다."

"안 잡게 생겼습니까. 기분 나쁜 잡념을 버리고 속 편한 회상만 추리겠다는 뜻 아닙니까. 엿장수 마음대로 될지 말지는 접어두고."

"기억은 오도방정이 심한 요물인 까닭에?"

"믿을 것이 못 돼요."

"제 생각 하나 옳게 관리를 못하는 게 사람인가 봐."

"어지러워요."

"느닷없이 어지럽기는. 둘이서 마신 술이라야 겨우 반 병일세. 우리 주량을 감안하면……."

"전혀 다른 문제라구요. 제가 말한 어지러움은."

후배는 선배의 어설픈 짐작을 가볍게 물리쳤다. 눈을 아래로 깔고 잠시 뜸을 들이다가 천천히 고개를 들었다.

"나이가 멱에 찰수록 저 자신을 가늠 잡기 힘듭니다. 도무지 겨냥하기 어려워요. 중장년 시절엔 그래도 매사에 대범했는데, 요새는 오히려 고까움을 기본으로 삼는 역전의 감정을 어쩌지요. 선배에겐 죄송하지만, 공자도 제 사는 골에 먼저 비 내리라고 했다잖습니까. 해서 말씀인데 귀에 거슬리는 소리가 영 싫고, 뒷갈망도 못 할라면서 식솔에게조차 참을성이 모자라 뻑하면 화를 내는 짓이 스스로 민망합니다. 공부자의 이순耳順을 들먹이기 과람하지만, 육십 줄에 끼자마자 막연히 동경했다면 동경한 늘그막의 여유, 분별, 이해, 무욕, 원숙, 경륜, 인품 따위 미덕은 거들떠볼 겨를이 없다구요. 언감생심일 바에야 자질구레한 일상사에 흥뚱항뚱 너그러워 마음의 평안이나 얻자고 애를 쓰는데……."

"꿈도 크다."

선배가 후배의 넉살을 잡아챘다.

"꿈이 크다니요."

"건성으로 떠도는 노년의 덕목인가 무언가를 지금 줄줄 외었잖아."

"그게 어쨌길래."

"어쨌다기보담도 자네가 나열한 항설의 반대말도 읊어 보소. 그래야 아구가 맞지."

"그 부분은 선배께서 열거해 보시죠."

"악역일랑 당신이 맡으라?"

"품앗이 기분으로 꼽아 보세요."

"못할 것도 없지…… 나이 먹은 유세, 옹고집, 무관심으로 위장한 새암, 괘씸죄 남발…… 에이 그만 둘라네. 방귀길 나자 보리 양식 떨어진다고, 생각이 정작 막혀서가 아니야. 얼마든지 끌어댈 수 있되 누워서 침 뱉는 노릇이 막상 떠름하구먼."

"덕담은 두 자씩 똑떨어지는데 험담은 설명조네요."

"겉과 속의 차이가 원래 그렇잖은가. 표면은 간단명료한데 이면은 복잡미묘한 속내 모르겠나."

"그렇기는 해도 일률적으로 재단하면 곤란하지요."

"싸잡아 단정하지 말라는 뜻이렷다. 하지만 어떤 계층이나 집단을 총괄하자니 별수 없지. 거리에 횡행하는 어르신 호칭에서 나는 왕년의 '고무신 부대'를 연상한다네. 신 자 돌림으로 맞춤하니까."

"지역 유지나 토호는 어떻습니까. 나름대로 쌓은 명성과 세습 자본의 영향력이 시민사회의 변전과 더불어 맥을 못 출지언정 아직 건재하다고 봅니다. 그에 대한 정 선생 견해도 평전에 옮겼는데 읽을까요, 말까요."

"됐네 이 사람아. 스노브 소리를 들먹이면서 자근자근 이죽거리지 않았더라고. 자네처럼 무얼 따지고 캐묻는 것을 싫어하는 그들의 생리도 꼬집었지 아마."

"걸고넘어질 게 어지간히 없으신가 보다."

"허물없어 좋다는 게 뭔가."

"허물없기로야 고향을 덮을 것이 있나요."

"넘치는 포용력과 살뜰한 잔정의 원천이므로."

"한 번도 삽짝 밖을 꿈꾸지 못한 망백의 누구네 할머니라든가, 두 번 다시 발걸음을 않는 사람에게 한결같은 귀의歸依의 상징이니까."

"이러쿵저러쿵 안팎에서 찧고 까분들 변함없이 끌어안는 품이 가없이 넓어."

"헤헤."

후배가 난데없이 웃었다. 선배는 영문을 몰라 벌린 입을 다물지 못한다. 주거니 받거니 한참 장단을 맞추던 끝이라 후배의 웃음이 의아할밖에 없다.

"쑥스럽네요, 무척."

"무어가."

"고향 찬미의 허풍이요. 입에 발린 소리로 건조하게 들려요. 제 귀에는."

"평소 생활과는 먼 소리를 잔뜩 해 댄 탓이겠는데, 그렇다고 아주 마음에 없는 말을 한 건 아니잖아."

"맞습니다만 앞으로의 사회에서는 차차 화제 축에도 못들 겁니다. 고향이 장소로 바뀌는 경향이 실상에 한층 가깝다고 느끼기 때문이에요. 자기 생의 시발점이자 종착역으로 생각하기보다는 이곳저곳을 잇고 지나가는 통로의 특정 지점에 지나지 않는다는 인식이 일반적이지 싶습니다. 일일이 태생지를 의식하고 사는 사람이 있으면 얼마나 있을라구요. 솔직히 선배나 저나 마찬가지 아닙니까. 한밤중에 일어나 자리끼를 찾는 푼수로 드문드문 떠올리는 수준이지요."

"잊을 사람 잊고 기릴 사람 기리는 게지. 그나마 우리 세대가 마지막일 거야. 이런 이야기라도 꺼내 어루만지는 층이."

"신물 나는, 우리가 마지막 세대라는 말씀을 그야말로 막판에 또 하시네. 20대에서 90대에 이르도록, 이 나라에는 무슨 세대 구분이 등번호처럼 낙인처럼 그리도 많은지."

"외국에 나가 사는 교포에겐 고향이 곧 고국으로 확대되네. 세대 구분은 반대로 소수점까지 찍어 1.5세世 등으로 나누지 않던가."

"그 정도로 조국에 대한 그리움이 절절하다는 뜻인데, 국내는 국내대로 1.5 한국인이 점점 늘어 갑니다."

"이주노동자와 한국 여성 사이에서 난 아이들 말이군."

"네. 그런 정황 속에서 펴내는 『정수달평전』은 어떤 의미가 있을까요. 종생껏 고향을 지킨, 괴팍한 지식인의 일대기에 얼마나 관심들을 기울일까요."

"이제 와서 뚱딴지같이. 자네도 쥐 밑살 같은 의미 소리 좀 작작하게. 걸핏하면 들고 나오던데 세상일에 어찌 의미만 있던가. 그랬다간 숨이 막혀 삶이 더욱 고단할 것이네. 기회 닿는 대로 써야 돼. 유서를 쓰듯 우리 이야기를 쓰라구. 있다가도 없고, 없다가도 있는 것이 의미니깐."

"하지만 무슨 이야기를 책으로 엮자면 남다른 주장이나 메시지가 의당 있어야겠죠. 저는 정 선생의 생애 이상으로 고향의 맨 얼굴에 다가가기 위해 깜냥깜냥 공을 들였습니다. 오랫동안 모르쇠로 일관한 무심을 책망하는 마음으로."

"본향이 타향이고 타향이 본향인 형편에 제법이랄밖에."

"한 시절의 자기 그림자를 찾아 들른 곳에서 혼자 실망하고 젠체한 허물이 크거든요. 하긴 쿤데라의 『향수』에서도 떠난 자의 노스탤지어는 자칫 환멸로 이어지기 쉽다는 것을 느끼겠습디다."

"지리적 거리감에서 싹튼 망향을 그 소설에 나오는 망명객의 조국 귀환에 갖다 붙이다니. 원판 다른 걸…… 그나저나 애썼네. 뒤늦게 자책할 것 없다구. 탄생과 소멸의 경위야 어떻든 나올 만해서 나오는 책의 욕망을 누가 막겠는가."

"어쩌다 홀로 된 정 선생의 말년이 얼마나 기구했습니까. 의지가지없는 처지에 놓이자 그 양반의 누이가 할 수 없이 뒷바라지를 했죠. 그건 아시지요."

"응."

"말년에 파킨슨병까지 앓아 골고루도 속을 썩인다고 홀대했답니다. 때로는 내놓고 쌀쌀맞게 대했거늘, 나중에는 그게 글쎄 한이 됐다는군요. 그러니 속죄하는 마음으로 오빠를 위해 책을 내고 싶다. 비용은 걱정 말고 당신네 후학들이 꼭 써 다오. 이렇게 해서 일이 시작된 겁니다. 누이 되시는 분은 형편이 꽤 넉넉하거든요."

"까짓 사연이 대순가. 동기가 피동적이었다 이건데 독자와는 아무 상관이 없네. 겸손의 다른 표현이라면 하물며 누추해. 나는 그보다도 지하의 정 시인 표정이 궁금하구먼. 스노브를 입에 달고 산 그가 이 책에는 막상 어떤 반응을 보일지 알고 싶어. 나는 동시에 넘겨짚는다네. 그가 노상 스노브를 외친 것은 자신의 스노브 기질을 누가 먼저 알아챌까 두려운 까닭이었는지도 모른다고."

"선후를 다투는 정월 대보름날 아침의 더위팔기마냥."

"비유가 엉성하지만 그렇게도 볼 수 있겠지."

"스노브짓도 아무나 하는 게 아니지요."

"두 말 하면 잔소리."

"오늘날은 무엇으로 바뀌었을까. 그 스노브가."

"이런! 술병을 다 비웠네그려. 정 시인의 평생을 말하는데 술 한 병을 비우는 시간밖에 안 걸렸군. 내 인생은 몇 잔으로 거덜날꼬."

선배가 멋쩍게 웃었다. 후배는 전혀 딴소리를 하고 나섰다.

"요전에 간 어떤 자리에서였는데요, 말말끝에 아무개 지명인사가 화제에 오르자마자 누군가가 '그 사람이 아직 살아 있다고?' 이러면서 깜짝 놀라지 뭡니까. 당자와는 일면식도 없는 사이래요. 누가 죽었다는 소식에 부질없이 놀라는 이는 많아도 살아 있는 것이 의외인 양, 아직 안 죽은 것이 잘못인 양 실색하는 경우는 드물잖아요. 제가 다 황당합니다."

선배는 갑자기 뜨악한 시선으로 후배의 얼굴을 물끄러미 쳐다보았다. 후배는 느린 손놀림으로 제 목덜미를 둬 차례 쓸었다.

특이한 서술 방식으로 한국문화 비판하기

최병우 | 강릉대 국어국문학과 교수

이 작품을 읽으면서 먼저 눈에 뜨이는 것은 서술 방식의 특이함이다. 이 작품의 거의 전부가 선배와 후배 사이의 대화로 진행된다. 후배가 고향의 시인의 일생을 평한 『정수달평전』을 써서 평가해 달라고 집으로 찾아오자 술 한잔을 하면서 책의 내용과 관련된 내용을 주고받는 대화로 이루어진 것이다. 다만 대화 사이에 꼭 필요한 몇 군데에서 인물의 행동이 한 두 문장으로 서술되고, 대화 사이에 네 번 정도 후배가 쓴 정수달 시인의 평전이 인용될 뿐이다.

그러니까 이 작품은 소설 일반론에서 소설의 문체를 이루는 세 가지로 이야기되는 서술, 묘사, 대화 중에서 대화가 작품의 중심을 이루고 여타의 요소들은 거의 드러나지 않아 일반적인 소설적인 문체와는 커다란 차이를 보인다. 그러나 작가는 이러한 대화로만 이루어진 문체를 사용하여 드러내고 싶은 많은 이야기들을 직접 말할 수 있게 된다. 그것은 작중인물의 입을 통해 이야기되는 내용들이 정 시인을 회억하는 대화 가운데 자연스레 튀어나온 결과이다.

"그래. 스노브 소리를 깃발처럼 들고 나와 한 도시의 주류를 물 먹였지."

"물을 먹였다기보다는 소수의 지도층에게 심심풀이 화두를 던진 폭이지요."

"이러지 마. 그건 그이 밑에서 시를 수학한 자네 또래들의 겸양이라 치고, 정 시인은 문학적으로도 대단한 존재였어. 서울로 일찍 보따리를 싼 나와는 살아생전에 별반 접촉이 없어 아는 건 알고 모르는 건 모르는 사이로되, 그 시절 그 지역을 주름잡던 이스테블리시먼트들에겐 혼자 엔지오 가판을 떠메고 다닌 인물이나 다름이 없었네. 시민조직의 개념조차 싹트지 않던 시대에 오직 험구와 해학으로 그들의 퇴영성 현실 안주를 꾸짖고 비웃었단 말씀야."

"해서 스노브에 관한 언급이 평전의 도처를 넘쳐 흐릅니다. 그 중 한 대목 들어 보실래요."

정 시인과 관련된 기억을 더듬으며 대화가 진행되면서 정 시인이 삶과 인간적인 모습이 자연스럽게 드러난다. 우리가 살아가면서 누군가에 대해 이야기할 때 나타나는 대화의 상황과 일치하기 때문에 자연스럽게 읽어나가는 가운데 정 시인의 모습을 머릿속에 그릴 수 있게 해주는 것이다. 인용문에서도 스노브란 말을 입에 달고 다니던 정 시인이 실은 자신이 살고 있던 지역의 기득권 층에게 스노브라는 말로 비판을 가하고 풍자를 하는 세력 즉 재야 단체로서의 기능을 담당했다는 것이다. 정 시인에게 있어 그가 살아가고 있는 시대 또 주변의 많은 인간들의 삶의 행태가 스노브 즉 속물 근성으로 보였던 것이다. 그는 주변의 모든 것들을 스노브란 말로 비판했고 그 내용은 작품 속에서 선배와 후배의 대화로 재구성된다.

이 작품에서 비판하고 있는 것은 한국 문화에 감추어진 스노브 전반이다. 우리의 현대사가 전통 사회에서 식민지를 거쳐 전쟁과 폭력과 혼란이 이어지던 시대이고 보니 인간의 진정한 가치는 거세되고 탐욕과 속물 근성이 판을 쳤다. 이런 우리 사회의 여러 문제를 이 작품에서는 스노브란 말로 까뒤집고 우리 사회의 속물적인 문화 현상을 비판한다. 가장 먼저 스노브로 지적되어 비판되는 것은 박래품 외래어이다. 선배가 고향과 관련하여 떠오르는 단어를 주워섬기다가 '어페어'라는 단어를 사용하자 후배는 알아듣지 못한다. 연애 사건(love affair)의 일본식 약자인 어페어를 해방 후 세대인 후배가 알아듣지 못한 것이다. 여기서부터 일본식의 어휘 축약과 함께 과도한 박래품 외래어 사용을 비판한다.

우리 주위에는 일본식 축약어와 박래품 외래어를 사용하는 사람들이 너무나 많다. 아프레, 센치, 쁘띠브르와 같은 일본식 축약어와 리베, 피앙세, 데모크라시, 콤뮤니즘과 같이 박래품 외래어 사용을 멋지게 보는 언어 습관이 그것이다. 이러한 박래품 외래어는 우리 주위의 언어를 급작스레 물들여 왔다. 시카고 양화점, 워싱턴 양복점, 빠리 양장점, 리스본 빵집과 같은 상호명은 물론 '불러라 샌프란시스코야', '아메리카 차이나타운', '아리조나 카우보이', '샹하이 뿌르스' 등과 같은 노래 가사에도 마구 사용된 것이다. 이러한 박래품 외래어의 사용은 정확하지도 않은 외국어를 사용하면서 문화적 우월감을 느끼는 속물 근성을 그대로 보여준다. 선배와 후배는 정 시인이 들고 나온 스노브라는 단어를 말하면서 한 시기 우리 사회에 만연한 박래품 외래어 사용을 통절히 비판한다.

선배와 후배의 대화는 자연스레 한국어를 외국어처럼 사용하는 현상으로 이어진다. '징글이스트', '부아나서아들나서'와 같은 언어의 사용은 한 세대 간에 통용되던 독특한 언어로 외래어의 세례를 받은 세대들이 만들어낸 새로운 표현 방식이었다. 그러나 이러한 언어의 사용은 세대 간의 의사소통을 방해하기도 한다. 특히 최근 신세대들이 과도하게 사용하는 신조어들은 세대 간의 소통 단절을 가져올 정도이다. 이러한 언어 현실에 대해 비판하면서 대화는 자연스레 디지털 문화에 따른 낯선 문화를 비판하는 데로 전화되어 간다. 디지털 문화의 만연으로 개인들의 노출이 심해지면서 사진이나 마이크 앞에서 자연스럽게 포즈를 잡는 현대의 새로운 문화를 비판하는 것이다.

이어서 선배와 후배는 티격태격하는 대화를 통하여 국어 오용의 문제와 같은 작은 문제를 거쳐 전후 혼란된 상황 속에서 광인이 늘어나는 현실을 언급한다. 정 시인은 지독한 혼란기에 타고난 성정이 여린 사람들은 경쟁에 처지고 그 결과 세상과 연결하고 있던 마지막 줄을 놓아버릴 수밖에 없었다고 말한 바 있다. 이를 바탕으로 선배와 후배는 광인을 양산할 수밖에 없었던 전쟁과 전쟁 이후의 혼란한 현실을 문제로 삼는다. 진정한 인간의 자유를 추구하던 사람이 혼란된 현실에 패배하면서 타인의 시선과 의무감에서 벗어나고자 애쓰다가 광인 취급을 받을 수밖에 없는 그러한 속물적인 사회가 문제라는 것이다.

해방 이후 우리 사회가 보여준 또 다른 스노브로 이 작품은 중앙으로만 모여드는 급격한 도시화를 들고 있다. 전쟁으로 남으로 몰린 사람들과 산업화 과정에 신분 상승을 추구하는 사람들의 탈향으로 변방이 중앙으로 몰려드는 상황이 벌어진 것이다. 이러한 현상은 좀처럼 만나기 힘들던 여러 지역의 사람들이 뒤섞여 살게 만들었고, 그리하여 정체성이 사라져 스노브한 상황으로 나아가게 되었다는 것이다. 더욱이 최근에 속출하는 다문화 가정으로 인해 민족 정체성마저 혼란스러워지는 이 시대의 상황을 지적하면서 어떤 의미에서는 이런 현상이 혈연 관계의 외연 확대일 수 있다고 지적하기도 하고, 이제는 정체성의 문제가 인종 차별로 나아가지 않도록 해야 하는 시기에 도달했음을 말하기도 한다.

결국 고향을 떠나 서울에 살고 있는 선배와 후배의 이야기는 고향이라는 원초적인 문제에 접근하게 된다. 신분 상승을 위해 속물처럼 도시로 몰려간 사람들은 시간이 지나면서 고향에 대한 그리움을 말하게 되고 그것은 하나의 이데올로기로 성장하게 된다. 그러나 고향에 대한 그리움이란 만들어진 이데올로기일 수 있다. 고향에 대한 그리움은 나이가 들면서 느끼게 되는 어린 시절에 대한 그리움과 안타까움에 다름 아니다. 이 작품은 고향을 떠나 고향에 대한 그리움과 아름다움을 이야기하는 시대에 고향을 지키며 고향의 스노브를 비판하면서 살아간 정 시인의 이야기를 의미 있는 삶에 대한 기록이기도 하고 괴팍한 지식인에 대한 기록일 수 있다고 말하며 고향 이데올로기에 대해 새로운 해석을 해볼 것을 요구하고 있다.

고향을 떠나온 세대들이 세상을 떠나면서 고향은 심정적인 것이기보다는 장소의 개념으로 바뀌었고, 그 결과 정서적인 강렬함도 사라지고 있다. 외국에 사는 1.5 세대 이후 세대들이 느끼는 고향이란 무엇인가, 국내에 살고 있는 다문화 가정의 1.5 한국인들에게 고향은 또 어떠한 의미인가. 쿤데라의 말대로 향수란 환멸로 이어지기 쉬운 것이라는 점에서 이런 문제들은 고향 이데올로기에 대한 객관적인 태도를 요구한다. 이런 점에서 고향에 대한 그리움을 입에 달고 다니며 엄청난 정서적인 사건으로 치부하는 것 역시 스노브란 지적이 가능해진다.

작품 속의 말미에서 선배가 말하듯이, 정 시인이 스노브를 입에 달고 다닌 것은 자신의 스노브 기질을 타인이 알아챌까 두려웠기 때문인지 모른다. 타인의 속물 기질을 비판하는 것은 자신의 속물 기질을 감추는 가장 좋은 방법이기 때문이다. 이러한 지적은 이 작품이 『정수달평전』 원고를 앞에 놓고 선배와 후배의 대화를 통하여 정 시인의 일생을 이야기하며, 우리 사회에 존재했고 또 존재하는 스노브를 비판하는 방법을 선택한 것은 그것이 우리 사회의 스노브를 효과적으로 드러낼 수 있는 가장 편리한 소설적 방법이었기 때문이라는 추정을 가능하게 한다.

메모